Ormdansen

Ormdansen

Roman av

ULF LIDBECK

Lidbeck Press

Ormdansen

ISBN: 978-0-9840479-1-8

Ormdansen är andra, reviderade, utökade och till svenska översatta
upplagan av boken *Cape Cod Snake Dance*, upphovsrätt © 2002 av
Ulf E.Lidbeck, registrarade hos Library of Congress i 1993 och 1998.
Publicerades 2002 av iUniverse, Inc.
Tryck Writers Club Press
ISBN: 0-595-21036-8.

En reviderad och utökad upplaga av *Cape Cod Snake Dance*,
omdöpt, *Snake Dance,* upphovsrätt © 2011, publicerades
av Lidbeck Press ISBN: 978-0-9840479-0-1

För kompletterande information kontakta:

LIDBECK PRESS
Centerville, MA USA
lidbeckpress@gmail.com

Till Liss

Kapitel 1

"MIN MAN RICK och jag hade filmat lejon i nära en månad. Vi hade fått några jättefina bildsekvenser som var helt nya för oss. Våra filmer med ljud från lejonhonor och deras ungar var helt sensationella. Charmiga och mycket intressanta!"

"Vi planerade att filma några noshörningar också, innan vi lämnade Kenya, så vi lastade vår Land Rover med kameror, inspelningsapparatur, vapen och de vanliga grejorna för viltvård, bedövningsampuller, medicin och körde till ett vattenhål i närheten, där vi visste att de höll till. Vi visste också att trakten där var helt infekterad av tjuvskyttar. Vi hade sett döda noshörningar, skjutna med kulsprutegevär och med noshornen avsågade med maskinsåg. De avsågade hornen såldes sedan pulveriserade för framställning av afrodisiac, dvs kärleksbefrämjande och upphetsande medel."

Michele, vår nya granne satt satt tyst ett ögonblick innan hon fortsatte sin berättelse:

"Den morgonen följde vi en stig med färska fotspår av noshörning mot vattenhålet. Vi lade märke till att mängder av blod runnit längs stigen och vi förstod att ett eller några djur hade blivit allvarligt sårade. I en glänta fann vi en noshörningsko med sin kalv. Kalven hade en allvarlig skottskada i bakkroppen och låg ner. I sina ansträngningar att försvara kalven hade honan antagligen attackerat jägarna och jagat iväg dem, men blivit skjuten och illa skadad. Den sårade kalven var en ömklig syn som rörde mig och störde mig till max. Jag tog några bilder. Rick gick försiktigt närmare djuren. Man vet aldrig med noshörningar. Han ville se om vi kunde hjälpa kalven från att förblöda. Vi kunde kanske ge kon en bedövningsspruta, och sen ge båda djuren en dos sulfa och få dem att överleva.

Plötsligt kom tre män ut ur bushen. Utan att säga ett ord gick de fram till noshörningskon och sköt med ett automatgevär flera salvor mot dess huvud."

"Sluta skjuta för Guds skull," skrek Rick till dem.

Han böjde sig ner över djuret och tittade upp mot männen.

"Vad i helvete tar ni er till," skrek han till dem! "Vet ni inte att noshörningar är fridlysta!"

"Kan Ni tänka Er vad dom gjorde? Dom helt enkelt lyfte sina kulsprutegevär och sköt upprepade salvor mot honom. Kan Ni tänka Er! Dom mördade min Rick mitt framför mina ögon! Kan Ni föreställa Er nåt mer barbariskt!"

Michele böjde sig fram, gömde sitt ansikte i händerna och grät sakta. När hon tittade upp pärlade tårar ner för hennes kinder.

"Dom mördade honom. Dom mördade min Rick kallblodigt, mitt framför ögonen på mig. Min Rick, en av världens mest framstående och brillianta zoologer, dödades bara som så här." Hon knäppte med fingrarna.

Ingrid och Ted Hallberg tittade tysta på den gråtande kvinnan när hon med darrande händer tog fram en liten spetsnäsduk och torkade sina tårar.

"Stackars dej..." Ingrid strök sakta den nyinflyttade grannkvinnan över håret och i en villrådig gest räckte hon henne ett glas sherry som Ted just hällt upp. Hon hade presenterat sig som Michele Renard, professor i zoologi vid Harvard...

Michele smuttade och nickade.

"Jag satt vid ratten på Land Roven och jag skrek åt dom. Då siktade dom på mej och sköt, men missade. Dom var väl för nervösa att sikta rätt. Jag hade min FN kabin bredvid mej och jag sköt dom alla tre i benen innan dom försvann haltande in i bushen. Jag sprang fram till Rick. Han var dödligt sårad. Jag kallade på hjälp över radion..."

"Där satt jag med geväret skjutfärdigt. Hans huvud vilade i mitt knä. Jag satt där hela dagen. Jag talade med honom. Tröstade honom... och mej själv med, skulle jag tro. Vi visste båda att detta var vårt slutliga adjö. Jag visste att han hörde mej, trots att han inte svarade. Som ni vet är vår förmåga att höra det sista vi förlorar när livet är slut. Jag kände hur min kontakt med honom gradvis avtog. Till slut förstod jag att jag bara satt och talade med mig själv. Han dog i mina armar."

"Jag har inte många vänner. Har aldrig haft. Brydde mej aldrig mycket om sällskap. Mitt liv var min man, vår dotter och vår forskning. Dom två var faktiskt mina enda nära vänner. Jag kände mej så fördömt ensam och lessen när jag förlorade honom... Jag gör det fortfarande och kommer väl aldrig över det."

Hon snöt sig, tog ett djupt andetag och fortsatte sin berättelse som om hon talade med sig själv:

"I solnedgången kom nationalparkens regionale föreståndare och hans män i en jeep. Dom var väldigt rara och mycket upprörda. Dom tog oss till forskningsstationen och hjälpte mej att sända Rick och all vår utrustning hem till Amerika."

"Jag fick bo hos vår dotter Marianne i New York, på Long Island. Hon, den underbaraste och raraste männska jag nånsin känt, gifte sig med en super-rik man och hennes framtid syntes så lovande. Men hon sade till mej att hon ville lämna honom. Han var en förbrytare, sade hon. "En fruktansvärd hemsking!""

"Av en ren tillfällighet hade hon kommit på att hans kontor bara var kulisser och att han var en av storfräsarna i New Yorks undre värld och USAs narkotikahandel. Han behövde inget kontor, han hade alla affärer i huvudet, sa Marianne."

"Så en dag hörde jag att han och Marianne grälade högljutt. Ordväxlingen slutade med ett revolverskott. Jag rusade in och undrade vad som stod på. Han mötte mej i dörren och bad mej ringa

3

efter en ambulans. Marianne just sköt sej, sa han. Jag glömmer aldrig hans ögon när han sa det. Ögon kalla som ormögon."

"Jag sprang in för att se hur det stod till med henne. Hon låg där på golvet med ett kulhål mitt i pannan. Hur kunde en mänsklig varelse sjunka så lågt att döda en så ljuv och intelligent individ som Marianne, en människa så snäll och klok, en sån pålitlig vän. Obegripligt! Hon skulle aldrig ta livet av sig. Hon kunde alltid finna lösningar på problem. Hon var mördad den saken var helt klar. En polisman kom. Han ställde några frågor, gjorde några noteringar och förklarade att det uppenbarligen rörde sig om självmord. Jag hade sett den där polismannen flera gånger tidigare. Han var en nära vän till Mariannes man. Troligen involverad i samma gäng med narkotikahandlare. Så vad kunde jag göra?"

"Ja, så gick det till när jag förlorade mitt enda barn. En smart, intelligent, ung kvinna. En skönhet."

Michele satt tyst, blicken fästad långt, långt borta någonstans:

"Du var bara tjugofem år, min älskade lilla tös. För bara ett år sen, var vi en sån lycklig liten familj, med stora framtidsplaner och stora förväntningar... och nu sitter jag här ensam och känner mig miserabel och tycker synd om mej själv, och beklagar mej inför människor jag faktiskt inte ens känner..."

"Ibland ångrar jag att jag inte sköt ihjäl dom där tre tjuvskyttarna som mördade Rick Varför sänkte jag siktet och sköt dom i benen. Och varför sköt jag inte Mariannes man? Hade jag investerat i en bra advokat hade jag gått fri. Jag hade lätt kunnat fantisera ihop en historia om att han försökt mörda mej för att jag påstått att han sysslade med knarkaffärer, och att Marianne ingripit... och att han då skjutit henne. Pistolen han använde hade han placerat i hennes hand för att antyda självmord. Den kunde jag ha grabbat och sänt honom till dom sälla jaktmarkerna... Om jag hamnat i fängelse hade jag troligen kunnat skriva och fortsätta våra forskningsprojekt bakom galler."

4

Michele satt helt innesluten i sig själv. Hon sänkte rösten och viskade: "Vi skulle inte tillåta såna här omänskligheter. Vi skulle inte tillåta att Fru Justitia står där utan bindel för sina ögon, ser allt och inte gör något!"

"Jag är indian av Wampanoag-stammen. Det var vi som bodde här innan den vite mannen, europeerna eller dom så kallade Pilgrimerna kom hit med Mayflower. I min barndom brukade alla stammedlemmar träffas vid en så kallad Powpow. En årlig sammankomst då man visade och sålde konsthantverk och kunde lyssna till indianska sånger och musik och man kunde höra berättelser från gamla tider och man dansade... Då brukade dom uppföra en rituell dans som heter Ormdansen. Stammens modiga krigare dansade med livsfarliga giftormar. Dansaren höll ormen och svingade den runt, och kastade den högt upp i luften, fångade den, kysste den, jonglerade med den och behandlade den respektlöst medan ormen förgäves försökte hugga gadarna i dansaren. Dansen symboliserade förmågan hos stammen och våra modiga krigare att hantera varje farlig inkräktare. Vi var alla modiga krigare. Vi var alla överens om att ingripa och stoppa inkräktare, som var en fara för stammen. Vi barn fick lära oss att försvara stammen, dvs. vårt samhälle. Vi fick lära oss att inte acceptera laglöshet och att man borde ingripa mot sådana som mördade min man. Vårt moderna samhälle här borde ingripa nu och stoppa sådana som ostraffade mördade min Marianne... Samhället , det är ju vi. Det är ju du och jag. Vi måste... Förlåt mej, Jag förstår inte varför jag berättar detta för Er båda. Jag känner Er inte ens."

"Det är OK, Jag är glad att Du talade ut," sade Ingrid.

"Men jag känner ju inte Er. Aldrig någonsin har jag berättat för någon hur jag förlorade Rick och Marianne. Men det är något i min uppfostran, något som mina wampanoagföräldrar inpräntat i mej. Att man inte får acceptera ondska, om inte samhället ingriper måste du själv se till att något görs, ensam eller med någon du litar på..."

Ingrid mötte Michelles blick och sa: "Ted och jag är den sortens människor som folk tyr sig till och vill tala ut hos. Det är väl ett sätt att visa oss förtroende skulle jag tro. Alla vet att vi inte sladdrar eller talar bredvid mun eller för prat vidare."

"Jag kom till Cape Cod," fortsatte Michele, "för det hade Rick och jag planerat. Vi har båda indianblod i våra ådror. Hans far och farfar tillhörde en Canadensisk stam och mina förfäder var Wampanoags, indianstammen här på Cape Cod som jag nu skall kontakta för att finna ut mer om mina rötter. Jag har en stark känsla att jag hör hemma här på Cape. Det är här som Rick och jag hade tänkt att slå oss ner och tillbringa resten av våra liv med att organisera våra forskningsresultat, redigera våra filmer och katalogisera våra anteckningar och foton. Vi skulle sammanställa vårt material till böcker, och föreläsningar, göra filmer och TV-program..."

"Så snart jag får allt i ordning skall jag förverkliga våra planer och låta folk få veta om allt vi såg och upplevde Dessa underbara vilda djur och den otroliga skönhet vår värld erbjuder. Jag har så mycket att berätta om vår ovärderliga lilla planet..."

Michele hade flyttat in i grannhuset till Hallgrens en majmorgon. Flyttlasset bestod mest av vackra antika möbler. Själv körde hon en gammal rostig bil. Hon var en liten, till synes spröd kvinna i femtioårsåldern. Hennes hår var vitt och kortkippt. Hennes alerta ögon inramades av ett nätverk av små skrattrynkor. Hennes leende var öppet och grep tag i en, så man fick känslan av att hon var en nära vän, man känt i många år. Hon skulle snart visa sig krydda paret Hallbergs liv och öppna nya dörrar till stimulerande vänskap men också till ögonblick av spänning och skräck.

Ingrid och Ted Hallgren visste hur det kändes att stå mitt bland ouppackade möbler och mattor, väskor och lådor med alla ens nerpackade tillhörigheter. När de såg den ensamma kvinnan flytta in i grannhuset hade de bjudit över henne på deras favoritmiddag. Svenska köttbullar med kokt "ullig" potatis, gräddsås och lingonsylt.

Med ett förvånat leende hade hon accepterat inbjudan och efter att ha gjort i ordning sitt sovrum för den första natten i sitt nya hus kom hon gående upp för tegelstensgången till sina nya vänner. Hon bar på en färgglad bukett med vårblommor från sin nya trädgård, tulpaner, narcisser och iris. De drack en välkomst- drink och Ted önskade henne välkommen till Cape Cod.

Michele Renard ägde den sortens skönhet som inte ändras mycket med åren. Ytterligare några rynkor bara förstärkte intrycket av en personlighet med karaktär.

"Vi hade ett underbart liv tillsamman," sade hon. "Rick och jag reste mycket. Forskade, filmade, fotograferade, studerade och skrev om utrotningshotade djur. Vårt specialintresse var de stora kattdjuren. Vi arbetade många år i Indien och Afrika. Men som ni nu vet tog allt en ända med förskräckelse vid vårt sista besök i Kenya."

Den här första kvällen talade Ingrid och Ted länge med sin nya granne och när de återvänt efter att ha följt henne hem sade Ted:

"Hon är en väldigt ensam varelse, som söker kontakt. Hennes uppfattning att man skall ta itu med brottslingar om inte polisen gör det skrämmer mej. Det är första gången jag hör något sådant men jag gillar henne."

"Jag gillar henne också. Rätt snart fann jag att vi var på samma våglängd. Och det är rätt ovanligt, men hennes krav på ingripande mot busar skrämde mig. Jag tror på samhället och att man skall försöka glömma gamla oförrätter. Jag tycker hon borde inrikta sitt nya liv på att lämna gamla, deprimerande minnen bakom sig och göra resten av sitt liv till någonting nytt, gott och positivt. Hon har ju verkligen något att erbjuda..."

Under sommaren som följde träffades de tre vännerna så gott som dagligen. Och när vintern kom tillbringade de ofta kvällarna tillsamman, ibland framför den öppna brasan hos Michele, ibland hemma hos Ingrid och Ted. Michele visade sig vara en mycket angenäm, spirituell och otroligt bildad bekantskap. Hon visste massor om djurs uppträdande och vanor, om växter och fåglar och hon var väl insatt i miljöfrågor. Hon visste vad man måste informera samhällets beslutfattare om, för att stoppa miljöförstöring och hur man kunde rädda utrotningshotade varelser och växter och styra global nersmutsning och klimatförändringar..

Ingrid och Ted hade flyttat från sitt hemland Sverige tio år tidigare. Ingrid, femtio och några år, ursprungligen brunett men nu helt vithårig. En liten slank och tillbakadragen, alltid fullt sysselsatt modedesigner med ett känsligt ansikte och livliga blågröna ögon som alltid strålade av vänskap. Han, snart sextio, en stor, kraftig, blåögd skandinav med silversprängda tinningar. Det svenska paret introducerade Michele till hennes nya grannskap. De visade henne intressanta platser, unika promenadstigar, de bästa lokalerna att se ovanliga fåglar, de vackraste solnedgångarna och de bästa butikerna för unika prylar och deras favoritbutiker för delikatesser för god mat till vettiga priser.

Livet på Cape Cod flyter sakta under vintern och Michele tillbringade mesta tiden med att organisera och katalogisera sitt vetenskapliga material.

Teds många års erfarenhet som chef för en framgångsrik reklamfirma i Göteborg och hans vana att skriva text och göra layouter gjorde att han kunde hjälpa att sammanställa hennes noteringar och bilder i bokform. Ingrids meriter som modefotograf kom till god användning vid val och beskärning av bildmaterialet.

Våren kom tidigt till Cape Cod det året. I likhet med alla Cape Coddare fann de denna underbra årstid alltför kort. Det hade blivit en vana att en eller ett par gånger i veckan köra "Väg 6A" och följa hur ekarna längs vägen knoppades och slutligen bildade en tunnel av skir grönska över denna vackra väg som också kallas "The Kings Highway". Vägen följer norra stranden av CapeCod . Den är rankad som en av USAs vackraste, mest sevärda vägar och den slingrar sig genom ett landskap av trimmade häckar, välklippta gräsmattor, ansade rabatter och trädgårdar, låga, gamla hus med gråa fasader klädda med cedar shingles. Att köra Väg 6A i skymningen en vårkväll med de ljusgröna ekbladknopparna upplysta av bilens strålkastare kontrasterande mot den mörknande blåvioletta himmelen är en upplevelse av stor skönhet. Ingrid sade ofta att det inte fanns ett ställe till på jorden så vackert som Cape Cod om våren. På något vis är det som Edens lustgård...

Tyvärr visade det sig att även i denna lustgård fanns det ormar. Män med kalla ormögon. Män man aldrig såg men alla fruktade och som ofta nämndes i den lokala pressen. Mycket lite sades om ansträngningar som FBI och polis lade ner här. Tydligt var emellertid att detta sommarparadis var en ny lönsam marknad för narkotika.

Under den kommande sommarsässongen skulle över två miljoner människor från fastlandet besöka Cape Cods unika natur, de milslånga, vita sandstränderna, alla de fina, små restaurangerna, de pittoreska världshusen och motellen. Massor av studenter från colleges och universitet i Boston skulle komma till lågavlönade jobb på Mac Donalds och andra ställen som serverar snabbmat. Precis rätt målgrupp för narkotikahandlarna.

Ingrid och Ted ägde två butiker; en i Americas Cup staden Newport i Rhode Island och en i Osterville på Cape Cod, där det såldes diverse Scandinaviska presentartiklar samt frotte- och velourkläder av Ingrids design. Var dag under den hektiska sommaren och minst varannan dag under den långsammare tiden av året bilade de till butikerna och såg till att de var välförsedda. I Newport låg deras butik mitt i turistcentrum nere vid hamnen helt nära kajen i Bowens Varv. Där såldes dagligen hundratals T-shirts och Sweatshirts som Ted designat och tryckt i deras garage. Sommartid var Ingrids butik öppen från 10 till 10, men om vädret var fint öppnade de ofta en timme tidigare och stängde först vid midnatt. Dagligen strömmade många tusentals dollar in...

9

Kapitel 2

TRE HUS VETTER mot den öppna planen vid Barnstable Harbor, Hallbergs, Micheles och Sprenglers. Familjen Sprengler flyttade in för ett par år sen. Ingrid talade då och då med Sara Sprengler när de sågs ute på parkeringsplatsen eller när de hämtade in posten. Ingrid visste att Arnold Sprengler växt upp i en typisk medelklassfamilj. Hans föräldrar var genomgoda människor, som uppoffrat sig för att ge sin begåvade son en universitetsutbildning, vilket ingen tidigare i släkten haft råd med. Pappans dröm var att ingen girig bank eller fifflande försäkringsbolag skulle kunna lura hans son. Han önskade att Arnold aldrig någonsin skulle stoppas i sin karriär eller falla offer för andras själviskhet på samma sätt som han själv blivit förbigången och trampad på och hindrats i sina strävanden att slå sig fram och lyckas i livet.

Under studietiden hade Arnold jobbat som passopp på restauranger och som caddy på golfbanan. På somrarna var han säkerhetsvakt på stranden och såg till att icke simkunniga badare inte råkade illa ut. När han klarat sin juridiska examen vid ett av Bostons finaste universitet kunde han räkna med en gyllene framtid. Han hade sällskap med en studentska, en läkardotter från New Jersey. De hade träffats när de kämpade för att få ihop lite extra pengar. Han för att betala mat och rum. Hon för att kunna resa hem emellanåt och träffa mamman, vilket hennes pappa ansåg helt onödigt men hon ansåg livsviktigt. Sara var den sötaste och klipskaste flicka Arnold någonsin mött. Han avgudade henne. Hon lovade att vara honom trogen och vänta på honom när han sändes till Vietnam som pilot vid flygvapnet. Han återvände som en erfaren och skicklig pilot. Men kriget hade gjort honom bitter. Han kunde inte glömma alla grymheter han sett, dödade och invalidiserade oskyldiga gamlingar och småbarn. Slaktade civila och soldater och alla tusentals plastsäckar med döda soldatkroppar som flögs hem till USA. Han hade förlorat all respekt och tro på Washington. Det hade inte varit hans krig. Det kriget hade inte tjänat Amerikanska folket på något enda vis. Det hade bara varit deras krig; Kissingers, Pentagons, vapenindustrins aktieägares krig och snedvridna politikers maktgalenskap. De som motsatte sig kriget kallades opatriotiska, omanliga fegisar och kommunist sympatisörer. Studenter som demonstrerade mot kriget sköts rutinmässigt ihjäl av kravallpolis. Inte förrän tevereportrar dokumenterade hur Amerikanska soldater beordrades att utföra helt omänskliga handlingar och mördade oskyldiga civila började det gå upp för Amerikanska folket att allt inte stod rätt till.

Arnold kände starkt att lagstiftare och beslutsfattare, ansvariga för kriget och hur det sköttes, hade brutit mot alla etiska regler han lärt sig som jurist och som kristen genom mamma och pappa. Dessa så kallade "representanter för folket" borde aldrig tillåtits att gå ostraffade från ansvaret för deras smutsiga, orättfärdiga krig, som innebar uppenbara brott mot mänskliga rättigheter och internationella konventioner och framför allt brott mot den anda amerikanen var stolt över. Allt för att tillmötesgå congressmäns och senatorers personliga intressen och Pentagons önskan att tillfredsställa vapenindustri och storkapital i utbyte mot politiska kampanjbidrag. Han ansåg att Kissinger borde ställas inför rätta vid Internationella domstolen i Haag och dömas ansvarig för de 1,2 millioner oskyldiga civila som omkommit under den av Kissinger beordrade Amerikanska terrorbombningen i Laos, Kambodja och Nordvietnam. Istället belönades Kissinger med Nobels fredspris! Sara var inte rädd att tala ut och hon berättade allt för Ingrid, och Ingrid berättade för Ted...

Arnolds drömflicka höll ord och väntade på honom. Hon mötte honom med blommor och kramar när han kom hem från Vietnam. Sara tyckte inte han hade kastat bort tid på ett meningslöst krig. Han hade gjort sin plikt och han hade inte smitit undan som så många andra. Hon hade under tiden blivit utexaminerad lärarinna. Hon hade längtat efter honom varje dag och hon fick honom att känna sig hjärtligt välkommen hem.

Sara och Arnold hade ett litet bröllop. Bara de två och deras närmaste vänner. Hon hade en lärartjänst i Cambridge och han fick jobb vid en av Bostons många stora advokatbyråer. Hans ansvar var betydligt större än hans lön lät förstå. Sara och Arnold var lyckliga. Två små flickor föddes. Sara gav upp sin karriär för att vara hemma hos barnen. Det visade sig att flickorna var alerta och högt begåvade. Hon ville ge dem den skönaste barndom och den finaste utbildning. De sändes först till ett college i England och senare antogs båda två vid Oxford University.

Arnold arbetade hårt. Han behövde Saras "marktjänst" för att hans advokatkarriär skulle få luft under vingarna, sade han. Hon började känna sig ensam. De växte isär. Godnattkyssarna blev mer och mer sällsynta. Hon fann honom klumpig och egoistisk i sina erotiska närmanden och försökte förklara för honom att efter två barnsängar hade hon ett behov och dessutomen rätt att få vila ut och vara ifred och tänka lite på sig själv.

De hyrde på Cape Cod varje sommar och flickorna älskade sommarloven där. Sara använde ärvda pengar till att köpa villan vid Harbor Square vid hamnen i Barnstable. De flyttade från hyresvåningen i Cambridge. Arnold pendlade till och från Boston varje dag. Det vill säga en och en halv timme till jobbet varje morgon och en och en halv timme hem varje kväll.

Nya vänner förklarade att Cape Cod var en uppåtgående marknad för en duktig advokat. De lovade skaffa honom kontakter och nya klienter om han öppnade ett advokatkontor där. Han föll i fällan! Affärerna gick trögt. Han måste åka till Boston för att skaffa nya kunder. Hans gamla arbetsgivare och samtliga advokatbyråer han besökte var helt ointresserade. Han tvingades ta vad job som helst. Han t.o.m. körde taxi om nätterna. Han var fullständigt slut när han kom hem efter 16 timmars arbetsdag. Ändå räckte inte hans inkomster att täcka kostnaderna för kontor, sekreterare och flickornas skolgång i England. Alla besparingar var nu uttömda och ljusare tider var inte i sikte.

Han skämdes och kände sig otillräcklig. Han kunde inte genomföra ett samlag trots att han var välkommen att ligga hos Sara, Han ville visa henne att han kunde leva utan samlag. I sin självpåtagna isolering låste han in sig och masturberade medan hans tankar var fokuserade på henne.

Sara förstod att han snabbt närmade sig gränsen för sin kapacitet. Hon begrep att en depression och ett nervöst sammanbrott var omedelbart förestående. Hon talade allvar med honom. Och hon föreslog att de skulle ta ut en inteckning på huset för att få deras privata ekonomi på fötter igen.

Hon sökte och fick en tjänst som lärare vid Cape Cod College. Hon kände att han var ärlig när han viskade till henne att han älskade henne mer än han hade ord för. För första gången på nära två år kom han över i henne säng. Han smekte och kysste henne, hennes sköna bröst och hennes varma, mjuka mage och hennes förtrollande sköte. Plötsligt började tårar strömma ner för hans kinder. Han ville dölja att han grät och att han var oförmögen att förföra henne. Hon tröstade honom. Hon tog initiativet, kysste, kramade honom och förförde honom. Alla hans problem försvann och han föll i djup sömn.

Under en tid tycktes deras liv utveckla sig till något i närheten av harmoni. Men verkligheten är ofta brutal. Cape Cod är inte rätt ställe för en ung, karriärsugen pro, som vill bygga upp ett eget företag. Inte att jämföra med Boston eller New York.

Turistsäsongen på Cape Cod varar vanligen bara nio veckor plus några långhelger. Vintertid tycks allt stå still. En stor del av befolkningen där är pensionärer, som redan genomlidit de komplikationer en advokat kan lösa. Deras testamenten är skrivna för länge sedan och de har med åren samlat tillräckligt med klokhet, visdom och erfarenhet att inte behöva advokaters hjälp utom när det gäller behov av partner i bridge eller sällskap för att spela golf. När de önskade träffa advokaten var det vanligen för att få gratis konsultation. Fler och fler obetalda räkningar samlades på Arnold Sprenglers imponerande skrivbord.

Så en dag kom en affärsman från New York, rekommenderad av en gemensam vän, in på Arnolds kontor. Han behövde hjälp. Hans problem var att han hade för mycket pengar. För mycket kontanter. Denna första förmögna kund introducerade vänner med samma problem. Och Arnold visste hur man kunde hjälpa dem. Han etablerade nya bolag. Bolagen köpte andra företag och bildade en outredbar härva av företag och äganderätter. De nya företagen investerade i aktier och obligationer, i fastigheter och tomter. Arnold förstod naturligtvis att alla dessa pengar, som ingen ville visa varifrån de kom, var olagliga pengar. Men han ansåg sig inte ha anledning att fråga efter eller bry sig om deras ursprung.

De flesta långivare och personliga bankkontakter accepterade kontanter i en väska som säkerhet för ett lån. Formellt hette det att låntagarens goda namn var säkerhet nog för lånet. Arnold var väl medveten om att han skapade dessa luftbolag för att visa fiktiva inkomster från transaktioner, som aldrig ägt rum.

Hans kunder uppmanade honom att ta betalt för tjänster och skriva räkningar han aldrig vågat drömma om. Han reste över hela Nordamerika och deponerade pengar i hundratals konton. Han hade alltid drömt om att ha ett eget flygplan och nu hade han råd att köpa en begagnad Cessna i gott skick. Han var en välkommen kund hos bankerna. Politiker började ringa honom för att fråga om han behövde hjälp... förutsatt förstås att han gav ett litet bidrag till deras kampanjfonder!

En ny lag mot "rentvättning" av knarkpengar medförde att alla penningtransaktioner över $ 10.000 måste registreras av bankerna och uppges för myndigheterna. Arnold hade för längesedan förstått att han måste dra sig ur dessa affärer och han berättade det för sina kunder.

Kapitel 3

ARNOLDS UPPDRAGSGIVARE, SOM behövde "tvätthjälp" lämnade honom och på hans kontor återinträdde stillheten. Det gick ett par månader. Så en dag ringde en tidigare klient, Joe Cavallo i Chatham, och bad om en personlig tjänst.

"Jag har en tant i Florida som inte vågar flyga. Hon behöver nån som kan köra henne hit till Cape Cod. Skulle Du vilja vara bussig att köra henne? Skulle Du vilja göra mig den tjänsten?"

"Javisst, så klart!" Han hade ju inte mycket att göra på kontoret och här gällde det bara att hämta den här tanten i Sarasota, inte långt från det ställe där hans egen mor bodde.

"Jag ska se till att Du får bra betalt," sa Cavallo. "Skicka mej bara en räkning..."

Arnold berättade för Sara att han hade måste till ett sammanträde i Sarasota, och att en kund, en äldre dam, ville konsultera honom medan han körde henne till hennes son på Cape Cod. Sara tyckte det hela lät lite konstigt, men kunder bad ibland om de konstigaste tjänster.

Han flög från Boston Logan till Sarasota, hyrde en bil och körde och hälsade på hos Mamma Sprengler. Hon hade blivit mindre och sprödare tyckte han. Det var underbart att träffas och pratas vid om gamla tider.

"... och kommer Du ihåg när Du gav mej den där underbara buketten med ängsblommor? Och kommer Du ihåg den där julen när du ville klättra i granen... och den där sommaren på Cape Cod när jag lärde dej simma... och när Paps och Du och jag gick och köpte din cykel..."

Hennes ögon glittrade av lycka. Det var inga gränser mellan nu och då, mellan gamla minnen och dagens verklighet. Allt var en lycklig blandning... Han bjöd ut henne på middag och de pratade och pratade sent den kvällen.

Nästa dag sade han adjö till sin Mor. Hon fick en stor kram och när han for tittade han efter henne i backspegeln. Hon stod på trappan, vinkade och skakade sakta på huvudet. Hon höll sina händer i sitt vita förkläde medan tårar, som glittrade i solen, sakta rann ner för kinderna.

Arnold träffade damen han skulle köra. Det var en reserverad äldre kvinna som behandlade honom som om han var någon slags betjänt. Hon hade massor med bagage, en stor vit Lincoln och en personlig hjälpreda, en flicka i 20-års åldern från Puerto Rico.

Arnold hjälpte att packa in alla deras väskor och grejor i bilen. Damen var inte särskilt talför. Hon satt mest och tittade på TVn som fanns inbyggd bakom förarsätet. Flickan från Puerto Rico var otroligt vacker och välskapt. Hon satte sig i framsätet bredvid Arnold. Hon berättade om sitt barndomshem och Puerto Rico, denna sköna ö och dess fattigdom och hur lycklig hon var som fått komma till USA. Mil och timmar passerade raskt. Då och då knackade damen i baksätet på den glasade skjutluckan till framsätet och viskade instruktioner till sin tjänarinna. Arnold fick stanna och hon serverade sin husmor martinis eller kaffe med små snittar.

När kvällen kom tog de in på ett motell där tre separata rum var reserverade för dem. Allt bagage måste lassas ut ur bilen och den äldre damen serverades en sen middag på sitt rum. Arnold och flickan åt supé tillsammans. Han hade gått till sängs och låg och läste när det knackade på dörren. Han öppnade och in slank den Puerto Ricanska tösen. Hon var klädd i ett underbart vackert silkenattinne som hon raskt lät glida av och blotta en formfulländad kvinnokropp. Han visste

17

inte vad han skulle säga. Hon höjde en hand i en avböjande gest och kröp ner bredvid honom och släckte ljuset.

"Snälla Du, bli inte ond på mej," Jag avskyr att vara ensam.

Han höll sig på sin sida av sängen och tänkte på Sara. Han var för trött att tänka på amorösa äventyr.

"Jag är dödstrött," sa han, "... jag vill bara sova."

"Jag förstår Dej," sa hon. "Jag vill bara vara här och känna att någon är här hos mej." Hon böjde sig över honom och kysste honom godnatt.

"Fasen också" sa han till sig själv och försökte somna.

Hon var ju en gullig unge allright, full av tokiga infall, och en kul reskamrat men varför kunde hon inte lämna honom ifred... Han kände hennes mjuka hand söka och finna hans manlighet. Men han kunde inte protestera. Hon höll honom i ett hårt, men angenämt grepp. Hon kände honom växa och hans blod pulsera. Hon höll hårdare och drog och kelade med honom. Efter en liten stund satte hon sig grensle över honom och böjde sig fram över honom så att han slank in i henne. Han såg ingen återvändo.

"Varför kan jag inte stoppa det här, och varför låter jag henne förföra mej?"

"Varför låter jag dessa superrika knarkhandlare bossa mej? Varför dansar jag efter deras pipa? Jag vet ju vad jag borde göra! Varför protesterar jag inte?"

"Snälla du, ligg bara alldeles still," sade hon. "Snälla du, jaga inte bort mej! Försök koppla av och må bra när jag har det så här skönt... "

Tiden stod still. Hon visste precis hur en man ville ha det. Han slöt sina ögon och tänkte... Där hemma hade han världens skönaste lilla hustru som var en minst lika god älskarinna. Varför var han med på att göra detta mot henne? Han ville ju för det första inte vara här och för det andra ville han inte bli förförd. Han ville vara den som tog initiativ och sade vad som skulle göras. Flickan satt och red sakta på honom i mörkret. Han kände hennes spasmer krama om honom där inne i henne och hans penis svarade. "Våra fortplantningsorgan kommunicerar," tänkte han. "Undrar vad dom säger till varann."

"Vad du är god mot mej," sa hon och ritten blev trav. Han kände ett klimax sakta närma sig långt bortifrån. Nu var han med och deras känslor växte samman i en längtan efter samhörighet.

"Snälla Du kyss mina bröst! Snälla, goa sug sakta och försiktigt. Snälla, allra käraste, min lilla pojke." Hon bjöd honom sina sammetsmjuka, fasta bröst och förde in en bröstvårta mellan hans läppar. Och han sög. Och han tyckte det var både lustigt och skönt att vara hennes lille pojke och samtidigt hennes vilde älskare.

"Du är den perfekte mannen för mej. Du är så god mot mej," viskade hon och som förtrollad lyssnade han henne och gjorde det hon bad om. Hon blev fullständigt vild och rörde sig rytmiskt fram och tillbaka i en vansinnig galopp. Hennes klimax hade inget slut, bara varade och varade och hans extas var fulländad.

De låg bredvid varann i mörkret. Han inandades en ljuvligt frisk, exotisk doft från hennes burriga silkeslena hår, som kittlade hans näsa. En doft han aldrig känt förut, blommig, lätt kryddig och mycket, mycket angenäm att somna in till.

När han vaknade nästa morgon var hon borta. Varför hade han tillåtit henne att komma in, varför hade han så motståndslöst låtit en annan människa bestämma och styra honom. Det här kunde ju förstöra hans äktenskap helt och hållet och göra att Sara tappade allt förtroende för honom. Det ville han ju inte alls. Han skämdes. Ingen kunde ju lita på honom längre, inte ens han själv.

De två kvinnorna hade redan ätit frukost när han kom ner och beställde, kaffe, rostat bröd och cornflakes. Han åt snabbt och checkade ut. Puertoricanskan såg glad och nyter ut och snart var de åter på väg. Bilen for ljudlöst, snabbt och bekvämt på expressvägarna genom stat efter stat. Sent på eftermiddagen kom de fram till New York. Den äldre damen ville ta in på Hotel St. Moritz, men Arnold var inte med på att utsätta sig för samma frestelse som förra natten så han insisterade på att bara stanna och ta en kvick sandwich och en kopp te.

Han var en rutinerad bilförare. Han valde Hudson Parkway ut till New England Thruway. Alla bilister tycktes jaga varann ut ur New York. Han såg fler Connecticut polisbilar än han någonsin sett tidigare och höll därför laglig hastighet. Han kände sig mer och mer nervös för alla dess polisbilar.

"Var den här gamla damen en knark kurir? Kanske var hon inte alls någon släkting..." Han började fråga sig... Hon inbjöd sannerligen inte till någon konversation. Flickan avslöjade inget, men pratade med honom och log och skrattade hela tiden. Fullmånen följde dem på en molnfri mörkblå himmel. Det var en verkligt vacker kväll.

"Hade Du det skönt i går kväll," frågade hon. Han nickade

"Sov Du gott, var jag bra?"

"Ja och nej."

"Glad att Du sa ja..."

Nu for de genom Rhode Island och han noterade att även här var antalet polisbilar avsevärt fler än vanligt. När han körde in i Massachusetts var det en polisbil som hängde tätt efter honom genom Wareham till Bourne och plötsligt for hjärtat upp i halsgropen! Vid den stora parkeringsplatsen vid kanalen vinkade en polispatrull med röda ljus åt honom att stanna.

Arnold stannade, tryckte på en knapp och vindrutan gled ner.

"Kan jag hjälpa med något! Är något på tok? frågade han.

"Lessen att behöva störa Er en sån här vacker kväll. Detta är en ren rutinkontroll. Kan jag be att få se Ert körkort och bilens registreringshandlingar, tack!

Han kände efter i innerfickan. Hans plånbok var borta!

Han var helt på det klara med att den fanns där i går kväll. Hur sjutton... och när hade han förlorat den? På hotellet förstås! Flickan förståss! Han fann bildokumenten i handskfacket.

"Albert, vad är det frågan om?" Den äldre damen sköt glasluckan mellan sätena åt sidan och lutade sig framåt.

"Här är Din plånbok." Hon räckte den till honom. Körkortet låg där i sin lilla genomskinliga ficka. Polismannen granskade det, tittade om och omigen på honom. Nickade, gav det tillbaka och gjorden en honörsliknande gest mot sin mössa.

"Tusen tack. Allt är OK. Ni kan fortsätta. Godnatt och trevlig resa."

Arnold hörde polismannen säga till en kollega:

"Nej det är inte dom. Det här är en äldre dam, hennes sekreterare och hennes chaufför Albert. Jag tror vi får vänta till i morgon. När allt kommer omkring skulle dom ju inte lämna St. Moritz förrän i morgon bitti."

Arnold svängde ut från parkeringsplatsen. Han hade tidigare känt en oändlig trötthet komma över honom. Men, nu kunde han se den vackert upplysta bron vid Sagamore. Det betydde att han bara hade ungefär 20 minuter kvar att köra. Tröttheten släppte. Han lutade sig bakåt och öppnade skjutluckan och frågade:

"Förlåt, Madame, men varför kallade Ni mej Albert?"

Hon tände en cigarrett, lutade sig bakåt och blåste ut en stor puff med tobaksrök från fransk caporal tobak

"Unge man, jag tar inga risker. Du uppträdde oklanderligt.

Vi är väl snart framme nu, eller hur?"

"Ja, Madame, om 20 eller 25 minuter bör vi vara vid Hyannis Regina!"

"Det låter bra! Du är en utomordentligt bra bilförare. Jag gillar dej."

Arnold stängde skjutluckan och öppnade fönstret för att vädra ut den kväljande tobaksröken.

Han svängde in framför hotellentreen. Natt-portiern satt framåtlutad bakom disken och hade uppenbarligen svårt att hålla sig vaken. Under disken visades en fotbollsmatch på en liten TV. Han vaknade till med en knyck.

"Åh, gokväll Herr Sprengler. Välkommen. Liggaren här säger att Ni inte skulle komma förrän i morgon eftermiddag. Men vi har

21

naturligtvis alltid rum lediga för Er Herr Sprengler. Inga problem, jag ska ta hand om bagaget.

Arnold gick ut till bilen och hjälpte den äldre damen att stiga ut. Kvällen var sval. Hon hade haft en schal svept om axlarna. Han böjde sig in för att ta hennes lilla vita kudde hon lämnat kvar i sätet. Det var någonting tungt inne i den och han kände att det var en automatpistol med kort pipa och lång kolv. Ingen hade lagt märke till hans upptäckt så han lade tillbaka kudden med vapnet.

Den Puerto Rikanska flickan frågade om han inte skulle checka in. Han skakade på huvudet.

"Nej tack, min sköna," sade han, "jag skall köra hem nu. Det är inte långt och jag tror jag behöver sova!"

"Synd", sade flickan. Han lade märke till att hon hade den lilla vita kudden med automatvapnet under armen.

"Det var trevligt att råkas, Albert," sa hon. "Tack för turen."

Hon viskade godnatt, log och gick in i hotellet. Arnold hittade sin BMW på parkeringsplatsen. När han satt vid ratten tog han fram sin plånbok och tittade på körkortet. Det var hans alright. Hans foto, hans social security nummer... nästan! Allt verkade helt legalt så när som på namnet Albert Springer! Han tog ut det ur sin plastficka. Det var en perfekt förfalskning! Baktill i plånboken hittade han sitt riktiga körkort och i sedelfickan fann han en fet bunt hundradollarsedlar och en check på 5000 dollar.

"Ojdå. Min plånbok var den verkliga anledningen till det amorösa spektaklet i gårkväll," sade han till sig själv. Det var skönt att ha alla pengarna, men det var obehagigt att bli behandlad som en kasperdocka och tvungen att dansa som en marionett utan möjlighet att avbryta dansen.

Medan han körde hem satt han och funderade över varför han, en välutbildad och begåvad man, som faktiskt gillade att arbeta hårt, han som hade en rar familj som såg upp till honom, kunde han verkligen inte hoppa ur den här djävulsdansen. Han skulle minsann visa dem!

Kapitel 4

DET VAR STRAX före midnatt när Ted parkerade framför deras hem i Barnstable Harbor. Reflexerna från fullmånen glittrade i hamnens stilla, svarta vatten.

Han gäspade och vek ut sina långa ben ur den lilla Ford Fiestan, klev ut och sträckte på sig. Det hade varit en jobbig dag. Säsongens första dag med riktig fräs på affärerna. Det var kunder i ett kör och butiken hade varit full hela dagen. Med en belåten känsla av tillfredsställelse grabbade han sin lunchkorg där han hade dagskassan i en vanlig påse. Äntligen, äntligen började ordentligt med pengs rulla in. Det hade varit en lång och slö vinter och vår. Det hade varit dagar då inte en enda människa tittat in i butiken och dagar då inte en katt synts till i gatan.

Natten var sval, klar och vacker. Han gick in i köket och tog sig en kall öl ur kylen, gick tillbaks ut och satt ner i den gamla korgstolen på verandan. Som alltid efter dessa sena nattliga bilresor hem hade han varit på vippen att somna och länge kämpat mot tröttheten och när han slutligen övervunnit den var han uppskruvad och det kunde ta över en halvtimme innan han tonat ner. Nu satt han där och njöt av nattens tystnad och skönhet. Han lyssnade till de dova hoo-hooandet från den stora uven i strandskogen bakom Micheles hus. Han hörde en bil köra av huvudvägen 6A och komma ner deras väg. Det kunde vara Micheles bil. Och det var det! Men inga ljus var på, inga strålkastare tända!

"En säkring måste ha pajat!" tänkte han. "Hon måste ha ögon som en katt för att kunna se och köra i det här svartet..."

Hennes garagedörr öppnades och bilen försvann in i det svarta hålet varefter dörren stängdes ljudlöst, uppenbarligen mycket väloljad. Inga ljus tändes i hennes hus.

Då syntes borta i hamnöppningen en stor, svart fiskebåt. troligen en 48 fotare, så gott som ljudlöst glida in i hamnbassängen. Bara ett sakta porlande från stäven och ett dämpat lättjefullt kluckande när kölvattnet nådde pålverket vid kajkanten.

Den där skepparen visste uppenbarligen hur man hittar rätt i den trånga, muddrade rännan in i hamen. Marindieslarnas dova morrande förrådde hundratals kanske till och med tusen hästkrafter som kunde ge båten otroliga fartresurser. Avgasrören väste sakta ut kaskader av kylvatten och skepparens tilläggnings manöver förrådde vana och erfarenhet. En störd fiskmås flög skriande upp och sökte villrådigt en ny tilläggningspåle att tillbringa natten på.

Ted hörde viskande röster från akterdäcket och kunde urskilja tre män i mörka seglarkläder gå iland. De bar på stora segelsäckar och följde stigen från bryggan upp till Arnold Sprenglers hus. De var väntade. Entrédörren öppnades innan de ännu hunnit fram. De tre silhuetterna avtecknades tydligt mot ljuset inifrån. Männen gick in. Dörren stängdes.

Ett av fönstren i Micheles studio var öppet och Ted såg en glimt av hennes ansikte och hennes vita hår. Hon tycktes hålla en kamera eller kikare i ena handen. Hon vinkade till honom och han vinkade tillbaka.

Han drack ur sitt öl, gick in och upp till deras sovrum där Ingrid låg och sov. Han stod länge och tittade på henne. Himmel vad han älskade henne. Hennes djupa, långa, lugna, andetag gjorde att han avstod från att kyssa henne godnatt. Han klädde om i mörkret och kröp till sängs.

Följande dag började med en av dessa oslagbara Cape Cod morgnar. En molnfri himmel och en svag, salt morgonbris som sakta lekte i ekkronorna. Ingrid och Ted satt och åt frukost på däcket på baksidan av huset. De lyssnade på BBCs morgon-nyheter när dörrklockan ringde. Det var Michele. Hon var sommarklädd i vitt och bar en vidbrättad vit hatt med rosa rosenknoppar kring kullen och ett kokett och charmigt flor. Ted öppnade dörren.

"Godmorgon! Kom in! Vad står på? Om några minuter sticker Ingrid till Newport."

Michele skrattade.

"Hejsan! Skulle ni möjligtvis kunna tänka er att ta med en fripassagerare till Newport. Jag tänkte vara ledig och koppla av. Skulle gärna vilja vara turist i America's Cup-stan en dag som denna. Snälla ni? Jag tvivlar på att min gamla Toyota klarar av att köra både fram och tillbaka."

"Javisst, naturligtvis!" sade Ingrid, "men vänta dej inte att jag skall agera turguide och visa alla gamla kändisars lyxvillor eller stränder, restauranger och barer utmed hamnen. Jag ser fram mot en hård arbetsdag, men jag bjuder gärna på lunch på Black Pearl eller Clarke Cooke House!"

"Toppen, tusen tack! Då ska jag bara rusa hem och hämta kamera och kikare. Jag är tillbaks i ett nafs!"

Ingrid checkade av en lista med varor som Ted packat i backar och satt in i bilen. Ingrid satte sig tillrätta framför ratten. Med ett läppstift i handen tittade hon sig i backspegeln...

"Ted, glöm nu inte att trycka tröjorna som jag staplat i garaget. Jag har lagt instruktioner uppe på varje hög. Och starta inte torkapparaten i tryckeriet förrän tvättmaskinen har tvättat färdigt, för då går proppen. Och förresten vänta inte på mig i natt! Vi blir troligen sena! Eller vad tror Du Michele? Det kan ju ta lite tid att visa Michele Newport by night!"

"Glöm bort det där nattlivet! Om ni två tosingar inte är hemma klockan ett ringer jag polisen!" ropade han.

"Jag gillar skarpt dom där snygga poliserna, gör inte du, Ingrid?" retades Michele.

De vinkade adjö genom den öppna takluckan och bilen försvann in mot Barnstable. De passerade domstolsbyggnaden som liknar ett grekiskt tempel. De passerade Sturgis Library, det älsta biblioteket i USA och snart var de ute på motorvägen in mot Sagamore bridge och fastlandet.

Ingrid satt tyst. Hon gillade sin indianska väninnas sällskap. Michele var öppenhjärtig och full av humor, ideer, och roliga infall. Hon hade ett intressant liv att plocka minnen och roliga historier ur.

"Kära du," sa Ingrid, " jag förstår du har nåt speciellt i kikaren. Du planerar nåt som du vill jag skall vara med på. Har jag rätt?"

"Ja! Jag anade du kunde gissa det. Jag behöver råd och hjälp."

Michele följde det omväxlande sceneriet som drog förbi, men hon sade inget. Båda satt tysta under resten av resan. Var och en upptagen med sina egna tankar.

Kapitel 5

INGRID STANNADE UTANFÖR sin Newport butik, låste upp dörren och hängde ut de två flaggorna. Den svenska till vänster och stjärnbaneret till höger. På andra sidan gatan låg "the Candy Store", den finaste och mest välkända av Newports barer vid hamnen. Hennes vän, bartendern där höll just på att sätta ut dagens menyer och en massa hungriga och törstiga kunder trängdes redan för att kolla in vad som bjöds och till vilka priser.

"The Candy Store" är rätta stället att höra otroliga skepparhistorier och verkligt kvalificerade, fascinerande och välsmidda lögner om det spännande livet till sjöss. Om vintern brinner här alltid en stor, ständigt glödande vedkamin som sprider en härlig värme uppskattad av frusna varvsarbetare, hamn-arbetare och i år, tränande Americas Cup seglare och kanske en och annan vilsen turist, som här serveras riktigt Australist öl, British bitter och äkta irländskt kaffe.

Resturangens allt i allo spolade barens fönster, och tegeltrottoaren utanför. Han ställde ut små bord och till varje bord två stolar. Denne bartender är en otroligt snabb och effektiv liten herre med ett ständigt leende och ett otroligt minne för namn och ansikten. I ett huj hade han torkat av alla de hundratals glasen och flaskorna och hela baren utstrålade ordning och renhet. En första klassens bartender i en första klass bar. Han ropade en morgonhälsning till Ingrid och Michele när de bar in back efter back med nytryckta T-shirts och sweatshirts och annat för turisterna, som snart skulle översvämma hela varvsområdet.

"Berättade Ted för Dej vad han såg i går kväll? frågade Michele.

"Nej, jag sov när han kom hem, och i morse pratade vi bara affärer. Hurså?"

"Jag ser att Du har massor att göra. Jag bjuder på lunch på The Candy Store här mittöver gatan, så kan vi talas vi då. Jag har något rätt intressant att berätta. Jag går in och reserverar ett bord till klockan ett. Fram till dess har vi båda massor att göra. Jag hoppas leta rätt på en viss båt här i hamnen, så jag tar mej en promenad och är tillbaks till lunch... OK? Chiao!"

En liten kö med väntande turister stod redan utanför Ingrids butik, när Michele gick sin väg. Man kunde redan se att den här dagen skulle bli en fin turistdag med en massa i Ingrids kassa.

Utmed kajerna låg en enorm mängd jättelika, chartrade motorkryssare med besättning och "skeppare", som redan serverat sig dagens första iskylda drinkar och som nu smorde in sig själva och sina russinhudade kvinnor, inbjudna "scandal-beauties" och halv-fnask med väldoftande sololjor.

För den sanne seglarentusiasten och den som älskar sjön representerar detta patrask av snobbar och pellejönsar en speciell, knäpp art av homo navigares ofta kallat brygg-gänget. De flesta av dessa seglare i vita byxor och seglarmössa har ingen aning om de mest fundamentala hur en båt styrs, seglas, lägger ut, lägger till, förtöjs eller följer farleder. Men det gör inget. Kunnig kapten och besättning ingår i priset. Så dessa seglare ser alla likadana ut, sittande där, avslappnade, iklädda senaste seglarmodet, snarlikt Amerikanska flottans vita tropikuniformer och hoppas att de som går förbi på bryggan tror att han som sitter där är båtägaren själv, och att lättklädda, lätt förledda unga kvinnor kan tacka ja till en drink ombord, stanna till efter solnedgången och tacka ja till att prova dubbelbädden och duschen ombord.

Michele promenerade sakta ut till tippen på betongpiren och spanade ut över den enorma hamnen med tusentals båtar av alla tänkbara slag till ankars eller förtöjda vid bryggorna. Hon tittade ut över den soldränkta bukten inramad i väster av den karakteristiska trappstegsfasaden på Sheraton hotellet, alla de moderna, shingel-klädda hyreshusen, och i söder Fort Adams sjuttonhundratals kasematter och granitmurar intill Ida Lewis Yacht Club. Detta är en underbart vacker hamn! Man förstår att USAs penningaristokrati på 1920-talet lät bygga sina sommarresidens här.

Hon spanade ut över vattnet. Fokuserade in den ena båten efter den andra och kollade in dem från för till akter. Hennes videokamera var ansluten till hörlurar och en ljudanläggning. Hon visste att en väldigt speciell motorkryssare låg därute. Hon visste det för med samma lyssnarutrustning hade hon hört sin granne Arnold Sprengler tala i telefon med en man ombord på en båt här i hamen, en viss båt... Och där låg den! I telelinsen fokuserade hon in den skulpturerade, förgyllda skylten med Neptunus och några sjöjungfrur vilande på gyllene bokstäver; "Snöfågeln, New York".

Micheles kamera såg ut ungefär som vilken videokamera som helst men parabolmicrofonen var liksom telelinsen avsevärt längre.

Michele och hennes man Rick hade använt den att filma och spela in ljudet från skygga sångfåglar, lejonhonor med sina ungar och andra djur som inte ville låta sig störas av naturfotografer. Nu kunde hon ta sig en nära titt på vad som kunde vara av intresse nästan en kilometer bort. Hon försökte se ut som vilken vanlig turist som helst, som panorerade in sköna semestervyer.

Här hade hon verkligen tur. Här hade hon möjlighet att lyssna på vital information, men konversationen mellan männen ombord bestod mest i snuskiga historier... Plötsligt ändrade de samtalsämnen:

" ... förra leveransen till ladan gick ju fint, utan problem," sade en av rösterna. "Våra killar har nu 100 kilo klart att avhämta. Allt vi väntar på är pengs. Priset är nu detsamma, men nästa gång är jag rädd att priset måste bli mellan 5 eller 10 % högre. Snuten blir mer och mer nyfiken... och smartare också, och kustbevakningen är otäckt alert! Den nya utrustning som vår nye medarbetare uppfunnit kostade en farlig massa pengs att ta fram..."

Michele njöt av den ljumma, salta vinden. Hon hade hört vartenda ord som sagts, kristallklart, och hennes video hade registrerat allt. Hon tittade sig omkring. Ingen syntes lägga märke till henne. Konversationen ombord på Snöfågeln fortsatte:

..."en ny fantastisk utrustning. Vi var uppe i Boston och växlade allt i hundralappar och tjugolappar, blandade nummer, bara använda sedlar. Du skall komma till ladan i morgon kväll vid 10 tiden..."

Mannen tystnade och tittade sig omkring.

"Personligen föredrar jag Chatham, men jag förstår varför Du gillar Newport."

"Newport är idealiskt för mitt sätt att jobba. Alla dess turister och besökande seglare gör det lätt att vara anonym här. Ingen här i närheten kan se eller höra vad man har för sej. Och tender-servicen är toppen. En irländare, som har en delikatessbutik nere i varvet, har en motorbåt och kör ut allt vi behöver. Och hamnens små servicebarkasser körs av de sötaste små tjejer. Med vår snabba gummibåt kan vi hämta upp våra affärsvänner och lämna av dom utan att någon lägger märke till det."

"... dessutom, Newport har en massa utmärkta restauranger, fantastiska barer och gott om unga kvinnor som vill ha lite knark och som gärna betalar i natura så att säga... Cape Cod är för slött och makligt för mej... Men jag inser att marknaden där har en enorm potential."

Den andra rösten fortsatte: "... härom kvällen blev jag påkörd av en liten tant. Hennes bil skadades och hon var tvungen att köra hem utan strålkastarbelysning... Hon blev lite chockad och påtog sig gladeligen hela skulden fast det egentligen var mitt fel. Jag hade fått mej ett par rejäla drinkar, kanske 3 eller 4. Om hon kallat på snuten hade jag råkat illa ut. Hur som helst så sa hon att hon hade en vän som skulle fixa både min och hennes bil på hennes bekostnad. Jag råkade veta att det var Cape Cods bästa verkstad, så jag accepterade förståss!

"Du gick rätt i min lilla fälla," viskade Michele leende.

"Jag ska knipa dej, jag ska följa efter dej och jag ska göra ditt liv till ett rent helvete. Jag ska robba er och jag ska få er att anklaga varann för rån och tjuvnad. Jag ska få er att ångra att ni nånsin befattat er med knark. Ja, jag har fått det här på hjärnan, men jag är helt på det klara med situationen. Knarklangare får mej att känna kalla kårar. Detta är inte längre ett kristet samhälle. Egoism och hämndlystnad är accepterat på regeringsnivå, till och med förordat och tillämpat. Men också jag har rätt att kräva rätt och straff. Om inte samhället kan ombesörja det så får väl mitt privata initiativ lösa den frågan."

Nöjd med dagens undersökning hittills gick Michele tillbaka utmed pontonbryggan nedanför "Treadway Inn". Flera vackra båtar låg förtöjda här, en del små och enkla, andra gamla fina farkoster men många var nya lyxbåtar. Aptitretande dofter av stekt biff med lök steg up från pentryt i en äldre välvårdad ketch. Det var dags för lunch med Ingrid.

Kapitel 6

SARA SPRENGLER VAKNADE när hennes man kom in i sovrummet.

"Älskling, vad skönt att du äntligen är hemma. Hur var Floridaturen? Tittade du till Mamma i Sarasota? Hur var det med henne? Vem var den där äldre damen du skulle köra ända från Florida hit? Varför i hela friden kunde hon inte ta flyget? Du ser så miserabel ut! Vad har hänt!?"

"Hejsan käraste, Det var skönt att vara hemma! Jag är dödströdd! Ja, jag bodde över hos Mamma. Hon mådde fint. Jag bjöd ut henne på middag. Hon hälsade så gott till dej och flickorna."

Han bytte till pyjamas. Ute i badrummet såg han sig i spegeln.

"O, Herre Gud är detta jag!"

Han såg en elak man med kalla ögon och en tunn, sammanknipen, okänslig mun. Det var ingen vacker syn. Detta var vad Dorian Gray såg när han smög sig upp på vinden och tittade på sitt porträtt. Inte konstigt att Sara ogillade vad hon såg. Men i kväll kände han sig faktiskt välkommen. Eller gjorde han det. Han svalde två sömnpiller och gick till sängs. Han låg platt på ryggen och tittade upp i taket. Hon hade väntat sig att han skulle ta initiativ till en kram eller en kyss eller åtminstone sträcka ut sin hand till henne. Han ville inte prata. Han ville att hon skulle ta initiativet... Han ville inte tala om resan. Ju mindre hon visste dess bättre.

Efter en lång stunds väntan på att han åtminstone skulle söka hennes hand och kyssa den, kände hon hur en mur byggdes upp mellan dem. Hon kände det faktiskt så att han lika gärna kunde stannat borta ett par dar till, ett par nätter till, eller tio nätter...

Förr när han kom hem brukade hon bli så glad och det fanns inga murar mellan dem. Men i kväll... i kväll tog det bara några minuter och en hög mur var där och hon kände att hon faktiskt gav sjutton i hur han haft det. Hon försökte igen.

"Varför kan du inte tala om för mej allt det där som trycker dej," sa hon. "Du har förändrats så mycket på sistone och jag gillar inte ditt nya jag. Varför kan du inte vara den där trevlige och sköne pojken du en gång var?"

Tystnad. Han visste så väl att vart ord hon sade var rätt, men han svarade inte. Han önskade han kunde tala om allt, men han skämdes och vågade inte. Åter var det hon som bröt tystnaden.

"Jag tycker vi skall flytta härifrån. Du kunde ta att jobb och vi kunde slå oss ner någon annan stans. Jag gillar inte dessa nya märkvärdiga kunder du har. Den där Joe Cavallo har ögon som en orm och han beordrar job som inte är advokatsjobb. Du kan leva utan honom. Du kan finna nya klienter. Till dess kan jag försörja oss som lärare."

"Du förstår inte att affär är affär och kunder måste skötas," sade han. "Varför oroar du dej. Jag kan klara av mitt! Har du hört från flickorna?"

"Nej, Jag känner dej bättre än du gör själv. Jag kan läsa dej som en liten bok, kära du. Och jag förstår mycket väl att det här klarar du inte av. Du har nu skapat så mycket personliga problem att du definitivt inte klarar av allt ensam. men du begriper inte din egen begränsning och vad du behöver för att fungera! Varför är den här Cavallo och hans uppdrag så livsviktiga? Du är inte en hjärtlös människa. Vi behöver inte en massa pengar! Inte jag i alla fall! Jag lider av att höra våra vänner säga om dej att du är en tuff, hårdför, kallhamrad, oresonlig och hänsynslös advokat. Sådant är inte ditt bättre jag. Och om det är så då vill jag inte längre vara gift med den mannen."

"Sluta gnälla käraste, jag är dödstrött och jag är dödstrött på äktenskapliga gräl!"

"De flesta äktenskap kraschar för att folk är för trötta att lösa sina problem. För det mesta är det inte äktenskapet i sig själv som är problemet. Dina ambitioner tar död på dej, Arnold, och dina ursäkter att du är trött är helt ovidkommande. Du borde åtminstone bekväma dej till att acceptera min utsträckta hand när jag räcker den till dej. Jag vill veta sanningen och anledningen till det som trycker dej. Jag kan naturligtvis se att här pågår någonting som är väldigt fel och för dej finns bara ett sätt att finna lugn, och det är att tala ut med mej."

Som så många gånger tidigare försökte han förneka sin osäkerhet. Han behövde sömnpiller och tabletter mot magsyra för att motverka sina egna symptom på rädsla och osäkerhet. Hans skyllde på sina viktiga, rika uppdragsgivare, för att han tvingades till kriminellt och omänskligt uppträdande mot sina småkunder. Han visste att hans hänsynslöshet hade tvingat flera snälla människor att gå från gård och grund och till och med att leva i fattigdom.

"Du kan uppenbarligen lura dej själv." Hennes röst var nu hård och tonen skarp. "Men mej lurar du inte. Om Du inte vill tala ut, så skyll dej själv. Godnatt. Förresten polisen ringde och de var här i eftermiddags."

"Vad ville dom?"

"Du vet mycket väl varför dom var här. Du har redan satt ihop en bra lögn som du hoppas dom skall svälja. Godnatt, nu tänker jag sova!"

Hans hjärta började slå snabbare och hårdare. Han önskade att de där sömnpillerna skulle verka snabbare, men han visste också att han måste lugna ner sig och att det troligen skulle ta en bra stund att komma till ro. Plötsligt högg det till i hjärtat! Han kände till varningssignalen. Han vågade inte ta fler piller. En rejäl whisky skulle sitta rätt, men det skulle troligen bara öka stressen och hjärtverksamheten efter alla de här pillren.

Polisen, visst sjutton, dom ville förståss veta mer om alla hans resor och mellanhavanden med bankerna. Men, han hade ju bara gjort det kunderna bad honom om. Han hade handlat i god tro. Polisen visste kanske något om hans Florida resa. Men han hade ju faktiskt bara gjort det en klient bett honom. Det är förståss bäst att gömma undan det där falska körkortet och en del av pengarna...

Han tänkte på den Puertoricanska flickan och natten hon hade kommit till honom och hennes mjuka bröst över hans ansikte. De rörde vid honom och smekte honom och han hade kysst och smakat dem... Han somnade vid tretiden.

Han hade mardrömmar och vaknade till vid fyratiden och badade i svett. Han drömde att han argumenterade med Sara. Hon krävde att han slutade arbeta med den där kunden för hon visste att allt handlade om knarkpengar. Hon skrek till honom att han hjälpte till att förstöra deras vänners barn och ungdomar genom att göra dem beroende av narkotika. Han hjälpte till att sprida elände, sorg och olycka bara för att det betydde goda affärer och mera pengar till honom.

Han drömde att han blev så ilsk att han slog henne mitt i ansiktet och hans vigselring slog ut hennes vackra framtänder och bloden rann från hennes skadade läppar och hon tittade på honom med oförstående, tårfyllda ögon. Han grät.

Hon var den enda människa han någonsin älskat, den enda han helt och hållet litade på, den vackraste och snällaste han kände... Hur kunde han ens i drömmen behandla henne så? Han lutade sig över henne. Hon sov tungt. Himmel vad hon var vacker. Hennes ansikte utstrålade ärlighet och godhet. Han fick inte förlora henne. Han kysste henne och viskade: Jag önskar jag kunde säga dej allt, men jag vågar inte, inte än. Men det skall inte dröja länge till, jag lovar. Han somnade.

Klockan 8.30 vaknade han. Hon var borta. Gått till jobbet förståss. Varför höll hon så envist fast vid det där halvtidsjobbet? Han tog hem tillräckligt med pengar för att hon skulle kunna stanna hemma... Planerade hon att lämna honom och leva för sig själv? Hade hon talat

35

med flickorna om hans affärer? Ute i köket fann han nybryggt kaffe och i ugnen varma pannkakor. Dagens tidning låg på köksbordet. Stora förstasidesrubriker talade om den skrämmande ökningen av knarkmissbrukare och knarkoffer. Polisen hade nya färska spår...

Klockan 9 på slaget ringde telefonen. Det var från polisen. De ville hans kulle komma ner till stationen. Kunde han vara där klockan 10?

"Javisst, naturligtvis" sa han.

Han stoppade det falska körkortet och checken från Cavallo i ett kuvert, som han fäste med tjock, bred isolertejp på baksidan av oljetanken nere i källaren. Det skulle behövas en bra ficklampa för att finna den och ingen hund skulle kunna nosa rätt på det. Han visste att lukten och ångorna från oljan bedövade hundarnas luktorgan...

Förhöret på polisstationen var nästa oproffsigt, tyckte han. De frågade om bankinsättningarna. I Massachusetts hade computer industrin funnit ut hur man kan kolla in allas bankaffärer.

"Vi har allt i våra datorer" sa polismannen

Arnold sa inget. Han visste att samtliga banker han arbetade med inte hade on-line-system ännu. Han visste att polisen inte kunde veta allt. Polismannen spelade ut sina kort professionellt men artigt. De frågade om hans resor och om hans relationer med Cavallo i Chatham. Uppenbarligen kunde polisen inte tänka sig att en man som Arnold Sprengler kunde vara involverad i en knarkhärva.

"Vi har en del tips från igår, som vi måse följa upp... Tusen tack Herr Sprengler. Ni har varit oss till stor hjälp...

"Verkligen," tänkte han och körde direkt till sitt kontor.

"O, gomorron Herr Sprengler, välkommet hem igen!"

Hans söta sekreterare lade undan manikyretuiet och plockade fram några noteringar.

"Polisen var här i går morse. Dom ville titta sej omkring. Först tänkte jag be att få se deras tillstånd att göra en husundersökning. Men jag ångrade mej. Det skulle låta uppnosigt, som om vi hade något att dölja, så jag sa:

Javiss, stig på, ni får gärna se er omkring!"

"Jag följde dom runt och kollade vad dom tittade på och att dom inte tog något med sej."

"... eller lämnade något?" tillade Arnold frågande

"Nä, dom lämnade inget meddelande..."

"Tack ska du ha. Allt du gjorde var rätt och bra. Naturligtvis måste vi hjälpa polisen."

Efter att ha kollat högen med post på sitt skrivbord körde han ner till Burger King och ringde Joe Cavallo. Han ville inte ringa från sin egen telefon... Han rapporterade om bilturen och om polisens besök på hans kontor.

"Vi är helt nöjda med ditt jobb, tusen tack Arnold. Jag har förresten ett jobb just nu, som du skulle kunna hjälpa mej med. Kan du komma hit på direkten?"

"Javisst, jag har något jag vill tala med dej om också. Jag kan vara hos dej om 45 minuter."

Han behövde alibi och han ville veta hur polisen kunde veta att han och den äldre damen skulle komma med en bil från New York. I Chatham stannade han hos den lille blomsterhandlaren, " Small the Florist," och köpte ett fång rosor till Sara.

Kapitel 7

JOE CAVALLO HADE en imponerande bostad. Den enorma villan hade den härligaste utsikt över havet. Vid porten till den muromgärdade tomten fanns en vaktkur med en ormögd man sittande noga bevakande ett dussintal TV skärmar som avslöjade vad videokameror på strategiska ställen runt anläggningen fokuserade in. Med en otroligt fräsch och välstruken näsduk torkade mannen av obefintligt damm från sin favoritleksk, en långpipig Luger. Symbolen för särställning och makt över vanliga brackor, struntpersoner och löjliga lagar som varken fungerade eller behövde följas.

Han kunde bara le vid åsynen av dessa vanliga, obetydliga medelmåttor, som likt arbetsmyror drällde kring här utanför och vid Chathams fisk- och hummerbutik nere vid bryggorna.

En fiskebåt lade just till och skriande måsar dök efter fiskrens som besättningen kastade överbord. Det var en varm dag och i den dimblå horisonten smälte himmel och hav samman. Fiskande trålare långt, långt ute vid horisonten försvann i de djupa vågdalarna men dök snart upp igen på topparna i den långa dyningen. Sommargäster låg och solbadade på sandreveln utanför Chatham.

Några smålastbilar syntes därute. Unga män placerade ut sina fiskespön i stålrör nedtryckta i sanden nära vattenbrynet. De lyssnade till rockmusik. Staplar med ölburkar syntes i islådorna på lastflaken. Männen drack duktigt i väntan på napp. En liten barnfamilj hade spritt ut en filt och dukat upp sin picknick, de nakna barnen sprang i det grunda varma vattnet och skvätte solglittrande kaskader medan deras golden retriver flåsande lagt sej pladask i det ljumma vattnet.

Mannen i vaktkuren tyckte bara att allt dessa stackars medelmåttor tog sig för var meningslösheter och dumheter. En spinnande BMW väckte upp honom. Han vände sig om. Här kom en gosse av betydelse, en framgångsrik kille värd att beundra...

Arnold körde bilen fram till porten, som var dekorerad med smidda gyllene rosenrankor. Ett leende fyllde vaktens ansikte och han nickade igenkännande, tryckte på knappen och porten gled ljudlöst upp och slöts igen när Arnolds bil passerat och parkerade framför stora entreen.

En rödhårig, slank skönhet i en lång, svart, tätt åtsittande klänning hälsade honom välkommen. Hon visade in honom i den stora cirkelrunda hallen. En liten fontän plaskade i mitten av rummet och längs väggarna fanns några bekväma sittgrupper runt tre små bord med mysiga Tiffany lampor. Genom glasväggen kunde man se över det nedsänkta vardagsrummet ut mot havet. I sanning ett vackert ställe. Efter några minuter kom en man in. Han var klädd i en ljusgrå kostym med randig väst.

"Välkommen Mr. Sprengler, Mr Cavallo serveras just en drink. Skulle Ni vilja göra honom sällskap? Får det vara Scotch eller Champagne? "

"Tack, gärna whiskey med is."

"Skall bli, tack"

Joe Cavallo var en högrest herre. Stor som en björn. En gång för länge sen var han trevlig, charmig och såg mycket bra ut. Alla kvinnor måste varit tokiga i honom. Men, hans syssla hade satt sina spår. Hans leende hade stelnat. Hans ögon avslöjade aldrig vad som rörde sig bak i huvudet, varken känslor eller entusiasm, men hans programmerade charm fanns kvar och han kunde vara väldigt sällskaplig. Nu satt han med ryggen mot entreen och ögonen fästade på en datormonitor. Då och då tittade han ut över havet. Han var naturligtvis medveten om Arnolds problem med alibi, som kunde avleda misstankarna från hans mellanhavande de senaste dagarna. Cavallo visste redan att polisen i Bourne stoppat Arnold, men att han sluppit ur nätet genom Cavallos egna initiativ och säkerhetsåtgärder.

"Glad att se dej, sitt ner!"

"Hej, hur har du det. Nåt nytt på gång?"

"Jag vill veta om du är intresserad av ett jobb jag har. Ett jobb som kan ge dej en halv miljon dollar på ett par dar!"

"Får jag fråga hur och när?"

"Svaret får du först efter du sagt Ja eller Nej! Tänk kvickt! Skål!"

De drack ur sina immiga glas. Arnold såg sin chans att göra ett rejält klipp. Han funderade på vad Sara skulle säga när allt det här var över. Då ville han gärna vara med på att flytta från Cape Cod och börja på nytt var hon ville. Han behövde bara en sista chansning. Bara en endaste en till... Sen ville han inte ha något att göra med Cavallo eller nån annan i knarkbranchen. Inte någonsin!

"OK, Joe, skjut! Men först

A: Avsikten med den här affären.

B. Vilka är involverade och hur organiserar vi det hela. Och

C. Jag har kommandot, jag leder och ger order i allt som berör mej, allt där jag riskerar min säkerhet. OK."

"Jag visste väl att Du var rätt gosse för det här projektet!

Du är smart och du är orädd. Du kan styra dina nerver och jag vet att du är en bra pilot. Här är planen:

Jag vill att du flyger ner till Columbia och hämtar upp en sändning med Coka och levererar det till mina gubbar i Florida. Sen flyger du till mitt ställe i Texas och hämtar dina pengs, cash i sedlar. Om du kan organisera det här kan du sy hem mellan en halv och en miljon i månaden!"

"Det låter rätt riskfyllt, tycker jag. Jag känner ju inte till dom där trakterna, så jag måste göra ett par recognoseringsturer först. Vi måste lura ut om dom har AWACs där nere. Jag menar vi måste veta om dom har luftburen radarbevakning av vår sydkust och om dom regelbundet patrullerar Floridakusten.

"Bra och viktig synpunkt! Jag ska ta rätt på det där om AWACs. Vi kan kanske få dom där kärrorna att stå kvar på marken under några kritiska timmar."

Arnold förstod att efter att han fått information om projektet, var han tvingad att spela enligt Cavallos regler. Om han skulle kunna hoppa av, måste det vara när de varit nöjda med honom. Och då fanns det bara ett sätt: Att försvinna fullständigt. Det måste se ut som en olycka och utan en enda möjlighet att nosa rätt på honom. Han hade tänkt på flera utvägar, men just nu fanns det ingen återvändo. Han ville ha kommandot, så han sade:

"Min Cessna har rum för fyra pers inklusive mej, Plus knappt 100 kilo bagage. Jag behöver utrustning för instrumentflygning, en bättre radio, en första klass navigationsutrustning, en autopilot, extra bränsletankar för långdistansflygning samt säkerhetsutrustning för långflygning över havet. Dessutom behöver min kärra en säkerhetsbesiktning av proffs och jag vill inte att det görs här i New England. Kostnaderna för allt det här måste du stå för. Mitt arvode ska stå i proportion till min risk... En stor leverans, stort apanage...

"Kör till, överenskommet! Vidta de åtgärder du anser nödvändiga. Kostnaderna står jag för. En sak till: Du ska få betalt per kilo levererade varor, dock minst 500.000 Dollar för var leverans plus dina kostnader. Detta är, som jag ser det, ett generöst erbjudande, men jag vill du ska vara nöjd. Jag ska sätta ihop ett kontrakt. Under tiden tycker jag du flyger ner och tar dej en titt på lämpliga flygvägar, landningsplatser och nödvändiga alternativ."

Joe Cavallo reste sej och gick fram till en vacker gobeläng på väggen. Han tryckte på en knapp där och med ett surrande rullades bildvävnaden upp och avslöjade en detaljerad karta över Centralamerika från Colombia i söder till Texas i norr. Cavallo pekade,

"Här börjar du." Han pekade. "Du kanske måste stanna till vid ett par ställen och hämta upp leveranser. Vi jobbar med flera små konkurrerande leverantörer. Dom erbjuder oss förmånliga villkor. Sen

41

flyger du den här vägen in över Florida. Söder om Sarasota finns det ett ställe som heter "Rotunda" där du får göra ett snabbis och leverera lasten till mina gossar som kommer att vara förvarnade och vänta på dej. Sen sticker du hit i Texas där vi möts. Detta är min plan, vad tycker du?"

"Låter genomförbart. Jag flyger ner till Sarasota och tar mej en titt på Rotunda. Jag vill kolla in alternativa landningsplatser och utvägar, olika flyktvägar om det blir nödvändigt att lura förföljare på avvägar."

"Kör till. Beställ den service och utrustning du behöver. Jag betalar!"

Först och främst vill jag ta min Cessna till deras huvudanläggning och ha Cessnafolk att gå igenom hela maskinen. Jag vill att dom installerar den bästa tänkbara utrustning dom rekommenderar. Sen vill jag flyga ner till Mexiko och korsa över gulfen här, OK!" Arnold pekade ut rutten på kartan.

"Vad tror du om polisen där," frågade Arnold. "... och DEA. Jag tror vi har en tjallare bland dina gossar. Hur kunde annars min biltur från Florida vara känd av polisen från New York upp hela vägen in i Massachusetts? Dom väntade oss, men dom visste inte att jag ändrat resplanen och for direkt hit utan att övernatta i New York.

"När jag kör igång insisterar jag att ingen mer än du och jag vet någonting. Dina gossar i Florida skall var på alerten och beredda på snabba ryck. Inga tidsangivelser förrän i sista ögonblicket, Inga resplaner. Och dom måste lyda när jag ger order!"

"Jag gillar ditt militära sätt att se på problemen. Kontakta mej när du är redo. Från det ena till det andra, jag har en del bra tips var du kan placera dom pengar du kan sy hem här. En vän på Wall Street viskar viktig information i mitt öra bara jag betalar honom generöst och osynligt. Med såna upplysningar kan Du dubbla insatta medel på nolltid!"

Arnold småskrattade hela vägen tillbaka till kontoret, där han genast började med förberedelserna för långflygningarna. Ett ögonblick tänkte han faktiskt att det vore roligt att ha Sara med på recognoseringsrundan. Det var alltid roligt med hennes sällskap och hon var en jätteskön co-pilot. Vid ett par tillfällen hade han varit dödstrött under flygresan hem och han var rädd att somna. Då hade hon dragit ner dragkedjan i hans gylf och med sin mjuka hand hade hon tagit ett fast grepp om honom. Sakta hade hon dragit upp och ner och kelat med honom. Det slog aldrig fel. Han vaknade alltid till då...! Första gången det hände blev han chockad!

Tänka sej att hans lilla gulliga Sara kunde göra nåt sånt! När de sedan kom hem sa hon helt enkelt:

"Jag måste ju hålla dej vaken! Och det fungerade ju!"

Väl hemma gav hon sig villigt, skrattande och full av hänförelse och energi till honom.

"Ja hon var toppenkompisen och min bästa tänkbara co-pilot!"

Men, han övergav snart tanken på att ta henne med. Hon var alldeles för smart och misstänksam. Hon skulle snabbt lura ut meningen med flygturerna. Istället beslöt han att säga till henne att han hade några kunder i Texas som han skulle ta till en juridisk konferens på Aruba.

Kapitel 8

MICHELE PROMENERADE RASKT över kullerstensplanen i Bowen's Varv. En av butikerna där hade en öppen ladugårdsdörr behängd med prylar från Medelhavsområdet. Det var en färgsprakande meny av krimskrams, strandkläder, hattar och espadriller. Hundratals turister trängdes utanför sommarbutikerna utmed kajerna. Föräldrar med småbarn fotograferade familjen framför de vackra segelbåtarna och vid det hundraåriga, nyrestaurerade jätteankaret mitt på planen. Den välförsedda utebaren på Black Pearl var fylld med törstiga gäster som smuttade på drinkar och åt lunch under grön-röda Cinzanoparasoller. Ingrid gav några sista instruktioner till sina säljflickor just när Michele tittade in genom dörren och tjoade ett glatt "dags för lunch!"

De gick tvärs över gatan till "The Clarke Cook House" där en storväxt, blond och bredaxlad gosse i smoking hälsade dem välkomna. Han vinkade till sej en värdinna, som ledsagade Ingrid och Michele till ett bord en trappa upp. De sjönk ner i de mjuka sofforna med stora mjuka dunkuddar. Det smakfulla blomstermönstret var i försiktiga pastelltoner i blått, grönt och rosa. Under de vita och blå markiserna hade man en magnifik utsikt över hamnbukten. Detta var en perfekt Newport sommardag. Michele beställde två Dubonnet med is och köksmästarns sallad.

"Ingrid, jag har några rätt intressanta iakttagelser jag vill tala med dej om, och ett par frågor du troligen kan hjälpa mig att finna svar på."

Michele tittade sig misstänksamt ikring och noterade med tillfredsställelse att inga gäster satt tillräckligt nära för att kunna avlyssna deras konversation.

"Du vet dom där som bor i villan mittemot mitt hus i Barnstable Harbor, dom med den privata bryggan och en stor mörkblå motorkryssare som används för storsjöfiske. Vad sorts människor är det egentligen?"

"Du menar Sprenglers? Han är advokat. Han jobbade i Boston, men för några år sen startade ha en egen advokatbyrå här på Cape. Det gick farligt trögt i början. Han kommutade till Boston varenda dag och jobbade hårt. Men nu tycks han klara sig fint. Nu äger han en massa fastigheter och han har till och med köpt sig ett flygplan och Ted som själv är pilot har mött honom flera gånger vid vår lilla flygplats i Västra Barnstable. Dom hejar på varann, men han tycks inte vara intresserad av sällskapsliv."

"Fru Sprengler är jättegullig. Vi pratas vid när vi möts på gatan utanför. Hon har allt en hemmafru kan önska sej, men ändå tycks hon vara rätt olyckligt. Men, hon talar aldrig om sina personliga problem. Hon var faktiskt hemifrån under en lång tid och vi trodde dom låg i skilsmässa, men så kom hon tillbaka. Ted och jag har aldrig känt nån riktig lust att bjuda hem dom."

Ingrid smuttade på sin Dubonnet och fortsatte:

"Jag har hört dom gräla och säja hemska saker till varann. Han tycks vara den där jobbiga, bossiga typen och hon gillar inte hans affärer. Och hans val av bekanta tilltalar inte henne... eller oss ett skvatt. Dom är sliskiga typer, smygisar med kalla ormögon. Ett tag tjänade han gott om pengs och köpte den där Cessnan, sen hade dom det jobbigt ett tag och hon arbetade som lärarinna. På sista tiden har han fått fräs på affärerna igen och tänker visst skaffat sig en tvåmotorig kärra, en Cessna eller Baron eller nåt ditåt."

"Jag hörde att han flög och träffade kunder i Texas. Men jag förstår inte varför han behöver en tvåmotorig kärra såvida han inte flyger över havet. Ted säger att Sprengler vanligen flyger ensam..."

45

Ingrid gjorde en paus, mumsade lite på sin sallad och fortsatte:

"Sprenglers har en stor motorkryssare. Då och då kör dom ut och fiskar. Men jag ser aldrig att dom bär iland nån fisk. Om vi hade en båt som deras skulle vi sticka ut varenda veckända och troligen övernatta ombord. Vi skulle sola och bada och sitta och titta på solnedgångarna och sätta ut hummertinor. Vi älskar hummer! Men jag har faktiskt bara sett Sara Sprengler ombord en endaste gång. Kanske tål hon inte sjön. Kanske blir hon sjösjuk. I Sverige hade vi en härlig motorkryssare. Vi hade sommarbutiker i Marstrand och Lysekil. Vi brukade bo ombord i 9 veckor. Livet ombord var en dröm..."

"Sprenglers har två töser i tjugoårsåldern. Dom går i skola i England. Jag har inte sett mycket av dom på senare tid, men det är jättesöta, väluppfostrad töser som talar vacker engelska. Dom har den där engelska accenten, som jag älskar. När flickorna har sommarlov blommar familjelivet och dom tycks ha det skönt tillsammans allihop."

Ingrid satt tyst... drack lite isvatten och fortsatte sedan:

"Jag har faktiskt inte mycket att säga om dom. Vi känner dom helt enkelt inte..."

"Du har faktiskt sagt mej en hel del. Du förstår, jag tror han, Sprengler, faktiskt är en riktig buse! En fullslipad brottsling! Saken är den att jag nu vet ett och annat om honom. Jag ska berätta mer om honom på vägen hem. Det vore toppen om du och Ted skulle vilja hjälpa mig... Du förstår, jag har en plan"

"Men käraste Michele, om Du tror han är nån slags gangster, varför inte kontakta polisen eller FBI eller ..."

"Jo därför att... Ja det finns en massa anledningar. Först och främst... Jag är rätt övertygad om att det finns någon hos polisen som läcker fakta, som anförtros polisen. Och jag har en känsla att min egen säkerhet är i fara om vi vänder oss till polisen. Busarna skulle varnas i förväg så dom kunde ändra sina planer. För det andra, som Du vet, jag känner för att ingripa mot olagliga typer i stil med dom som mördade min man Rickard och vår dotter Marianne. Ingen rättvisa ingrep, ingen stoppade dom, ingen straffade dom. Jag känner en moralisk skyldighet att stoppa olagligheter, särskilt när det gäller att stoppa knarkaffärer."

"Jag är jätteslessen, Michele," men jag kan inte se något sätt att hjälpa dej. Men, vi skulle ju kunna tala genom hela frågan med Ted ikväll. Han är rätt fin på att komma med nya ideer och finna nya vägar att lösa problem. Vi kanske skulle kunna hålla ett öga på nån skummis, och kanske skugga nån... Jag ska försöka få töserna att ta hand om butiken i kväll, så vi kan köra hem lite tidigare... Möt mej utanför butiken vid halvsextiden. Då är rusningstiden över och business är rätt slö till fram emot åttatiden. Vi ses! Tusen tack för Lunchen. Det var dögott!"

Ingrid försvann nerför trapporna. Michele betalade, tömde sitt glas, gick förbi den stojande trängseln vid baren och steg ut i det bländande solskenet. Bannisters Varv är hjärtat på det snabbt pulserande turistlivern nere i Newports hamnkvarter. Tegelsten-lagda gågator, antika gaslyktor, fantasifulla gammaldags butiksskyltar och gamla restaurerade byggnader skapar här en atmosfär, som gör att du inte skulle bli ett dugg förvånad om du runt nästa gathörn skulle möta Kapten Ahab i romanen Moby Dick.

Clarke Cook House är en antik byggnad, ett gammalt gästgiveri, som flyttats hit och restaurerades när den Amerikanska flottbasen i Newport drogs in. Bakom byggnaden finns en smal brygga, där hamnens service barkasser ligger förtöjda. Där hämtas folk som skall ut till de uppankrade båtarna ute i hamnen och där avlämnas folk från båtarna.

Michele steg ombord på en av service barkasserna och sade till rorsmannen, som faktiskt var en rorskvinna, att hon bara ville göra en tur runt hamnen. Andra passagerare steg ombord full-lastade med öl, vin och annan dryckjom, specerier och förnödenheter, segelsäckar och resväskor. När barkassen passerade helt nära Snöfågeln riktade Michele sin videokamera ditåt och fick några bra närbilder på de två männen ombord och fick samtidigt ett par bilder av de två kvinnliga gästerna.

Michele steg av på Goat Island och bad flickan som körde barkassen att komma och hämta upp henne om ungefär två timmar. Sedan promenerade Michele runt och fann slutligen en lämplig utsiktspunkt där hon ostörd kunde ta en närmare titt på "Snöfågeln".

Åter zoomade hon in männen på båten. Konversationen var till en början med inte av något intresse. Hon kunde inte undgå att höra männens generösa erbjudande för "damernas" bikinitrosor och bevittna när plaggen och ansenliga summor bytte ägare och hur kvinnorna villigt och skrattande satte sig ansikte mot ansikte gränsle i de byxlösa männens knän och blev extatiskt omfamnade.

En halvtimme senare kunde hon tejpa en intressant konversation. För att inte ge intrycket att hon var speciellt intresserad av livet ombord på den där speciella yachten promenerade hon fram och tillbaka på pirerna och bryggorna. Promenaderna kom att kännas som kilometer och kilometerna som mil. Hennes fötter, som inte var vana vid denna sortens övningar, var dödströtta och värkte duktigt, när barkassen äntligen kom och hämtade upp henne. Den saltmättade, ljumma vinden bidrog till hennes trötthet, men hittills hade hennes möda givit tillfredsställande resultat.

Kapitel 9

SPRENGLERS DÖTTRAR VAR små skönheter. Cathy en stabil, intellektuell individ med toppenbetyg i alla ämnen. Hon var lång, slank och hade kastanjefärgat hår. 21 år, designer solglasögon och alltid strikt klädd. Hon studerade juridik och affärsekonomi vid Universitetet i Oxford i England. Hennes yngre syster Maggie, 19 år, var en liten smärt välskapt vilding med knallrött hår. Ett koncentrat av ideer och energi. Hon klarade sej fint i skolan och excellerade så snart hon fann ämnet intressant, men hon hade svårigheter att bibehålla intresset under längre tid.

De båda systrarna kom till Bostons flygplats Logan med British Airways. Sara och Arnold var där och mötte och för första gången på många månader var hela familjen lyckligen samlad. Det var som om en frisk sommarvind plötsligt svepte genom den stora Cape Cod villan. Pappa Arnold satt i sitt bibliotek i en överdimensionerad skrivbordsfåtölj med mjuk skinnklädsel och lyssnade på nyheterna när Maggie, hans favoritdotter dansade in i rummet. Hennes vida bomullsklänning flög ut som en stor vit blomma. Hon kastade sig i pappans famn och kramade om honom.

"Å Papsen, jag är så lycklig att vara här hemma hos dej igen. Jag älskar dej som ingen annan! Du är som den man jag tänker hålla ögonen öppna efter när det blir så dags! Och Mamsen, är hon inte den skönaste av alla mammor. Ni två måste vara jättelyckliga tillsammans. Hon hade satt en stor bukett med luktärter på mitt skrivbord. Tänk! Hon kom ihåg att jag älskar luktärter".

Maggie rufsade om pappans hår med sina välmanikurerade fingrar.

"Du har blivit mycket gråhårigare än sist! Har Du problem? Hur kan en som du ha några problem? Ni har ju allt ni behöver! Är där en andra kvinna smygande ikring nånstans, eller finns där en man, som flörtar med Mamsen. Hon är ju verkligen himla snygg och dessutom söt! Eller är affärerna tröga! Jag önskar du inte hade några problem, men du klär döbra i dom där grå tinningarna!"

Han log.

"När du har kunder som vill att du tar hand om deras problem, så får du finna dej i att leva med problem, särskilt om det handlar om stora affärer och stora pengar."

"Jag gillar Amerikanska män, men ännu bättre gillar jag Brittiska manér!"

Sara hade dukat med linneduk, släktens matsilver, det finaste porslinet och ett par stora kristallkandelabrar med långa ljus. Hon bjöd på smörstekta ankbröst med äpplemos, stekta poptatiskulor och harricot verts. Arnold slog upp en flaska Chateauneuf du Pape och alla skålade för god hälsa, lycka och att vara tillsamman igen.

Följande morgon när Arnold kom ner i köket var frukosten serverad, men ingen var där. När han tittade ut genom fönstret såg han Sara och Cathy promenera arm i arm in genom grinden och uppför den tegelstenslagda gången. Cathy kom in och kramade om honom, kysste honom och sa:

"Mamma och jag tog oss en lång, skön promenad utmed stranden. Jag tror faktiskt du och Mamma borde komma över till London ett tag. Det skulle inte ta lång tid för dej att få ett välbetalt job på en Brittisk advokatbyrå, som arbetar med Amerikanska klienter. Britterna är inte så tuffa som Yankees, men dom är smartare och dom har expanderat sina intressen i USA på ett sätt som mycket få Amerikaner är medvetna om."

"Papsen, snälla du, tänk över det jag just säger. Cape Cod är en återvändsgränd vad gäller affärer. Ett låginkomstområde! Ett ställe för pensionärer. Tänk bara att Cape Cod Hospital är distriktets största arbetsgivare, sen kommer tidningen, sen några banker som specialiserat sig på att ta hand om gamlingarnas pengar och gärna suger ut den fattiga underklassen som lever på Cape Cods största tillgång... turismen. Sen kommer försäkringsindustrin för alla som är rädda att ta risker, men som försäkringsbolagen vid första bästa tillfälle kickar ut så ersättningar och pensioner inte skall behöva betalas ut i onödan."

"Hus och lägenheter här ser ofta väldigt luxuösa ut, men dom är byggda med skräpmaterial; plywood, bräder och gipsskivor. De flesta har otillräcklig isolerings som gör att värmekostnaden under vintern blir rent astronomisk. Brandsäkerheten är botten, septicsystemen förorenar grundvattnet och här finns inga trafik-skyddade bostadsområden, men här finns golfbanor, tennisbanor, country klubbar och härliga stränder. Vad händer när gamlingarna inte längre kan köra bil och om Wall Street spelat bort deras besparingar eller hus och grejor behöver repareras? Tusentals små företagare står beredda att till hutlösa priser "hjälpa till". Varför tar du inte steget ut härifrån till London en världsmetropol med stil och puls, kultur och fräs?"

Arnold tittade på sin ambitiösa dotter och svarade:

"Cape Cod genomgår just nu en förändring. En gång i timmen har vi snabbussar till Logan, Bostons internationella flygplats. Vi har bostadsrätter med utmärkt service. Vi har Senior Citizen's Service Center och vi har "Meals on Wheels". En organisation med ett excellent kök och bilar som kör ut färdiga måltider. American Automobil Association, AAA, och flera andra gör jättebra jobb.

"Det är sant att vårt Amerikanska samhälle inte är speciellt intresserat av gamlingar och låginkomsttagare. Men folk här på Cape Cod kan känna sig tryggare än på de flesta ställen i USA. Detta är ändå Massachusetts, den mest socialt medvetna staten i unionen. Här gör man i alla fall försök att mildra konsekvenserna av nackdelarna i det kapitalistiska systemet. Sara och jag överväger faktiskt att flytta och göra det här till vår sommar- och weekendbostad dit vi och Ni och era familjer i framtiden kan komma och vila och koppla av när londonluften är för dimmig och förorenad. Detta är trots allt det skönaste ställe jag vet. Klimatet här är utmärkt, här finns stora fina grönområden och en ny lag har just tillförsäkrat oss omfattande ytor av orörd natur som inte får bebyggas. Här är vackert. Vi har härliga vita milslånga stränder, fria horisonter, klara blå skyar och vi andas ren frisk luft fri från fastlandets föroreningar. "

"Mamma, hörde du det. Pappa känner sig inte bunden till Cape Cod. Han kan tänka sej att komma över och jobba i London!"

"Jag kan i alla fall lova dej att Sara och jag skall komma över till London och kolla in möjligheterna där, om Sara så vill... Förresten, jag måste faktiskt flyga ner till Kansas, Texas och Florida under ett par dar i nästa vecka. Sen kan jag ta ett par veckor ledigt så vi kan ha det skönt tillsamman, hela familjen. Vi kan åka ut och fiska, titta på valarna. Vi kan ha picknick och vi kan åka in till New York och Boston och shoppa."

Sara tittade forskande på honom. Hon kunde inte tro att hon hörde rätt. Det var söndag och hon ville att hela familjen skulle komma med henne till kyrkan. Cathy sa genast ja. Arnold sa först att han måste göra en snabbvisit till kontoret, men beslöt sen att för familjefriden skull komma med. Maggie kom med eftersom pappan kom med.

Saint Marys Episkopala Kyrka i Barnstable är en vacker liten kyrka med en absolut charmig trädgård, fylld av minnen från tidigare generationer av församlingsmedlemmar. Alla tycktes känna Sara. Hon var lycklig och avkopplad. Hon var plötsligt den Sara han kände igen från tiden när de var unga och hon var faktiskt fortfarande en mycket vacker kvinna. Arnold måste skaka hand med en massa människor. Han kände igen två familjer han inte ville träffa. Han kom inte ihåg deras namn, men han kom ihåg ansiktena. Han hade försatt dem i konkurs och lurat till sig deras hus med strand och havsutsikt. De fastigheterna var nu hans. Det hade naturligtvis varit möjligt att klara upp deras situation, men de var faktiskt rätt korkade och deras advokater var ännu dummare... Han var den gode vingårdsmannen i Bibeln. Han visste hur man förvaltade sitt pund!

Nästa morgon körde hans kvinnor honom till Hyannis flygplats. Han hade lämnat in sin färdplan och fått den väderinformation han behövde. De gick ut till hans Cessna som stod uppvärmd och färdig ute på startplatsen. Mekanikern hade kollat motorn och alla reglage. Arnold kysste Sara och flickorna adjö och var färdig att klättra ombord, när Sara sade:

"Arnold, du har en Januspersonlighet. Igår var den lyckligaste dagen på mycket, mycket länge. Låt oss nu få fler sådana dagar, snälla du!

Detta är den Arnold jag älskar! Hej då min älskling, och var rädd om dej!"

"Så ska det låta, Så säger min kvinna!"

Han klättrade upp i kabinen.

"Jag förmodar att ingen av er önskar lämna Cape Cod en sommardag som denna för att resa till glödheta Kansas!"

Alla tre skakade på sina huvuden och kastade slängkyssar till honom. Han kollade bensinkran, bensinnivå, olja och oljetryck, och satte igång blinkljusen, gyrokompassen och han såg till att kaffetermosen och islådan med läskedrycker var inom räckhåll. Så fick han klarsignal från tornet att taxa fram. Han satte på sig sin flygarmösssa, skärmmössan full med guldbroderade emblem, av noviser kallad äggstanning

Tornet gav honom klartecken. Han gav Rolls Roycemotorn full gas. Spinnandet blev ett brummande och brummandet blev ett vrål och så bar det iväg!

Arnold älskade att flyga. När han startade den starka motorn, när propellern framför honom blev en genomskinlig cirkel, då kändes det som om vibrationerna och kraften han släppte loss var hans egna krafter, hans egen energi som släpptes lös och när planet lyfte, var det han själv som fick vingar. Han var som en fågel, fri, obunden, oberoende, stark och istånd att tänka ut storartade planer och uträtta stordåd. Att flyga var för honom den bästa tänkbara avkopplingen från vardagsrutinen. Fullständig avkoppling omväxlande med intensiv koncentration.

Det här var en idealisk sommardag med utmärkt väder, precis rätt för hans ungefär 2000 kilometer långa flygtur till Wichita i Kansas, där Cessnan skulle genomgå en fullständig kontroll av varje detalj i hela planet. Han räknade med att själva resan skulle ta mellan åtta och tio timmar inkluderande några uppehåll vid ett par små flygplatser och flygklubbar för tankning. Hans sekreterare hade ringt Cessna fabriken och bokat in servicetid för flygplanet och rum för honom på ett hotell där piloter, säljfolk och mekaniker från när och fjärran brukade ta in.

Han anlände och mottogs av PR folk, som hjälpte honom tillrätta och visade honom runt i den imponerande fabriksanläggningen. Under tiden gavs hans Cessna all tänkbar omtanke, vård och tillsyn.

När han nästa dag fick besked att allt var klart tog en testpilot honom på en flygtur för att visa hur alla nya instrument funkade. Alla detaljer hade blivit kollade, en massa nyutvecklade finesser hade monterats in och varenda liten skönhetsfläck, buckla eller defekt var som bortblåst. Varje kvadratcentimeter, varje liten detalj var kollad och rentvättad. Det var som att flyga en helt ny kärra. Och räkningen fick han inte ens se. Den var redan betald!

Han flög till Sarasota i Florida, där han hyrde en bil och körde hem till Mamma Sprengler. Hon accepterade glatt hans inbjudan till middag på "Crow's Nest" i Venice — USAs Venedig! — Men hon förbjöd honom att ta in på hotell. Hon hade redan gjort iordning sitt gästrum för honom och hon njöt av varje ögonblicks samvaro. När han morgonen därpå for sin väg kramade han om henne och hon torkade oupphörligt sitt skakande händer i sitt förkläde. Hon snyftade sakta och nickade frånvarande adjö. När han tittade i backspegeln såg han henne stå där, ensam med tårar, glittrande i solskenet rinnande nedför kinderna, precis som förra gången han for från henne. Ensam, mycket ensam.

Arnold tänkte på sina kvinnor. Mamman, Sara och döttrarna. De representerade det goda och sanna och fläckfria i hans liv. Vad kom det sej att han själv inte kunde leva ett enkelt, sunt liv utan att trampa på sina egna ideal. I själ och hjärta skämdes han över sig själv. Hans ambitioner och egoism influerade av motgångar och otur hade gjort honom okänslig för andras problem och lidande. Visst tyckte han synd om folk som haft otur, men i grund och botten tyckte han att deras olycka alltid var deras eget fel.

I Sarasota körde han Väg 775 söderut. Han passerade Engelwood och hittade en vägskylt med texten "Rotonda". Där tog han av till vänster. Rotonda är ett märkvärdigt ställe. Många år tidigare hade en storbyggmästare här planerat en grupphusbebyggelse med ett hundratal mindre bostäder. Gator, el, tele och vatten hade dragits fram till varje tomt. Till och med gatuskyltar hade satts upp. Allt utom husen fanns på plats när projektet kraschade. Raka, sju meter breda smågator och tio meter breda tillfartsvägar var i oklanderligt skick... Utmärkta start- och landningsbanor för ett litet flygplan som hans Cessna! Han strosade omkring och gjorde noteringar om gatunamn och gatuskyltar som måste tas ner. Med sin Silvakompass fann han ut vilka gator som skulle behöva användas vid olika vindar. Alla flygplan älskar att starta och landa i motvind. Sidvind eller medvid betyder komplikationer. Han noterade allt, allt.

Bara en enda väg ledde in till Rotonda. Cavallos busgossar behövde en extra flyktväg, för den händelse polisen skulle få nos om att något var i görningen eller fick för sig att stänga av denna enda tillfartsväg. Det behövdes terränggående fordon för att kunna sticka därifrån bakvägen dvs. längs stigar ut till vägarna 776 eller 777.

Två eller tre Jeepar kunde med sina strålkastare ge tillräckligt ljus tillsammans med Cessnans mycket starka halogenljus medge landning och start nattetid. Där fanns inga kraft-ledningar eller liknande hinder i närheten. Inte ett enda boningshus inom synhåll. Detta var en idealisk plats.

Arnold ringde Joe Cavallo. Cavallo hade nu ett par affärsvänner, som ville hyra planet och Arnold för en tripp till Colombia. De skulle kontakta honom på Hilton hotel i Sarasota.

Arnold hade väntat sig möta några tvivelaktiga individer, men istället visade sig de tre männen vara ytterligt civiliserade gentlemän, typ engelsk lantadel. Han tog ett par drinkar tillsammans med dem innan de åt supé tillsammans. Påföljande morgon träffades de på flygplatsen i Sarasota, Bradenton, och Arnold flög dem tvärs över Florida till östkusten och vidare till Puerto Rico. Därifrån var det raka spåret till Curacao och sen bara att följa kusten till Colombia. Det var en lång flygtur och man landade slutligen i Medellin.

Två män som mötte vid flygplatsen, var goda vänner till Cavallo, och tog Arnold på en biltur i en Land Rover upp i bergstrakterna. Det var en heldagstur genom ett berg- och urskogslandskap, ostört av civilisation och västerlänningar. Innevånarna ute på landet levde i enkla, torftiga hus och var miserabelt klädda. Men deras humör var det inget fel på! Detta var själva centrum av "Cocaine country".

Den USA-stödda militären och polisen gjorde ständiga attacker mot ortsbefolkningens coca plantager, men ett lokalt nätverk av coca odlare, coca uppköpare och exportörer fungerade mycket tillförlitligare än den Amerikansk militären, den korrupta lokala militären och polisen. Det var full fart på affärerna och ortsbefolkningen kunde hålla svält och fattigdom bort tack var kokain handeln. Naturligtvis kände alla till det elände som kokainet ställde till med i USA, men man fann det anmärkningsvärt med USAs tal om att dessa fattiga Columbianer komplicerade livet för Amerikanska kokainmissbrukare. Man ställer sig frågande inför det faktum att kokainodlingen i Mexiko startades på Amerikanska regeringens initiativ under motiveringen att kokainet var ett läkemedel som behövdes för amerikanska soldater under Koreakriget...

"Jag ska flyga en annan väg tillbaka," tänkte Arnold högt. "Mina nya, fina instrument gör det möjligt att flyga nordväst över havet till Honduras ."

Sagt och gjort. Han stack över Honduras-bukten direkt till den Mexikanska halvön Yucatan och sedan rakt över Mexikanska Gulfen till Corpus Christi i Texas där han ringde upp Joe Cavallo.

De träffades sedan hemma hos Cavallo i hans andra hem, en liten luxuös villa med strandtomt nära Galveston. Cavallo var eld och lågor efter att ha hört Arnolds rapport, och han var angelägen att få iväg en ny transport omedelbart.

"OK, " sade Arnold, "men på villkor att bara du och jag vet alla detaljer... Och inga vackra Puerto Ricanska kvinnor involverade i mina transporter hädanefter."

"Aha, OK," Joe skrattade. "Men du hade inget emot henne, hade du?"

"Jo, jag gillar inte att andra lägger sig i mitt privatliv. Och jag vill att mina instruktioner hädanefter följs till punkt och pricka, exakt som jag sagt. Om jag råkar åka fast, vill jag att bara jag vet vad som hänt och vad som ska hända. Då vill jag kunna kontakta dej på ett eller ett annat sätt som vi kommer överens om. Men, när det gäller mina leveranser, då är det jag som är bossen, det är jag som kör det, OK!"

"OK, låt os nu höra..."

De diskuterade varje detalj och beslöt att Arnold skulle flyga till Colombia nästa morgon. Cessnan hade nu extra bränsletankar som fylldes. Denna gången satte han kursen rakt över Mexikanska golfen till Yucatan. Han flög över Honduras och El Salvador fram till Pacifiken, och sedan längs med kusten ner till Costa Rica för att sedan sätta kurs på Colombia. I Medellin tankade han och telefonerade till Cavallo. De kom överens att han skulle flyga en tur upp i bergen. En liten by där hade ett minimalt flygfält som skulle vara upplyst av några lastbilar eller jeepar. Där skulle han hämta upp 5 paket, totalt 250 kilo.

Allt gick vägen. Lastningen hade gått raskt och smärtfritt. Folket där var glada att han kom och bjöd på diverse främmande dryckjom, som han till deras förvåning tackade nej till. Minuter senare var han åter uppe i luften. Det var natt nu. Instrumenten glödde grönt och himlen ovanför var djupt blå. Han flög i en dal. Bergen på båda sidor stupade brant och ibland tycktes de skräckinjagande nära. Han flög norrut genom den kolsvarta dalen. Där nere i djupet reflekterade en vindlande flod den blå-silver-färgade himlen mot det fullständigt svarta dalbottnen. Otroligt vackert!

Han flög nu över ett slättland, och närmare kusten. Slätten övergick till sumpmark. När han lämnade det Sydamerikanska fastlandet bakom sig och flög ut över Caribiska Sjön slog han över till Autopilot, lutade sig bakåt och försökte koppla av med en kopp thermoskaffe och några smörgåsar, bredda med mycket kärlek och märkliga ingredienser av en indiankvinna, troligen en dotter eller hustru till någon av de snälla, leende knarkleverantörerna som hystat ombord de där 5 paketen...

Han stängde av radar och radio, medveten om att han skulle lysa som en julgran på Amerikanska kustbevakningens alla radar skärmar om han hade radioutrustningen påkopplad. US Air Force och US Navy var också på sin vakt och här gällde det att ligga lågt för att inte bli upptackt. Han flög lågt, bara 10 till max 30 meter vattnet. Här gällde det att hålla ögonen öppna och kolla höjden. Han önskade han haft en tvåmotorig, snabbare kärra.

Vid fyratiden på morgonen dök Floridas västkust upp ur diset. Han var dödstrött, men fortsatte att flyga lågt flera kilometer norrut mot Tampa. Sen ringde han numret till Cavallo's gossar och sa att om 15 minuter måste männen vara på plats och möta honom som planerat. Efter det överenskomna svaret "OK Pedro" inledde han sina manövrar avsedda att vilseleda kustradarn och polisen som säkerligen stod och följde honom på sina radarskärmar. Först vände han ca. 180 grader och följde kusten söderut tillbaka till Gasparilla Island. Där dök han ner till 5 meter över vattnet och gjorde åter en 180 graderssväng över Gasparilla sundet. Det var nästan ljust nu. Den höga, mörka skogen utmed stranden flög emot honom i en väldig fart. Han styrde upp "Coral Creek" och in över Rotunda. Han kunde kartan utantill och tog ner Cessnan där han såg två Jeepar vänta. Två män kom fram till honom:

"Välkommen! Hur har resan varit?"

"Allt väl, här kommer grejorna!"

Han öppnade dörren på andra sidan. Männen sprang runt och hjälpte honom att lyfta ut paketen. Sen rusade han runt och flådde av de falska identitetsmarkeringarna på flygplanets vingar och kropp. Männen hällde bensin på plastfolierna och satte eld på dem. Strax återstod bara förkolnade rester. Arnold satte sig tillrätta i förarsätet och drog på full gas...

Cessnan lydde villigt och lättade. Hela operationen hade tagit mindre än fem minuter. Nästa landning var på golfbanan nära Sebring. Han var väntad. En söt tonårstös på en scooter körde före honom till en avsides glänta, där han parkerade Cessnan bredvid två andra affärsflygplan. Flickan gjorde sedan tecken att han kunde sitta upp baktill på Vespan. Hon körde honom till klubbhuset och anvisade ett gästrum reserverat för honom.

"Du kan när som helst titta in till mej i köket eller i baren och jag kan fixa dej något att äta eller dricka. Man har sagt mej att du haft en jobbig flygtur ända från Texas, så du måste vara bra trött. Koppla av, vila dej och känn dej som hemma! Förresten det står en röd sportbil runt hörnet. Den är reserverad för dej. Här har du nycklarna! Vi ses senare, hej!"

Hon försvann.

En svartvit polishelikopter flög in över golfbanan. Arnold kände sig lite olustig till mods när han såg den, men duschade och klädde om och gick ut i köket där flickan höll på att baka.

"Hej igen," sa hon. Med baksidan av sin mjölade hand strök hon några blonda hårstrån bort från ögonen. Hon var en skönhet! Han kunde inte hjälpa att bara gapa och stirra... Han gillade den här typen kvinnor.

"Vill du ha lite nybakat bröd? Jag tog det just ut ur ugnen. Några poliser kom och kollade in din Cessna. Dom hade en hund med sej, som sniffade runt inne i planet, men dom stack av..."

"Jag undrar just varför min Cessna kunde vara intressant...?"

Han hade torkat av Cessnans lastutrymme med bensin. Han visste att det skulle bedöva en spårhunds luktsinne. "Den jycken skulle inte tjalla!" tänkte han

Hon serverade honom en bricka med kaffe, marmelad, smör och ost och världens läckraste frallor. Verkligen delikata...

Efter måltiden ringde han Cavallo.

"Tjena, jag är tillbaks!"

"Toppenjobb, toppenjobb! Mina killar rapporterade att Polisen visst var ute efter dej, så för säkerhets skull tog våra gubbar bakvägen som du rekommenderat därifrån. Det visade sej att polisen blockerat tillfartsvägen! Allt gick som smort! Ring mej igen i morgon bitti!"

Arnold tillbringade dagen med att köra runt och med hjälp av kartan kolla in alternativa landningsplatser. Morgonen därpå ringde han Cavallo igen och de kom överens att Arnold skulle hämta up honom i Galveston. Han flög till Sarasota, tankade där innan han for vidare till Galveston. Cavallo satt i en limousine och väntade på honom med minimalt bagage. Bara två attachéväskor.

Väderleksutsikterna var fina. Det skulle bli fint väder hela resan till Cape Cod. Cavallo överlämnade en av väskorna. Den visade sig innehålla Arnolds apanage i guldkantade aktier, kontanter samt inlämningsbevis på pengar i olika checkkonton.

"Tillsammans mer är en halv miljon dollar för min första tur till Colombia. Ingen dålig veckopeng!" grymtade Arnold tyst för sig själv.

Kapitel 10

EN UNDERBAR SOLNEDGÅNG. Om en halvtimme skulle det röda klotet sjunka ner bakom den mörkvioletta horisonten. Roströda dimbankar med rå luft närmade sig sakta utifrån havet när Michele stannade till utanför Ingrids skandinaviska butik.

"Typiskt fint sweater väder," sade Ingrid med ett leende och ett skutt ner från entretröskel till den tegellagda trottoaren.

"Det vill säga en massa, massa dollar i min kassa. Men jag behöver inte jobba i kväll. Töserna är faktiskt jättesöta, dom lovade ta kvällen och var glada för den extra förtjänsten. Men den viktigaste anledningen är den där snygge, smokingklädde gossen som jobbar på restaurangen här mitt över gatan. Han med den stora blonda kalufsen Jag tror han är rätt så intresserad av vår blåögda, smärta men kurviga lilla Lina. Hon har massor och jag menar massor med charm, men hon är också en riktig spjuver."

Michele och Ingrid promenerade Americas Cup Avenue utmed Long Wharf mot parkeringsplatsen. Från det lilla klocktornet vid den vita träkyrkan hördes klockklangen som kallade till aftonsången med en välkänd melodi av Bach. Solen hade gått ner nu och skyarna i väster var purpurfärgade när Ingrid körde ut genom centrala Newport. Turister svärmade överallt, i alla gator på jakt efter någon restaurang som erbjöd just deras favoritföda, passande priser och rätt hamn- eller havsutsikt. Ingrid körde förbi Bellevue korsningen där den röda välkända Tennishallen just släppte ut åskådarna från en match med världens och Sveriges genom tiderna mest framstående tennisspelare. När de lämnat staden bakom sig bröt hon tystnaden.

"Jag har funderat över det du berättade och jag är med på att hjälpa dej. Ted kommer inte att bli svår att få med. Han är trygg."

"Du är sannerligen den jag hoppats på. Med min videokamera samlade jag några mycket intressanta konversationer mellan gubbarna ombord på "Snöfågeln. Men låt mej dra hela historien från första början:

"Sedan någon tid tillbaka har Advokaten Sprengler fått nattliga besök. Härom kvällen, strax före midnatt anlände en stor sändning knark med hans fiskebåt. Godset lastades över till en bil som for sin väg. Det är samma folk som på senare tid kommit, lastat om och försvunnit. Så en natt när båten gled in i hamnen plockade jag fram min fågelskådarutrustning, riktade telelinsen och parabolantennen mot båten. Jag spanade in dom... och lyssnade".

"Du vet ju att min man och jag använde sån här utrustning i vårt zoologiska forskningsarbete. Med min parabolmikrofon kan jag höra fåglar på flera hundra meters avstånd. Jag kan se och höra allt utan att störa dom även om det är mörkt... Mina onda aningar om Sprenglers leveranser besannades. Dom talade om en man i Providence, med ett namn jag kände igen och som nämnts i ganstersammanhang. Då gick det upp ett ljus! Leveranser av snö! Snöfågeln! Snö mitt i sommaren! Nä nä! Det rör sig förståss om cokain!

"Så idag gick jag där utmed bryggorna och letade, tittade i min telelins och lyssnade med parabolen och... Bingo! Där låg den, Snöfågeln! När vi kommer hem i kväll ska vi lyssna till deras mycket intressanta konversation och tala om planer och strategi."

"En sak förvånar mej. Hur kan den här killen Sprengler jobba med sådana här kriminella typer? En advokat! Fattar han inte att hans hustru och döttrar är enkla villebråd för hans gangsterkompisar om dom vill vara tuffa mot honom. Dom har inga som helst hämningar mot att använda utpressning eller tortyr eller ta kål på hans familj. Jag hoppas inget ska behöva hända hans hustru och döttrar. Jag hoppas att vad som hände min Marianne inte ska behöva hända Sprenglers flickor. Jag skall hålla ögonen öppna. Advokaten Sprengler tar verkligen idiotiska risker!"

I Wareham stannade Ingrid utanför en liten kiosk och köpte färska, friterade musslor. Doften var verkligen aptitretande!

"Ett glas svalt vitt vin och rostat fransbröd blir det när vi kommer hem", sade hon och fortsatte att prata, som till sej själv, för att hålla sej vaken...

"Lägg märke till hur dofter och fragranser i natten skiftar när vi kör den här vägen hem. Först den mättade salt och jod-doftande luften i Newport. Sen kör vi igenom ett bälte av tånglukt utmed stränder. Den doften håller i sej tills vi kör ut på motorvägen efter Fall River. Där nästan bedövas man av diesel och bilavgaser från den hemska biltrafiken och alla långtradarna. Redan långt innan vi når Wareham möts vi av ångorna från alla smårestaurangerna där. Dom lagar alla sorters friterade varianter av "havets läckerheter", pommes frites och pizzor. Sen kör vi utmed Cape Cod Canal och där kan vi lukta oss till närheten av havsgående bogserare och oljepråmar. Ofta ligger skorstensröken kvar över kanalen långt efter fartygen passerat, och blandas med röken från kraftverket i Sagamore och diset som rullar in från havet. Men redan när man kör över bron vid Sagamore känner man den finaste av alla dofter. Doften av Cape Cod. Honungsdoften från ljungen växlar med den sträva lukten av tall och kåda och sommartid de smått bedövande kaprifol-ångorna. Havsbrisen blåser kvickt bort alla avgaser här, och när vi kör av motorvägen och in på Väg 6A med alla sina antikhandlare känner jag - kanske inbillar jag mej - men jag tycker det doftar antika möbler, damm och gamla tider..."

Ingrid avslutade sin lilla monolog när hon körde fram och parkerade utanför sitt hem. Båda såg Ted sitta där vid sitt ritbord. När de öppnade dörren hördes musiken från Prokofjevs "Romeo och Julia"...

"Han behöver rätt stämning för att kunna skapa! Han behöver Bach, Beethoven, Brahms och pojkarna och ibland Prokofjev även om han bara ska rita katt-tröjor!" Ingrid skrattade.

Kapitel 11

I ETT HUJ var bordet dukat, immiga glas fyllda med svalt, vitt vin och tallrikar överfulla med friterade musslor, citronklyftor, smörkulor och rostade frallor...

Ingrid berättade först för Ted om dagen i butiken, bara goda nyheter, och sen var det Micheles tur att redogöra för sitt detektivarbete på bryggorna i Newports hamn och anledningen därtill.

Ingrid och Ted satt tysta, förvånade och lite illa berörda.

"Vi måste göra nåt," sa Michele. "Vi måste se till att dom här fulingarna hamnar bakom lås och bom! Tänk på alla ungdomar dom här möglen dödar eller förstör för livet och all sorg och allt lidande dom ställer till med."

Michele tog kasetten ur kameran och satte in den i videospelaren. Där syntes den solglittrande hamnen i Newport, segel fladdrade i vinden. Man hörde vågbrus och kluckande, det dämpade dundret från stora motorjakter, smattret från aktersnurror. Man hörde dunket från fiskebåtar som lade till, kasande lådor med isad fisk och hummer och vatten som forsade genom hundratals lådor med kravlande hummer. Ljudeffekterna gjorde sceneriet helt levande. Ett flertal båtar zoomades in. Privata samtal, inte avsedda för utomstående kunde avlyssnas utan att ett ord förlorades.

Så fokuserade telelinsen in en stor vit motorkryssare, till en början lite oskarpt men plötsligt framträdde akterspegeln helt kristallklart: Skulpterade, gyllene havsjungfrur och flygande måsar inramade Kung Neptun vilande på texten: " S-N-Ö-F-Å-G-E-L-N, New York."

"Här börjar det," sa Michele. De tittade och lyssnade. Ingen sade ett ord förrän TV rutan blev tom och Michele tog ut videon.

"Vi får inte lov att acceptera att avskum som dom här säljer knark som förstör framförallt unga pojkar och flickor, college- och universitetsstuderande som är här under sommaren för att jobba ihop studiemedel. Dom blir förstörda för livet, och stackars föräldrar... Jag har ju berättat för er att jag är en Wampanoag indian och att vi i vår kultur har en rituell dans Ormdansen, där modiga krigare dansar med livsfarliga giftormar. Jag glömmer aldrig min barndoms powows, våra årliga stamsammankomster, och dom orädda ormdansarna, stam medlemmarna som kunde hantera varje oönskad inkräktare... Om vår polis inte kan ingripa och stoppa dom, så får andra som är modiga nog göra jobbet. Jag känner som min plikt att ingripa, men jag behöver hjälp. Vad säger ni?

"Dom där gossarna är inte att leka med," sa Ted sakta. "Jag håller med dej om att vi inte får tolerera att dom huserar fritt. Jag tror du har rätt. Polisen kan vara involverad. Det räcker ju om en enda polis är betald för att varna dom... Vi måste noga planera varje drag. Jag har en del ideer, men först vill jag höra vad Michele planerat. Låt oss se alltihop en gång till så vi inte missar något."

"Vi kan förstås anonymt tipsa polisen i Newport och säga att vi tror en polisman på Cape Cod känner till vad dom har för sig." sade Michele. "Eller, vi skulle kunna knycka en leverans... Jag vet hur man smyger sig på ett villebråd och jag tror inte dom här kan nosa och vädra som de djur i Indien eller Afrika som jag smygit på. Vi kunde övermanna dom, bakbinda dom eller sätta handklovar på dom. Då måste vi förståss uppträda utklädda med lösnäsa och löshår... eller på något annat sätt dölja vår identitet för våra grannar..."

"Nu är jag helt övertygad om att du, Michele är heltokig," sade Ted. "Jag hade mina dubier tidigare, men nu har du övertygat mej! Toka! Hur i hela friden skulle vi kunna övermanna dom, minst tre rutinerade råskinn, som med ett småleende slår ihjäl oss. För dom är mord rena rutinen!"

"Vi är också beväpnade! Jag har alla sorters vapen vi behöver. Min jaktutrustning är den finaste pengar kan köpa. Vi har dessutom grejor dom sannolikt inte har!"

"Som till exempel?"

"Mitt infra scope! Jag kan se allt dom har för sig mitt i de mörkaste nätterna på ett avstånd upp till 400 meter. Och jag kan höra dom lika långt borta."

"Men vad gör vi om dom slår tillbaks?"

"Bang, bang, bang! Vi tar initiativet, vi skjuter först! Inget dödande! Mina bedövnings skott avsedda för lejon eller noshörningar gör dom försvarslösa... blixtsnabbt! Vi sätter på handklovarna och tejpar för deras munnar så dom ligger tyst och snällt medan vi skriver ut adresslappar och kallar på transortkompaniet som kör dom till polisen."

Ted skrattade åt Micheles entusiasm.

"Men skjutandet kommer att väcka upp hela omgivningen!

Folk från när och fjärran kommer för att se vad som står på och busarnas kompisar hinner smita sin väg...

"Jag har några jättefina ljuddämpare, så vi kan arbeta ostörda om vi bara kan överraska dom," sa Michele.

"Hur ska vi kunna undgå att bli igenkända. Dom kommer att nosa rätt på oss och hämnas. Om det finns en tjallare i den lokala poliskåren är det en bagatell för dom att skaffa en polisorder med rätt att leta igenom våra hus och hitta eller hitta på och fantisera ihop bevis mot oss," sa Ingrid.

"Jag har en vän, som äger en bilverkstad. Han är en före detta polisman. Han är finne och ärligheten själv. Honom kan vi lita på. Han kan skaffa oss några polisuniformer för ett litet maskerad party! Vi överraskar dom, söver ner dom med mina tiger-bedövare. Vi knycker knarket och pengarna och pyser glatt sjungande!" Sade Michele och alla tre skrattade.

"Det var ju längesen jag var i det militära och sköt prick. Men ge mej ett förstklassigt vapen och ett pålitligt kikarsikte så kommer ingen att kunna knipa oss!" Inflikade Ted.

Michele fortsatte: "Jag har vapnet du önskar dej, en 9 mm halvautomatisk 20 laddare med ljuddämpare och ett Zeiss kikarsikte. Vi hade det alltid med oss på våra jaktturer. Ett underbart vapen som sällan användes till annat än prickskytte för vårt nöjes skull. Jag använde det när jag sköt dom där tjuvskyttarna i benen. Dom som mördade Rick. Det är gjort i Belgien!"

"Jag har en känsla av att vårt ingripande kan bli rätt komplicerat. Jag menar om dom är en massa killar kan vi ju inte bara traska på, knacka på och pricka ner dom. Men låt oss se om vi kan komma upp med ett par alternativa planer. Några lite galna och våghalsiga, andra helt realistiska och intelligenta," sade Ingrid. "Jag kan sy om polisuniformerna så dom sitter fint på oss."

Michele lovade hålla ett öga på vad som hände och sades inne hos Sprenglers. När alla tre till slut efter en maratonlång dag var för trötta att föra en meningsfull konversation, promenerade Ingrid och Ted med Michele över den öppna hamnplanen till hennes hus, där hon gav dem en snabb demonstration av sin unika jaktutrustning.

"För att kunna vara välinformerade och för att kunna se vad som hände i det mörkaste nattmörker knäpper vi bara på vårt infra-scope och tittar. Vi sätter på oss hörlurarna, så här, och vi hör." Hon riktade infrakikaren mot Sprenglerska huset.

Trots nattmörkret kunde Ted klart se och höra att Sprenglers hade nattligt besök... en storväxt bjässe. Michele knäppte på bandspelaren. Hon tog ett par steg tillbaka från fönstret och där stod alla tre osynliga utifrån, i mörkret och lyssnade och spanade.

Männen talade om en ny sorts utrustning... Någonting skulle i morgon plockas upp av Sprenglers fiskebåt och sedan lossas vid 11-tiden på kvällen nere vid Sprenglers brygga.

"Jag ringer köparen och säger att han får komma och hämta leveransen vid midnatt..." hördes advokaten Sprengler säga.

Några ögonblick tidigare hade Michele, Ingrid och Ted varit så dödströtta att de knappt kunde gå. Nu var tröttheten med ens som bortblåst.

Efter att ha gett främlingen några sista order skiljdes männen åt nere vid bryggan och Arnold Sprengler gick upp mot sitt hus. Han stannade till uppe på sin veranda, tände en cigarrett och tittade ner mot bryggan där Jack, hans skeppare gick ombord, och försvann ner i kajutan. Några ögonblick senare kom han upp igen med en generöst tilltagen drink i handen och slog sig ner i en stol på akterdäck. Drinken var snabbt tömd och skepparen försvann. Ljuset i kajutan släcktes.

"Det här var lite häftigt!" sa Ingrid. "Kan dom knölarna inte vänta tills jag får uniformerna färdiga!"

"Jag har en plan," sa Michele. Viskande berättade hon vad dom skulle kunna göra. Efter sin redogörelse slutade hon med att säga:

"Vi möts här hos mej i morgon vid åttatiden. Vi kan ju alltid hoppas att polisuniformerna injagar rätt respekt och villrådighet..."

Nästa dag flög förbi. På vägen hem från butiken i Newport försökte Ingrid föreställa sig hur deras kupp skulle fungera. Planen var enkel, djärv, kallhamrad och våghalsig.

Kapitel 12

"DIN NÄSTA FLYGTUR blir om en månad..." Det var det sista Cavallo sade när de skiljdes. Arnold kände sig nöjd, men hade ändå en känsla av att ha gått i en fälla.

Familjen Sprengler tillbringade större delen av de kommande veckorna tillsamman. Sara var glad att Arnold äntligen tog sig tid att vara med sin familj. Han ringde då och då sin sekreterare eller gjorde en snabbvisit på kontoret för att gå igenom posten. Familjen hade en hellyckad sommar och när det var dags för Cathy och Maggie att flyga tillbaka till England och skolan flög Mamma Sara och Pappa Arnold med dem till London.

Han uppsökte flera advokatkontor. En direktör för en av de mer betydande sade: "Vi har en kund som gjort stora investeringar i USA och som kommer att ha användning för en erfaren Yankee advokat. Jag ska föreslå dej och höra vad dom säger. Vanligen gör dom det jag föreslår..."

Familjen Sprengler hade ett par riktigt trevliga veckor tillsamman i London innan Sara och Arnold återvände till Cape Cod. Redan första dagen tillbaka på kontoret fick Arnold ett samtal från Cavallo:

"Jag behöver en ny sändning och jag skulle vilja att Du flög raka vägen till Miami och hämtade upp ett par affärsvänner och i övrigt upprepar Din föregående tur till Colombia, hämtar lasten där och sen flyger tillbaks till Florida."

Arnold accepterade Cavallos plan och ett par dagar senare flög han åter in över Rotonda, hystade ut paketen och flådde av de falska identitetsmarkeringarna på Cessnan och var ett par minuter senare åter i luften. Med kartan i knäet flög han lågt, hela tiden under topparna på träden utmed Wyakka floden. Ingen landbaserad radar i världen hade en chans att följa honom.

Joe Cavallo hade kontakter över hela Florida och allt var välarrangerat från mekaniker service och bensinpåfyllning till övernattning och hyresbilar. Några dagar senare återvände Arnold problemfritt till Hyannis och sitt hem i Barnstable.

En månad gick utan att advokatfirman i London hörde av sig. Arnold försökte tänka ut nya vägar att slinka ut ur Cavallos nät, men kunde inte finna ut några hållbara planer.

Hans tredje tur till Colombia startade från Galveston. Han flög samma route som tidigare och landade i Rotonda utan problem. Rutinen med lossning och identitetsbyte gick på rekordtid.

Men den här gången hade flygvapnet eller kustbevakningen hållit ögonen öppna. Cavallos män for iväg med släckta strålkastare och jeeparna fullastade med cokain genom den väglösa terrängen ut bakvägen mot Väg 771. Arnold såg polishelikoptern komma in västerifrån. Utan ljus startade han och efter ett snabblyft dök han ner över floden och sökte skydd utmed vattnet under de höga trädkronorna. Hjulen nästan nuddade vid vattenytan när han flög längs den slingrande floden. Cessnan var betydligt snabbare än helikoptern, men han tog inga risker. En av de överenskomna flyktplanerna måste tillämpas. Efter ett kort telefonsamtal landade han på en motorväg och taxade in på en parkeringsplats. Det dröjde inte många minuter förrän en grupp av Cavallos män dök upp med en enorm lastbil.

Cessnans vingar monterades av och tillsamman med flygkroppen vinschades allt in i det täckta lastutrymmet på den stora semitrailern.

Arnold erbjöds en plats i en stor stadsjeep. Föraren var en storväxt otroligt muskulös neger med snälla ögon och ett skönt leende. Utan att låta sig störas av att Arnold tog plats brevid honom sjöng han "Swing low, sweet chariot" med en ren, djup, underbart vacker röst. Efter några minuter var sången slut och föraren, barytonen, satt tyst en lång stund. Sedan sade han:

"Jag avbryter aldrig mitt sjungande förrän jag sjungit hela stycket till slut. No sir! Man måste visa respekt för Sankta Cecilia, Yessir! Men om snuten stoppar mej slutar jag sjunga, Yessir! och då frågar jag "Hur kan jag hjälpa Er?" Det är allt jag gör! Men jag måste förståss varna min bror som kör en kilometer bakom oss med din flygande maskin. Så, om jag ser en poliskontroll föröver så slår jag på min kommunikationsradio. Alla vet, att när jag sjunger i radion då är det fara å färde och bäst att köra av vägen!"

Utan problem kom de fram till flygplatsen i Okeechobee och Cessnan lassades av och kördes in i hangaren. En röd liten sportbil från Avis, reserverad för Arnold, stod parkerad bakom hangaren. Han körde med den till Miami, steg ombord på planet till Boston och tog flygbussen hem till Cape Cod.

Några dagar senare for han ut till Cavallo i Chatham för att avlägga rapport och hämta sitt arvode. Där introducerade Cavallo en affärsvän, Louis Bolivar, en reslig, ständigt leende, flintskallig dubbel-decitonnare med tydlig New York accent. En man i övre femtioårs åldern.

En delikat måltid serverades; ostron, teequillamarinerad hälleflundra kryddad med apelsin och anis, plus babygrönsaker. Desserten var en savarin med rhum-plommon toppad med glass och vispgrädde.

Efter måltiden meddelade Cavallos slanka, rödhåriga värdinna, hon i den långa, svarta klänningen, att kaffet var serverat och Cavallo visade in sina gäster i det stora vardagsrummet med utsikt över Atlanten. Dörrarna stängdes. Genom glasväggen kunde man se den beväpnade butlern stå vakt.

72

"Louis arbetar på New Yorkmarknaden. Kan vi garantera honom en sändning i månaden utöver vår? Ja, det är min fråga," förklarade Cavallo vänd mot Arnold.

"Det kan ordnas," blev svaret. "Men jag är inte villig att ensam flyga in allt, som jag gjort hittills. Jag är fullständigt utschasad och flygturerna har blivit mer och mer riskfyllda. Sist var det bra nära att snutarna knep mej." Männen skrattade och Arnold fortsatte:

"Poliskoptern var där bara några minuter efter det jag hystat ut lasten. Det var med nöd och näppe jag slank undan. Jag måste sticka iväg som en skrämd hare och räddades enbart tack vare en välfungerande nödplan med Cavallos gossar på plats precis i rätt ögonblick. Kanske använder andra importörer också Rotonda. Polisen håller troligen numera stället under ständig bevakning, kanske genom nån polisman som bor i närheten. En sån kille kan ju varsko kollegerna så snart upphämtarna syns till. Eller kanske, kanske har vi en liten läcka, en liten tjallare som syr hem några hundra tusen i form av knark... som betalning..."

"Jag har en ny och bättre plan."

"När kan du börja flyga för mej..." avbröt New Yorkaren.

"Jag är inte intresserad av att jobba för flera olika uppdragsgivare. Mitt jobb har blivit farligare och farligare. Knarkpolisen har verkligen lagt på ett kol. Och dom är bra, förpillat bra. Ni vet ju att dom har helikopters, AWACs, alltså luftburen radar, och jaktflyg och alla samarbetar med kustbevakningen. Så vi behöver sofistikerad utrustning. Joe Cavallo och jag jobbar fint ihop och jag är inte med på att ändra vårt samarbete. Bara vi två, Cavallo och jag, ska ha hand om leveranserna. Ni två får ta hand om affärerna. OK?

De två gangsterna log mot varann. Bolivar påpekade att New Yorkmarknaden var så stor och riskfylld att han inte ville ha några mellanhänder. Arnold bara skrattade åt honom och skakade på huvudet. Då reste sig New Yorkaren och tackade Cavallo för Lunchen och gästfriheten. De två männen skakade hand.

"Jag önskar du var min man!" Sade Bolivar till Arnold.

73

"Det är jag!" svarade Arnold. "Jag skulle tro att Ni båda redan planerat ett nytt distributionsbolag, Gissar jag rätt Joe?" sade Arnold vänd till Cavallo. Cavallo nickade, tog leende Luis Bolivars hand och sade frågande:

"Partners?"

"Partners!" blev svaret.

De nya samarbetsparterna dunkade varann i ryggen och medan Cavallo följde Bolivar till dörren och den väntande limousinen gav han Arnold tecken att stanna kvar och sitta ner. När han kom tillbaka hällde han upp två enorma whisky on the rocks en till sej själv och en till Arnold. Sedan slog han sig ner. Ormögonen strålade förtjust.

"Låt höra nu! Vad är ditt nya ide?"

"Jag vill konstruera en "coka bomb" som vi lastar och sedan kan släppa ner i havet. Först sjunker den till botten på samma sätt som de minor vi fällde under kriget. Efter viss tid lösgörs en liten sond kopplad till en radiosändare fäst vid coka bomben, minan, med en lång tunn wire. En dator inne i bomben är programmerad så att den svarar på commandon via radio. Vi ser till att sonden försvinner i djupet om kustbevakningen är i närheten och vi beordrar wiren att komma upp när vi vill komma och hala ombord lasten..."

"...Det finns ett företag i New Bedford, som gör alla sorters säkerhetsutrustning för fiskebåtar, livbåtar, räddningsflottar, gummibåtar och havsgående tävlingsbåtar. Jag ska tala med dom och fråga om dom skulle kunda göra en sådan apparat. Jag har sett liknande grejor användas av vetenskapare och forskare vid Woods Hole Oceanografiska Institut.

"Mitt ide är att vi flyger utmed kusten. Med hjälp av satellitnavigering släpper vi "coka bomben" precis där vi vill ha den. Lite senare kör vi ut dit med min båt och hämtar upp leveransen. För kommunikation med "bombens" radio och datorn under vattnet använder vi oss av långvågsteknik, så vi kan beordra den att ligga på bottnen så länge vi vill till dess vi anser det säkert att hämta upp den.

En sådan här apparat kan användas om och om igen om vi servar den lika noga som man servar ett flygplan. Vad tycker du?"

"Jag är inte heltänd på att låta varor för 5 miljoner ligga på havsbottnen!"

"Vi kunde ju börja med en mindre sändning. Men jag försäkrar dej att flyga min Cessna i 10 timmar, 4-5 meter över vattnet i Mexikanska Gulfen är inte heller speciellt säkert. Den här grejen kommer att betala sig efter första leveransen! Jag tycker du ska tänka lite på värdet av pilotens liv också... Det betyder en hel del för mej!"

De båda kumpanerna beslöt att vardera investera 100.000 dollar för utvecklingen av "coka-bomben." När Arnold lämnade Cavallo's villa var han helt nöjd, men i hans huvud surrade det av konstuktionsdetaljer i den här nya grejen som borde kunna göra hans flygturer säkrare mot ingripande från polis och kustbevakning.

Men, Arnold lade inte märke till en liten dam som kommit i en rostig gammal bil... Hon såg ut som vilken turist som helst där hon gick nere vid stranden och tittade och fotograferade med sin videokamera på ett trebent stativ. Än fokuserade hon in trålarna ute till havs, än de lekande barnen på stranden eller sjöfåglarna, som spankulerade fram och tillbaka i strandbrynet. Då och då, som av misstag, riktade hon kameran mot husen på höjden ovanför stranden och Cavallos villa...

Arnold kontaktade en liten ingenjörsfirma och en vapenspecialist han kände och de lovade att ha en prototyp till coka-bomben klar om ett halvår. Under mellantiden gjorde han två turer till Columbia. Han ändrade flygrutten och flög över Bahamas och tankade på olika ställen. För att ytterligare sätta myror i huvudet på eventuella förföljare ändrade han identitets-beteckningarna på Cessnans kropp och vingar. I radion uppgav han att han satte kurs mot Jacksonville, men i själva verket flög han utmed Floridas östkust och dök sedan ner så lågt att ingen radar hade en möjlighet att följa honom. Han ändrade kurs, landade och lossade lasten vid Rotonda och flög sedan tillbaka, steg och fortsatte mot Jacksonville synlig för radarn. Hans trix kunde lura polis och kustbevakning om de inte var tillräckligt alerta. Joe Cavallo hade känningar på alla flygplatser. Det var män som gjorde myndigheternas förföljande ytterligt förvirrat genom att lämna falska uppgifter som ledde eventuella förföljare på avvägar.

Kapitel 13

TIDIGT FÖLJANDE VÅR var coka-bomben klar. Under tiden hade Arnold beordrat en ny tvåmotorig kärra, en Beach Craft Baron, med fyra bekväma sittplatser för passagerare. "Baronens" vackra mjuka linjer är en fröjd för varje pilot. Det är en snabb maskin, lätt att flyga. Arnold behövde inte ens en vecka för att bli väl insatt i hur den borde skötas och han kunde beviljas certifikat att flyga sin nya leksak.

Planet kändes mycket större än Cessnan. De råstarka motorerna spann fridfullt tills han gav full gas och de med ett vrål pressade honom bak i sätet i en ofattbar acceleration ... och planet lyfte. Varje pilot älskar den känslan. Med vingmonterade extratankar hade detta plan en operationssträcka på ca. 3000 miles, dvs. nära 5000 kilometer.

Efter att ha flugit hem Baronen till Cape Cod parkerade han sin bil utanför villan i Barnstable. Sara hade just kommit hem från sitt lärarjobb på skolan. Hon kände sig lycklig och avspänd och gav honom en riktigt skön välkomstkram. Hans önskan att slå igen sitt advokatkontor i Hyannis och istället arbeta i London hade gjort honom till en ny människa, tyckte hon. Hon kunde knappt vänta med att packa och resa... Deras förbättrade ekonomi gjorde att hon inte kände flyttningen till London som något våghalsigt äventyr. Dessutom, möjligheten att kunna tillbringa mer tid med döttrarna gjorde henne varm om hjärtat. Bara tanken på att gå ut och shoppa med dem i London gjorde henne glad.

Arnold hade sagt Cavallo att han behövde en andra pilot nu när det blev tal om långa flygpass. Att flyga från Colombia non stop till

Cape Cod och släppa av lasten där, var mer än man borde begära av en ensam pilot.

Han hade länge sökt efter rätt person och slutligen hittat den man han ville ha. Han hade träffat Mike i Galvestone. Mike Soames var en före detta kapten i flygvapnet och nu lärare vid en flygskola i California. Mike visade sig vara rätt gosse. Han var en erfaren, skicklig pilot, hade goda nerver och sinner för humor och dessutom rekommenderad som ärlig och pålitlig. Mike förstod genast vad leveranserna handlade om, men han fann ingen anledning att närmare gå in på detaljer nu när han såg chansen att göra ett snabbt klipp och sy hem en försvarlig summa pengar.

Med Mike som andrepilot bredvid sig flög Arnold på nytt till Medellin i Colombia, där de fyllde Coka-bomben med det åtråvärda vita pulvret packat i halvkilos plastpåsar. För att ge intrycket att det rörde sig om en taxiflygning hade man plockat upp två affärsmän, som skulle till Boston. Arnold förstod att han skulle observeras och följas av kustradarn och flygets AWAC radar, troligen också av satellitkameror.

Första hälften av hemresan gick utan problem. Men, när de närmade sig New England kusten började piloternas nerver göra sig påminda. Ingen av dem sade ett ord. Söder om Marthas Vineyard gick de ner till 300 meter. Det var en vacker natt, idealisk för deras plan. Det blåste ungefär 5 sekundmeter och vågorna var mellan en och två meter höga. Arnold hade sett ut ett par alternativa ställen där han kunde droppa av lasten på betryggande avstånd från de vanliga fiskebankarna. Strax öster om Monomoy Island gick Mike ner till lägsta höjd, bara några meter över vågtopparna. Inga fartyg syntes till. Arnold öppnade bagageluckan och knuffade ut coka-bomben. Den försvann med sin mångmillion dollar last i en kaskad av skum. Ytterligare några minuter svepte de fram i jämnhöjd med vågtopparna. Så steg de och satte kurs mot Boston Logan. Tornet på Logan bad dem vänta och göra en sväng innan landningen beviljades.

Efter landningen fick Arnold, Mike och deras två passagerare passera tullkontrollen och tullpoliser gick ombord på flygplanet och kollade varje vrå med hjälp and en polishund.

Coka-bomben låg nu tryggt på havsbottnen. Stålkontainern var inbäddad i ett flera centimeter tjockt lager av skumplast, som gjorde den omöjlig att upptäcka med eko-lod.

Redan nästa dag blev Arnolds fiskebåt, som legat förtöjd i Chatham beordrad att sticka ut till en exakt destination. Väl framme tryckte Kapten Jack på radiosändaren. Han och hans män såg hur ur havsdjupet en lång antenn dök upp. Kaptenen och hans män utbytte blickar. En av dem viskade "Den där Arnold är allt en smart jävel, va!"

De halade in sonden. Tryckte åter på radiosändaren och ett flöte med en tross kom upp längs wiren. I båtens kölsvin fanns ett specialgjort dolt lastrum vars botten öppnades nedåt med två luckor. Här vinschades nu Coka-bomben upp varefter luckorna stängdes. Utifrån kunde ingen observatör se att någon lastning ägt rum. Ovanför det dolda lastrummet var en stor bassäng där hundratals humrar krälade kring, precis som i alla andra hummerfiskande båtar. Endast en mycket ingående kontroll av tullpolis och grodmän skulle kunna avslöja att lasten inte bara utgjordes av en mängd nyfångade humrar för tusentals dollar, utan också av kokain för många miljoner.

Kapten Jack lade till vid hummerpiren i Chatham. Efter solnedgången lade de ut och satte kurs mot Barnstable och Arnolds brygga i Barnstable Harbor. Vid midnatt var de framme. En vacker mörk natt. Ingen syntes till när Arnolds män bar iland lasten i segelpåsar upp till Sprenglerska villan.

Ingen såg dem utom en alert liten dam som följde dem i sitt infra sikte och bandade allt som sades och hände med hjälp av sin specialutrustning avsedd för filmning av främmande djur och fåglar.

Arnold hälsade glädjestrålande på männen och ringde sedan Cavallo för att tala om att den nya utrustningen var en enorm succé och att nästa leverans kunde ske redan nästa vecka. Inte i sin vildaste fantasi kunde han ana att hans granne, den försagda, ensamma lilla damen mittemot, lyssnade och inte gick miste om ett ord.

Veckan gick fort. Arnold och Mike var redan på väg från Colombia med nästa last. Den Amerikanska östkusten dök upp som ett stjärnbestrött blådisigt bälte i horisonten.

"Snart hemma igen," gäspade Mike och kollade satellitnavigeringen. Strax sydväst om Nantucket sköt han fram spaken och planet dök ner till bara några meter över det svarta vågsvallet. En sista titt på navigeringen och så... "Låt gå!" Arnold knuffade ut Coka-bomben som försvann i djupet. Han stängde bagageluckan och gick tillbaka till förarplatsen medan de tvärsade över Cape Cod och flög in mot Boston. När de landat möttes de av tullpolisen med två sorg-ögda blodhundar som kollade varje utrymme i planet.

"Bara en rutinkontroll av alla plan från de knarkinfekterade områdena i Syd- och Mellan-Amerika," förklarade en mycket artig polisman.

Tidigt nästa morgon hämtades lasten upp och gömdes i kölsvinet i utrymmet under hummerfångsten. Efter att ha lossat humrarna och legat ett par dar i Chatham gled Arnolds båt in i Barnstable hamn och lade till vid hans brygga... Luis Bolivar hade sänt några av sina tuffaste gossar till Barnstable. Med sig hade de pengarna för det gods de skulle hämta. Arnold hade arrangerat en trip för Sara till New York. Hon skulle bo över ett par nätter hos en väninna, en av hennes bästa vänner hon alltid gärna ville träffa.

Arnold var ensam hemma och väntade att hans båt skulle komma och lägga till med sin dyrbara last. Han väntade också att Bolivars män skulle komma, hämta lasten och avlämna en rejäl summa pengar. Han kunde höra att båten lade till. När som helst kunde männen knacka på dörren? Han hade pappersarbete att göra och lät männen ta tid på sig att städa upp efter lasten, så att inte ens en sniffande polisblodhund skulle kunna ana något...

Han hörde en bil köra fram. Han väntade några minuter, sen tittade han ut genom fönstret. Han såg Bolivars vita Lincoln på parkeringsplatsen...

Kapitel 14

DE TRE VÄNNERNA åt supé tillsammans i Micheles kök. Hon serverade en delikat quiche med fräsch sallad och till det drack man Perrier.

"Jag lyckades fixa polisuniformerna. Ingrids och min är lite stora och Teds är lite liten, men vad katten! Ingen kommer att se oss ändå! Här är en lösperuk till Ingrid och en till mej. Och här Mr." Hon hystade över ett svart lösskägg till Ted.

"Min uniform är redan undanlagd i Er båt nere vid bryggan. Därifrån kan jag se när dom promenerar upp till Sprenglers dörr. Jag lånade också en bil som står parkerad där borta. Registreringsplåtarna är falska och jag hoppas inte någon polis får för sig att komma hit i kväll!"

De provade sina uniformer. Ingrids var alldeles för stor, så hon tvingades stoppa in ett par kuddar för att fylla ut byxorna framtill och baktill. Hon måste sätta på ett par hängslen så byxorna inte kasade ner.

En tröja med axelvaddar fyllde ut uniformsjackan.

"Jag tycker inte jag ser alltför tokig ut," sade hon och granskade sig i spegeln. "Och du Ted du ser verkligen ut som Long John Silver eller Kapten Svartskägg. Du kan skrämma byxorna av vem som helst!" Alla skrattade och Michele framlade sin plan.

"Ni två tar en promenad bort mot varvet och smyger er in på baksidan av Sprenglers villa. Tag på dom här regnkapporna så ser ingen era polisuniformer, och smyg fram till buskarna mellan

Sprenglers entré och bryggan. Där kan ingen se er varken från huset eller från gångstigen. Jag ligger i ruffen på Er båt nere vid bryggan. Vi kan communicera med dom här walki-talkisarna, men bara med hörmusslan på. Om vi har mikrofonen på kan man höra oss. "

Framför sig hade hon två vapen.

"Dom här är laddade och noga rentvättade så där finns inga fingeravtryck. Rör dom inte utan att ha handskar på! "

Ted hade letat fram två par svarta silkeshandskar han en gång använt som ceremonimästare i Odd Fellows logen i Göteborg

"Ingrid, du tar Walter pistolen med ljuddämparen och Du Ted tar den här. Hon räckte honom geväret med ljuddämparen och natt-kikar-siktet."

Solen gick ner. Skyarna i väster skiftade från purpur till bordeaux till blåsvart och slutligen till svart. Sprenglers fiskebåt ute i bukten närmade sig hamnen tyst och sakta. Michele iklädd en svart träningsdräkt promenerade ner till bryggan och smög sig ombord på Teds segelbåt. Hon kröp in i ruffen. Där var solvärmen från den varma dagen ännu kvar. Hon såg Ingrid och Ted förvinna i skuggorna kring Sprenglerska villan. Den råa kvällsdimman vältrade sakta in från marsklanden kring Maraspin Creek. Hon satt i fullständigt mörker nu, en och en halv meter från kajutadörren och hade god sikt upp utmed bryggan och vägen som leder upp till Sprenglers vackra villa. Hon lade märke till busksnåren på båda sidor om stigen, som gjorde det omöjligt att från villan se stigen från bryggan fram till entreen. Hon såg hur buskarna där sakta rörde sig när Ingrid och Ted smög fram och gömde sig nära gångbanan.

"Dom rör sig i mörkret som kattor," tänkte hon.

Värmen försvann snabbt ut genom den öppna ruffen och Michele ryste till. Tiden gick långsamt, mycket långsamt. De väntade och väntade.

"OK," kom Teds viskande röst i öronmusslan. "Vi är på plats. Vi kan se dej när du skrattar! Detta är ett perfekt ställe, över."

"Toppen! Allt är bra här också, över och slut!"

Ingrid rörde sig sakta och viskade till Ted:

"Rätt skönt att vara påbyltad så här när det börjar bli kallt. Kuddarna i mina byxor gör det bekvämt för mej både när jag sitter och ligger!"

Tystnaden var intensiv. De kunde se en liten fiskebåt glida in i hamnbassängen. Männen ombord hade uppenbarligen haft en jobbig dag, men de tycktes glada och lyckliga så fångsten måste ha varit god. De spolade av durk och däck med spänner av vatten och skrubbade noga. Skenet från ficklampor flaxade runt när de slutligen kollade förtöjningar. Tunga steg från sjöstövlar knastrade i gruset. Bildörrar slängdes igen och deras lilla lastbil for iväg.

"Hej, jag hör båten och nu ser jag den..."

Det var Ingrids röst som kallade på uppmärksamhet. Alla tre kunde höra varandras andhämtning i hörmusslorna. Till och med deras hjärtslag hördes ibland. Ingen kunde säga vems hjärta som bultade mest intensivt!

Avgasrören på Arnold Sprenglers stora motorbåt viskade och väste närmare och närmare. Båten lade till sakta, tyst och elegant. Två svartklädda män hoppade iland och förtöjde båten med tjocka nylontrossar kring bryggans pållare. Motorerna tystnade. Viskande mansröster hördes.

Natthimlen hade blivit molnig, men då och då tittade månen fram och man kunde se tre män hysta flera stora segelsäckar upp på bryggan, ta dem på sina ryggar och marchera längs den tegelstenslagda gången upp mot entreen, närmare och närmare buskarna...

"Vi är beredda," viskade Ingrid...

"Vänta tills jag säger gå!" viskade Michele. Så tog hon fram det klumpiga geväret med bedövnings skotten, som sövt ner så många lejon och noshörningar, och så siktade hon mot den förste mannen i raden...

Poof, ett dämpad ljud hordens. Mannen först i kön vände sig ilsket till kompisen bakom:

"Vaffan har Du för Dej! Vi har inte tid med nåt skoj här!"

"Poof!" Ett andra dovt puffande följdes några sekunder senare av ett tredje. De tre männen stirrade tysta på varandra. De tog sig med ena handen om baken, knäböjde tysta och föll sedan sakta till marken.

"Vad hände?" frågade två röster i kommunikationsradion.

"Vi väntar 30 sekunder," sa Michele. Jag bedövade dom! Dom sover gott nu. Kom igen! Vi har max 5 minuter på oss. Gå!"

Ted och Ingrid kravlade ut från buskaget och Michele gick med raska steg upp mot de stupade männen. Den ene stirrade likgiltigt upp mot månen när hon vände på honom och drog ut första sprutan.

"Vi lämnar dom så här. Hjälp mig att hitta mina sprutor! Såja, toppen! Nu tar vi segelsäckarna och sticker!

En bil svängde just in på parkeringsplatsen. En stor silverfärgad Lincoln stannade. Strålkastarna slocknade.

"Tusan också," sa Ted. "Dom här gossarna är pigga på att skjuta... Bäst att gömma sig!

Två män steg ur bilen. Två riktiga gorillor med gammaldags italienska fedora hattar och ljusgrå, randiga kostymer gick upp mot Sprenglers entré. Den ene bar på två portföljer. När de kom genom buskaget upptäckte de tre svartklädda sjögastar stilla snarkande på gångens stenläggning.

"Fan också! Nån där?" viskade den ene. Michele, Ingrid och Ted stod dödstysta, gömda. Mannen tycktes ha sett dem. Han satte ner portföljen och grep efter sin Luger i axelhölstret under kavajen. För sent. Micheles grovkalibriga dubbelbössa pooofade till igen. Mannen grep med andra handen om sin axel där en bedövningsspruta satt planterad. Lugern hann han aldrig få fram. Sekunden därefter hördes ett nytt Poof. Tysta stod de båda storvuxna männen vända mot varann, stirrade på varann. Utan ett ord sjönk de ner på knä, som uppblåsbara Kalle Ankafigurer, som luften gått ur. Sakta sjönk de till marken i varandras armar, deras knän vek sig och de föll framstupa. Blixtsnabbt var Michele framme och plockade till sig sina sprutor.

"OK, Ted, du tar dom här två portföljerna, Ingrid svettades av nervositet och Michele hjälpte henne att proppa ner en säck i hennes vida byxor. Hon såg ut som om hon skulle föda en baby när som helst! Säckarna var tunga, men Ted kunde ändå hänga en om halsen utan att den syntes under den vida regnkapen. Michele tog den tredje säcken under sin regncape och så tågade de tre vännerna ut mot parkeringsplatsen och fram till den parkerade Lincolnen. Ingrid gick fram till föraren, knackade på rutan, som sakta sänktes. Hon tryckte på knappen till Micheles bandspelare och en mäktig mansröst röt till:

"Det här är polisen. Ni är omringade! Minsta motstånd och vi skjuter Er omedelbart. Rör Er inte!"

Mannen vid ratten lyfte upp sina händer. Nu gick Michele fram och sade vänligt: " Förlåt vi stör, vi fick ett tips att nåt kunde hända här i natt. Har Ni sett nåt som verkar misstänkt?"

Mannen såg vettskrämd ut, skakade på huvudet och vände sig till en kompis i baksätet: "Har du sett några skummisar här?

"Nä fan! Vi väntar bara på några vänner. Vi skulle gå på en krog här. Den där som serverar seglare och hästar..."

"Den ligger där borta på andra sidan hamnbassängen. Gott käk förresten." tillade Michele. "Förlåt min kollega som gärna tar i lite för mycket! Glöm bort det! God afton!"

Vänd till sina vänner sade hon: "Falskt alarm som vanligt! Kom, nu så åker vi tillbaka till stationen!"

De tre falska poliserna tågade bort till bilen med de falska skyltarna. Med Michele vid ratten for de iväg. Vid korsningen längre fram kunde de se Matakeese-restaurangens skylt, vars förgyllda bokstäver förkunnade: "Mat för män och hästar... och strandsatta sjömän."

Hon släckte strålkastarna, svängde av till höger bort bakom villorna utmed stranden. Efter någon kilometer svängde vägen söderut och de kom upp på Väg 6A, vägen som också kallas The Kings Highway. Först där tände hon åter strålkastarna. På små bakvägar körde hon sedan ner till Hyannis och till bilverkstan som tillhörde hennes Finske vän. Den lånade bilen återlämnades. Segelsäckar och portföljer lastades över i Teds och Ingrids lilla Ford Fiesta som var parkerad där.

"Om vi kör direkt hem nu, kommer vi precis vid samma tid vi alltid kommer hem från Newport," sade Ted.

"Jag tror det är klokast att först göra oss av med lasten," sade Ingrid.

"Det är rätt idiotiskt att köra omkring med över hundra kilo cokain och ett par miljoner dollar i bakluckan. Och det är lika dumt att ha sånt hemma. Om busarna har känningar inom polisen kan de ju skaffa fram en visiteringsorder på nolltid. Så, varför kör vi inte ner till vår butik i Osterville och lassar av där!"

"Klokt talat," sa Ted. "Vi kör till Osterville, men först ska vi ta och klä av oss dom här uniformerna."

Sagt och gjort. Han satte sig vid ratten. Michele sträckte ut sig i baksätet och sa: "Skönt att det är över. Men det var väl kul?"

Trafiken var rätt intensiv trots den sena timmen. Vid trafik-ljusen i Centerville passerade de den mörka kyrkogården. Då upptäckte de att en polisbil följde alldeles efter dem. Ted kollade att strålkastarna var tända och att han höll rätt hastighet: 35 miles i timmen! Vägen vindade genom det vackra landskapet. Polisbilen hängde envetet kvar omedelbart efter dem trots alla avtagsvägar och rundade gathörn. Utanför "Ugglans tecken", deras favorit-bokhandel i Osterville stannade Ted. Alla butiker var mörka och stängda. Polisbilen körde upp jämsides. En polishund satt i baksätet.

"Precis i rättan tid," tänkte Ted.

"Hur sjutton kunde dom veta..." viskade Michele.

Ted rullade ner sin vindruta. Så gjorde polisen.

"God afton, vilken underbar natt," sa den leende polismannen igenkännande och gjorde honnör. Varpå han körde fram och svängde in på parkeringsplatsen bakom bokhandeln. Ted andades ut, och körde runt hörnet till baksidan av deras skandinaviska butik.

"Det var vår vän polismästarn, han bor i huset där borta," sade Ingrid med en suck av lättnad. Han har helt enkelt inte kunnat köra om oss, för hela vägen hit är dubbelstreckad. Det är förbjudet att köra om! Himmel vad jag var rädd!"

Ted låste upp bakdörren och de bar in segelsäckarna med kokain och portföljerna som visade sig vara fulla med sedlar. Alla stirrade.

"Måste vara mer än miljonen!" sade Ted

"Närmare bestämt två komma två miljoner," sade Michele. "Det var vad dom sa ombord på båten i Newport, inte sant? Det känns rätt skönt va? En sån kväll!"

"Vi måste finna ett bra ställe att gömma allt det här. Jag gillar inte att ha det här i min butik nån längre tid, "sade Ingrid.

"Kom så sticker vi hem och firar kapet med en drink och sover, sover, sover. Jag är dötrött!"

Arnold var ensam hemma. Han såg Kapten Jack lägga till med båten och den värdefulla lasten. Han hade sett Bolivars män komma i en silverfärgad Lincoln och parkera, nu väntade han bara på att de skulle komma och knacka på dörren. Så var det överenskommet. Han hörde steg utanför dörren. Han väntade fem minuter. Inget knackande.

"Vad sjutton sysslade gubbarna med där ute?

Efter ytterligare fem minuter tittade han ut genom fönstret, men kunde tyvärr inte se entregången närmast huset. Buskarna skymde. Då plötsligt såg han något som fick hans nackhår att krylla sig!

"Vad i hela friden!"

Tre polismän gick raskt fram till Bolivars Lincoln. De talade med föraren och gick därefter bort till en bil som strax for iväg.

Arnold rusade ut genom dörren för att tala med sina män. Han fann dem på tegelstensgången upp från bryggan, alla tre bakbundna och med bred tejp för munnarna. De var fullständigt groggy, hade svårigheter att tala, resa sig och gå. Han hjälpte dem in i huset. Med en rejäl tång klippte han av deras plastbojor. Alla tre var helt förvirrade och undrade var dom var och vad som stod på... Han rusade ut igen. Med sin starka ficklampa lyste han omkring där utanför. Inte en stjäl syntes till!

Jo, i ljusstrålen såg han något mitt ute i hamnen. En man flöt där med ansiktet ner i det svarta vattnet. En man i en grårandig, kostym och en ljusgrå italiensk fedorahatt.

Kapitel 15

JOE CAVALLO SATT på däcket utanför sin villa i Chatham och tittade ut över vattnet och den mörkblå natthimlen. Han tänkte på den positiva vändning hans affärer tagit och hur lätt och smärtfritt den här Arnold hade låtit sig snärjas. För bara några hundratusen dollars hade denna första klassens kille blivit hans. Dåliga tider är verkligen goda tider.

Butlern harklade sig försiktigt. Han visste att Mr. Cavallo inte ville bli störd när det syntes att han satt och tänkte till, men han viskade: " Det är telefon till dej, boss,"

Det var Arnold. Han var helt skräckslagen.

"Louis Bolivar tycks tro han kan leka med oss! Hans gubbar försvann med våra varor och tog pengarna med sej! Dom slog ut mina gossar, drogade och bakband dom. En av deras män lämnades kvar. Han ligger och flyter mitt ute i hamnen. Död. Va sjutton ska vi göra?"

"Vaffan säjer du?! Du menar att dina män levererade godset. Hans gubbar stal det och stack. Vaffan lät du dom göra det för?"

"Inte sjutton lät jag dom göra det! Du borde aldrig ha talat om för Louis hur vi tar iland våra varor. Detta är ju min ide! Ett nytt sätt att skaffa hit grejorna! Och du berättar det genast för en konkurrent! Det var inte väldigt smart! Överfallet tog bara några minuter. Jag var i mitt bibliotek och jobbade. Jag hörde min båt lägga till. Jag var uppe och såg dom lägga till och jag hörde Louis bil komma. Det var ju överenskommet att dom skulle knacka på, så jag fortsatte att jobba.

Kanske fem minuter senare såg jag tre poliser stå och prata med männen i Bolivars bil! Då rusade jag ut och fann mina killar."

"Jag ska ringa Bolivar bums och fråga vaffan som pågår. Jag berättade aldrig för honom att våra varor skulle komma in i kväll. Är du säker på att det var Bolivars bil?"

"På min parkeringsplats? En Lincoln? Vem annars skulle det vara?"

"Du eller jag och det är inte jag!"

"Och det är definitivt inte jag! Jag riskar inte livsfarliga flygturer och uppfinner sofistikerad utrustning för att sen låta projektet som ska betala för alltsamman paja?"

"Du gör klokt i att inte gå bakom ryggen på mej, för jag kan bli rent förbannat jävlig mot såna som gör det!" sade Cavallo.

"Tror du jag är så fördömt korkad att jag skulle sitta här och snacka med dej om jag just lagt beslag på ett par miljoner i kontanter! Dum är jag ibland, men så förbaskat korkad är jag inte!"

"Inte ens mina besättningsgossar visste att vi skulle landa lasten här ikväll. Dom var ute och fiskade när jag ringde och gav dem order att komma hit. Dom kan inte ens använda den radion utan mitt OK."

Cavallo såg sig förvirrad omkring och bet sig i läppen, men sade:

"OK, fan också! Så här gör vi. Tvätta av hela båten, noga som sjutton, så inte ens en blodhund kan sniffa sej till att det funnits knark ombord. Du ger dina killar en trovärdig historia dom kan dra för polisen. Sen ringer du polisen och rapporterar att det ligger en död kille och flyter i hamnen."

"OK, så gör vi, men vem sjutton robbade oss? Vem tusan visste..."

"Det kommer fram så småningom. Nu, sätt igång och gör som jag säger! Gonatt!"

Joe Cavallo lade på luren, tog sin näsduk ur bröstfickan och torkade svetten ur pannan. Han hade förr än idag varit med om att bli snuvad och han kunde lätt klara av en förlust på några miljoner. Men han var störd av att han inte kunde gissa sig till vem som kunde ligga bakom det här rånet. Det måste vara någon av Bolivars män, eller någon som nosat sig till Bolivars planer, kanske avlyssnat samtal, eller det kunde faktiskt vara Arnold. Tankarna surrade runt i hans huvud. Det måste i alla fall vara en kallblodig man, som vågar sitta och vänta på två eller 3 miljoner i kontanter och varor värda mellan fem och tio millioner... Och vem var det som flöt ikring i den där hamnen just i kväll?

Cavallo fortsatte att svettas. Han hällde upp ett stort glas med Chivas Scotch och satte sig vid teven och tittade på en jättespännande golfmatch. Det var ju rätt lustigt att världens smartaste golfare också hette Arnold... Cavallo visste att han snart skulle klura ut vem som låg bakom det här rånet och vem som hade ledtrådarna; Arnold eller Louis.

Nästa morgon ringde Arnold upp Cavallo. Båda var trötta och irriterade. Ingen av dem hade sovit den gångna natten.

"Saken är klar, vi har blivit snuvade." började Arnold. "Om det är Bolivar, kommer han att spela tuff och anklaga oss. Vi måste finna ett sätt att ersätta den förlorade sändningen. Vår leverantör kanske kan veta något. Dom får ställa upp och hjälpa oss."

"Låter klokt. Jag har nåt jag vill diskutera med dej. Vi kan äta lunch tillsamman här klockan ett och prata igenom saker..."

"Jag kommer," sa Arnold och samtalet var slut.

Chatham Bars är inte bara ett utmärkt hotell med sin egen golfbana och sin egen privata strand, en otrolig utsikt över havet och en restaurang med ett kök i världsklass, det är också namnet på en sandrevel eller sandbank med sköna sandstränder öster om staden Chatham. Havet i öster är Atlanten, vattnet väster om sandreveln är en cirka 500 meter bred havsvik. Här finns flera bryggor och pirar och här ligger Chathams hummer hamn där det dagligen lossas hundratals ton hummer, torsk och spätta. Här ligger också kustbevakningens patrullbåtar förtöjda.

Kapten Jack är en man med iskalla nerver. Ofta händer det att han bjuder in kustbevakningens män att komma ombord och sitta ner och bli bjudna på nykokt hummer, färska, frasiga fransbröd och en iskall öl.

Från balkongen på havssidan av sitt hus hade Cavallo utsikt över stranden, och båtarna förtöjda vid fiskepiren. Han kände igen Arnolds båt och han fick självan när han såg kustbevakningens män gå ombord. Han visste ju att ombord, nere i kölsvinet låg troligen hans nästa last med kokain gömd, värd många miljoner dollar. Han hade stor respekt för kustbevakningen. Han var rädd för dem. De var alldeles för intelligenta och alldeles för vakna för att lätt låta sig luras. Han såg en äldre man parkera en rostig japansk bil av oidentifierbart märke och sedan bära en videokamera monterad på ett stort stativ ner till en av hotellets turistbåtar. En muskulös ung man med skandinaviskt utseende hjälpte den äldre att komma ombord med sin kamera utrustning. Några minuter senare lade båten ut och i kaskader av skum for den ut över viken till sandreveln utanför. Farten sänktes och båten körde sakta upp på den vita sandstranden.

Den gamle mannen var klädd i en blå skepparkavaj, blå byxor och innanför kragen på den vita skjortan en röd snusnäsduk. Han hade ett vitt välansat skägg och en lång vit mustasch. Hans vita hår under den grekiska seglarmössan flög i vinden.

Men Cavallos spejande ögon kunde inte se att bakom mannens solglasögon doldes ett par alerta kvinnoögon tillhörande Michele Renard! Hon hoppade av ute på reveln, hade ett kort samtal med den unge mannen som körde båten och promenerade sedan längs stranden och sökte kameramotiv. Hon satte upp stativet med kamera, telelins och parabolmikrofon kopplad till bandspelare och en liten hörapparat placerad inne i sitt öra. När hon riktade kameran mot Cavallos villa kunde hon höra Arnolds röst och hans samtal med Cavallo. Hon hörde hur misstänksamheten mellan männen växte och hur de undvek at beskylla varandra för förlusten av kokainet och pengarna, som hon och hennes vänner kvällen innan hade lagt beslag på. Det hördes att

Cavallo inte bara respekterade New York kollegan Louis Bolivar, han var rädd för honom!

"Louis är en storfräsare! Han har nu gjort så många miljoner att han tror han kan göra vad som helst utan att någon protesterar. Men det råder rivalitet mellan hans toppgubbar. Vi måste ta det isigt och låta honom få sina varor. Vår nästa leverans får betala för den här förlusten. Jag bara höjer detaljpriset!"

Michele spelade in Arnolds och Cavallos samtal och filmade en panoramavy som slutade uppe vid Cavallos villa. Hon observerade en grå liten skåpbil med blå/gula ränder längs sidorna. Den stannade i gatan utanför Cavallos. Hon lät kameran gå när hon såg en servisman klättra upp i en telefonstolpe där, och med snabba händer montera en liten svart låda, stor som en badrumstvål på teleledningen in till Cavallos. Strax därefter klättrade mannen ner, tog av sig sin gula skydds-hjälm. Svetten lackade. Han torkade sig om pannan. Vinden susade i Micheles öronmussla, men hon kunde tydligt höra honom säga till kollegan:

"Klart! Nu sticker vi kvickt innan dom upptäcker oss och kommer ut och bråkar."

Michele bytte telelins och hann få en närbild av mannen innan bilen försvann. Hon fick plötsligt känslan att någon iakttog henne, så hon strök sitt vita lösskägg, kliade sig i nacken, drog ner skärmmössan lite mer i pannan. och riktade kameran mot några ungdomar som gick och nojsade på stranden nedanför.

Hennes promenad hade varit givande och tiden var ute. Den unge mannen, som kört ut henne till revet stod och väntade borta vid sin snabba, lilla båt.

"Fick fabbron några fina bilder?" frågade han. Han var lite pratsam och road av fotografering, särskilt sådant han såg ute till havs. Han sa han hette Russell och hans Mor och Far var svenskar och hade ett värdshus...

Micheles maskering var perfekt. Hon nickade så hennes långa mustash fladdrade upp och ner. "Blommor," sa hon med en gammelmansröst, "... och vackert vågglitter..."

Han lade till och bar hennes väska, kamera och stativ upp till bilen.

"Vet du vem som bor i det där huset?" Hon pekade på Cavallos villa.

"Javisst, en storfräsare och skummis! Han är knarklangare och jobbar med kokain. Alla vet det. Han har hur mycket pengar som helst, så han kan göra vad han vill. Jag tror till och med har suttit i kommunfullmäktige! Nä, jag kännor honom inte. Jag bara vet vad folk säger... Jag tror man gör klokt i att hålla sej borta från honom."

Från sin gamla börs plockade hon fram två 20-dollarsedlar, hopvikta till ett frimärkes storlek. "Det här är för dej, Kapten," sade hon. "Ta din flickvän med dej och gå ut och ät gott och ha det riktigt trevligt."

Hon kände på sig att hon var iakttagen av Cavallos män så med en gest typisk för en äldre herre, tog hon fram sin böjda Peterson pipa, stoppade den med tobak från en läderpung. Med darrande händer tände hon pipan och mannen bakom kikaren där uppe i vaktkuren vid Cavallos grindar var övertygad om att den gamle där nere inte var något hot mot hans boss. Aningen förvånad såg han den gamle sätta sig i bilen och köra upp och stanna utanför vaktkuren. Michele promenerade fram till vakten.

"Vem bor här?"

"Detta är Mister Cavallos residens," svarade manen.

"Det växer några rätt sällsynta blommer på baksidan av huset. Tror du mister... Vad var det du sa han hette, skulle ta illa upp om jag fick komma in och ta några bilder för min film om strandväxter?"

"Du kan ju alltid ringa och fråga? Hade du varit ett fruntimmer, kanske. Och hade du varit 20 år. Helt visst! Men en gammal man som du..."

"Aha! Tack i alla fall. Ha det så bra."

Hon gick tillbaka till bilen. Det hade varit en rätt konstruktiv dag. Vakten skakade på huvudet och återvände till att se fortsättningen på en verkligt dålig såpopera på teven.

Kapitel 16

CATHY'S OCH MAGGIE'S favoritställe var "Guidos". Ett av inneställena för ungdomar på Cape Cod, med rätt musik, rätt atmosfär och rätt människor.

En lördagskväll träffades Maggie och Mike där. Cathy var också där och träffade en ung man, en rätt odräglig vän till Mike. I ett kör berättade han lustigheter som Cathy inte satte speciellt värde på. Så, hon gick hem tidigt och Mike lovade att köra Maggie hem senare på kvällen.

Mike förstod snart att hans rödhåriga, nya flickvän, full av skoj och tokiga ideer var dotter till hans arbetsgivare, piloten Arnold Sprengler. Han beundrade Arnold, som utan tvekan var den mest erfarne och den skickligaste pilot han någonsin flugit med. Mike hade genast förstått att Arnold var "tillfälligt" involverad i kokainsmuggling. Nu förstod han också att Maggie och hennes syster inte anade vad deras pappa egentligen hade för sig eller visste den verkliga anledningen till pappans förmögenhet eller hans regelbundna flygturer till Caribien.

Mike och Maggie trivdes väldigt bra tillsammans och hade en hellyckad kväll. Efter midnatt promenerade de på stranden och njöt av den ljumma sommarnatten. Det var som om de känt varann i många år. De gick där hand i hand och lyssnade till det stilla porlandet från vågorna och den sakta vinden som rasslade i strandrågen och viskade i de låga knotiga tallarna. Ingen sade något de bara gick och njöt av tillvaron. Slutligen slog de sig ner och tittade ut över det månglittrande vattnet. Båda önskade de hade något att säga, men ingen fann något lämpligt ämne och förresten vem brydde sig? Tystnaden var njutbar.

Båda var realistiska nog att förstå att deras känsla av välbefinnande kunde bero på en gemensam längtan efter någon att lita på och någon att trivas med. Den där härliga känslan av ärlighet, förtroende och osjälviskhet man sällan erfar utanför familjen och de närmaste vännerna. Det blev dags att bryta upp. Mike körde henne hem i sin Rabbit. När han sade godnatt gav han henne en stor kram och de kom överens att träffas igen. Hon låste upp dörren och vände sig mot honom. De växlade sin första kyss.

"O Maggie, jag är rädd att jag älskar dej!"

"Du gör kvickt ditt val! Men, jag är glad över det. Jag gillar dej jättemycket!"

Hon ville inte att hennes känslor skulle ta överhand som hon visste de lätt skulle kunna göra. Hon ville ha allt under kontroll. Det hade hon och det kändes fint.

Deras läppar möttes igen lätt, lätt, bara nuddade vid varann i en sublim kyss. Hennes hand ville inte släppa denne nye vän som var som ingen annan ung man hon någonsin träffat. Att se in i hans leende ögon, verkade kanske lite dumt, men faktum var att det kändes himla skönt!

"Godnatt Maggie!"

"Godnatt, Vi hade det toppenmysigt!"

Hon stängde och låste dörren sakta så att ingen skulle kunna höra eller störas, men natten hade många öron. Mamma Sara hörde det, systern Cathy hörde det. Bara Pappa Arnold sov djupt och snarkade lätt. Han litade helt och hållet på sin Maggie. Hon var i många avseende som han, kände som han, reagerade som han och hon kunde alltid ta hand om sej.

Hon trippade ljudlöst på tå uppför trappan in i sitt rum. Hon tände inte ljuset utan klädde av sig i mörkret. Medan hon smög sig ut i badrummet slank hon i sitt nattlinne. På vägen tillbaka till sin säng såg hon att Cathy satt upp.

"Du kommer hem sent," viskade systern. "Hade du det trevligt? Vart gick ni?"

Maggie satte sig på sängkanten.

"Han är den skönaste pojke jag någonsin träffat! Är han inte snygg? Han var väl den snyggaste av alla där? Vad tyckte du?"

"Jovisst är han snygg. Vad gjorde ni?"

"Jag hade det jätteskönt! Vi gick och gick och satt och satt och pratade och pratade. Sen körde han mej hem. Cathy jag tror jag blivit förälskad. Jag bara längtar och längtar efter honom. Gode Gud vad det känns skönt! Och... han är en riktig gentleman"

"Du menar... han försökte inte ens förföra dej?

"Precis, Och jag förförde inte honom! Jag hade inte ens en tanke på det! Vi hade det helt enkelt jätteskönt tillsammans och han gav mej den skönaste kram jag nånsin fått! Lustigt va, att bedöma en pojkvän efter hur han kramas. Har aldrig fallit mej in tidigare. Han vet definitivt hur man uppför sig tillsammans med en dam."

"Roligt att du hade en trevlig kväll. Roligt att du träffade en trevlig pojke. Godnatt min vän! Sov gott och dröm skönt."

Cathy böjde sej fram och kysste sin lillasyster på nästippen. Hon kände plötsligt en våg av sympati för Maggie. Det kändes tryggt att se sin tokiga och vilda syster så harmonisk och lycklig. Maggie trippade på tå ut ur rummet, balanserade på en tunn månstrimma på golvet in i sitt eget rum. En liten uggla visslade i trädet utanför hennes fönster...

Sommaren går fort för skolungdomar. Mike och Maggie träffades så gott som dagligen och gjorde upp planer och drömde om att leva tillsamman, som unga gör när de är förälskade...

Sara åkte till New York för att träffa sina vänner där och för att ta en närmare titt på några antikviteter hon fastnat för sist hon var där. Hon älskade att blanda antikviteter med moderna detaljer i sitt hem. Hon hade en mycket bestämd uppfattning om vad hon tyckte om och inte tyckte om. Hon hade god smak och en anmärkningsvärd förmåga att kombinera gammalt och nytt på ett sätt som gjorde det sprenglerska hemmet mycket smakfullt och trivsamt.

Denna gång skulle hon åter bo över hos sin väninna på Long Island. Väninnan hade en antikbutik på Madison Avenue. Sara såg fram emot att promenera ikring i New York och titta in i modebutiker eller konstgallerier, museer och museernas butiker och tillsamman med sin väninna, antikhandlaren, äta gott och göra kulinariska upptäckter på nya små restauranger väninnan talat om. Sara var speciellt intresserad av en antik rustning som troligen tillhört någon spansk konkvistador och som tillsamman men några gamla spanska vapen skulle passa fint i hallen hemma på Cape Cod. Hon var helt inne i dessa tankar när Arnold och döttrarna körde in henne till Hyannis flygplats och vinkade av henne på planet till New York.

Arnold hade inte talat om för någon att han skulle göra en snabbtripp till Colombia, Han hade bara antydit att han skulle flyga fram och tillbaka till Texas och träffa några kunder där. Ville Cathy eller Maggie honom något var han anträffbar på telefon.

Coka-bomben hade tagits ombord på Baronen utan att någon lagt märke till det. Cathy och Maggie var där för att vinka av pappa Arnold. Men när Mike anlände i sin lilla Rabbit och steg ur blev Maggie överraskad att se honom. Hon rusade fram och kramade om honom och gav honom en lång kyss innan Mike gick fram till flygplanet, klättrade ombord och satte sig i andrepilotens plats intill Arnold.

Arnold blev naturligtvis förvånad över den helhjärtade avskedskramen hans dotter givit Mike. Han log när Mike något överrumplad försökte förklara: "... vi bara, jo Maggie och jag... Jag tycker Maggie är den sötaste och finaste flicka jag nånsin träffat."

"Det har du helt visst rätt i. Och det säger jag dej, uppför dej som en gentleman, annars..." Arnold smålog.

"Var inte orolig..."

De två systrarna vinkade tills planet försvann i soldränkta molnbankar över havet i sydväst. Maggie hade tårar i ögonen och en stor klump i halsen. Cathy kände mycket väl sin systers överkänslighet och smått hysteriska reaktioner. Hon kände igen symptomen när systern erfor besvikelser eller kände sig lämnad ensam.

"Mike är snart tillbaka, Maggie. Du behöver ett par dagar för Dej själv att tänka över din nya bekantskap och ge dina tankar en chans att mogna..."

Maggie gömde ansiktet is sina händer, torkade tårar och sade sedan:

"Jag visste ju att han skulle ge sig av idag, men jag visste inte att han skulle flyga med Papsen. Jag visste inte jag skulle reagera så här. Mitt temperament spelar spratt med mej... Ja, du vet hur jag är. Jag vill inte vänta. Jag känner och jag vet att han är den rätte för mej. Jag vill inte att han lämnar mej. Jag har så mycket jag vill tala med honom om. Jag vill vara hos honom..."

Maggie tog ett djupt andetag och försökte överse med sitt känsloutbrott.

"Maggie, du tar allt så himla allvarligt. Oroa dej inte. Pappa sa att Mike är en otroligt skicklig pilot. Inget kan hända. Kom igen nu, så kör vi och får oss en kopp kaffe och talas vid ."

Bara några minuter senare parkerade de utanför ett av de nya ställen på Cape Cod där alla ungdomar träffas. Cathy beställde kaffe och blåbärsmuffins...

"Jag behöver nåt som är starkare än blåbärsmuffins," sade Maggie och gick bort till baren, som emellertid var stängd så här dags på morgonen. Hon försvann in på damtoaletten. När hon kom tillbaka var hon lugn och log. Cathy lade märke till det frusna leendet och den lite frånvarande blicken, men hon ville inte riktigt tro det hon fruktade, och hon ville inte diskutera det just nu. Men det var uppenbart att Maggie knarkade kokain.

Några vänner slog sig ner hos dem och man talade om livet på skolorna uppe i Boston. Ungdomarna hade tagit sommarjobb på restauranger och i butiker här i Hyannis. Mycket lite av lönen var över när hyra och mat betalts. Fem flickor delade ett omöblerat rum och sov på golvet i sina sovsäckar. De som jobbade på restaurangerna var lyckliga, för de kunde äta gratis. Alla sådana problem var som bortblåsta när hela gänget åkte ner till Kalmus Beach. Maggie var mitt i centrum av all aktivitet, skrattade, berättade crazy historier och skojade med alla. Baddräkter och surfbrädor kom fram från ingenstans. Kylt öl och kall läsk fanns i islådor i varje bil och truck.

De ensamma dagarna som Maggie fruktat flög iväg och Pappa Arnold och Mike kom tillbaka. Maggie och Mike möttes dagligen. De gick långa promenader utmed stränderna, körde till Provincetown och åt lunch. De joggade tillsamman varje morgon, flög till Marthas Vineyard och badade. En tidig morgon tog de färjan till Nantucket, shoppade och promenerade runt i den gamla stan där en gång välbärgade valfångarkaptener bodde. Nuvarande ägare vårdade omsorgsfullt minnena från valfångartiden. Överallt ser man välputsade namnskyltar och dörrhandtag av skinande mässing, nymålade stolpar där hästarna en gång bundits, pietetsfullt underhållna gamla entrédörrar, fasader och vackra gamla staket konstnärligt gjorda av möbelsnickare. En helt unik stadsbild som speglar trivsamhet, respekt för historia och god smak.

De åt middag på en av restaurangerna nere vid hamnen. Ostron och Guinness Porter, bakad hummer och som dessert färskplockade jordgubbar med riktig vispgrädde. Solen gick ner och i den blå timmen tändes gaslyktorna i alla gator. Maggie ville stanna över natten på ett av de många värdshusen, men Mike förstod att det bara skulle skapa spänningar mellan honom och Arnold, så han föredrog att lämna av Maggie i föräldrahemmet samma kväll, även om det skulle bli sent. Tanken på att tillbringa natten med Maggie var mycket frestande och tilltalande. Det sades inte mycket ombord på färjan på vägen hem.

Nästa dag gjorde de en tur med en av de stora, mycket snabba turbåtarna ut till havs för att titta på valar. De åt lunch ombord.

Turledaren och valkännaren tog dem till ett välkänt ställe där valar brukar hålla till. "Humpback-kor" med "valkalvar" sam upp långsides med båten. Deras decimeterstora, vaksamma och nyfikna ögon stirrade på människorna ombord på båten. Kameror blixtrade. Mikes tankar gick till coka-bomben med dess mång million dollar last av kokain, som låg på havsbottnen bara någon kilometer därifrån. Med ett enda slag av sin stjärtfena kunde en av dessa fantastiska havsjättar mosa coka-bombens ömtåliga sond. Hemkomna övertalade Maggie pappan att inbjuda Mike till middag påföljande dag. Måltiden skulle hon och Cathy fixa.

Det blev grillad svärdfisk med vitlökssmör, champinjonsås, squash och råstekta små potatiskulor, doppade i brödsmulor. Det svala Sauvignion vinet serverades i glas som skimrade i ljusgrönt. Döttrarna hade tagit efter mammans vanor att servera en middag med klass och stil så att en gäst aldrig skulle glömma den. De tyckte det var roligt att servera pappan och en gäst eleganta rätter. Varje liten grönsak var placerad på tallriken så att den gav en önskad effekt. De kokta ingefärspäronen serverades på en skiva av vanlig sockerkaka indränkt i päronsaft och Cointreau. En smaksensattion! Superbt! Arnold gillade sådant!

Efter måltiden serverade han aromglas med sin finaste Californiska Cognac, som han sade bara behövde ytterligare en generation Californiska vinodlare för att komma upp i klass med de fina franska Cognacmärkena.

När Mike tackat för mat och dryck och skulle gå, följde Maggie honom på en kort promenad. Alla de små fiskebåtarna i hamen hade förtöjts för natten. Inte en själ synte till. Inte ett liv. Månen speglades i hamnens spegelblanka, svarta vatten.

"Maggie, Hör på, du måste sluta upp med att sniffa kokain!"

Hans uttalande, rakt på sak, utan omsvep gjorde henne stum.

Hon tog ett par steg tillbaka och bara stirrade på honom.

"Varför tror du jag knarkar? Vad har du fått det ifrån!?"

"Jag ser det i dina ögon! Jag har själv använt knark. Jag känner igen symptomen. Det är meningslöst för dig att försöka dölja det för mej. Jag skall hjälpa dej att sluta!"

Hon var förlägen och störd. Hon kunde inte säga något, fortsatte att promenera och tittade ner på sina fötter.

"Det är inget allvarligt," sade hon. "Jag kan klara det här utan hjälp."

"Hör här Maggie, jag har ett bra jobb, jag gillar det och det vore helcrazy att röra in knark eller ens marijuana i mitt liv nu. Och jag vill du skall förstå att jag menar allvar nu: Skall du och jag tänka oss ett liv tillsamman så skall det vara ett liv utan knark, utan kokain, utan varje annan drog. Saken är den att om jag accepterar att du använder det dröjer det inte länge förrän jag gör dej sällskap och jag ramlar tillbaka i missbruket. Jag har slutat en gång för alla och jag tänker inte kana dit igen! Begrips! Allt hänger på dej. Du kan sluta och du skall sluta och jag skall hjälpa dej! Punktum."

"Mike, du överdriver, Jag är ingen narkoman, ingen slav under oket av kokain. Allt är under kontroll. En rad sniff med kokain då och då är allt!"

"Jag är lessen, Maggie. Jag vet vad jag snackar om. Jag vill inte att du använder någon enda form av knark, någon enda gång. Du måste sluta!"

"OK jag lovar!"

"Jag vet att det räcker inte att lova. Det är inte så enkelt. Jag älskar dej och jag vill ha dej. Men jag vill inte ha dej om du kommer att använda den där sortens mög! Jag vill inte ha en junkie, och jag menar allvar."

"Är du inte lite för allvarlig just nu, Mike?"

"Nej, jag menar vartenda ord jag sagt. Detta är allvarliga grejor! Du måste sluta! Lova mej, aldrig mer!

De promenerade vidare, tysta. Hon kunde inte fatta att han verkligen skulle kunna lämna henne bara för att hon då och då sniffade en rad. Nu när allt tycktes arta sig så fint.

Mike tyckte det var OK att tjäna pengar på drugs, men bara tanken på att Maggie skulle använda det skakade honom. Han visste väl att bara en liten motgång eller missräkning skulle omedelbart väcka ett behov. Han var inte ens helt säker på sig själv. Om han skulle kunna motstå frestelsen. Fan också! Han ville ju ha henne. Han avgudade hennes spiritualitet, hennes positivitet och styrka, hennes kreativa tänkande och hennes mentala "kick".

Han visste att varhelst knark av något slag kom in i bilden skapades hjälplösa, beroende människovrak.

"Stress, ensamhet, sorg, personliga problem och depressioner är de vanliga anledningarna till att folk börjar använda drugs. Du och jag kan tillsamman klara av allt sådant. Det kan vi väl eller hur? Vi älskar ju varann och vi bryr oss om varann, eller...?"

Han försökte lätta upp stämningen. Deras allvarliga diskussion hade dämpat Maggie. Det var tydligt att han menade vad han sagt. Han menade allvar med sitt ultimatum att lämna henne... Ofattbart! Men hon skulle inte göra honom besviken. Naturligtvis kunde hon sluta upp med att sniffa coke. Om han hade kunnat sluta, varför skulle inte hon kunna det. De kysstes godnatt och när han kramade henne hörde hon att han viskade i hennes hår:

"Gå inte från mej. Jag vill ha dej. Jag älskar dej så..."

"Vad var det du sa, Mike?"

"Jag sa att jag älskar dej. Åt helvete med det där fördömda knarket! Jag vill att du hör av dej till mej så snart du känner suget. och jag kommer över till dej bums! Vi skall leva tillsammans och ha det jätteskönt utan knarkt. Godnatt min kärlek!"

Hon fann nyckeln. Men så tvekade hon och lät den ligga i fickan. Han verkade verkligen mena allvar med henne. Han verkade verkligen uppriktigt engagerad. Han brydde sig faktiskt om henne. Det kändes skönt. Hon var övertygad om att deras förhållande skulle växa sig starkt och bli varaktigt. Hon ville inte att kvällen skulle vara slut redan.

"Det är inte så väldigt sent ännu," sade hon. "Låt oss ta en promenad längs norra stranden och höra jazzbåtarna, som passerar här utanför, på väg till kanalen vid Sagamore."

Hon lade sin arm om honom och ledde honom in på stigen som gick runt huset ut mot stranden. Bakom varvet blev stigen smalare och ledde genom bestånd av tre till fyra meter hög vass. Vinden susade en sakta sång som blandades med intensiv violinmusik från tusentals av traktens stora svarta syrsor kallade crickets.

Hon kände sig trygg och lycklig . De slog sig ner på en upp-och-nervänd flatbottnad eka i en skogsglänta med utsikt över Cape Cord Bay. En wippoorwill sjöng inne i den låga tallskogen. Sång och musik hördes från en av de passerande båtarna ute i bukten. Inne vid strandkanten bara några meter bort sorlade och porlade lata minivågor. Inte ett ord sades. Båda njöt av att sitta där tillsamman.

De kysstes, långa meningsfulla kyssar. Hon såg in i hans ögon, snälla, trovärdiga ögon. Med sin näsa rörde hon vid hans mun. Hon kysste hans ögon. Han kysste hennes kinder, hennes öron, hennes hals. Han var så försiktig så öm. Hon kände att han brydde sig om henne. Hon kände doften av något. Det var bara vinden och kaprifolen där borta. Han kände doften av henne. Men det var ingen parfym, bara doften av ren, fräsch, ung kvinna. En doft han skulle komma att minnas resten av sitt liv. Den gjorde honom lycklig och han stack näsan i hennes burriga röda hår och andades in långa djupa andetag. Han ville ha henne, bara henne under resten av sitt liv. För första gången kände han att hon inte längre var en flicka utan hans egen kvinna.

"Jag lovar dej att sluta knarka om du absolut insisterar..." En lång behaglig tystnad följde. Sedan sade hon:

"Du sa du ville ha mej?"

"Ja."

Ännu en lång tystnad. Och så sade hon:

"Jag vill ha dej, också. Låt mej bli din. Nu."

Hon sade det så enkelt och så naturligt. Deras ögon möttes. De sjönk ner i det torra gräset bakom ekan. Det var bara han där uppe, gubben i månen, som såg dem och han smålog troligen när de, lite tafatta, knäppte upp varandras kläder, tog av dem och varsamt vek ihop dem. Hon smekte hans håriga bringa, och kysste hans ansikte och hans ögon. Hennes bröst hängde över honom, runda och mjuka. Hon höll dem och bjöd honom att suga och kyssa dem. Han var hennes lille kille. Hans händer höll hennes huvud och hans fingrar letade runt i hennes tjocka hårburr. Han smekte hennes nacke och axlar och hennes runda höfter. När han kände hennes varma, mjuka mage särade hon sina ben så att han bekvämt kunde hålla hela handen där. Hon var som berusad av ömhet och glädje. Hon höll hårt om hans manlighet. Den var stor och varm och pulserande. Hon talade till den:

"Du är mej det tokigaste, så len och så hård och så full av liv..."

Hon höll den och smekte sin näsa med den, sina kinder och sin hals. Smekte sina bröst med den.

"Den är min nu!"

"Ja, bara din. Ingen annan skall någonsin få den!"

"Jag vill ha den inne i mej, snälla, snälla..."

"Jag vill vara din... Bara din tills döden skiljer oss åt!"

Hon var silkeslen och mjuk. Hennes pulsar slog. Hon var varm, våt och välkomnande. Det var inte som han väntat sig, vilt och galet eller tokigt. Istället, glädje, lugn och trygghet och troligen tröst. Det var som att komma hem efter lång, lång tids bortavaro. Det kändes som om hans pappa stod brevid och viskade till honom:

"Detta är en god kvinna en riktig vän. Hon är din. Var alltid snäll, god och hjälpsam mot henne och hon kommer att belöna Dej med att vara den finaste kamrat, den underbaraste älskarinna, den skönaste mamma Du någonsin har kunnat drömma om..."

Han låg och tittade på hennes ansikte, en avslappnad och harmonisk Maggie. Det vackraste ansikte han någonsin sett. Det rådde fullständig harmoni mellan honom och henne. Deras passion hade börjat förväntansfullt, nästan lite blygt, men stegrades sakta som ett andetag som blir en vindpust, som blir en stormvind, som blir en orkan, som blir en tromb och deras egon förenades i ett vilt crescendo. Bara månen och stjärnorna såg på. ...Och whippoorwillen ropade. Men tiden stod still, som om den väntade på att de skulle återvända till verklighet, tystnad och åter tystnad.

"Jag har aldrig i hela mitt liv varit så här vild och aldrig så här lycklig," sade hon. "Hur är det med dej? Aldrig nånsin hade jag kunnat tro att älska kunde vara så här!"

"Jag tror vi är avsedda för varann. Jag är så lycklig över att du är min. Du... du gjorde mig till din för resten av mitt liv. Vill du verkligen ha mej... Vill du Maggie, Sara Sprengler taga denna svettiga pilot Michael Frederick Soames att älska i nöd och lust etcetera, etceter så hjälpe dig Gud, att älska och vårda resten av ditt liv? Så säg "Ja, jag vill!""

"Ja, jag vill! Jag vill, jag vill. Och tager du, Michael F. Soaves denna blodiga, ryggsårskrapade, älskogkladdiga Maggie Sara Sprengler att älska och vårda och vörda resten av ditt liv, så säg ja!"

"Ja, ja, ja!"

I det klara månskenet inspekterade han hennes rygg, sårig och skrapad av strandrågens vassa torra blad. Deras stråbädd hade känts så mjuk och skön för honom. Han skämdes. En våg av medkänsla och ömhet vällde över honom, men Maggie bara skrattade och skakade på sitt underbart burriga röda hår.

"Det var värt det!"

Hon kastade blickarna bort mot snåret där fågeln fortfarande konserterade.

"Lilla, gulliga whippoorwill, tusen tack för din sång. Du låter lika glad som jag just nu känner mig!"

När de slutligen sade godnatt vid hennes dörr och Mike sakta gick ner mot sin bil förstod han att han kunde få Maggie att sluta upp med knark. Han skulle själv se till att hon var lycklig och under konstant överseende, tills hennes beroende försvann.

Tidigt nästa dag lämnade han sitt hotellrum och for till flygplatsen för att noga gå igenom Baronen och kolla att hela serviceprogrammet hade blivit genomfört. Han checkade varje punkt på checklistan. Inget lämnades till slumpen. Då kom ett besked att han hade ett telefonsamtal inne på mekanikerkontoret. Det var Cathy. Hon var väldigt upprörd.

"Mike, vet du om att Maggie knarkar?"

"Ja, jag förstod det i går kväll och vi hade ett långt allvarligt samtal om just det. Jag är rädd att hon inte tar tillräckligt allvarligt på saken. Hur länge tror du det har pågått?"

"Bara ett par månader. Jag såg henne groggy vid ett par tillfällen i London, men jag trodde ju inte det var kokain. Men nu hittade jag ett par små påsar med ett vitt, starkt beskt pulver, ett glasrör och några rakblad tillsammans med en pytteliten våg, allt i en liten låda bland hennes grejor. Du måste försöka hjälpa henne!"

"I går kväll lovade hon mej att sluta, men jag vet ju att det inte är så lätt. Jag lovar göra mitt bästa. Jag vill inte hon ska bli en junki. Hon betyder en massa för mej. Jag älskar henne."

Whippoorwill är den mycket sångkunniga Amerikanska varianten av vår svenska nattskärra. Eftersom den älskar att konsertera i skymningen och på natten förväxlas den ofta med näktergalen. Näktergalen finns emellertid inte i Nordamerika. Whippoorwillen sjunger om och omigen varianter på w--i-i-i-p-p-p-p-p-p-or-or-or-w--i-i-i-l-l-l mycket betagande.

Kapitel 17

MICHELE LÄMNADE CHATHAM bakom sig och tog Queen Anne Road upp mot motorvägen. Hon körde in till vägkanten och tog av peruk, fiskargubbens skägg och mustasch. Med fuktiga ansiktsservetter torkade hon bort resten av gubbansiktet. Hon skakade ut sitt vita hår, tittade sig i backspegeln och log. Borta var de djupa rynkorna, vårtan på näsan och ärret under ena ögat. Hon satte på lite fräscht läppstift och mascara. Den gamle piprökande fiskarfarbrorn fanns inte mer.

När hon parkerade utanför sitt hus kände hon igen telefonbolagets servicebil borta vid telefonstolpen mitt på parkeringsplatsen. Det var samma bil som satt upp den svarta lådan på teleledningen in till Cavallos hus. Och nu monterades en likadan liten låda inte bara på Sprenglers telefonledning utan också på Ingrids och Teds och slutligen även på hennes egen!

Någon, kunskapshungrande och angelägen person ville avlyssna telefonsamtal hos Cavallos och Sprenglers och deras grannar. Den enda som kunde vara intresserad av vad som sades i dessa telefoner kunde bara vara drog-distributören Bolivar i New York... eller polisen.

Michele tittade på klockan. Den var halv sex. Hon vände bilen och körde ner till Osterville och kom fram just som Ingrid och Ted lade sista handen vid omskyltningen i butiksfönstret och var beredda att stänga för dagen. De bar ut sina portföljer och lunchkorgen de alltid tog med till jobbet. Det syntes att det varit en tröttsam men lönsam dag. De hejade på Michele när hon körde upp jämsides med deras Ford Fiesta.

"Jag bjuder på middag ute på East Bay Lodge," hälsade Michele.

"Tusen tack men nej tack! Jag bara kan inte. Jag är fullständigt nersågad efter en jobbig dag. Kom så kör vi hem till oss istället. Vi har några fina, rökta foreller i kylen."

Michele skakade på huvudet.

"Vi måste faktiskt talas vid omedelbart. Det är mycket angeläget. Jag har också haft en krävande dag. Jag har kommit på något mycket viktigt, som Ni måste veta innan Ni går över tröskeln till Ert eget hem. Kom med nu. Kör efter mej. Låt oss tala genom det här och koppla av med en god måltid. Jag bjur!"

Hallbergs tycktes inte ett dugg entusiastiska, men körde ändå efter Michele. Man körde under de enorma, gamla träden längs Wianno Avenue. Maitre Deen visste precis vad hennes nykomna gäster önskade. De behövde inte ens beställa "tre Ketil One Vodka Martinis straight up med en citron twist." Hon visste redan...

Michele berättade om dagens äventyr, vad hon sett och hört i Chatham och vad som nyss hänt hemma på parkeringsplatsen, där någon just monterat upp avlyssningsapparatur på deras telefonledningar.

Köksmästaren rekommenderade wienerschnitzel garnerade med citron, kapris och ansjovis. Det blev en kalasmåltid som alla tre satte värde på. Alla var lite nedstämda. Inte mycket sades. Alla tre kopplade av en stund och körde sedan hem.

Väl hemma öppnade Ingrid flera fönster för att släppa ut solvärmen. Det hade varit en strålande sommardag och den dalande solen spred ett varmt rött sken på golv och väggar. En lätt aftonbris förde med sig en frisk doft av tallskog. Det knackade på dörren. Det var Michele. Hon överräckte en liten walkie-talkie.

"Använd kanal 30 om ni behöver tala med mej. Och var snälla lämna den här på hela natten, så jag kan kalla på er om jag behöver hjälp," sade hon.

"Om du är rädd att vara ensam kan jag komma och stanna över hos dej," sade Ingrid, varefter hon stängde fönstren och tillsammans med Ted följde Michele hem.

"Jag har en känsla av att dom gärna skulle vilja ta en närmare titt på vad vi har för oss. Men när och hur? Jag tänker inte tillåta något intrång... Jag bara varnar alla fönstertittare och inkräktare..."

Den röda västerhimlen hade övergått i purpurviolett. Solen var ett rött klot som nerifrån sakta åts upp av den skarptandade skogshorisonten. Michele bjöd på ett glas kallt Rhenvin. Det faktum att de vore misstänkta lade sordin på deras vanligen glättiga samtal.

Det hade blivit mörkt nu. Kvällen var ljummen och himlen klar, mörkmörkblå, redan full med stjärnor. Några fiskare i en mindre båt gled in i hamnen och lade till. Männen tycktes trötta, inte mycket sades, men det som sades förådde glädje. En stor balja med sprättande spättor hystades upp på kajen. En lastbil med en kran hissade upp fyra tonfiskar ur båten vardera värda mellan 2000 och 3000 dollar! Den fångsten var välkommen!

En stor amerikansk personbil parkerade nära telefonstolpen mitt på hamnplanen. En tunn voille gardin gjorde det omöjligt att utifrån se in i Micheles bibliotek. men där inifrån hade våra tre vänner en klar bild av vad som hände där ute. Michele riktade sin parabolmikrofon mot bilen och räckte Ted en liten lyssnarapparat. Två mansröster kunde höras inne i bilen. Michele skruvade upp ljudet.

Männen i bilen talade om mat. De hade tydligen ett stort förråd med varm korv, hamburgare och öl, och var väl förberedda på en lång, händelselös lyssnarkväll. Upprepade rapningar sade en hel del om männens bordskick. Så hördes två eller tre telefonsignaler och Arnold Sprenglers röst som sade "Hallå!"

En upphetsad Sara Sprengler hördes säga:

"Arnold, det är jag. Jag har nu blivit övertygad om att du är involverad med dom här droghajarna! Och att din yngsta dotter helt tydligt är kokainmissbrukare."

En lång stunds tystnad följde...

"Arnold är du där?" frågade Sara.

"Ja, ja käraste! Är du säker på att Maggie knarkar?"

"Cathy sa det. Och hon sa att det är illa ställt med Maggie! Och en sak till! Jag tänker inte komma tillbaka till dej om du fortsätter att ha något som helst samröre med det där avskummet ute i Chatham. Om dina idiotiska affärer medför min dotters död vill jag aldrig mer se dej och jag ska se till att du och dina vänner får ett helvete."

"Käraste Sara, jag ska bara avsluta den här sista affären."

Klicket när hon slängde på luren lät som ett definitivt svar och följdes av en tung suck innan Arnold lade på sin telefonlur.

"Den tanten du, hon menade vad hon sa!" kommenterade en av männen i bilen, och den andre fortsatte:

"Om advokaten Sprengler är på väg ut, betyder det trassel för honom och för oss. Fru Sprengler kan ha talat med sina grannar eller kan komma att anförto sig till dem. Och dom kanske vet något om vem som dränkte George, för han var medvetslös innan han hystades i hamnen. Vi måste kolla in dom. Dom som har butiken i Newport är inget problem. Dom är ju borta hela dagarna. Att smyga sig in i deras hus och plantera ut några avlyssnare tar ingen tid alls. Det är en enkel match!"

"Den lilla ladyn i huset här bakom oss bor ensam och någon dag när hon är ute och handlar, tassar jag in där och tittar mej omkring och placerar ut några avlyssnare."

"Jag tycker ju att Bolivar är överdrivet misstänksam och har orimliga krav på säkerhet. Jag menar han har rätt när det gäller Sprengler! Se bara på hans BMW. Den säger ju att han tjänar pengar! Men när det gäller dom här andra! Där har han fel! Se bara på deras miserabla bilar. Små, gamla och rostiga! Folk med såna bilar varken kan eller vågar ge sej på oss! Men va sjutton! Har Bolivar bett mej göra något så gör jag det han bett mej om. Han vet hur man kör en show!"

"Visst, visst. Dom där svenskarna är visst inte hemma. Vi ringer och kollar."

Flera signaler hördes. Inget svar.

"OK, jag promenerar över och placerar ut några bugs mesamma, så vi får veta vad dom snackar om. Blinka med strålkastarna om du ser dom komma."

En man steg ut ur bilen. Han och hans skugga tycktes flyta iväg i det svaga ljuset från lyktstolpen och försvinna in bland buskarna vid Ingrids och Teds hus. Ingrid stod som förlamad när hon såg det dämpade skenet från en ficklampa snabbt röra sig omkring i deras rum. Det tog bara några minuter så kom mannen åter fram från buskarna och promenerade fram till bilen.

"Nå, hur såg det ut där?"

"Vackert hem. Väldigt europeiskt. Tavlor, skulpturer och grejer och en massa böcker. Jag satte en uppe på öppna spisen, en under matbordet, en under en soffa och en annan i deras sovrum. Den sista satte jag i biblioteket. Nu tänker jag göra en snabbvisit hemma hos vår lilla lady!"

"OK men först ringer vi och kollar om hon är hemma."

Michele tittade på Ingrid och Ted.

"Vi kan inte låta dom komma in här," sade hon.

"Om dom ser min samling vapen och avlyssnare... Jösses! Det betyder trassel! Jag måste ha lite tid att gömma dom här grejorna. Vi måste stoppa honom!"

Micheles telefon ringde en, två, tre och fler...

"Om Du svarar, så fördröjer Du besöket," sade Ingrid.

"Jag har ett ide," sade Michele. "Ni två stannar här uppe! Kom ner om jag ropar på hjälp!"

Ingrid hade följt samtalet ute i bilen och upprepade vad hon hört: "Dom sa: 'Bra, hon är inte hemma.' Spring runt och se om du kan ta dej in. Jag tutar om jag ser henne komma. Hej så länge!"

Bildörren öppnades och stängdes med det där klickandet som kännetecknar fina bilar. Michele stod gömd i mörkret vid köksdörren. Ensam, på helspänn och väntade.

"Han är på väg," viskade Ingrid i walkie-talkien.

"Jag har en liten överraskning för honom," viskade Michele tillbaka. Hon darrade av spänning. Hon såg en mörk skugga röra sig där ute. Han försökte först öppna några fönster. Utan framgång. Han lyste och kikade in i matsalen. De franska dörrarna var stadiga och låsta. Han ville tydligen inte bryta sig in. Han kom fram till köksdörren.

"Utmärkt," sade han högt. Skreendörren var öppen. Han granskade låset i innerdörren.

"Alldeles för enkelt lås för ett hem som det här," sade han tyst.

Plötsligt flög dörren upp och där stod Michele med en spann i ena handen och en cigarrettändare i den andra.

"Vet inte du att stora, stygga karlar ska lämna gamla damer i fred!"

Inkräktaren blev så överraskad att han bara stod och stirrade flera sekunder innan han grep efter pistolen i axelhölstret. Han var för långsam! Michele öste spannens hela innehått över honom!

Det var bensin! Han trodde inte sina vidöppna ögon. Med en idiotisk min och gapande av förvåning tog han ett steg tillbaka.

Blixtsnabbt sträckte hon fram handen och en halvmeterlång eldslåga från cigarrettändaren sköt ut mot honom.

BOOOOOMMM!

Ingrid och Ted hörde det dova ljudet av explosionen. De hörde en mans skräckslagna skrik och smällen när Michele slog igen köksdörren. I nästa ögonblick såg de en man omvälvd av orangegula och blå lågor rusa över parkeringsplatsen och kasta sig huvudstupa över kajkanten ut i hamnbassängen. Blå och gröna lågor fladdrade över vattnet där han hoppat i. Efter en lång stund uppenbarade sig ett sotigt sönderbränt ansikte gott och väl 25 meter bort, kippande efter andan. Det var ingen dålig simprestation om man betänker att en välskräddad kostym med väst och kavaj ju inte är världens lämpligaste baddräkt.

"Åt fanders med alla små hjälplösa gamla damer!" Skrek han till sin kompanjon, som gått ut ur bilen och sett skådespelet.

Michele sprutade marken utanför köksdörren med en eldsläckare.

"Jag tror inte han kommer att störa oss på en bra stund," sade hon när hon gick upp för trappan till sina två vänner.

"Jag tror ni kan gå hem till ert nu, men ta bakvägen genom skogen och gå över gatan lite längre bort där ingen kan se Er."

Ingrid och Ted traskade ut i den mörka skogen. Korsade över ett par granntomter och kom bakvägen in i sitt hus.

"Skönt att vara hemma igen. Låt oss tända några ljus och sitta ner och njuta ett tag. Det var en skön promenad." Hon hällde upp två Martinis när telefonen ringde. Det var Michele. Hon var helt upphetsad...

"Jag hade precis kommit in genom dörren! Och jag tände inte för månskenet var så fint! Så får jag se nån utanför som försöker ta sej in!

En inbrottstjuv förståss! Men jag hade en liten överraskning för honom!."

"Vad försigår egentligen här?" frågade Ted. "Först blir en New Yorkgangster funnen mördad eller drunknad här i hamnen, och nu inbrott. Det har aldrig förekommit sånt här tidigare. Jag tycker vi ringer polisen! Vill du att vi kommer över?"

"Jag förstår bara inte... Jag har ju inget av värde för nån annan än mej själv. Det måste han ha sett när han lyste in i mina rum. Jag tror jag sätter på tjuvlarmet till polisen, tar mej en drink, går till sängs och läser en bra bok. Om han kommer tillbaka har jag en ny överraskning för honom."

Hon skrattade och tillade

"Tror du den här visiten har något att göra med mannen som drunknade i hamnen?"

"Nej," sade Ted. "Det tror jag inte. Jag tror att den drunknade mannen dödades av några gangsters. Han var troligen avrättad någon annan stans. Några busar befann sig här i närheten och tyckte detta var en bra plats där en massa ovetande, vanliga, snälla människor höll till. Jag menar att detta är ju ett hörn långt borta från sånt som händer, borta från gangsters, tjuvar och otrevliga människor."

"Om du känner dig osäker och ensam, så kommer vi två över. Tänd utebelysningen, låt den vara på hela natten, och ring polisen i morgon bitti."

"OK, jag har telefonen här bredvid mej och jag ringer Er om han kommer tillbaka..."

Ingrid ryckte till sig telefonluren. Hon talade snabbt:

"Jag vill inte du skall vara ensam efter det här. Jag kommer över med detsamma. Vi har massor att prata om som kan skingra tankarna! Hej så länge!"

Hon väntade inte på något svar. Hon fick fatt på ett nattlinne, sin tandborste, en handduk och en nattrock, gav Ted en snabb godnattkyss och i nästa ögonblick såg han henne springa över planen bort till Micheles hus. Micheles dörr öppnades och hon försvann in i ljuset där. Dörren stängdes.

Det tog inte Ted lång tid att finna avlyssnings-buggen i sängkammaren. Den såg ut som ett litet platt ficklampsbatteri med en decimeterlång antenn-svans. Med sin pennkniv skar han loss svansen och lät det hela falla ner i ett glas vatten.

Han gick ner och hällde upp en rejäl drink med Scotch och gick ut på terrassen vid entreen och slog sig ner i korgstolen. Han satt i fullständigt mörker. Då såg han en man komma ut ur buskarna vid Sprenglers. Mannen personifierade verkligen riddaren av den sorgliga skepnaden som nyss fallit av sin häst! Han var genomblöt och kläderna hängde som trasor på honom och han stapplade i zig zag fram till bilen under gatlyktan. En bildörr öppnades och mannen föll baklänges in i baksätet. Nu gick Ted in och satte en högtalare alldeles intill avlyssnings apparat på spiseln och skruvade upp musiken: Beethovens femma. Bom, Bom, Bom, Boom ljöd Ödes symfonierna.

Ingrid och Michele hade så dags redan tejpat all konversation i busarnas bil. Michele spelade upp tejpen för Ingrid. "Vad tusan hände!?" sade mannen som varit kvar i bilen.

"Du kom rusande ut från den där kvinnans hus brinnande, som skjuten ur en kanon på cirkus och i ett svanhopp försvann du i det svarta vattnet i hamnen. Jag såg dej komma upp och kravla iland. Då ringde vår lilla lady och hon talade med sina svenska vänner. Det tycks mej fullständigt klart att ingen av dom här har en aning om varken mordet på George eller hans drunkning, eller något annat som har med Sprengler eller vår business att göra. Hur gick det förresten med dej? Blev du illa bränd?"

Mannen i baksätet sträckte sina sönderbrända händer till backspegeln och under tystnad granskade han sitt rödsvullna ansikte där stora vita blåsor börjat bubbla upp. Hans vältuktade mustasch var borta, likaså ögonbrynen, polisongerna och en stor del av håret. Svarta flagor droppade fortfarande från hans haka och kinder. En stark doft av grillat kött spred sig i bilen. Han stirrade skräckslagen på sin spegelbild. Plötsligt brast han ut i ett gapskratt!

"Åt helvete med det här idiotiska jobbet! Ha, ha, ha! En sån liten tjej! Hon gjorde en hamburgare av mitt ansikte! Och min nya kostym! Svarta trasor bara! Ha, ha, ha! Definitivt, jag skall hålla mej borta från henne ett bra tag! Men när jag hämtat mej och ser normal ut igen ska jag tamefan kontakta henne! Jag skall ringa henne! En sån tjej! Äntligen en person i den här dårbissnissen man kan beundra! Precis en sån jag vill ha! Ha, ha, ha!"

Ingrid och Michele log mot varann. Rösten från den andra gangsten fortsatte:

"Jag tro vi kör dej till sjukhuset och låter dom ta en titt på ditt smile?"

"Du har rätt. Det gör faktiskt inte så himla ont. Mest när jag skrattar! Nu tar vi bandspelaren och lägger den i min Ford därborta och låter den ta hand om all bevakning och inspelning. Vi kommer tillbaks i morgon och byter tejp. Jag är nu liksom du fullständigt övertygad om att dom här grannarna inte har något att göra med Sprengler eller kuppen mot oss. Men den gode advokaten Sprengler, han har definitivt problem."

Lincolnen körde bort.

"Jag tycker verkligen synd om Sara Sprengler," sade Ingrid. "Hon är en snäll och skön person, Hennes man tycks vara helt förhäxad av att tjäna pengar till varje pris:..."

Kapitel 18

MICHELE HADE MED ögon och öron på helspänn följt allt Arnold Sprengler sysslat med och sagt under sista tiden. Hon visste nu att en ny leverans från Colombia var att vänta. Betalningen, nära 5 miljoner dollar i sedlar, skulle levereras från New York till Arnold, som sedan skulle flyga pengarna till Bermuda. En ny, större och lättare coka-bomb hade byggts. Den skulle nu fyllas med pengarna och släppas ner i Atlanten nära leverantörens högkvarter och plockas upp av hans män.

Michele hade avtalat med sin finske vän, tvåmetersgossen, som ägde Cape Cods bästa verkstad för reparationer av karosser och plåtskador. Han brukade låna ut bilar till kunderna när de inte kunde klara sig utan bil. Michele hade snickrat ihop en historia om en vän, som absolut behövde en bil för en kort, lokal körning under weekenden. Och som vanligt gav han henne fria händer att välja. Själv skulle han åka ner till New York för att gå på Metropolitan.

Ingrid och Ted var informerade om hennes plan att råna penningtransporten. Polisuniformerna från den förra kuppen hade blivit ändrade och satt nu som skräddarsydda. Michele bara väntade på att slå till. Äntligen hade rätt ögonblick kommit.

Den smala passagen på Väg 6A, "The Kings Highway", i samhället Barnstable, utanför Sturgis bibliotek, som förresten är USAs äldsta bibliotek, hade valts att bli platsen för nästa kupp.

Det var i kvällningen. Ett till synes fullständigt hjälplöst äldre par tycktes ha fått motorstopp. De stod och tittade förvirrat ner under den öppna motorhuven på sin Jaguar. Michele, klädd som polis, log mot de utklädda vännerna Ingrid och Ted medan hon stoppade trafiken från ena håller för att släppa fram den från andra hållet. Den stora vita Lincolnen med New Yorkgangsterna stoppades. Den äldre damen bad om deras hjälp.

"Vi har problem med vår bil, skulle Ni vilja vara snälla att köra mej till närmaste telefonautomat, så jag kan ringa efter vår son, så han kan komma och hjälpa...?"

"Tyvärr, tyvärr, lilla damen. Jag får inte lov att ta upp någon okänd person i den här bilen. Jag har inte ens lov att stanna," sade mannen vid ratten.

Det hördes ett "puffande" ljud från den gamla damens handväska. Ögonen på chauffören stirrade plötsligt stelt och frånvarande långt bort. Ingrid tittade in i bilen. Där satt ytterligare två män. Mannen i baksätet lutade sig framåt och sade:

"Hör här damen! Vi skall omedelbart telefonera efter en bärgningsbil OK! Och Peter, backa ut härifrån. Sno på! Vi måste bort härifrån! Kör för tusan!"

Ytterligare ett "Poof" hördes och mannen i baksätet grep om sin axel och lutade sitt huvud mot sätets huvudstöd. Mannen i framsätet bredvid föraren uppfattade nu blixtsnabbt situationen. De hade gått i en fälla. Ingrid såg hans Uzi kulsprutepistol och undgick en snabb skottsalva genom att kvickt ducka. Nu slets bildörren på andra sidan upp och Teds röst dundrade:

"Ge Er! Detta är Barnstable polis. Ni är omringade! Den som rör sig skjuts omedelbart!"

Gangstern reagerade snabbare än en skallerorm och Ted hann knappt se Uzin, men fyrade av sin dubbelbössa. Dundret avslöjade att knallen kom från ett riktigt elefantgevär laddat med varghagel! Det vackra soltaket förvandlades på ett ögonblick till tusentals små skärvor, som regnade ner över gangstern och täckte honom med ett lager av glaskristaller, som glittrande i regnbågens alla färger. Han släppte sitt vapen och klev ur bilen med händerna över huvudet.

Ingrid passade på att ladda om och placerade ett bedövande skott i baken på honom. Ögonblicket senare frös han till och stod som om han balanserade på lina. Sedan föll han framstupa i Teds armar och blev varsamt placerad i sätet intill sin sovande kollega. Två stora resväskor togs från baksätet och placerades i Jaguaren. Helt kallblodigt kollade Michele bakluckan och fann där ytterligare en väska, som hon placerade i Jaguaren. Hon samlade in bedövningsprojektilerna och återupptog för ett ögonblick sin syssla som trafikpolis så att väntande bilar kunde passera. Med ett skutt var hon tillbaka i Jaguaren som med tjutande däck accelererade iväg mot avfart Nr.6.

"Rånet tog bara 4 minuter, vilket måste betraktas som skapligt med tanke på att vi är amatörer," skrattade Michele."

"Jag kollade deras kommunikationsradio. Den stod på kanal 3.

Med en sån massa pengs ombord har dom troligen någon form av eskort. Låt oss höra efter om dom kommunicerar... Bedövningen släpper efter 5 minuter så till dess gäller att kvickt komma härifrån..."

Radiotelefonen var tyst en lång stund... Så hördes plötsligt en sömnig röst:

"Bolivar! Bolivar! Är du där???"

"Javiss! Jag är här. Något nytt?

"Vad tusan har du varit?"

"Äh, jag bara stannade till vid Burger King vid avfart Nr. 6!"

"Aj, aj!" sade Michele. Det måste vara den där silverfärgade Lincolnen som står där borta vid busshållplatsen!" Michele pekade och svängde i nästa ögonblick upp på motorvägen österut.

"Du måste hålla ögonen öppna efter en svart "Jagg" med tre pers. En polis, en äldre dam och en äldre man! Dom lurade in oss i världens enklaste fälla. Både dom och vi sköt som sjutton men dom knyckte hela vår last och stack!

"Era idioter! Sa du en svart Jaguar? Jag såg just en sån köra upp på motorvägen och sticka österut. Jag ska knipa dom asen!"

Den New York-registrerade silverfärgade Lincolnen svängde sekunder senare i rasande fart upp på motorvägen. Följande konversation hördes i radion, noga avlyssnad av Michele, Ingrid och Ted:

"Jag kan se Jaggen nu. Den är snabb som tusan. men trafiken hindrar den från att köra med spiken i botten. Jag tar in på den..."

Ingrid tittade på hastighetsmätaren. Den visade tidvis 220 km/tim!

Ändå hördes den 12 cylindriga motorn bara som en viskning inne i det bekväma läderstoppade fartvidundret.

"Vi är snabbare än han," sade Ingrid och kände sig lite bättre när avståndet till förföljaren ökade.

"Ja, den här Jaguaren är den oslagbare sprintern. Jag har arrangerat en liten jaktavslutning," sade Michele och sänkte hastigheten något.

Lincolnen kom närmare. Nu bara 200 meter efter, när Michele plötsligt svängde av åt vänster in på en av de gräsbevuxna småvägarna, som polisbilarna brukade använda. Den med högt gräs bevuxna vägen gjorde uppe på krönet mellan den östliga och västliga motorvägen en skarp sväng.

"Oh Michele, snälla, snälla, ös på. Dom är nästan inpå oss. Jag ser deras Uzis sticka ut genom fönstren!"

Det höga gräset slickade underredet på Jaguaren. Michele stoppade alldeles efter kröken. Hon fångade en stålwire som hängde från en låg tall och grep tag i den och höll den medan hon sakta körde framåt. Tio meter senare släppte hon taget och satte full fart ut på motorleden mot väster.

"Vad var det?" frågade Ted och tittade bakåt. Förföljaren hade stannat och Michele körde obetydligt över den tillåtna hastigheten fram till nästa avfart innan hon svarade på frågan:

"För några dar sen placerade jag en gammal harv intill vägen. Upp och ned förstås! Med spikarna upp. Passagen där är smal och harven var så gott som osynlig i det höga gräset. Med wiren drog jag den fram mitt över vägen... Så här dags borde busarna ha fyra punkterade bildäck!"

I radion kunde de höra en rad vulgära svordomar när "Silver Presidenten" anropade "Vite Lincoln" och bad om hjälp.

Hjälp var redan på väg. Michele hade ringt statspolisen och anmält att hon hört livlig skottlossning vid polisens genväg mellan motorlederna mellan avfart 7 och 8. En silverfärgad Lincoln hade skjutit vilt efter en annan bil...

Michele stannade utanför hennes finske väns stängda karosseri verkstad. Hon parkerade Jaguaren och alla tre hjälptes åt att bära över den värdefulla lasten till hennes egen rostiga gamla bil. Man bytte kläder, tog av peruker och torkade av make up. Bara några minuter senare var de på väg till Osterville där bytet gömdes i källaren under Ingrids butik. Väskorna visade sig vara fullstoppade med buntar av begagnade 20-, 50- och 100 dollar sedlar. När Ingrid och Ted låste upp sin lilla Ford sade Ted till Michele:

"Jag skulle inte ha nåt emot att ha den där Jaguaren!"

"Jag vet inte det, jag?" Michele började plötsligt gapskratta.

"Gissa vad? Det var Cavallos bil! Jag lånade den när den var på verkstan!"

"Du är allt en liten jäkel!" skrattade Ted. Ingrid och Michele föll in i skrattet och alla skrattade så rårarna rann. När de hämtat sig sade Michele:

"Jag tror vi skall behålla våra gamla bilar ett tag till. Låt oss ligga lågt och göra upp planer på hur pengarna skall användas. Och kom nu ihåg att Ert hus är fullt av avlyssningsapparater. När Ni kommer hem säg inget som kan ge dom en hint."

Den mystiska bilen stod åter parkerad under telefonstolpen när Michele körde in i sitt garage. Hon kollade tjuvlarmet och konstaterade att ingen försökt ta sig in. Hon var mindre orolig nu, klädde av sig och förberedde ett varmt, avkopplande bad.

Ingrid och Ted kom hem några minuter senare. Ingrid öppnade posten och såg samtidigt om det var några nya eller ovanliga frimärken. Sådana brukade hon klippa ut och samla i ett stort brunt kuvert.

"En dag, när jag får tid, ska jag sitta ner och se igenom alla mina frimärken och sätta samman dem i serier....

Hon lade fakturor, brev och postorder i separata brevkorgar. Alla orders skulle föras in i datorn nästa dag.

"Elva order idag," sade hon efter att ha smuttat på martinin som Ted just serverat henne. Hon kunde inte släppa tanken på att skummisarna i bilen utanför avlyssningsade varje ord hon och Ted sade .

"Ted, vet du vad! Jag tycker det är ruskigt stökigt och dammigt här. Jag tror inte jag dammsugit här på flera månader. I morgon skall det bli av!"

"Jag har också tänkt på den där inbrottstjuven hos Michele. Hon sa att mannen inte alls såg ut som en buse. Han såg snarare ut som en privatdetektiv eller något ditåt. Jag undrar just hur sjutton hon kunde skrämma iväg honom. Har hon ett vapen, ett gevär eller en pistol?"

"Nej, nej. Jag kan inte tänka mej att hon skulle ha nåt vapen. Hon säger att skjutvapen är bara till för våldsmän och dumbommar."

Männen där ute i bilen lyssnade. En av dem hade ansiktet inkletat med en gulbrun sårsalva. Ändå log han och tog ett stort bett i hamburgaren, tuggade, drack öl, och svalde belåtet.

Även lyssnarna var avlyssnade... av Michele... "Jag tror inte dom här grannarna har något att göra med vår business. Jag tror vi kan sluta upp med det här spionerandet." hörde hon en av männen säga. Det hördes att han talade med munnen full av mat. Hon hörde honom svälja stora klunkar öl och avge ett par ljudliga rapande. Hon hade hört tillräckligt.

Minuter senare sänkte hon sig ner i det ångande badvattnet.

Hon hade ett glas Campari med is på pallen bredvid och en god bok. Den handlade om tänkande kråkfåglar... Detta var hennes favoritsätt att koppla av efter en jobbig dag med stress och spännande upplevelser.

Uppfriskad, avkopplad och trött gick hon sedan till sängs. Hennes stora samling vapen och jakttillbehör var nu säkert gömda i ett litet lönnrum nere i källaren. Dörren och väggen dit var väl dolda bakom hyllor med diverse prylar samt mängder av konserver och syltburkar med etiketter som sade "Miriams Cranberry-Orange jelly", "Sveas Beach Plum marmelad," "Babs Rabarber chutney", "Ingrids Hallonsylt", Elderberry juice" och annat från hennes eget och hennes vänners kök.

Hon hade emellertid en känsla av att hon behövde någon form av skydd, så till sitt självförsvar hade hon i sin säng en 6 mm FN automatpistol, RollsRoycen bland små handeldvapen. Varje detalj var välpolerad och gjord så att den passade perfekt och bekvämt i hennes lilla hand. Det var bara ljuddämparen som gjorde den lite klumpig. Hon visste precis hur ett sådant vapen skall hanteras. Hon var i stånd att få varje utmanare att förstå att hon var den överlägsne.

Luis Bolivar hade aldrig upplevt något liknande. Ingen hade någonsin vågat spela honom sådana spratt! Han vände sig om. En polisbil stod alldeles bakom honom! Var kom den ifrån! Den var i och för sig en enkel match. Några snabba skurar från hans Uzi hade varit nog. Men, han kunde ju inte fly. Alla däcken var punkterade! Och hans medhjälpare, chauffören viskade en varning.

"Fördömt också! Titta framöver. En polisbil svängde just av motorvägen västerut och stannade ett tjugotal meter från oss".

Ut sprang två poliser med skottsäkra västar och automatgevär.

"Mina herrar, var vänliga stig ut ur bilen!"

Den artiga formuleringen kontrasterade mot rytandet i ordern, men fick Bolivar att snabbt gömma sin Uzi i det låsbara lönnfacket under sätet. Hans båda män var för skärrade att gömma sina vapen. Väpnade poliser stod nu runt Bolivars Lincoln. Omringade steg de tre gangsterna ur bilen. Med handklovarna på kördes de till Barnstables polisstation. Deras bil genomsöktes, inget knark hittades men alla vapnen togs fram och konfiskerades.

"Jag sköt inte ett enda skott, men jag blev beskjuten," ljög Bolivar när han förhördes. Det var ren tur att han inte själv hunnit skjuta, men det var ju otur att han inte hade någon vapenlicens... Men pengar brukade kunna lösa sådana småproblem.

Polismännen luktade på alla vapnen för att kolla om de nyligen använts. Trots negativa resultat vägrade de att vara tillmötesgående, och Bolivar fick tillsamman med sina två kumpaner tillbringa natten i kurran. Först nästa morgon fick han använda telefonen och ringa sin advokat och utverka tillåtelse att lämna polisstationen. Han var inte van vid sådant bemötande. Han hade vanligen män i den lokala poliskåren på sin avlöningslista, men här hade någon varit ofin nog att ringa statspolisen istället för den lokala polisen. Han var verkligt ilsk och för första gången på många år kände han sig helt hjälplös. Humöret blev inte bättre av att han känt igen att det var Cavallos Jaguar han hade jagat.

"Fördömda kräk, ohederliga människor! Usch, fy fan! "muttrade han där han stod, åter fri, utanför polisstationen.

När Ingrid lite senare noga dammsög hela sitt hus hittade hon de gömda avlyssnarna. "Jag önskar dom kunde överföra stanken," sade hon till sig själv, när hon hystade dem i soptunnan.

Kapitel 19

DEA, (*DRUG ENFORCEMENT ADMINISTRATION*) är den federala förvaltning som har hand om narkotikarelaterade ärenden bl.a. att kontrollera import av läkemedel. Tillsammans med kustbevakningen visade de sig nu vara mycket vakna och Arnold måste senarelägga flera resor till Colombia. Cavallos leverantörer skulle nu istället skeppa narkotikan från Colombia till Bermuda, som ju är en Brittisk ögrupp, där Arnold nu skulle komma och hämta knarket.

Tidigare hade problemet varit att få in narkotikan över gränsen. Betalningen hade lätt ordnats till bankkonton i USA. Nya USA lagar hade bestämt att alla utländska transaktioner avseende varor för över femtusen dollars måste redovisas för myndigheterna.

I lastutrymmet på Arnolds Baron låg nu en större, lättare coka-bomb fylld med fyra millioner dollars i sedlar. Det borde egentligen varit fem millioner, men eftersom Bolivar inte kom med de utlovade pengarna, och det varit omöjligt att nå honom hade Cavallo och Arnold beslutat att tillsamman lägga ihop till 4 mill.

Arnolds nya "bomb" innehållande pengarna skulle fällas någonstans i Atlanten. Arnold skulle förklara för deras nya kontakt på Bermuda hur man kunde lokalisera och fiska upp pengarna. Det sofistikerade satellit navigations systemet ombord på Baronen gjorde det lätt att precis ange var pengarna var att hämta.

Mike och Arnold trivdes med att flyga tillsammans. De talade om allt utom narkotika och narkotikaleveranser. Mike sade:

"Arnold du har verkligen en jätteskön familj."

"Ja, det har jag sannerligen..."

"Kanske borde jag inte säga det här, men..."

"Arnold väntade sig att Mike skulle säga att han avsåg att lämna jobbet med narkotikaleveranserna, när han tjänat tillräckligt, så han sade:

"Du kan lita på mej."

"Arnold, jag älskar Maggie, vi..."

"Va sjutton sa du!"

"Det är ömsesidigt. Vi älskar varann och med din tillåtelse vill jag ha henne..."

"Med min tillåtelse?! Du ber mig om min tillåtelse? Maggie skulle aldrig be om min eller någon annans tillåtelse när det gäller att välja partner."

"Det har du troligen rätt i, men jag vet att hon är... att hon och du har speciella band och du är den ende som vet vad jag sysslar med..."

"Det här är inte något livstidsjobb varken för dej eller mej. Och du är en första klassens pilot..."

"För att vara sagt av dej, tar jag det som en komplimang. Tror du att längre fram du och jag kunde..."

"Ja, jag skall hjälpa dej att hoppa av det här sjuka jobbet. Allt vi behöver är tid..."

Det var ett riskabelt samtalsämne. Men, Arnold gillade Mikes rättframma sätt att tala ut... De satt tysta och tittade på instrumenten, kollade position och väderinformation. Närmade Bermuda såg de fler och fler fartyg, segelbåtar, stora och små och motorkryssare där nere.

Solen höll på att gå ner. Havet verkade inbjudande och välkomnande.

Aftondimman rullade in från öster och den ena stjärnan efter den andra tändes... där Vega... och där Orion.

De svepte in utmed kusten på New Providence, 100 meter över havsytan. Inte en båt i närheten. Skymningen skyddade dem från att bli iakttagna när de fällde "bomben" precis där den skulle bli förankrad, lite väster om Eleuthera Island.

Något senare landade de på en liten flygplats de blivit anvisade. Från landningsbanan guidades de av en gullig tonårstös på en liten Honda scooter med en skylt "FÖLJ MIG" bakpå. Hon stannade utanför en hangar vid en flygklubb där hon gjorde tecken åt dem att parkera och slå från motorerna. Hon hoppade av sin scooter och kom fram till dem:

"Det är rutin här att vi kollar alla maskiner och tar in dem i hangaren. Jag skall se efter att allt går rätt till och jag parkerar er Baron för natten. Vill ni ha en taxi?"

"Tusen tack," sade Arnold och räckte henne nycklarna till Baronen. "Vi har någon här som väntar på oss."

Två män, som såg mycket brittiska ut, klädda i knälånga shorts och tropikhjälmar, hälsade dem välkomna och ledde dem till en väntande Bentley. Bilen förde dem ljudlöst till en herrgårdsliknande byggnad nere vid vattnet, inte långt därifrån. Männen introducerade sig som Harry och Bertie. Konversationen flöt lätt. Man talade om resan och vädret och om flygning. Arnold och Mike fick känslan att de känt dessa män i många år.

Harry Greycoat var en gammal Spitfire pilot och Bertie hade under andra världskriget varit kapten ombord på en av Her Majestys Jagare stationerad i dessa farvatten.

Värden och hans gäster avnjöt en utsökt måltid. Fyra mycket vackra unga värdinnor satt till bords med dem. De erbjöd sig även att vara nattligt sällskap. Harry utbytte blickar med Arnold och Mike, men båda gästerna skakade på huvudena. Kvinnorna försvann.

Innan man bröt upp ville Harry bli informerad om morgondagens arbete. Arnold beskrev i korthet hur coka-bomben fungerade. Coka-bomben hade nu blivit en "dollar-bomb". Han berättade hur den kunde lokaliseras och han informerade om deras krav på utbetalningsrutin.

"Jag har en manual med detaljerade instruktioner. Ni skall få allt i morgon. och vi ska visa hur man fiskar upp den," sade Arnold

Efter att ha sagt godnatt till Bertie och deras värd Harry, bjöd Arnold Mike att komma in på sitt rum för att tillsamman ta sig en godnatt-drink. På spiseln i Arnolds rum stod en flaska fin gammal Skotsk whiskey och två kristallglas. De båda trötta flygarna fyllde var sin rejäl drink och satt ner.

"Jag har den här känslan att någon följer efter oss." sade Arnold. "Jag har inte sett någon, och jag tror att dom här britterna är OK, men jag har en olustig känsla..."

"Jag känner aldrig sånt där. Kanske beroende på att jag inte känner mig ansvarig. Jag är ju bara en andrapilot och har ju inget med affärerna att göra."

"Du är inrörd! Ha det klart för dej. I den här leken är alla som vet vad det handlar om, ansvariga och inrörda..." Är du beväpnad?"

"Nej, Jag gillar inte skjutvapen."

"Du borde ha en pistol. Vi blir lite säkrare då." Jag ska fixa en till dej i morgon."

"Tack, men nej tack. Jag förstår mej inte på skjutvapen. Jag kan inte skjuta och förresten," tillade Mike. "Jag passerar in och ut genom pass- och tullkontroller. Var skulle jag ha en puffra? Inte på mej! Inte ombord på Baronen! Det skulle bara föra med sej krystade förklaringar, onödigt pappersarbete och onödiga tidsförluster! Och dessutom vapen för en massa väsen! Jag bara hatar allt oväsen utom ljudet av flygplansmotorer! Jag älskar brummet från en Rolls Royce eller en Merlin motor. Jag hatar konfrontationer, men om någon attackerar mej, då kan jag sparka ner honom innan han hunnit fatta vad som står på."

Mike gjorde ett skutt fram för att demonstrera sin skicklighet i kickboxing. Hans blixtsnabba sparkande rörelser laddade med styrka och energi resulterade i att hans ena sko flög iväg rakt genom en av de franska dörrarna så att glasskärvorna yrde över terrassen utanför.

"Hoppsan! Just sådär gör man! Han kunde inte låta bli att skratta. "Förlåt!"

Han haltade ut för att plocka upp sin sko. Uppenbarligen skrämde han iväg någon där ute. En mörk figur lösgjorde sig ur skuggorna och försvann över balustraden ner i det täta buskaget. Mike fann sin sko och återvände till Arnold.

"Jag är verkligen lessen. Du kan få mitt rum. Förresten, jag måste medge att jag har all respekt för varningssignalerna från ditt sjätte sinne. Det var någon där ute som kollade in oss. När jag kom ut på terrassen smet han iväg, dök över balustraden och var försvunnen. Jag kunde ju knappast springa efter honom med bara en sko på mig. Eller!?

Arnold log.

"Jag ha en känsla av att det är dom där New York gossarna som kollar in oss för att ta revansch för pengarna, som försvann. Eller kanske kan det vara samma gäng, som knep pengarna. Det kanske finns en tjallare. Tusan vet var eller vem! Jag har en känsla..."

Mike avbröt:

"Jag har en känsla att vi måste vara försiktiga. Vi måste lägga om våra planer..."

"Ja, och dom kanske vet om vår nyaste utrustning."

"God Natt, Arnold!" Mike stannade till i dörröppningen. "Är du säker på att du inte vill ha mitt rum med hela fönster..."

"Definitivt! Tack i alla fall, God Natt!"

Mike hade nästan somnat när han hörde ett nästan ljudlöst knackande på dörren. Han öppnade och Arnold slank in.

"Stoppa upp din bädd så det ser ut som om du ligger där och sover! Där finns några extra kuddar i skåpet därborta. Och ta den där mattan och rulla ihop den och lägg den under täcket..."

"Har du en så där känsla igen?"

"Ja, jag har en stark känsla av att någon är ute efter oss två!"

Mike gjorde som han blivit ombedd. Det såg verkligen ut som om någon låg och sov i Mikes säng. Någon som inte snarkade...

"Vi kan sova i rummen mitt emot i hallen." Arnold visade in honom i ett rum med två bäddar.

"Jag tro ingen bor här. Ta Du det här rummet, så tar jag rummet intill. God Natt igen!"

Mike valde sängen närmast fönstret och några minuter senare sov han. Ljudet av dörren som öppnades väckte honom. Någon kom in, låste dörren och gick direkt in i badrummet utan att tända ljuset. Han hörde toan spola och ljudet av rinnande vatten. I fullständigt mörker tassade någon in och lade sig i sängen bredvid. Man eller kvinna? han kunde inte säga vilket.

"Måste vara en dam,"tänkte han. "Hennes parfym doftar förpillat gott. Just nu är nog inte rätt tillfälle att tala om det för henne. Hoppas hennes man är långt borta i Afrika. Bäst att inte snarka. Tusan också jag vill inte dela rum med en kvinna jag inte känner," sa han till sig själv. Bädden var bekväm och flickan i sängen bredvid sov redan djupt, så han lät sig falla i Morpheus armar.

Solen sken in genom fönstren när han vaknade lite undrande över var han befann sig. Det låg en kvinna och sov gott i sängen bredvid. Det var en av Harrys "värdinnor". Hon var väldigt vacker. Han kunde inte låta bli att en lång stund bara titta på henne. Under huvudkudden stack kolven av ett automatvapen fram.

"Käre Gud! Hon hade säkert skjutit mej om jag skrämt henne i går kväll. Hoppas hon är trött och sover tungt."

Mike böjde sig fram och sakta, oändligt sakta drog han fram pistolen centimeter efter centimeter. Hon vände sig i sömnen. Hennes blåsvarta hår glänste otroligt vackert. Mike drog och drog igen. Hur lång var den här manicken? Måste ha en lång ljuddämpare... Slutligen fick han fram den. En vacker liten Baretta med en rejäl ljuddämpare. Ett kort ögonblick tänkte han väcka henne, men beslöt att vänta. På tå gick han mot dörren när han kom ihåg att han glömt sina toalettgrejor bakom duschförhänget. Han smög tillbaka in i badrummet, tog sina grejor och byxorna som hängde över stolen och tassade åter mot dörren. Kvinnan i sängen rörde sig oroligt. Han öppnade och slank ut utan ett ljud.

Lättad drog han ett djupt andetag. En man kom i korridoren och passerade. Det var Bertie. Her Majestys Royal Navy Officer!

"En sån härlig morgon!" hälsade Mike och gick in i sitt rum. Allt tycktes oförändrat. Han rakade sig, borstade tänderna och tog en dusch. Sin vana trogen sjöng han den där dryckesången om den Danske bonden som skulle gå ut efter öl!

Det knackade på dörren. Det var Arnold.

"Var i Helvete har du gjort i natt. Jag smög mej in i det andra rummet, men du var borta. Och jag såg den där granningen i sängen intill din. Hon sov fortfarande. Om Du menar allvar med min Maggie så borde du inte ligga med andra kvinnor! Vad liknar detta! Jag är verkligen besviken på dej!"

Mike bara skrattade.

"Jag begär inte du ska tro mej, men sanningen är att strax efter det jag somnat väcktes jag av att den här kvinnan kom in och gick till sängs. Jag menar gick och lade sig i sin säng... inte min... utan att ens titta åt mitt håll. Tack Gode Gud för det! Hon somnade bums. Så varför bry sig, tänkte jag och slöt mina blå och drömde vackra drömmar tills solen väckte mig.

"Och vad såg jag sticka fram under hennes huvudkudde. Försiktigt, försiktigt drog jag fram den, knyckte den och tassade ut! Varsågod, ta en titt, behåll den!"

"Ojojoj, en sån liten fin en. Låt mej få se!"

Med sin näsduk tog Arnold Barettan och vände, tittade och luktade.

"Fyra skott har nyligen blivit avlossade. Den luktar fortfarande!"

Mike tog på sig sina shorts och gick fram till sin säng. Två kulhål syntes i kudden och i lakanet som täckte det som kunde varit hans huvud. Det var krutstänk runt hålen. Skotten hade avlossats alldeles intill kudden.

"Jag tror jag kan gissa hur det ser ut i min bädd!" sade Arnold.

"Kom låt oss komma iväg härifrån!"

Mike klädde sig raskt. De gick in i Arnolds rum och hans onda aningar besannades.

"Så synd på så vackra handbroderade lakan, sa han och tog bort "uppstoppningen" som räddat hans liv.

Tillsamman gick de ner i matsalen där en butler i svart frack hälsade god morgon. Han meddelade att frukosten var klar och att deras värd var att vänta alldeles strax.

"Låt oss visa kontroll över våra nerver och starta dagen med en god frukost," sade Mike när han gick fram till ett välförsett smörgåsbord.

En angenäm, ljum bris svepte in genom de öppna franska dörrarna när Harry, den gamle RAF piloten uppenbarade sig. Han kisade mot solen och hälsade "God Morgon"! Butlern hällde upp te till alla ur en siverkanna.

Man försåg sig med fruktsallad, rostat bröd och marmelad. Ute på terrassen slog de sig ner vid ett bord under en stor parasoll. Teet luktade utomordentligt gott och smakade ännu bättre.

"En sån underbar morgon," sade Harry. Låt oss ha en kopp te och innan vi sparkar igång och blir produktiva. Har ni sovit gott?"

"... som en grisslybjörn i sitt ide," svarade Arnold.

"Samma här, Men jag hade en otäck dröm att någon sköt ihjäl mej," sade Mike.

"Hu så hemskt," skrattade Harry. "Men det är något ni absolut inte behöver befara här hemma hos mej. Jag har ett första klassens bevakningssystem! Nu, till arbetet! Jag har avtalat med besättningen ombord på min fiskebåt att vara beredda att sticka ut vid 9.30 tiden."

Efter frukost tog de plats i Harrys Bentley. Han körde dem ut ur den magnifika trädgården utmed en hundra meter lång marmorkantad damm med sprutande fontäner.

"Harry, jag tror vi behöver ändra våra planer," sade Arnold. "Saken är den att vi faktiskt blev skjutna i våra sängar i natt. Det är inte bara som Mike drömde... Sanningen är att någon sköt flera kulor i det dom trodde var oss."

"Kan det vara möjligt!" Harry saktade farten. "Kära vänner, så fasansfullt! Vem skulle göra något så ruskigt och varför?"

Arnold berättade allt om nattens upplevelser,

"OK, vi lägger om våra planer," sade Harry.

"Vi kör ut till flygplatsen och tar vår Baron på en rekognoseringstur." sade Arnold och vände sig till Harry. "Jag föreslår att Du ringer besättningen och ber att dom sticker ut som planerat utan oss tre. Säg åt dem att vi kommer att ge detaljerade instruktioner när dom är ute till havs."

Baronen tankades. Mike startade motorerna och taxade ut på startplattan där Harry och Arnold väntade. De flög österut och precis klockan 10.00 syntes Harrys Bertram kryssare lägga ut och sätta sydlig kurs. De lade också märke till att en stor Cerutto kryssare lämnade en tilläggsplats ett par kilometer därifrån. Arnold tog i sin kikare en titt på "Cerutton". Ombord på den klädde två man på sig grodmansdräkter. Den hypersnabba 4-motoriga Cerutton följde sakta på avstånd Harrys Bertram. Kanske en knop efter... Arnold pekade på Cerutton.

"Det där kan vara samma gubbar som försökte ta kål på Mike och mej i natt. Dom försöker kanske knycka våra pengar."

"Ja," sade Harry, "någon tycks veta vad vi har för oss! Detta är ju helt otroligt! Vi borde ge dom en läxa!"

Under hela förmiddagen fick Harrys besättning upprepade order per radiotelefon att ändra kurs. Vid varje kursändring slog även Cerutton in på den nya kursen och behöll avståndet till Harrys båt. Efter flera timmars navigerande beordrade Harry sin besättning att återvända till sin hamnplats. På grund av tekniska problem måste operationen uppskjutas till i morgon.

Tidigt nästa morgon flög de till en destination 10 sjömil borta från det ställe där Coka-bomben hade blivit nedsläppt och nu låg förankrad på havsbottnen. Sjökortet visade att djupet var ca 50 meter på det nya ställe där nu en stor behållare fylld med en rejäl laddning TNT sänktes ner. Liksom den riktiga Coka-bomben var även denna behållare försedd med en antenn och en liten radiosändare. som bara sände beep signaler.

Vid 9-tiden lade Harrys besättning ut. Uppe i Baronen kunde Arnold, Mike och Harry se att männen i Cerutton var på allerten och liksom dagen innan följde de Harrys Bertram kryssare. Arnold meddelade i radiotelefonen att allt nu tycktes fungera fint och att man lokaliserat leveransen.

Den sänder på frekvensen 32,9," sade han och gav den exakta longituden och lattituden.

"Kan ni höra beepen?"

"Javisst, vi hör det fint!"

"OK, Stick dit och hämta upp grejorna. Det kommer inte att ta er en timme att finna den!"

Arnold hade inte talat till slut förrän de såg Cerutton öka farten. I över 60 knop med skummet yrande som en hundratals meter lång svans efter sig, flög den stora, eleganta off shore racern fram över vattnet i riktning mot bojen med antennen.

"Hejhej!" skrek en av Harrys besättningsmän. " En mycket snabb båt styr rakt mot vårt mål! Vi har inte en chans att komma dit i tid! Sänd omedelbart instruktioner vad vi skall göra!"

"Tyvärr kan vi inte göra mycket. Låt oss få veta var dom kommer att lägga till, så kanske vi kan möta dom där."

Cerutton cirklade runt antennen. Männen ombord började hala in behållaren. Harry höll sin kikare i ena handen och en fjärrkontroll med en avtryckare i den andra. Över com-radion kunde han höra upphetsade röster från Ceruttons besättning, när behållaren kom upp till ytan och de började hala den ombord.

"OK, vi knep den!" skrek en röst. "Den lär innehålla tre eller fyra mill i kontanter! Hur fasen tror Ni man öppnar den?"

"Det skall jag hjälpa er med!" skrek Harry och tryckte in knappen på fjärrkontrolen. Ett kort, skrapande, dån hördes i mottagaren på Baronen och de kunde se en minst tvåhundra meter hög orange-gul eldpelare stiga upp över det spegelblanka, medelhavsblå vattnet. Vrakdelar av olika slag spreds vida omkring. Ingen av dem såg Cerutton sjunka. Den helt enkelt försvann.

"Där fick ni..." viskade Harry med ett ondskefulllt leende.

Mike såg och registrerade allt men sade inget. Den sofistikerade gentlemannen Harry hade förvandlats till en hämndlysten, avskräckande kriminaldåre. Ett dåraktigt leende hängde länge kvar på hans fullständigt känslolösa ansikte. Mike fick en intensiv känsla av avsky och äckel och han var nära att kräkas.. Arnold tycktes mindre berörd av den grymma scenen. Han visste att okänslig, grym styrka skapar respekt. Han förstod att det fanns inget civiliserat sätt att komma till tals med dessa okända motspelare.

Nu anropade Harry sin besättning och gav dem den korrekta destination. En långvågssändare signalerade till coka-bomben att skicka upp en boj. Den värdefulla containern halades ombord och doldes i lastrummet bland tidigare fångad tonfisk, marlin, flygfisk och svärdfisk.

Att se den stora Bertram kryssaren sätta kurs mot land i en fart över 40 knop är en syn av stor skönhet för varje motorbåtsälskare. Slutligen gled båten majestätiskt in i hamnen och lade till.

När Mike landat och de tre männen satt i Bentleyn med Harry vid ratten drog Mike upp händelserna den föregående natten och frågan om säkerhetssystemet.

"Jag är naturligtvis glad över att dom inte lyckades," sade Harry. " Jag är väldigt confunderad över hur vår överenskommelse kunnat läcka ut... Försöket att mörda er och att stjäla pengarna i coka-bomben kan naturligtvis ha blivit beordrat från era New York kontakter. Jag har bara pålitliga personer i mitt team. Bara Bertie kände till våra planer. Han är min närmaste vän sedan många, många år tillbaka och jag måste ha ett allvarligt snack med honom i kväll.

De två New England piloterna träffades på herrtoaletten,

"Detta är troligen det enda ställe vi kan talas vid utan att bli avlyssnade. Men en sak är klar. I natt sover du och jag i samma sovrum. Vi tar tvåtimmarspass och vi går till sängs tidigt. Är du med på det," föreslog Arnold. Mike nickade. Han var fortfarande väldigt upprörd.

"Varför i Herrans namn var det nödvändigt att döda hela besättningen i den där motorbåten? Frågade han. "Det var ju fullständigt meningslöst. Jag vill inte bli involverad i den där sortens aktivitet. Vi måste stoppa det här! Arnold! Detta är ju rena vansinnet!"

Arnold svarade inte. På något vis såg han sin egen andra personlighet som någon han inte riktigt ville vara ansvarig för. Hans andra jag, hans onda jag, måste stoppas på något sätt. Mike hade naturligtvis rätt. Han hade ännu inte helt hängivit sig åt Mammon!

Mike stod utanför dörren till rummet där han tillbringat föregående natt. Han lyssnade. Han hörde någon gråta där inne. Han knackade försiktigt på. Knappast hörbart. Så öppnade han dörren och tittade in. Han fann kvinnan från natten innan sittande, gråtande på sängkanten. Hon lutade sig fram och dolde sitt ansikte i händerna. Hon skakade av gråt. Han gick sakta fram tll henne. Hon tittade upp

"O, är det du, jag trodde du var död. Tack Gode Gud att du fortfarande lever!"

"Men varför ville du ta livet av mej?" sade Mike.

"Jag kan inte förklara. Jag måste lyda eller annars...!"

"Eller annars vadå?"

"Eller det blir min tur..." sa dom, men nu är allt över. Min ende pålitlige vän, min man, dödades i morse. Han var ombord på en båt... och alla ombord omkom i en explosion..."

Hon suckade tungt och fortsatte:

"Det där kräket Bernie kom in hit till mej i morse, och sa att jag var en förbannad hora! Han sa att du och jag hade legat tillsamman! Sen slog han mej. Han slog mej och slog mej...!"

Hennes ögon var inte bara rödgråtna de voro blåsvarta och svullna av hårda slag. Mike kände plötsligt en våg av sympati för sin mörderska. Att se en misshandlad och blåslagen kvinna stör varje renhårig karl.

"Stackars dej, Jag är så lessen..."

"Du förstår," viskade hon. "Du måste vara väldigt försiktig. Den där gamle sjögasten är en mycket farlig herre. Han är ute efter Er. Men nu när han orsakat min mans död, min Dave, är jag inte rädd längre. Han måste ha stulit min pistol. Jag önskar jag hade haft den. Jag ska ge den uslingen. Han skall inte längre kunna bossa mig hit och dit...

Med sin näsduk torkade Mike hennes tårfullda ögon. Han fyllde handfatet med iskallt vatten och doppade en handuk, vred ur den och baddade hennes ansikte medan han höll sin ena arm om henne i en halv kram. Åter kom den där vågen av medkänsla över honom. Han hoppades att hon skulle känna sig lite bättre om hon erfor lite sympati, så han strök ömt och sakta hennes hår. Hon kunde åtminstone få känna att någon brydde sig om henne...

"Varför tar inte du och lägger dej och vilar en stund. Försök att sova lite. Han lyfte upp henne lade henne till sängs och stoppade om henne. Sen kollade han att fönstren var stängda och låsta. Han ville trösta henne, men det han tänkt säga, tyckte han bara skulle låta som banaliteter, så han teg, för det finns faktiskt inget som kan trösta en som just förlorat sin käraste. När han stod i dörröpppningen sade han:

"Lås din dörr och öppna inte för någon annan än Harry eller mej. Jag kommer tillbaka lite senare. Vila nu och lova att inte skjuta ihjäl mig fler gånger. Hon nickade frånvarande och skakade sakta av förtvivlan och grät.

Kapitel 20

MÅLTIDEN HADE VARIT utsökt. Det röda vinet var lätt och mycket torrt. Kalvmedaljongerna serverades med små bollar av färsk, stekt potatis och sauterade baby-grönsaker plus en mörkröd gele vars smak man associerade med doften av mossa och bär, jord och djupa skogar där en björn eller en älg troligen stod bakom några gamla tjocka träd och kollade in den där mänskliga varelsen som stod där och tittade och sökte namnet på dofter...

"Bäste Harry, du bjuder på ett utsökt vin! Du måste ha en intressant vinkällare," sade Arnold och rörde sitt glas i en cirkel. På dess insida formades det karakteristiska mönstret av ett väl lagrat, fint, torrt vin. Han höll glaset upp mot ljuskronan och beundrade den åldrade Burgunderns dragning åt brunt.

"Det har han definitivt," sade Bertie. "Och han bevakar den som draken bevakade princessan med det gyllene håret. Förresten vad är det som är så himla märkvärdigt med dessa viner. Du dricker, du gillar smaken, du blir på snusen och flaskan är tom. Är det nåt att snacka om?!"

"Ett fint vin speglar kultur, min vän. Sällan ödslar jag ett gott vin på dej," sade Harry. "Sjöbussar som du ska bjudas öl, rhum och brännevin."

Arnold satt fortfarande och stirrade fashinerad ner i sitt vinglas.

"Mina herrar, jag uppskattar högeligen detta utsökta, sammetslena vin. Jag föreslår att vi höjer våra glas och tackar vår värd för en delikat supe."

141

Han nickade och lät med välbehag varje smaklök uppleva den goda drycken. Så reste han sig och sade,

"Mina vänner, det mörknar, Mike och jag har i morgon en lång, krävande flygtur framför oss, så jag vill komma tidigt i säng. Tack för idag och godnatt."

Även Mike reste sig, tackade britterna för gästfriheten och önskade godnatt. På marmorskivan över den öppna spisen i sitt rum fann han en flaska Remy Martin XO och två stora aromglas. Han hällde upp en ociviliserat stor drink och gick ut på terrassen där han fann Arnold sittande på balustraden med näsan nere i sin konjakskupa.

"Jag talade med Harry och han lovade ha coka-bomben laddad ombord på Baronen i morgon bitti. Jag förmodar att ingen längre är intresserad av att ta kål på oss nu när det inte längre är vi som har hand om pengarna. Och förresten behöver dom oss för att få kokainet in i USA."

"Ingen litar längre på någon." sade Mike.

Telefonen inne i Arnolds rum ringde. Han gick in och lyfte på luren. Det var Cavallo, som skrek i Anolds öra: "Var i alla djävlars helvete har du hållit hus! Jag har försökt nå dej hela dagen!"

"Vi råkade få en del problem, så vi var tvungna att lägga om våra planer. Allt jag kan säga dej nu är att vi gjort allt vi lovat. När vi träffas skall jag berätta allt."

"Fan också, Arnold! I går natt robbade dom oss igen. Bolivar snuvades på fem mill! Var försiktig som sjutton! Harry är den ende du kan lita på! Bolivars gossar är troligen där och håller ett öga på er. Det är inga snälla pojkar, och jag menar att dom är dom värsta ni kan råka ut för... Men allt är alltså OK! Godnatt då!" Med ett klick var samtalet slut.

Mike fick plötsligt för sig att han borde tala med flickan i rummet mitt över i korridoren och se om han kunde få något ut av henne. Han tog konjaksflaskan och ett extra glas och knackade på hennes dörr.

Den öppnades. Hon hade sovit. Hennes ansikte såg bedrövligt ut. Hon gjorde tecken åt honom att komma in, stängde och låste sedan dörren efter honom.

"Kan jag göra något för dej? Frågade han.

"Nej, men tack skall du ha. Allt jag behöver just nu är vila och sen skall jag tala med Harry. Han har alltid varit snäll mot mej, men nu vet jag inte vad jag skall tro. Varför har allt gått på tok. Varför har ondska plötsligt kommit in i mitt liv. Jag har ju inte gjort något. Jag är så himla glad att Du lever... Jag skulle aldrig gett mig in i det här, vad det nu är...

Mike visste svaret, men han ville inte säga det: "För att du är dum! För att du är så dum att du tror att kriminella kräk kan vara ärliga... För du måste lära dej att säga NEJ! När du en gång gett dej i lag med knarkhandlare är det inte längre du som bestämmer över dej själv! I den här leken tar man enorma risker och för hantlangarna, småfolket, väntar inte storkovan."

Han ville inget säga, för detsamma gällde ju honom själv. Ett ögonblick tänkte han ge tillbaka pistolen till henne och be henne att inte skjuta fel gubbe nästa gång, men han ångrade sig. Det var rätt tydligt att man inte kunde lita på henne. Hon knarkade troligen och hennes behov av knark hade fått henne att kunna begå två mord... Han hällde upp en generös drink av konjaken...

"Ta det här, klä av dej och kryp till sängs. Du kommer att känna dej lite bättre i morgon. Tala sen med Harry. Förresten, ring upp någon nära vän du känner och försök komma härifrån."

Hon tog en stor klunk, skakade på huvudet och gjorde en grimas. Så tog hon en klunk till och sade:

"Tusen tack. Du är verkligen snäll. Jag önskar du haft en chans att möta min Dave. Han var reko. Jag kan ännu inte riktigt fatta att han är död. Bertie ringde upp mej och berättade... Han gjorde sig inte ens besväret att komma hit och berätta det personligen. Han har inga känslor och ingen stil.

"Han var troligen rädd att du skulle skjuta honom!"

"Han är knäpp och genomrutten. Jag tackar Gud att jag inte dödade dej. Jag hoppas din vän är OK "

"Ja vi bär alltid skottsäkra västar!" ljög Mike. "Men försök nu att vila. Vi flyger hem i morgon. Jag skall se till att någon från köket kommer upp med frukost till dej.." Han nickade vänligt mot henne, gick ut och stängde dörren efter sig. Arnold gick just förbi...

"Jasså du kan inte hålla dej borta från det där fruntimret!"

"Stackars liten, hennes man dödades vid den där båtexplosionen. Det var Berti som gav dom order att gå ut och plocka upp bomben. Det var också Bertie som gav order att vi skulle avrättas."

"Jag har svårt att tycka synd om såna som försöker döda mej. Men, jag skall tala med Harry," sade Arnold och gick ner för trapporna.

Harry satt vid sin flygel och spelade ett melankoliskt stycke av Schubert eller Schumann. Framför honomm stod en flaska Perrier och ett stort glas med iskuber. Han blundade medan han spelade och han rörde sakta huvudet i takt med musiken. Ingen annan fanns i rummet. Arnold stod länge, tyst bredvid honom. När han slutat spela, öppnade han ögonen och log mot Arnold.

"Är inte detta underbart vackert? Jag önskar bara jag kunde spela som Horowitz. Jag önskar jag kunde få flygeln att sjunga... ibland få den att viska och ibland dundra eller dansa. Jag älskar när den viskar!"

Arnold var mållös! Vilken märklig gangster! Men man skall inte döma en person efter dess svagheter eller ens efter dess tilltalande sidor. Även den mest avskyvärde kan verka civiliserad. Arnold var shockad och tänkte på den ansvarige chefen för förintelselägret Auschwitz, i Selisien, Adolf Eichman. Denne sadist, tyrann och krigsförbrytare älskade rosor. Han gick runt i sin underbara rosenträdgård och njöt och beundrade sina otroliga rosor och de fascinerande dofterna av dessa rosor, som han gödslade med askan av människor som han givit order att dödas och brännas!

"Jag tycker du dömer dej själv onödigt hårt. Varför spela som Horowitz!? Jag tycker du gjorde väl ifrån dej! Men från det ena till det andra, visste du att det var Bertie som skickade ut den där snabba båten som skulle fiska upp våra pengar? Visste du att det var han som beordrade att Mike och jag skulle mördas i går kväll?"

En lång tystnad följde. Harry var både förbluffad och förstummad.

"Nej, det kan omöjligt vara sant! Vem har sagt det?"

"En av dina egna män, Dave, har en hustru. Hon berättade allt för Mike."

"O, Miranda! Hon är ett gull. Hon bor ofta över här. Hon är en skön och trevlig tös, bara lite korkad och opålitlig när hon knarkat och behöver mer... Var är hon?"

"Hon är på sitt rum en trappa upp. Tredje rummet till vänster. Hon verkar rätt knäckt. Hon har blivit slagen och hon gråter hela tiden. Bertie gjorde väl ifrån sej och det syns på henne, stackarn."

"Stackars liten!"

Den långe mannen reste sej, strök sitt obefintliga hår bakåt, tog sitt glas med is, Perrierflaskan och gick upp för trapporna. Efter några knackningar på dörren släpptes han in. Hon berättade allt och han lovade henne en kompensation motsvarande en generös livförsäkring och han försäkrade också att Bertie inte längre skulle besvära henne. Han måste ut ut bilden...

Arnold och Mike satt i var sin enorma vingfåtölj och planerade flygresan hem.

"Vi båda måste sova ut ordentligt i natt," sade Arnold. "Men jag har återigen den här obehagliga känslan.... att vi måste vara på vår vakt. Jag vill som jag tidigare sade, att vi båda sover här i detta rummet i natt och att en av oss hela tiden är på vakt och håller ögon och öron öppna."

Mike insåg det kloka i planen. Han hämtade sina toalettgrejor och sin nattdräkt.

"Du sover först och jag tar första vakten."

Mike hade redan bytt och borstat tänderna när Arnold lät förstå att det var dags att säga "godnatt".

Arnolds misstänksamhet och hans försiktighetsåtgärder verkade överdrivna, men varför bry sig. Mike somnade inom några minuter. Arnold satt tyst i mörkret. Månen hade skapat ett vackert, blått mönster på golvet. Tiden sniglade sig fram. Han hade följt Harrys exempel och hällt upp ett stort glas bubblande mineralvatten med massor av is i. Han gillade sin tystlåtne, unge följeslagare, vars djärvhet och skicklighet han beundrade. Han kände Mike så väl nu att han förstod att Mike i själva verket avskydde detta idiotiska och farliga jobb. Det kändes skönt att ha den unge mannen vid sin sida. Efter två timmar var det bestämt att Arnold skulle väcka Mike, men hans faderliga instinkt gjorde att han lät sin unge vän sova ytterligare två timmar. En timmas sömn före midnatt är ju värt två timmar efter midnatt... Strax efter klockan två väckte han Mike och de bytte plats.

Ungefär en halvtimme senare hörde Mike ett klickande ljud Han tittade runt och upptäckte att elurtaget intill hans säng sakta vreds runt. någon minut senare var hela eldosan synlig. På tå tassade han bort till Arnold och skakade honom försiktigt. Det tog inte Arnold en sekund att bli klarvaken.

Mike pekade och viskade: "Dom måste ha läst Sherlock Holmes! Här kommer snart en zigzag-mönstrad giftig orm! Jag ser den, gör du?" Han pekade.

"Det är en slang. En transparent plastic slang, va tusan är i göringen?!"

Det hördes ett sakta väsande från slangen. Arnold försökte lukta. Ingen lukt! Men det kändes tydligt att något strömmade ut ur slangen.

"Det kunde kanske vara CO, koloxid, en livsfarlig gas som varken luktar eller syns..."

"Kanske så enkelt!"

Mike böjde sig ner och tog den meterlånga slangen, böjde den och stack den tilbaka i hålet vid el-urtaget... tillbaka in i grannrummet..

Han märkte att han hade andningssvårigheter och gick snabbt fram och öppnade ljudlöst terrassdörrarna. Med välbehag fyllde han sina lungor med den friska luften.

Arnold satte på luftkonditioneringen. Den fungerade inte. De gick över till Mikes rum, lade sig på sängarna och vilade. Ingen av dem kunde sova. Det ljusnade. Vid sju-tiden dushade de och gick sedan ner till det dukade frukostbordet. Strax därefter gjorde Harry dem sällskap.

"Godmorgon. Jag ser att mitt säkerhetsystem fungerar."

"Förvisso, vi båda lever fortfarande! Har Du talat med Bertie?"

"Nej, tyvärr, Han tycks sova fortfarande..."

Harry körde dem till flygplatsen. Cokabomben var nu fylld med kokain och kördes i en skåpbil bakom Harrys Bentley. Harry log när Arnold bad att få kolla innehållet i Coka-bomben.

"Allt är OK. Bara prima, rent, outspätt stuff. Samma kvantitet och pris som förra veckan. Tag hit samma summa som sist och jag har en leverans som denna klar för dej."

Det hördes en signal från Harrys mobil.

"Dom hittade Bertie död i sitt rum intill Ert. Han låg på sin säng. Inga tecken på våld. Dom sa att han troligen begått självmord eller eventuellt själv fallit offer för ett misslyckat försök att mörda Er. Konstig kille, Bertie! Jag gillade honom faktiskt. Men han hade alltid en vissen ekonomi. Vi delade alltid vår vinst 50-50, men han slängde alltid ut pengar på dom dummaste projekt. Jag undrar vem det är som fått honom att motarbeta mej. Vi har faktiskt varit väldigt nära och goda vänner i mer än 25 år. Jag kommer att sakna honom. Fast jag litade aldrig helt på honom. Undrar vad det var som gjorde honom kriminell?"

Arnold skrattade. "...Och det frågar du mej! Du är ju själv kriminell och jag med och Mike med. Var och en av oss har fabulerat ihop ursäkter att bryta mot lagen. Pengar är som knark. Det är väldigt svårt att gå tillbaka till ett enkelt, normalt liv när du väl fått smak på rikedom och lyx. Kan du någonsin lita på en enda av dina kriminella medarbetare. Kan du lita på någon mer än du litade på Bertie? Och vad anser du vara fula tricks och tecken på opålitlighet?"

"Det finns två saker jag anser otillåtet: utpressning och att tjalla. Resten av fula tricks kan jag klara av."

"Hur reagerar du på brottet att stjäla fem mill från dej?"

Jag kan klara mej utan fem mill. Men så småningom vidtar jag motåtgärder. Jag stjäl förståss tillbaka. Jag har de resurser som behövs att matcha vem som helst. Alla vet det så därför ger dom sej sällan på mej."

"Bertie försökte..."

"Han var troligen hotad." förklarade Harry. "Annars skulle han aldrig gjort det. Det troliga är att han längre fram skulle klarat upp alltsamman."

"Men varför skulle han döda oss. Han kände oss inte!"

"Någon vill röja er ur vägen. Kanske en konkurrrent, som ville ta över er transportverksamhet. Dom skulle få en rejäl bit av kakan om dom hade er cokabomb. Ni skulle vara överflödiga."

Harry parkerade Bentleyn och de promenerade tillsamman bort till hangaren, där Baronen väntade.

"Mike, skulle du vilja kolla att Baronen är i samma skick som när vi lämnade den. Inte manipulerad på något vis. Under tiden skall jag ta mej en titt på coka-bomben och dess innehåll."

Ur sin innerficka tog Arnold fram ett plånboksliknande etui med små förnicklade verktyg, valde ett set med hexagon-nycklar och öppnade coka-bombens lucka till behållaren med ankartrossen. Han tittade och stängde, öppnade och kontrollerade därefter radio-delen och sond-maskineriet. Han skrapade försiktigt på några elledninga, smakade och nickade. Inga dolda sprängämnen. Slutligen öppnade han själva lastrummet fyllt med enkilos plastpåsar med vitt pulver - cokain. Han smakade och nickade OK!

"Jag måste säga, en försiktig general," sade Harry som hela tiden tittat och smålett åt Arnolds misstänksamhet.

"Jag är glad att du stannade här och inte gick din väg. Det hade den gjort som vetat att ett sprängsabotage var planerat!"

"Jag gillar dej Arnold! Vi kan göra affärer med varann! Jag har känt Cavallo under många år. Han säger du är bra. Han är en gammal räv! Men lite för penninggalen. Det är hans arkilleshäl. Girighet bedövar ens tänkande. Riskmanagement gör att man kan överleva."

Mike hade inspekterat varje vrå i planet.

"Två av mina medarbetare kommer att flyga med er till Boston," sade Harry, "... för att göra en marknadsundersökning och tala med Cavallo."

"Inga sprängämnen ombord! Och inga vapen, om jag får be," sade Mike. Harry skrattade.

"Var inte oroliga! Era passargerare är snälla och bra människor.

Visserligen advokater... och här kommer dom!"

Två unga slanka kvinnor i övre tjugoårsåldern kom emot dem. En var brunette i en blå, smalrandig kostym. Hennes väst skuren på folkdräktsvis, exponerade hennes vackert runda bystlinje under en vit chiffonblus med en rosa, mjuk rosett uppe under kragen. Följeslagerskan hade kort, pageklippt, tjockt, kolsvart hår. Hon bar en vit smokingliknande kostym med en ljusrosa blus, som matchade hennes rosa mockaskor och nejlikan i knapphålet.

"Jenny, får jag föreställa Arnold och Mike," sade Harry och pekade på piloterna. "Detta är min dotter Jenny. Var rädda om henne."

De två männen fick skärpa sig för att inte oartigt stirra på de vackra kvinnorna.

"...Och detta är Miss Suzy Yang, Jennys sekreterare."

Hon var ovanligt lång för att vara en japansk kvinna. Hon gav Arnold och Mike ett oskuldsfullt, mycket angenämt leende och nickade.

"Denna otroliga kvinna har inte bara en hjärna som en dator, hon har en inbyggd mainframe..." tillade Harry.

"Tack skall du ha för förtroendet. Dom kommer att kunna känna sig säkra hos oss," sade Arnold medan han hjälpte dem stiga ombord. Harrys män var upptagna med att bära ombord coka-bomben medan Mike kontrollerade mekanismen för "bombfällningen".

Motorerna startade och spann lågmält. Flygkroppen vibrerade knappast och inne i kabinen var det komfortabelt tyst. Inget motorljud. Harry stod och vinkade när flygplanet rullade ut. Efter en rutinkonversation med tornet taxade de fram till startplatsen. Och så bar det iväg. Mike flög medan Arnold var sysselsatt med radio och radarnavigering. Mike hade gjort upp färdplanen kvällen innan och gjort noteringar på kartan utmed rutten . De arbetade under tystnad.

"Pappa måste känna er väl," sade Jenny.

"Han måste ta risker då och då," log Mike tillbaka.

"Nej, han tar aldrig några risker! Han har en inbygd sensor som säger när han kan gå vidare eller när han inte skall lita på folk. Han har aldrig tidigare låtit mig få träffa några av sina affärsbekanta."

Mike slog över till autopilot och gick akteröver till pentryt. Han bjöd på drinkar och snacks. Konversationen var avslappnad och öppenhjärtig.

De såg Atlanten därnere försvinna i ett mörkt blåviolett dis. Tiden flöt omärkligt. De närmade sig det Amerikanska fastlandet och blev varse det tindrande ljusbandet av Cape Cod. Mike satt och tänkte på Maggie. Plötsligt vaknade han till.

"Jag ser en helikopter på radarn föröver. Jag hör den tala med flygbasen Otis på

Cape Cod. Vi är väntade," sade han och lade om kursen mot en närliggande, skyddande dimbank.

Kapitel 21

VEM HADE FÖRRÅTT dem? Arnold spanade ner mot vattnet. Då hördes ett radioanrop:

"Kustbevakningen anropar Baron November sextiosex, sextiosex Mike Alfa. Hör ni mej?"

Arnold svarade glatt:

"November sextisex, sextisex, Mike Alfa här. Vi hör dej klar som en flöjt, herr kustbevakare."

"Välkommen tillbaka till New England."

"Tusen tack. Alltid ett nöje att se den här kustlinjen."

"Ikväll har vi ett specialerbjudande: Gratis hummersupe med kaffe till alla ombord alla plan från Bermuda och Karibien. Ni är beordrade att genast gå in för landning på Otis för vidare instruktioner."

Arnold svarade omedelbart: "Klart uppfattat! Men jag har ett önskemål. Skulle vi inte kunna bli tullvisiterade vid Boston Logan istället. Jag har passargerare som man väntar där vid midnatt, precis. Vi ber Er bevilja oss tillåtelse att fortsätta enligt vår ursprungliga färdplan!"

Det var nödvändigt att vinna tid. Ytterligare en minut skulle räcka. Klockan tickade och det hördes mummlande röster från kustbevakningen.

"Mike Alfa! Detta är kustbevakningens helikopter Tio Sexton. Vi beklagar, men er anhållan blev inte beviljad. Var god följ givna order!"

"OK Kustbevakare Tio Sexton. Bekräftar ändrad färdplan landar Otis flygbas istället för Boston Logan."

Mike tog spaken med ratten medan Arnold gick akteröver in i lastrummet för att göra klart att fälla coka-bomben. När han passerade de båda passagerarna bad han dem att genast spänna på säkerhetsbältena.

Nu gjorde Mike en snabb sväng samtidigt som han dök ner i den skyddande dimbanken. Han såg vattenytan komma emot honom och Baronen nästan nuddade vid vågkammarna när Arnold fällde coka-bomben och planet steg igen. Någon sekunder senare sköt de ut ur dimbanken med kurs mot Otis.

"Hoppsan! Gropiga vägar här i New England. Jag spillde mitt kaffe! Tusan också!" sade Mike i radion och hoppades att de i helikoptern inte lagt märke till hans lilla snedsprång. Arnold låste luckan i lastrummet och skruvade bort den enkla anordningen för bombfällningen. Han lastade om allas resväskor från passargerarcabinen in i lastutrymmet och sade till damerna:

" Tråkigt nog måste vi göra en snabbvisit på Otis, kustbevakningens flygbas. Jag tror inte det skall behöva ta lång tid, innan vi kan flyga vidare till Boston." Han vände sig till Mike.

"Toppenshow," viskade han till Mike. Helikoptern kan omöjligtvis ha sett något, men kustradarn kan i värsta fall ha sett plasket, fast det skulle förvåna mej."

Otis gav landningsinstruktioner och landningsljusen som nu tändes var imponerande. Det var som att landa mitt på dagen.

"Vackert va! Bara synd att mitt dåliga samvete gör att hjärtat slår så hårt att det dånar och jag tror alla i närheten kan undra vad som står på!"

Välkomnandet var oklanderligt. En vit jeep med en "Följ mej" skylt lotsade dem till en byggnad där en grupp män, några med hundar, väntade.

En kvinnlig officer i en välskräddad uniform välkomnade dem och beklagade att tilltagande olaglig införsel av kokain gjort det nödvändigt att kontrollera inkommande flygtrafik. Baronen var deras femte flygplan de visiterar och kontrollerar i kväll, men proceduren skulle inte ta lång tid.

Mike lade märke till att Arnold uppträdde så obesvärat som möjligt och han gjorde sitt bästa att göra detsamma. Ett bord var reserverat för dem och på menyn kunde de välja mellan kyckling och hummer. Den kvinnliga officeren kom fram till dem och hoppades att allt var till belåtenhet.

"Vi har gått igenom ert bagage, kontrollerat och genomsökt planet. Allt är i sin ordning. Vi har ännu inte analyserat radar videon. Ni gjorden en lustig manöver där ute och ni var bra nära att bli våta i baken," sade hon och tittade på Mike.

"Ja, jag spillde ut mitt kaffe och fastnade i ratten på spaken. Jag måste ha tappat ungefär 40 feet."

"62 och ett halvt för att vara exakt," sade officeren med ett leende.

"Mina damer och herrar, ni är fria och kan gå. Tack för besväret och tack för visad förståelse för våra problem."

Hon bad dem signera några blanketter, sade adjö och en halvtimme senare landade de på Boston-Logan. Två tvårums sviter var reserverade. När Arnold sagt godnatt till sina passargerare sade han till Mike.

"Inget Don Juan-tåtrippande i natt, min vän!

"Jag följde ju bara dina order, förresten hände ju inget! Jag undrar just varför Harrys dotter skall tala med Cavallo. Kanske undersöka rånen?

"Jag kan inte begripa vem som rånade oss i Barnstable om det inte är Bolivar."

Arnold ringde till sin fiskebåt och en sömning kapten Jack svarade. Han fick order att plocka upp coka-bomben och släppa ner den på en annan plats, säkrare och längre bort från lokala fiskevatten och kustbevakningens falkögon.

Kapitel 22

DET PITTORESKA LANDSKAPET längs Väg 6A gled förbi till de majestätiska tonerna av Bethovens Patetic Sonata. Ted satt vid ratten och Ingrid bredvid honom. I baksätet hade Michele rett sig en bekväm liggplats på pläder och kuddar. Hon låg med ögonen slutna och njöt av det fylliga ljudet från sex stereohögtalare, så främmande i den enkla, lilla Forden.

Basrösten från hallåmannen vid GBH Public Radio i Boston informerade att Bethoven konserten skulle fortsätta med Leonora Ouvertyren och Fjärde Symfonien. Hans röst var den enda mänskliga röst som hördes under den långa bilturen från Barnstable ut till Eastham. När musiken slutligen tystnade satt de tre vännerna alldeles tysta och Ted svängde av till höger ner mot National Seashores huvudkvarter, och körde sedan vidare mot stranden vid Nauset. Michele bröt tystnaden:

"Den här musiken får mitt innersta jag att dansa av frihet och glädje. När jag var i New York sist passerade jag en av dessa miserabla individer som ingen bryr sig om. En kvinna ombyltad med trasiga filtar och plastpåsar låg på trottoaren invid en husvägg. En tjock, varm stickad mössa, som ännu bar spår av en gång ljuvliga pastellfärger var nu nergrisad och djupt nerdragen över hennes ansikte. Smutsiga grå hårtufsar tittade fram. Hennes huvud vaggade sakta, rytmiskt och ögonen var slutna mot yttervärden och misären, men där sken upp ett vackert leende när jag böjde mig ner och tryckte en tiodollar sedel i hennes hand. Jag hörde att hon låg och lyssnade på

Tosca i en liten reseradio. Hennes kalla fingrarna grep om mina, hon tittade upp och viskade, "Tusen tack käraste!" ... och hon återgick till sin drömkonsert på Metropolitan."

"Ja, detta är Amerika. Landet av drömmar, drömmare och drömmakare där drömmarna räddar folk från vansinne. Nationen styrs av egenintressen, banker, financiärer och företagare som inte skäms att agera ockrare och muta politiker. Vi måste lära oss att du inte skall betala för fattiga eller fattigas barn, deras skola, vaccinering eller sjukvård, mat eller bostad. Du skall klara dig själv och inte lägga dig i andras problem.

"Detta land kallar sig en demokrati bara för att folk har rösträtt. I själva verket är alla "folkvalda" politiker helt beroende av kampanjmedel från företag och rika för att kunna bli valda. Alla här vet att i Amerika ger man inget utan att få något igen. Och "Big money" kräver att deras skatter sänks. Företagens andel av landets skatteinkomster som 1940 var 40% är idag är bara 15%. (1990) Sociala reformer måste skrinläggas...

"Vi Amerikaner säger vi är världens mest religiösa och kyrkgånde folk! Men Jesu Bergspredikan och Tio Guds bud är irrelevanta, ty veckans synder är förlåtna efter veckobesöket i kyrka eller synagoga. Vart tog ärligheten vägen? ...och frid på jorden och förlåtelsen och att vända andra kinden till? Varför skall vi inte respektera vilodagen och helga den! Är detta det Amerika ni två drömde om när ni lämnade Sverige? Uppriktigt sagt?"

Micheles sociala pathos rann över då och då. För Ingrid och Ted var det lite deprimerande att konfronteras med den grymma verkligheten i det Amerikanska samhället. De hade lämnat den trygga svenska välfärdstaten för att slå sig ner i Amerika. Och de hade tagit sina barn med sig. För dem hade USA då representerat, frihet, humanism och möjligheter. Nu kände de sig pinsamt berörda när någon kritiserade USA. "Landet där en gång deras barn skall bo och deras fäder sova under kyrkohällen...". De ansåg att USA hade välkomnat dem. Det var fel att kritisera. Istället borde man se till att det ändrades till det bättre. Ingrid och Ted förblev vanligen tysta när Michele lättade på trycket i sitt sociala samvete. Men de hade insett att hon hade rätt...

Ted parkerade och alla tre hjälptes åt att bära allt picknicktillbehör nedför den långa trappan till den milslånga vita sandstranden på Nauset Beach, som här är över hundra meter bred. Den långa dyningen från Atlanten dånade in över sandbankarna. Skriande fiskmåsar hovrade i motvinden på utsikt efter snäckor, musslor, räkor och kryp, som ständigt sköljs upp. Snabbfotade små sanderlings sprang i vattenbrynet upp mot land när vågen kom och tillbaka ut när vågen drog sig tillbaka. De voro bara centimetrar från nästa våg. De plockade småkryp som vågorna lämnat kvar.

Med sockor och skor i hand promenerade våra tre vänner i vattenbrynet och lät fötterna svalkas av det klara vattnet. Då och då kom en jättevåg och då måste de kvickt rusa upp i den torra heta sanden. Efter att ha gått några hundra meter fann de en läplats, lämplig för picknick. Plädarna breddes ut och matkorgen öppnades. Svalt vin, grillad kyckling, franska bagetter, ostar och druvor...

"Jag serverar aldrig vin i plastmuggar," sade Ingrid och ställde upp tre vinglas på en drivved-planka. Ted korkade ur och hällde upp vinet. På svensk maner lyfte de sina glas, utbytte blickar... glasen klirrade i en skål "To Amerika". Den svala Chardonnayn var just rätta drycken.

"OK, mötet förklaras härmed öppnat," fastslog Ted. På dagordningen har vi en rapport om att vi fortfarande är misstänkta och under bevakning och en andra rapport från Micheles smygavlyssnande. Slutligen behöver vi diskutera två förslag, ett om en tredje kupp och ett annat om placeringen av konfiskerade medel, som nu uppgår till åtta mill. Mich, du har ordet."

Michele mumsade på ett kycklingben, gnagde benet rent, torkade munnen på en pappersservett och började tala:

"Jag hade beslutat mej för att åka ut till Chatham och lyssna på Cavallo när jag upptäckte att den där bilen, som stod parkerad under vår telefonstolpa därhemma, den bilen följde efter mej. Så, jag lade om kursen och körde till Heritage Plantation i Sandwich. Mannen i bilen följde efter mej. Jag gick in i karusellhuset och satt upp på en häst i karusellen. Mannen kom efter, satte sig på hästen bredvid..."

Mer vin serverades. Brödet i korgen var varmt och frasigt och smakade som nyss taget ur ugnen. Ingrid skar upp Camenbert, Brie och Schweizerost och man åt med god aptit medan Michele fortsatte sin berättelse.

"Han böjde sig mot mig och viskade ungefär så här: Kära ni, jag vill inte vara påträngande, men jag skulle vilja tala med er."

"Jag var lite avvaktande och osäker så jag svarade:

"Jag är ledsen, men jag är inte intresserad!"

"...Men han stod på sig. Han besvarade min ilskna blick med ett charmigt leende.

"Under en längre tid har jag så gott som dagligen följt er," sade han," för jag har något viktigt jag måste få sagt!"

"Jasså, vad då," sade jag.

Nu hade karusellen fått full fart och den öronbedövande cirkusmusiken från dess stora orgel dränkte hans svar. När den stoppade sade han lättad "...så nu vet ni det!"

"Vet vadå, sade jag. Han gav mej en osäker blick och sade:

"Att jag är vansinnigt förälskad i dej!"

"Ni är vaddå?!" utbrast jag och skrattade åt honom.

"Jag sade bara att jag är vansinnigt förälskad i dej och jag skulle vilje träffa dej och förklara..."

"Du behöver verkligen inte förklara för mej varför du är galen," sade jag och knuffade honom ifrån mej. Han tittade oförstående på mej men han hade uppenbarigen inte lagt märke till detta klassiska ficktjuv-trick. Han hade inte lagt märke till att jag knyckte bilnycklarna ur hans kavajficka.

Jag gick raskt tillbaka till bilen och ignorerade honom. Han följde efter mej, men när vi mötte en guidad grupp besökande turister fick han svårt att förklara sina romantiska känslor eller amorösa avsikter.

"Kan ni inte se att jag inte är intresserad. Var snäll och lämna mej ifred!" sade jag.

"Jag vill inte vara till besvär, jag ville bara introducera mej. Låt mej bjuda dej på middag en dag på något trevligt ställe. Jag skulle gärna vilja ringa dej och bjuda...."

"Det var det sista jag hörde honom säga när jag körde min väg. I backspegeln kunde jag se honom frenetiskt leta i alla fickor efter bilnycklarna, som jag hade i min portmonnä."

"Du ska inte träffa honom ensam," sade Ingrid. "Det kan vara en fälla."

"Han vill kanske bara du skall ut ur huset," sade Ted. "Så dom kan gå in och placera ut avlyssnare. Om Du avtalar ett möte med honom kan vi bevaka ditt hus. Du kan kanske få värdefull information från honom."

Michele nickade. Hon hade mer att berätta...

"Från min lyssnarpost har jag nosat rätt på att Arnold är på en ny tripp med sin andrepilot Mike. Denna gången flyger dom till Bermuda. Dom kommer hem med en ny last nu i veckan. Dom beskyller New Yorkligan för vårt lilla knyckeri och NewYorkarna beskyller Arnold och Cavallo. Nu tänker båda parter på revanch! Så långt allt enligt planerna!"

Hon skrattade.

"Jag tycker inte det vore speciellt smart att slå till igen här på Cape Cod," sade Ingrid. "Om New Yorkarna tar över distributionen här, blir det svårare för oss att ingripa mot dom. Tänk bara så bekvämt det nu är för Michele att bara gå upp för trappan, öppna fönstret och titta och lyssna med sin fågelskådar - utrustning och vips har vi senast nytt på kokainfronten!"

"Vi följer dom till New York och slår till där?" föreslog Ted.

"Smart ide, men farlig!" tyckte Ingrid. "Om vi skall arbeta i New York ska vi ha en motorcykel. Den är mycket snabbare och behändigare i trafiken där. Jag föreslår att vi köper en bra, snabb motorcykel."

"Det är en jättebra ide," menade Michele.

Ingrid bytte samtalsämne.

"Jag är inte heltänd på att ha åtta mill gömda i min butik! Vi måste komma upp med ett bra förslag att investera dom pengarna. Åtta mill till 10% ger tvåtusen om dagen. Vi kan bara investera rena, ärligt förtjänta pengar, så våra miljoner måste "tvättas". Vi rör in oss i den ena laglösheten efter den andra..."

Michele log.

"Så här fungerar kapital-tvätt," berättade hon. "Vi fyller en väska med femhundratusen dollar och går till min vän på Wall Street. Han låser in pengarna och de utgör säkerheten för ett lån på 500 tusen. Formellt ger han oss lånet med våra goda namn som säkerhet och för att vi är kreditvärdiga. För dom lånta pengarna köper vi aktier, obligationer eller teckningsrätter eller riskfyllda objekt eller vi kanske köper ett par butiker och gör dagliga bankinsättningsr som vi säger är dagskassor, men som i själva verket tas ur reserven i Ingrids källare. När vi sedan betalar tillbaka "lånet" får vi väskan med pengarna tillbaka, men min vän på Wall Street behåller tio procent det vill säga femtiotusen. Sen gör vi om samma manöver! Pengarna är rena, så gott som skattefria tack vare rika lagstiftare i USAs congress och senat, som kommit överens att kalla detta skämt investering."

Michele skrattade.

"Bra ide. Var har du lärt dej såna trix? frågade Ted.

"Hela finansvärden vet att de flesta knarkpengar går till Wall Street och börsen och att det gör marknaden överhettad. Alla vet det men alla tjänar pengar på det, så varför ändra lagar som medger så goda förtjänster... och inte skadar någon? Den korkade allmännheten tror att det rör sig om våghalsiga investeringar!"

"Jag gillar tanken på att knycka från busarna," sade Ingrid. "Men olagligheter och smygis-rättvisa strider mot mina principer."

"Hör här." avbröt Michele. "Ni måste glömma bort ideal, moral och etik i gammaldags indoktrinering. Allt det där är antika ideal. Tack vare vårt självläkande ekonomiska system har vi tjugo miljoner illitterata och cirka sextio millioner individer, som lever nära eller under svältgränsen och... Var är moralen hos vår president och en regering som skär ner budgeten till skolor och utbildning, men ger sig själva påökt med tjugofem tusen eller femtio tusen om året, och ändå har mage att avslå höjning av minilönen upp till existensminimum." Michele skakade på huvudet.

"Nej mina vänner, fortsatte hon. "Låt oss inte ha några skrupler när det gäller att knycka från tjuvarna. Men vi får inte dra fördel av fattiga, hårt arbetande, ärliga människor. Washington är tyvärr ledstjärnan när det gäller att visa etik och moral i Amerika! En veritabel skam"

Ingrid och Ted satt förstummade.

"Om Sverige är dumbommarnas paradis så tycks detta vara paradiset för dom skrupelfria. Varför älskar jag Amerika?" frågade Ted.

"...För att du önskar att Amerika är det Amerika du hört så mycket gott om. För att du önskar att kapitalismen i Amerika följer kristna och moraliska lagar. Men sådant är inte Amerika. Men Amerika är dynamiskt och med en eller ett par duktiga ledare kan folket ändra allt, Men folket låter sig styras fel," log Michele.

"Amerikanen lyssnar till argument som verkar förnuftiga, men både män och kvinnor tycks bländade av respekt för pengar, respekt för dom rika och dom som kan snacka tufft särskilt om dom viftar med stjärnbaneret."

Solen började dala och sanden kändes inte så varm längre. De sista vindropparna hade kramats ur flaskhalsarna. Picknick-korgarna var tomma och trion förklarade mötet avslutat. Michele lovade möta den kärlekskranke gangstern för att försöka nosa rätt på mer information som kunde leda till en kupp mot busarna i New York - The Big Apple boys.

Kapitel 23

TELEFONEN RINGDE. MICHELE lyfte luren och hörde en mansröst:

"Det är jag, Bill!"

"Vem är Jabill?"

"Å, säg inte du inte kommer ihåg den kärlekskranke dårfinken i Sandwich!"

"Jag hade just glömt honom! Mår du bättre nu?"

"Mår fint tack. Skulle du möjligtvis kunna överväga att dinera med undertecknad?"

"Låt mej se... I morgon, varför inte. Men vänta dej inte att jag blir nedsmittad av din åkomma. Jag är för gammal för charmörer och definitivt immmun mot det du lider av. Vad i hela friden flög i dej, stackars mänska! När och var skall vi mötas?"

"Jag föreslår Anthony's klockan ett. Jag kommer och hämtar dej!"

"Tack, men jag föredrar att vi möts där."

"Allright, toppen. Jag ser fram mot det!"

"Då ses vi där i morgon klockan 1. Adjö!"

Hon fann en parkeringsplats en bit från entreen och promenerade sakta upp mot resturangen. En alldeles ny, vit Buick passerade henne och hon såg det leende ansiktet av Sandwich-mannen. Hans sidoruta gled ner. Medan han sakta körde bredvid henne bad han om ursäkt för sitt skamliga förslag att träffa henne, men han var säker på att de kunde ha det trevligt tillsamman.

Restaurangens parkeringsvakt tog hand om hans bil och de gick in tillsammans. Hon var synnerligen attraktiv i en helvit chiffonklänning köpt i Paris för några år sen. Den räckte väl under knäna och hade ett överflöd av det tunna, vackra materialet kvinnligt, mjukt draperat diagonalt från ena skuldran till andra höften. Varenda kvinna och de flesta män i lokalen vände sig om med blickarna fästade vid den frappanta uppenbarelsen. Det var inte svårt att höra alla "Vem är den där damen?" bland mummlet av röster. Hennes manlige eskort var uppenbarligen nöjd och såg beundrande på sin ledsagarinna. Han såg själv mycket bra ut och många av damerna riktade blickarna även på honom.

De hänvisades till ett fönsterbord med utsikt över Cape Cod bukten.

Han bjöd henne den bästa platsen med den den finaste utsikten över Cape Cod Bay. Han drog ut stolen och sköt in den när hon satte sig.

"Så, Bill? Vad heter du egentligen och vad sysslar du med för ditt uppehälle?

"Jag heter William Gordon. Jag kommer ursprungligen från Long Island, men jag växte upp hos min Mormor i Providence, Rhode Island. Jag tog min civilekonomexamen vid Brown University. Sen läste jag juridik i Boston, men la av och tog istället en examen i Datateknik och arbetade därefter flera år för Data General. Jag är frånskiljd. Nu arbetar jag med att samla data för ett New York-företag. Jag har en utmärkt lön, men jobbet är inte exact det jag vill ha. Vad gör du?"

"Jag är författare. Jag har rest en massa. Jag har studerat djurs beteende och jag skriver om djur. Inte något märkvärdigt. Barnberättelser och essäer för veckopress och månadsjournaler och för ett syndicat, som publicerar mina alster i flera dagstidningar. Jag läser mycket. Jag är änka. Min man lämnade en tillfredställande pension, som gör mig oberoende om jag bara hushållar klokt.

Bill var helt tydligt en välutbildad, synnerligen intelligent gangster. Michel lyckade inte få ur honom någon annan vital information. Men han talade om att hans arbetsgivare skulle komma på besök på Cape Cod och de skulle mötas följande morgon på världshuset Hyannis Regal. Själv skulle han troligen stanna här ytterligare ett par veckor innan han återvände til New York.

Han var en artig och angenäm person och en god berättare. Michele blev förvånad när hon upptäckte hur tiden hade flugit iväg. Hon gillade hans sällskap och det var riktigt trevligt att gå ut med en man igen... Hon upptäckte en viss bitterhet i hans beskrivning av sitt eget liv. Hans jobb tycktes ha gjort att hustrun lämnat honom.

"Det finns egentligen bara en lösning på dina prblem," sade Michele.

"Säg upp dej! Inget jobb får förstöra ditt liv och tvinga dej göra saker du inte är med på!"

"Du låter som ett barn, kära Michele, du förstår inte hur grymt livet kan vara!"

"Kanske det, men det finns alltid utvägar. Är du bakbunden på något vis? Har dom någon hållhake på dej?"

"Ja," men i nästa ögonblick ångrade han sitt snabba, oövertänkta svar.

"Jag menar NEJ, jag har ett långtidskontrakt.... som är svårt att bryta."

"Vad händer om du bara går din väg?"

"Det går bara inte, men varför talar vi om mitt jobb?

"För att det medför problem för dej. Jag är kanske naiv, men jag kan se genom din tuffa mask. Men varför skulle jag bry mej om dina problem när du själv inte bryr dej om att vidta åtgärder."

Michele bytte samtalsämne.

"Mina vänner åker till New York på en modemässa nästa veckända.

Dom har frågat om jag skulle vilja följa med. Kanske har du till dess avslutat ditt jobb här och vi kunde råkas i New York och du kunde visa oss runt. Vi kunde gå på nån konsert och nån mysig resturang, kanske dansa eller se en rolig show. Inget konstigt eller snobbigt, men jag gillar fint artisteri."

De sutto tysta efter att ha avätit en superb grillad Striped Bass. De tömde sina glas. Desserten var serverad; Bakade päron i karamellsås med vispgrädde serverade med krispiga, spetsliknande mandelflarn. Eftersmaken var som en skön dröm.

"Detta är ett jättebra ställe," sade han. "Jag skall ta dej till mina favoritställen i New York, inte dom märkvärdigaste, men dom bästa. Och naturligtvis skall dina vänner komma med, bara jag får träffa dej... Låt mej bara få veta när ni kommer att vara i New York City och det skall bli mej ett nöje att träffa er alla där."

De var färdiga att gå. Han hade betalat notan och lämnat dricks på brickan. Han tog upp ett visitkort ur sin plånbok och med en elegant guldpenna skrev han ner ett telefonnummer.

"Detta är till mitt hotell i Chatham. Delfinen. Ring mej på morgonen före nio och tala om när vi kan mötas i New York. Lova säkert!?"

"Jag lovar! Jag lovar också att inte sätta eld på dej fler gånger!"

Han tappade fullständigt masken. Med vidöppen mun stirrade han på henne men hämtade sig snabbt och skrattade.

"Jasså du kände igen mej! När förstod du att det var jag?"

"Först såg jag dej i bilen parkerad utanför huset, där ni satt och avlyssnade telefonsamtal."

Hon hade lagt huvudet på sned och log spjuveraktigt mot honom.

"Min specialitet är just att lägga märke till detaljer. Som till exempel små svarta lådor på våra telefonledningar. Eller en bil med New York skyltar parkerad där ingen nånsin tidigare parkerat hela nätter och där ingen nånsin setts sitta och äta varm korv och dricka öl med hörlurar på... Förstår Du vad jag menar? Du glömde bort att smälta in i miljön här... Men varför skulle jag bry mej. Du och jag kan säkert ha det trevligt tillsamman i NewYork."

Hon reste sig och de gick ut. Det var varmt och skönt i solskenet.

"Du är smartare än jag trodde." sade han.

Michele skakade på huvudet.

"Nej min vän, jag är inte speciellt klyftig. Men du är nog lite dummare än du själv trodde. Det är ju olagligt att gå in och avlyssna andras telefonlinjer. Så ditt jobb måste röra sig om olaglig aktivitet, såvida du inte är en polisman. Du har sagt att du inte gillar ditt jobb, så jag har bara ett råd att ge. Nämligen: Säg upp dej. Gå! Stick!"

Han bet sig själv i underläppen och gick och tittade tankfullt ner i marken, sparkade en sten framför sig. Han glömde bort att be parkeringsvakten om bilnycklarna. Alldeles tyst gick han där bredvid henne. Han tyckte det kändes skönt att gå så här bredvid henne...

"Jag är ledsen, Bill, om min rättframhet förstörde ditt nöje med vårt möte?"

"Ja, Michele, och nej. Jag förmodar det kommer tillfällen i ens liv då man måste ta ställning och bestämma sig för att gå sin egen väg."

De stannade framför hennes oansenliga, lilla bil. Hon steg in och rullade ner rutan.

"Kom in och sitt här bredvid mej och låt oss tala om det du behöver tala om."

"Ah, det rör sig nog om något så enkelt som ensamhet..."

Han steg in, satte sig ner och sköt tillbaka sätet för att ge rum år sina långa ben.

"Här nu Bill, Berätta nu för Mamma Michele varför du tänkte ta dej in i hennes hus... med en pistol i handen!"

"Det är lite komplicerat."

"Jag har förstått det. Men om detta är ett andra försök att få information från mej om något du hittills inte lyckats få reda på, så är du hjärtligt välkommen att titta runt i mitt kök, eller mitt bibliotek eller varsomhelst i mitt hus... Jag har helt enkelt inget jag behöver gömma för dej. Jag har inget av värde att berätta för dej. Jag är en mycket ointressant person och för ett enkelt liv i avskildhet. Jag har bara ett fåtal nära vänner. Jag kommer över min känsla av ensamhet genom att arbeta, läsa, skriva och lyssna till musik. När jag skriver lever jag med de personer jag skapat och skriver om. På mej fungerar denna sorts arbete på samma sätt som alkohol. Det gör att jag mår gott. Jag glömmer bort mina problem och jag låter en massa oväntade, spännande, lustiga och lyckliga ting hända mej. I min fantasivärld har jag redan mött en mängd män, mycket elakare och ondskefulla än den där beväpnade inkräktaren, som smög runt mitt hus och tänkte ta sig in. Så för länge sedan hittade jag på enkla sätt att skapa respekt..."

"Jag är faktiskt ledsen över mitt klumpiga sätt att introducera mej," sade han. "En vacker dag skall jag förklara..."

"Jag tycker att idag är en excellent dag för förklaringar. Jag har ju förstått att du inte jobbar för FBI precis eller för narkotikapolisen. Din arbetsgivare måste vara en väldigt misstänksam person med ansenliga resurser. Hans operationscenter är New York och han har affärskontakter här på Cape Cod. Vem som helst med normalbegåvning kan lista sig till dessa saker. Om jag därtill lägger fakta som jag läst i den lokala pressen att två eller tre ruskiga knark relaterade mord begicks här i vintras. Polisen hade konfiskerat en stor leverans med kokain, som dom sade att polisen förvarade i polisens kassavalv. Men kan du gissa vad som hände när ärendet skulle upp i domstolen!? Jo då upptäckte man att hela lasten hade försvunnit utan ett spår! Stulen från polisen! Allt tyder på ett välorganiserat företag, som importerar kokain, och som vet hur man samarbetar med polisen..."

Bill lyssnade och nickade. Hon fortsatte:

"Cape Cod har en lång kust. utmärkt anpassad för smuggling från passerande skepp. Under sommaren finns här en enorm marknad för knark. Vi får vanligen över miljonen sommarturister hit och flera hundra tusen skolungdomar på sommarlov. Många av dem arbetar här på hotell, motell och restauranger, pizzerior, Mc Donalds, Burger King och snabbköpen...Jag förstår naturligtvis att dom här kokain importörerna inte är Guds bästa och laglydigaste barn precis och att deras anställda kan ha svårigheter förklara vad dom egentligen har för sig. Har jag rätt? Ja, jag tror du är en av dem. Jag är ledsen för det kommer att erfordras en ruskig massa mod, beslutsamhet , planering och förarbete att bygga upp en bas som gör det möjligt att hoppa av. Dom hotar dej samtidigt som dom håller upp en morot."

"Detta var den fräckaste anklagelse! Jag..."

"Bill, om du sätter värde på vänskap måste du vara ärlig..."

"Men hur kan du veta allt det här?"

"Bill, förstår du inte att jag inte vet någonting! Jag bara lägger ihop vad jag sett och förstått. Jag har ingen som helst avsikt att gå till polisen och tala om vad jag tror. Varför? Jo för det första polisen är inte ett skvatt intresserad av vad små ensamma damer befarar eller tror. För det andra: Dom vill inte att små damer talar om för dom vad dom borde göra eller borde sett och hört. För det tredje tror jag din boss har poliser här på sin avlöningslista. Om jag gick till dem och talade om vad jag tror eller vad jag sett och hört skulle det inte dröja länge förrän jag hittades drunknad, överkörd eller död av en överdos eller tycktes ha begått självmord. Dina kolleger är väldigt innovativa när det gäller att finna på sätt att låta icke önskade individer försvinna. Men oroa dej inte, jag tänker inte tjalla. När allt kommer ikring vet jag ju faktiskt ingenting och jag har inga bevis, och jag har inget med saken att göra. Jag ser ingen anledning att göra det jobbigare för dej. Jag har mycket trevligare, mer konstruktiva saker att syssla med."

Han tittade ner på sina naglar. Han kliade sej sakta och försiktigt under hakan. Sårskorporna från brännskadorna var inte helt borta. Hans längtan att bli hennes älskare hade svalnat, med det kändes ändå skönt att tala med henne. Det var ju precis om detta han i själva verket ville tala med en intelligent person. Men han visste inte vad han skulle säga. Han vågade inte säga något. Och han var glad att det var hon som talade.

"Om det finns ett sätt jag kan hjälpa dej, låt mej få veta det! Personligen tror jag att du och bara du kan kan klara dej ur det här. Har jag rätt? Ändå, kan jag inte förstå vad som fick dej att avlägga besök hemma hos mej, smygande i mörkret med en pistol i handen!"

Hon förstod att han inte vågade tala. Och hon var glad att han inte började ljuga ihop en förklaring eller undanflykt.

Kapitel 24

MICHELE VAR KLÄDD i en vit träningsdräkt, en röd tupe´ och en ny överdimensionerad lösnäsa med klara tecken av för många Martinis. Hon hade alltid varit road av att klä ut sig och maskera sig. Mannen i receptionen på Hyannis Regal hade svårigheter att slita blickarna bort från hennes svällande byst. Han lämnade henne ett registreringskort att fylla i. Hennes långa silvernaglar blixtrade och hon talade med en stark Texas dialekt:

"Well, unge man, mina vanliga glasögon matchar inte den här klädseln, så jag kan ju inte bära dom, men skulle du vilja vara gullig att ge mej ett rum intill rum 205..."

Hon räckte honom sitt visitkort och en tiodollar sedel. Han sken upp och förstod den vanliga ursäkten för damer som ville verka unga och därför inte bar glasögon, även om det betydde att de knappt kunde se.

"Visst, visst, Madame. Här är nyckeln till rum 206 mitt emot 205."

Han läste högt medan han fyllde i hennes registrering:

"Monica Haricot, Houston, Texas. Work: Neiman Marcus," så tittade han upp och frågade:

"Och Er bil, Madame?"

"Oh, en röd sport cabriolet med vit skinnklädsel".

"Märke?"

"BMW förståss!"

"Ja naturligtvis en BMW," muttrade mannen bakom disken.

"Och Texas plåtar förståss?"

"Javisst Texas förståss," bekräftade hon och gjorde en magnifik, graciös sväng med armen och pekade och knäppte med fingrarna till en liten piccolo-kille att ta hand om hennes två väskor och följa hene till rummet.

Bill tittade på klockan. Han skulle äta frukost med Bolivar här i Tavernan klockan 8.30. Den store mannen anlände precis på klockslaget. Michele slog sig ner vid bordet intill. Hon var rätt säker på att Bill inte skulle kunna känna igen henne. De båda männen hade en rejäl Amerikansk frukost, överdoserad med kolesterol och kalorier. Hon tittade med avsky på alla deras ägg, staplar med fläskdrypande bacon och fettmättad "hemmastekt" potatis.

Varför kallas denna avart av stekt potatis för "hemmastekt". Förstör verkligen folk hemma i sina kök sund och god potatis på detta barbariska vis. Stackars människor och stackars hjärtan! Men kanske det var Gud Faders vilja att dessa hårda hjärtan bara skulle slå något fåtal år till...

Själv uppskattade Michele sin frugala måltid med te och rostat bröd med honung och ost och ett glas apelsin juice. Hon ögnade igenom ett ex av Houston Chronicle. När männen ätit färdigt och skulle resa sig från bordet reste sig Michele och lade handen på den bredaxlade mannens skuldra. Men en bred Texas dialekt sade hon:

"Jobbade inte du för oss i Houston?"

Hennes snabba mjuka fingrar petade in en miniatyr avlyssnare under hans krage. Och hon fortsatte:

"Dansade inte vi med varann vid Wilson's party då i Maj?"

Bolivar visade inte oväntat sitt sinne för humor och log mot henne:

"Jo, gjorde vi inte det? Vad var det du hette...?

Hon tyckte det var roligt och för att retas svarade hon inte.

"Ah, nu minns jag du är Betty! Betty Hog! inte sant?"

"Hog? Du skojar med mej. Jag avskyr Betty Hog! Nä, jag heter Monica, Monica Haricots, men kalla mej Monique! Och jag älskar att dansa med dej. Här är dans i kväll och om du kommer hit måste vi dansa. Du hittar mej i baren vid 9-tiden. Snälla Du kom...!"

Bolivar klappade henne på axeln .

"Visst, visst, Monique! Ha en skön dag! Vi ses i kväll! Kom nu Bill, vi har viktiga saker att tala om! Han log och de två männen gick upp på hans rum. "En sån gullpudra, Bill! Jag kommer attt behöva henne i natt. Jag tog chansen att nypa henne i stjärten! Deliciös min vän, och definitivt i behov av lite sex-aerobics." Han skrattade sitt bästa "endast-oss-killar-emellan-skratt", öppnade sin attacheväska och satte sig ner vid bordet.

"Nå, Bill, Vad nytt?"

"Jag har hållit ett öga på grannarna till Arnold. Det är bortkastad tid att fortsätta undersökningen av dom. Vi har haft avlyssningsapparatur i deras hem och deras telefonsamtal bandade. Där finns inte ringaste antydan till att dom är berörda eller informerade. Men vår vän Arnold har varit fullt sysselsatt. Han är en listig tusan. Han flög till Bermuda som Du trodde... med sina egna pengar! Våra planer måste ha gått snett, för härom natten ringde han hem och talade med sin dotter och sa att han skulle komma hem idag. Och eftersom det var Cavallos bil som användes vid rånöverfallet, så har jag satt igång med avlyssning av Cavallos telefon i Chatham. Dom måste vara medvetna om vår misstänksamhet, för inte ett ord har sagts om kuppen."

"Cavallo är en bakslug bastard. Här har han chansen att göra business med en ärlig distributör och så lurar han oss den ena gången efter den andra och han har mage att fortsätta spelet. Jag gav i uppdrag åt min känning på Bermuda att rigga till ett litet skämt som skulle ge oss tillbaka dom 5 miljonerna dom stal sist. Fyra av våra gossar och en tre miljoners Cerutto var på plats och den här smarte gossen Arnold smäller både båten och alla ombord rakt upp i himlen! Inte ens deras brallor kom ner eller har hittats. Men Arnolds pengs kom fram till Harry. Inte konstigt han kallas "Harry hämnaren".

Bill fyllde två tandborstklas med iskuber och satte sig ner. Ur sin portfölj tog han fram en plunta med bourbon. Visade etiketten för Bolivar, som nickade, varpå glasen fylldes till bredden.

"Jag tror att om detta händer en gång till, måste vi göra oss av med dom och ta hand om Cape Cod marknaden själva. Och hör nu på! Jag vill att du nosar rätt på deras distributionskanaler. Vilka samarbetar dom med och hur mycket är den här marknaden värd. Den måste vara värd en hel del för providensgossarna jobbar här. Och dom är proffs. Alltså hel-proffs! Och dom är stora även efter New York mått mätt. Dom besvärar sej inte med att jobba på en mager marknad. Men jag vill inte börja krig med dom!"

Bolivar hade talat långsamt. Han smuttade på sin bourbon.

"Jag har träffat en kvinna!" sade Bill. "Jag skulle vilja ha ett par dagar ledigt nästa weekend för att träffa henne i New York. Inget speciellt tycks hända här. Jag skall skaffa dej dom uppgifter du begär dessförrinnan."

Ted och Ingrid satt med Michele i rum 206. De hade hörlurar på och lyssnade.

"Michele lilla, jag hoppas du förstår vad du kan vänta dej efter dansen! Konstigt, jag trodde killar som han gillade brudar med stora ändor inte en sån där Medium/Small du går omkring med," retades Ted.

"Det är inte baken han är intresserad av hos en kvinna. Själv finner jag det underhållande att bokstavligen lura skjortan av honom. Jag kan knappast vänta med att ge honom vad han förtjänar. Oroa er inte för mej!"

"Jag gillar inte att du utsätter dig för sådan fara," sade Ingrid.

"Vi måste stoppa dom. Den saken är helt klar, Cavallo och Arnold också och få dem inburade.

"Käraste Michele varför ta risken att dansa med den ormen?"

"Jag vill vara säker på att allt klaffar som jag vill. Han planerar att vara i New York i morgon kväll och på deras huvudkontor i övermorgon! Min plan börjar ta form. Jag köpte en Yamaha motorcykel och provkörde den. Den är toppen! Men nu, kom så går vi. Vi behövs inte här förrän i kväll. Bandspelaren kan göra avlyssningen till dess."

Baren på Hyannis Regal var så gott som fullsatt den här kvällen. Stämningen var hög. Michele tittade sig själv i spegeln och kunde inte låta bli att utbrista: "En sån bruding!"

Hon hade varit inne på sitt rum och kollat bandspelaren och packat alla sina grejor färdiga för snabb avspark. Hon hittade en stol vid baren och beställde en Smirnoff Martini med en oliv. Bolivar anlände ensam.

"Bill kunde tyvärr inte komma med. Han försökte kontakta ett kvinns som han träffat häromdan. Men hon var ute..."

"Det är i alla fall roligt att träffas igen. Hur var din dag? Jobbig? Jobbar du fortfarande för Neiman Marcus?

Eller har du startat eget?"

"Ja på sätt och vis. Jag har ett bolag i New York och jag är här för att kolla befarade oegentligheter vid ett Cape Cod företag som sysslar med hummerfiske. Så jag föreslår att vi beställer hummer efter drinkarna."

Hon fick reda på att hans kontor låg på Fifth Avenue med utsikt över Central Park. Han hade också en privatvåning bara några minuters promenad runt hörnet från kontoret. Han älskade livet i New York Han tjänade tillräckligt med pengar att göra och köpa vad han ville. Brodway-shows, kvinnor, danspartners...

"Jag flyger till Atlantic City en gång i veckan och spelar poker... Vanligen vinner jag mer än jag förlorar. Jag gillar smarta motspelare." sade han.

"Det gör jag med. Oftast mer tuff, ruff och bluff än smart, förståss!"

De anvisades ett bord. Han beställde hummer och champagne och bjöd upp henne. De dansade. Han höll henne i ett järngrepp.

Märkvärdigt nog fann hon honom underhållande, humoristisk och en utomordentlig dansare. Han hittade på ovanliga och roliga turer. Uppenbarligen fann han henne sexig för under dansen pressade han henne tätt intill sig och hans enorma manlighet var så hård att den nästan gjorde henne illa. Hon höll armen runt hans tjurnacke och försökte om och om igen att finna avlyssnaren under hans krage, men kunde inte hitta den.

"Du kan då verkligen dansa," sade han och böjde sig ner och kysste henne i nacken. "Du blev plötsligt så tyst. Håller jag dej för hårt. Jag bara är sådan."

Hon kände sig förvirrad,

"Nä, nä. Jag gillar det," sade hon och gjorde ett nytt desperat försök. Hade han hittat avlyssnaren? Misstänkte han att hon var ute efter honom. Han var en mycket farlig herre. Hon förstod att detta var som att leka med en skallerorm. En livsfarlig dans, likt hennes förfäders ormdans!

Hon försökte dölja sin nervositet. Om han fick sanningen klart för sig skulle han med ena handen kunna ha ihjäl henne och ett leende skulle sprida sig över hans ansikte! Eller skulle han först våldta henne om och om igen? Sakta kände hon hur rädsla och terror gjorde henne osäker och nervös.

Michele dansade som en uppvriden leksaksdocka. Han var rent otrolig på att dansa tango. Hon lyckades då och då vrida sig ur hans grepp och snurra runt ett varv eller ett par. Men det var svårt, för han var så påtänd att han bara ville krama om henne...

Hummern var utsökt, men för stor för hennes smak. Han älskade champagne och stjälpte i sig glas efter glas. Hon ursäktade sig för att gå på damtoaletten, callade på Ted och gav instruktioner.

"Han är värre än en tjur! Jag hoppas jag kan komma ur det här med livet i behåll!"

"Ge honom ett par glas 'Norsk redaregrogg'! Det knäcker dom flesta," rådde Ted. "Blanda Scotch whisky och Champagne, lika delar, lycka till!"

Hon återvände och gick runt bordet med svängande höfter. Hans ögon strålade! Hon lade sin arm om hans hals igen och strök honom över nacken. Då kände hon plötsligt den lilla antennen! Hon försökte förgäves dra fram den. Hon satte sig och beställde en dubbel Scotch.

"Detta är det finaste man kan ha till hummer," sade hon och tömde whiskyn i sin chapagne!

"Smaka det här! Oh, jag älskar det! En 'Texas mjukis' kallar vi det. Smaka och känn hur len och mjuk och go den är. Precis som jag! Ha,ha!"

Han tömde glaset i två klunkar och nickade. De var nu på den tredje flaskan champagen och han måste gå på toaletten. Hans duktiga drickande gjorde besöken där tätare och tätare. Var gång han var där passade hon på att antingen tömma sin whiskey i hans champagne eller i blomkrukorna bakom sig. För var gång han återvände var han lite rödare om näsa och kinder... men med förnyad energi! Han var nu på sin sjätte 'Texas mjukis'.

Hon ville bara dansa. Hon ville komma åt avlyssnaren. Och dansa fick hon. Folk steg åt sidan för att titta och beundra deras tango. Trots den enorma alkoholkonsumtionen dansade han väl. Publiken runt dem klappade händer. De avslutade dansen med ett par 'tigersprång'! Mera applåder! Musiken tystnade och hon kramade om honom. När hon hängde där med armarna runt hans hals kunde hon äntligen känna och dra ut den lilla sändaren. Hon drog en djup suck av lättnad. Så var Ormdansen som hon lärt och ärvt från sina förfäder Wampanoagerna äntligen över. Nu gällde det att oskadd komma härifrån!

"Göta Petter, Fred Astaire! Du har verkligen fått mej påtänd!"

"Gammal i gemet! Hoppas du gillade föreställningen!"

"Ajajaj, du är den bäste! Men nu tycker jag det är dags att ha det skönt, och kanske vila lite, bara du och jag, ingen publik, uppe på rummet!"

Han sken upp. Hon räckte honom hans sjunde Scotch-Champagne. Den försvann med ett ljudligt 'ahaaaaa'!

"Kom så går vi," sade han och höll armen om henne hela vägen upp till hans rum. Ted väntade på dem i korridoren. När de gick förbi räckte han henne två plasticpåsar han hållt dolda under sin jacka. Bolivar låste upp och kastade ifrån sig sin kavaj i en fåtölj. Michele hann knappt sparka in plastpåsarna under sängen förrän han omfamnade henne och kysste henne passionerat. Hon lät ena handen smeka honom från tjurnacken ner över bringan ner genom gylfen där hon tog ett stadigt grepp om hans styva manlighet. Hon viskade till honom:

"Håll den här beredd. Jag ska bara in på mitt rum och sätta på en liten gummimössa. För du vill väl inte bli far och farfar på gamla dar? Jag är supervild. Jag är tillbaks i ett huj!"

Han log ett saligt leende... "En sån drömkvinna!"

Hon hjälpte honom knäppa av skjortan medan hon småbet honom i örat. Sen smet hon ut genom dörren in på sitt rum. Ted var där och hjälpte henne att blixtsnabbt få nya kläder, ny frisyr och ny näsa! Ted tog hand om hennes väska och de rusade tillsamman ner till Ingrid, som väntade i bilen utanför.

"Ringde du efter polisen?" Frågade Michele.

"Som du ser!" Med blixtrande blå ljus stannade tre polisbilar vid entreen. Inga sirener hördes och flera poliser rusade in på hotellet och direkt upp till rum 205...

"När vi kom till platsen," rapporterde den kvinnliga polisen. "dörren till hans rum var på glänt och sexgalningen som våldfört den stackars kvinnan som ringde polisen, låg naken på sin säng med ett fast grepp om sin enorma... Ja, du kan gissa vad! Och under sängen hade han gömt två kilo kokain."

Hon rodnade.

"Jag var först på brottsplatsen och offret, den våldförda hade uppenbarligen gett sig av, troligen rädd för oönskad publicitet. Vi arresterade honom förståss och tänker behålla honom tills vidare. Vi kommer att kräva en avsevärd garatisumma om han önskar vara fri fram till dess ärendet tas upp i domstolen.

"De påsar med kokain vi hittade har undersökts och de kommer från samma leveras om konfiskerades av den lokala polisen härom året."

"Vad hade han att säga till sitt försvar?"

"Han var duktigt berusad och babblade någonting om en Rödhårig Texas-brud som förfört honom. Den person som ringde oss och anmälde händelsen sade att offret för våldtäkten var alltför upprörd att själv ringa. Hon sa att våldtäcksmannen var en välkänd kokain-kung, som tvingade henne att injiciera kokain innan han våldförde henne och han hade hotat att döda henne!

Kapitel 25

MELANKOLISKA MELODIER KAN vara som ledsna fjärilar, tyckte Ingrid när de kristallklara tonerna blygsamt trevade sig ut från Micheles bakgård. Ingrid var ute för att hämta in posten ur brevlådan när hon först uppmärksammade den spröda musiken. Tvekande gick hon bort mot väninnans hus. Hon stannade, kände sig lite som en inkräktare när hon fann Michele sittande i ett hörn av terrassen. Hon spelade flöjt. Melodie återkom viskande, rörande, uttryckande ensamhet. Den tystnade. och Ingrids sade med låg röst:

"Käraste vän, du gråter..."

Michele vände sig om och med tårfyllda ögon försökte hon le. Hon nickade och tittade ner mot sina fötter.

"Käraste vän, kan jag sitta ner hos dej en stund?"

Michele drog ett djupt andetag och nickade igen. Ingrid gick ner på knä och kramade om sin vän. Torkade bort hennes tårar med sina kinder och näsan. Tröstande kysste hon henne och viskade:

"Min käraste ensamma lilla vän. Jag hörde din flöjt, och den sa mej, kom och trösta mej, jag är så nedrans ensam..."

Michele tog åter ett djupt andetag och nu log hon.

"Det är tufft att vara tuff när man i själva verket inte alls är tuff! Jag saknar min Rich så du kan inte ana. Jag är så fördömt ensam och ofullständig utan honom. Och jag känner mej så nedrig, så nedrans nedrig för vad jag gjorde igår. Det hjälper inte att jag försöker intala mej att Bolivar är en ondskefull, genomrutten individ utan mänskliga medkänslor, en cynisk, samvetslös mördare, som dödar tusentals unga flickor och pojkar utan att blinka. Han och hans fördömda knark gör ungdomar till viljelösa vrak utan hopp. Bara ett fåtal av hans offer kommer någonsin ur den onda cirkeln som kokainbehovet skapar. Han importerar och säljer hopplöshet. Han gör att tusentals föräldrars vackraste drömmar kraschlandar. Han är symbolen för allt jag avskyr, degenerering, snikenhet och egoism."

"Igår förråde jag honom. Jag lekte med honom i en vansinnig ormdans. Det var som at dansa med den onde själv. Jag skäms över mitt beteende. Hur kunde jag uppträda så falskt, ondskefullt och kalkylerande. Jag skrämde mig själv. Hon pausade, suckade och fortsatte. Du vet ju att jag är av indiansk börd och att mina förfäder här på Cape Cod, Wampanoag indianerna utförde en rituell dans Ormdansen. De dansade med livsfarliga giftormar, kysste dem, jonglerade med dem och behandlade dem respektlöst. Det var de orädda krigarnas sätt att symboliskt visa att dom kunde bemästra varje oönskad inkräktare.

"Men jag var inte säker på min överlägsenhet. Jag var så obeskrivligt rädd. Jag var en dålig ormdansare! Och, hur kunde jag uppföra mej så falskt! Hämnd berättigar inte ociviliserat beteende. Och jag visste inte förrän dansen var över om han bara spelade, om han lekte med mej precis som jag lekte med honom. Han var så sexuellt uppjagad och hans manlighet var så stor och hård och trycktes mot mej så det gjorde ont. Det var rent vidrigt! Att gå med honom upp på rummet var rena idiotin! Jag är så lättad över att allt gick planenligt. Jösses vad jag var rädd, men jösses vad jag söp honom full. Teds Norska Redargrogg gjorde susen. Han måste ha världens baksmälla just nu!"

De båda väninnorna skrattade!

"Jag planterade de där påsarna med kokain under hans säng och jag anklagade honom för våldtäckt och knarkhandel. Polisen finkade honom på mina lögner. Sannerligen jag satte honom rejält i klistret. Men dansa kunde han sannerligen! Folk applåderade och hurrade åt oss när vi dansade den där sista tangon! Jag upplevde faktiskt ögonblick då min fantasi svingade mig ut i en drömvärld bortom tid och rum och det var ögonblick då jag var lycklig. Det är så skönt att ha en man, men en som är en sann vän. Jag längtar efter en verkligt god man. Varför har livet varit så grymt och orättvist mot mej?

"Den här Bolivar är ett lustigt monster och det var roligt att erfara att jag fortfarande kan kollra bort en man och göra honom helgalen av åtrå!"

"Vad du är snäll som kom till mig nyss." Michele satt tyst en stund, sedan frågade hon: "Du måste vara lycklig, Ingrid, är du inte?"

"Jo, det är jag. Jag är mycket lycklig, men det mesta jag upplever som lycka är inte vild förtjusning utan en känsla att leva ett meningsfullare liv än de flesta. Vi har bara ett fåtal nära vänner som jag känner samhörighet med. Vänner, intelligenta och känsliga nog att med ord och handling ägna tid åt att finna lösningar på problem. Jag är lycklig att ha ett meningsfullt, skapande jobb, men också när jag då och då bakar en kaka, stickar en tröja eller planterar lökar och får se blommorna spricka ut på våren.

"Och jag är väldigt glad att ha en vän som du, Michele, som jag kan tala med om allt, allt, allvarligt eller tokigt, verklighet eller drömmar, smart eller korkat. Och jag har en man, som jag känner sedan jag var liten tonåring, en man jag kan utantill och kan läsa som en liten bok. Ja, då och då är vi fortfarande tossiga i varann. Jag anser mej vara en lycklig kvinna."

"Ibland" sade Michele, "när jag ligger där ensam i mörkret tänker jag på dej och Ted. Och jag önskar att jag, som du, kunde sträcka ut handen och röra vid den jag älskar, rulla över till honom och få en kram. Bara att hålla handen skulle jaga bort ensamhetens och mörkrets demoner. Ibland blir dom verkliga och påträngande. Ibland, när trädens grenar sveper mot taket låter det som om jag kunde vänta mej ondskefulla inkräktare... Och jag får för mej att nån otäcking tassar ikring här och har ihjäl ensamma kvinnor, sådana som jag, för nöjes skull."

179

Ingrid märkte att Michele höll på attt falla tillbaka i melankoli och ensamhetskänsla... "Spela något för mej!"

"Javiss gärna. Jag älskar den här. Det är min favorit, Mozart."

Tonerna till flöjtkonseren kom först lite prövande som om de smög sig ut ur Micheles flöjt. Sen hoppade de ut oche snart brusade de ut och dansade som de gör ibland och gör dej glad utan speciell anledning, får dej att le och glömma bort allt som är ruskigt och snuskigt, lågt, ledsamt och meningslöst. För Michele själv kände det som om själen fick sig en uppfriskande dusch. När hon lade ifrån sig flöjten var hon fylld av livslust och energi och färdig att tillsamman med Ingrid lyssna på inspelningen av Bills och Bolivars konversation.

Bolivar sade att han planerade att sticka till New York på Fredag eftermiddag vid två, tre tiden. Han sade också, att naturligtvis kunde Bill ta ledigt under veckoslutet och träffa sin nya flickvän. Bill ombads att titta in på kontoret vid Fifth Av. på lördag morgon så de kunde äta frukost tillsamman och pratas vid.

"Vi måste följa efter dom så vi får rätt på deras adress," sade Ingrid. "Det är den weekenden vi besöker modemässan. Kom med oss, vi kan ha en massa trevligt tillsamman i New York."

Ingrids vänner blir vanligen överlyckliga vid tanken på att följa med på mässorna och se det nya modet. Sällan har de klart för sig att det är mycket lite glamor över ett besök på en modemässa. Det är vanligen väldigt jobbigt att besöka mässorna i Köpenhamn, Paris, Florence eller New York.

"Första dagen," förklarade Ingrid, "går vi raskt genom hela utställningen och gör noteringar i katalogen om saker vi gillar. När det är gjort sätter vi oss ner och diskuterar vad vi funnit och vad vi skulle vilja köpa. Sen gör vi ett andra besök hos intressanta utställare och tittar närmare på modeller, färger och priser. Andra och tredje dagen gör vi inköpen. Det är ofta jobbigt. Vi promenerar kilometer efter kilometer och fattar beslut, räknar, gör planer och prognoser. Vi köper bara det som är "oss" och ignorerar jobbiga försäljare. Du är välkommen att komma med oss, Michele. Många stånd är festliga och fantasifulla och det finns an massa vackra kläder att se, speciellt från California och Europa.

"Ibland köper vi ingenting, bara kollar att min design och mina färger ligger rätt i tiden."

Michele beslöt sig för att följa med. Hon tänkte shoppa, titta i skyltfönster och träffa Bill.

"Förresten, sade hon "I morgse eldade jag upp den där röda peruken. Om Bolivar får nys om att jag var hans "Texas doll", så kanske hans sinne för humor raskt försvinner. Eller vad tror du?"

Kapitel 26

TED SATT PÅ motorcykeln och såg Bolivar lämna hotellet. Ingrid och Michele i Forden hade kört in till sidan av motorvägen nära bron vid Sagamore. De skulle börja köra mot New York så snart Ted meddelade på sin mobil att Bolivar var på väg. För att avleda misstänksamhet skulle de turas om att förfölja Bolivars Lincoln. Hela resan gick planenligt. Mot slutet var det Ted på motorcykeln som i den täta stadstrafiken bäst höll ögonen på Bolivars limosin. Han såg den stanna vid en entre på Sjuttioförsta gatan. Han såg en man stiga ut och bära in en stor resväska. Sedan fortsatte bilen med Bolivar runt hörnet in på Fifth Av och stannade framför en elegant entre med en uniformerad dörrvakt under en jättelik markis som räckte ut över hela trottoaren. Dörrvakten hälsade bilens chaufför med en honnör.

Några minuter senare kom Ingrid och Michelle och parkerade ett hundratals meter längre ner på avenyen. Michele försatt ingen tid. Med sin videokamera och lyssnarutrustning sprang hon in i Central Park och monterade upp sin utrustning och riktade den mot huset där Bolivar just promenerade in.

Himlen i väster hade blivit vinröd och en orangefärgad sol sänkte sig ner över New Jersey i dimbankar av grått och purpur. Folk som kom hem från sina job tände ljusen som likt små gröna stjärnor förmerade sig. Även i Bolivars hus tändes ljuset i några våningar medan andra förblev mörka och bara speglade de färggranna skyarna i väster. Michele avundades dem som slapp vara i denna överhettade, soldränkta stad under weekenden. Hon hittade lätt fönstren till

Bolivars kontor. Ett gäng närgångna och nyfikna ungdomar förvånades över att hon kunde arbeta i mörkret och de tvingade henne avbryta lyssnandet och dra sig tillbaka till sina vänner.

Ted hade beställt rum på St.Moritz. En tvårums svit med utsikt över Central Park. Därifrån kunde Michele rikta parabolavlyssnaren mot fönstren i Bolivars kontor, och genom telelinsen kunde hon se vad som försiggick där, men gatubullret gjorde det omöjligt att höra vad som sades.

Telefonen ringde. Michele svarade. Det var Bill. Hon bjöd honom att göra dem sällskap att äta middag på The Russian Tea Room ett par kvarter bort.

"Jag har aldrig tidigare ätit middag med en gangster," sade Ingrid när Michele talade om att Bill skulle komma med.

"Spännande va?"

Bill väntade nere i baren, elegant i en mörkblå smoking och en mörkblå fluga överströdd med små, små silverstjärnor. Man introducerade sig och drack martinis nere i hotellbaren, innan alla tillsamman promenerade över till restaurangen. Kvällen var ljummen och New Yorks hektiska puls kontrasterade stimulerande mot det sömniga Cape Cod..

Bill blev centralfiguren i gänget. Han föreslog blinis med kaviar och champagne. Sedan en liten borsch och därefter äkta Polskt ankbröst. Han var full av roliga historier och skämt från ett äventyrligt liv. Han ägnade Michele all tänkbar uppmärksamhet, vilket hon klart uppskattade. Hon berättade för honom om sina planer för morgondagen; Tidigt på morgonen, jogging i Central Park, sedan shopping och därefter lunch med honom om han hade tid och lust. Hon hade inte varit på Museum of Modern Art, även kallat MOMA, på ett par år och ville gärna gå dit om han hade lust att följa med.

"Javisst! ...och," föreslog han. "jag skall försöka få fyra biljetter till Les Miserables", Samhällets Olycksbarn... på Broadway.

Det var först vid midnatt som man gick tillbaka till hotellet och Bill tog adjö. Han kysste henne på handen och önskade Godnatt."

Han hördes glatt visslande, halvt dansande gå ner Central Park South.

"Verkligen en charmig gosse, Mich!" Ingrid höjde menande sina ögonbryn och mötte Micheles blick.

"Ja, e han inte? Han ingår i min plan för morgondagen."

Tidigt följande morgon promenerade Bill upp för Fifth Av. då Michele kom joggande ut från Central Park och gjorde honom sällskap fram till Bolivars entre. De beslöt att mötas i baren på St.Moritz vid middagsdags. När de skiljdes gav hon honom en "Hejdå-kram" och petade omärkligt in en avlyssnare under hans kavajkrage. Han försvann in och hon gick nerför gatan där Ingrid väntade i en hyrd bil. De aktiverade radiomottagaren och bandspelaren, låste bilen och promenerade genom parken tillbaka till hotellet.

"Känner du dej inte nedrig när du går bakom ryggen på Bill?"

"Nej och hej! Jag skadar honom inte. Jag bara använder honom att skaffa mej lite info. Menar du att vi ska låta dem hålla på med sina snuskiga affärer som om inget hade hänt? Å-nä-du!"

Ted och Ingrid tog matarbussen till mässområdet vid Javits Center och Michele gick upp på sitt rum, duschade och gjorde sådant som kvinnor gör när de har tid över på ett ensamt hotellrum... Hon pedikurade tånaglarna, sandpapprade benen, lackade naglarna. Hon shamponerade håret och blåste det med hårtorken och ägnade extra tid framför spegeln att anlägga en perfekt makeup! Bara sekunder före tolvslaget ringde Bill.

"Ville hon han skulle komma upp?"

Hon gav sig själv några gillande ögonkast i spegeln och lovade vara nere om någon minut. Hennes bekväma Engelska dräkt med en liten trettiotalshatt satt just rätt. Hon sprayade ett stort moln av Madame Rochas...

Faktiskt lite för stort...Hon nästan tappade andan och började hosta.

När hon gick ut ur hissen sträckte hon fram sin hand, men han böjde sig blixtsnabbt fram och kysste henne på ena kinden... och andra kinden. Hon gillade doften av hans rakvatten... Old Spice? ...och hon gillade att känna hans slätrakade kind.

De tog var sin kopp kaffe i hotellets cafe och bestämde att gå till MOMA. Efter en timmes promenade i museets inspirerande salar tillbringade de ytterligare en timme i museets presentbutik. Hon köpte flera konstböcker och lyckades omärkt stjäla tillbaka avlyssnaren. Hon var nöjd med sin dag. De gick ner för Fifth Av.

"Trött," frågade han

"Nej, bara lycklig!"

"Låt os shoppa lite! Låt mej få bära dina böcker."

De tog en taxi ner till Sachs. Hon hittade en snygg trenchcoat för vintern. De gick över till Lord & Taylor, fann en där också. Gick tillbaka till Sachs och köpte den där. Han betalade.

"Trött?" frågade hon.

"Nej bara lycklig!"

Hon kunde inte låta bi att smeka hans kind. Han var ju så skön att vara med. Så synd att han var en gangster...!

"Var bor Du?" frågade hon.

"På Penta," blev svaret. "Ska vi gå dit?"

"Du är jättegullig, Bill."

"Jag älskar dej Michele."

"Det är bra. Jag gillar dej också. Låt oss lära känna varann lite bättre."

"Det svar jag väntade mej,! Du är klok och du är tuff!"

"Ja, mycket, mycket tyffare än du tror, kära du, och jag begär mycket av en man."

"Som till exempel vadå?"

Han skall vara en gentleman, kunna kompromissa, vara kreativ och ärlig, en man med klass och hjärta."

"Det kunde vara jag..."

"För tio, tjugo år sen, kanske..."

"Jag var en nolla då!"

"Jag skulle älska att älska dej, Bill. Den gode och ärlige Bill."

De promenerade förbi Hotell Penta. Hon sa ett definitivt nej tack till hans inbjudan att ta en drink med honom uppe på hans rum.

"Förvisso har du läget under kontroll!"

"Som alltid! Men jag älskar faktiskt att vara med dej!"

"Verkligen?"

"Känner du inte det?"

"Ikväll skall jag känna efter bättre!"

Han stoppade en taxi, gav shauffören en tiodollar-sedel och bad honom köra henne hem till Hotell St.Moritz. De sade snabbt adjö. En kram och hon hoppade in i taxin.

Väl uppe på hotellrummet kastade hon påsarna med böckerna i en stol, sparkade av sig skorna och accepterade gärna Martinin, som Ingrid bjöd på..

"Shoppat?"

"Ja, öppna påsen från Sachs och ta dej en titt..."

"Jättesnygg! Ah, jag gillar den." Ingrid tog på sig trenchcoaten, svängde runt och tittade sig i spegeln. Hon tittade och tittade från olika vinklar och över axeln...

Ted hade varit vid den hyrda bilen och hämtat bandspelare och tejp med morgonens konversation mellan Bill och Bolivar. Michele satte igång bandet. Där hördes Bolivars röst och Bills... Bolivar svor över en rödhårig polisbrud på Cape Cod. Han var ursinnig på sej själv som gått rakt i hennes fälla. Domaren hade begärt 75.000 dollar i borgen för att låta honom gå fri fram till rättegången faststälts.

"Hörde du det Bill! 75.000! Det var ju jag som var offret! Hon hade planterat en påse med coke under min säng. Men ingen av snutarna ville tro mej! Hon sa att jag våldtagit henne och tvingat henne att ta en spruta. Jag ångrar jag inte våldtog henne, men den attan var smartare än jag!

"Och ingen visste vart hon tagit vägen. Hon bara försvann, uppslukad av jorden! Vilket visar att hon var en snut! Det dröjde till

Tisdagen att förhandla mej fri! Hörde du det Bill. För andra gången i mitt liv och för andra gången på en vecka! Förresten, aldrig mer tänker jag sätta foten på Cape Cod. Du kan ta över distributionen där! Fy tusan!"

De hörde Bill säga att det var ju tråkigt att dansen slutade i finkan! Och att han ställde frågan: "Kunde hon dansa?

"Jösses! Ja! Dansa kunde hon. Men du får se upp så du inte kanar dit på samma sätt. Ha det riktigt kul med den där brudingen! Vi ses på Måndag!

"Hon är inte nån bruding! Hon är i hög grad en dam, en lady!"

"Dom finaste är dom värsta och dom sämsta är dom bästa!"

"Hon är en skön kvinna och jag behöver sällskap med åtminstone en anständig varelse."

"Köp dina behov för fasen! Jag betalar dej bra nog att ha 10 bimbos!"

"Är du den rätte att råda mej hur jag skall välja damsällskap?"

"Ge dej av !"

Man kunde höra ljudet av folk som kom och gick. Och så en kvinnoröst sade:

"Tom och Ben är här..."

Sedan hördes Bill säga: "Akta er, han är jättesur. Han gick på en mina och hamnade i kurran. Om ni skrattar åt honom kommer han att mörda er!"

"Ojdå! Nu kanske han äntligen kan förstå att onda ting kan hända goda människor! Vad gör du i kväll, Bill?"

"Jag är ledig i kväll och ska träffa några laglydiga vänner."

"Jag visste inte du hade så konstiga vänner."

Man kunde höra dörrar slå igen, Bills fotsteg, hissen och trafikljud; Bilars tutande och hästdroskors klapprande längs Fifth Avenue. Bills visslande och fotsteg blev otydligare och försvann slutligen när han var för långt från mottagaren, och bandspelaren tystnade. Ingrid och Ted lyssnade en andra gång på bandet och förstörde det sedan.

Vid sjutiden kom Bill. De började kvällen hos "Le Coque au vin" där Madame La Patronne rekommenderade gåsbröst stekta i smör kryddade med fänkål och vitlök på en bädd av konjakstekta champinjoner och hasselbackpotatis. Till dessert bjöd Madame sin egen morotskaka, kaffe och en snifter med päronbrandy innan de gick till teatern på Broadway.

Efter showen på vägen tillbaka till hotellet skojade man över den otroliga luftförorening som tillåter att parkerade taxibilar och bussar ständigt går på tomgång. Kanske var det detta som åstadkom den rätta New York atmosfären! Skrattande och skojande gick de in i hotellfoyen.

Och när Michele kramade och kysste Bill godnatt petade hon fram avlyssnaren under hans krage. Hon log när de hörde honom gå ut muntert visslande och som sist, halvt dansande nerför Central Park South. Han var förälskad, den saken var helt klar!

Kapitel 27

MATARBUSSARNA TILL MÄSSOMRÅDET stannar framför alla de stora hotellen för att plocka upp folk i "trasbranchen", som kommit till New York för att besöka Modemässan i Javits Center, New Yorks Expo Centrum. Detta komplex av rostfria rör och glas, för tanken till Centre Pompidou i Paris, som enligt det icke tillfrågade smakrådet Prince Charles av England "...aldrig borde ha byggts."

Ingrid och Ted gick omedelbart till verket, kollade modetrenden, särskilt den från Europa, frågade efter priser, gjorde noteringar om sådant de eventuellt skulle kunna köpa.

Under tiden hade Michele lämnat hotellet. Central Park är som bäst en Söndag förmiddag, med frisk ännu inte helt förgiftad luft, daggfräsh grönska, lekande barn, familjer med barnvagnar och joggare som svettas, tjostar och flåsar... och spridda gäng med ungdomar utslagana av baksmälla och inte istånd att ofreda någon. Ett litet paradis alltså!

Michele, iklädd träningsdräkt, bar en tennisväska med sin videokamera och lyssnarutrusting. Hon hittade snart en lämplig plats där hon kunde zooma in övre våningen och hörnrummet där Bolivar hade sitt kontor. Hon lyssnade ...och där var han. Han gav order till sin sekreterare att servera kaffe och äpple-kanel-muffins. Michele kunde höra hur sekreteraren anmälde att Tom och Ben just anlänt. Strax därefter hördes främmande röster. Tyvärr alltför långt från fönstret att klart kunna uppfattas, men Bolivars röst dundrade...

"OK killar, hur var försäljningen i går kväll?"

Mumlande röster och mummel, mummel...

"OK, jag vill ni skall komma till min privatvåning klockan tre precis och avlämna veckans kassa från hela distriktet och ta med alla nya order! Capito! Och Tom, i morgon klockan halv fem skall du ta middagsplanet till Bermuda och finna rätt på vad som hänt där. Fyra av våra gossar smälldes åt helvete när dom skulle hämta pengarna från New England. Rapportera hit på Torsdag. Bunny har dina biljetter..."

"...och Ben, du jobbar nere i "the village" och raporterer tillbaka till mej om det förekommer någon konkurrens där. Inga krediter! Förstått? Dagens möte är härmed avslutat!"

Michele fällde snabbt ihop sitt stativ och gick närmare dörren med den store, uniformerade portvakten. Hon såg de två männen, som måste vara Tom och Ben gå ut. Två unga män iklädda randiga, grå kostymer med väst och mjuka filthattar, så kallade fedoras, som klippta ur en film om maffian. Den ene bar en rosa nejlika i knapphålet, den andre en röd... En svart Lincoln stannade. Den uniformerade portvakten öppnade bildörren och de två gangstergossarna försvann in i den jättelika bilen. Michele hann fånga dem på sin video.

Michele funderade och funderade; "Jag behöver tala med Ingrid och Ted!.. Ett snabbt drag, bara en snabb smocka kan ha samma bedövande verkan som en rejäl tjofilliflängare mitt i solar plexus..."

Hon log för sig själv när hon promenerade genom parken tillbaka till hotellet. Uppe på sitt rum spelade hon upp videon och kollade att hon kände igen och kunde identifiera de båda gangsterna Tom och Ben. På vägen ut deponerade hon sin videokamera och lyssnarutrustning i inlämningen och tog en taxi ner till mässområdet. Hon sprang rad up och rad ner utmed stånden med utställare och hittade slutligen Ingrid och Ted hos en Californisk utställare. De måste avsluta sin beordring innan de kunde lyssna på Michele.

"Vi har ett snabbjob vi måste få gjort bums. Ni måste komma med, Vi måste vara vid Bolivars våning före klockan 3."

Ingrid och Ted var genast med på noterna. För att förvilla eventuella förföljare smet de ut en bakdörr, tog en taxi och promenerade sista kvarteret och gick bakvägen in i hotellets garage. Michele bad Ted ta motorcykeln och köra över till Bolivars privata adress.

"Du parkerar utanför och försöker komma in genom stora entreen och fram till hissen. Två gangsters kommer klockan 3. Dom bär på några väskor med pengar, som jag hade tänkt vi skulle knycka. Ingrid och jag tar hand om killarna och sen flyr vi på motorcykeln OK! Ted, du promenerar iväg och vi ses senare nere vid mässans bakre utgång."

Ted parkerade motorcykeln vid trotoarkanten utanför Bolivars entre. Registreringskyltarna hade blivit ändrade. Michele hade tejpat fast ett par New York skyltar över originalskyltarna.

En dam med en pudel promenerade upp mot entren. Ted var snabbt där och höll upp dörren för henne. Hon tittade på honom och han nickade och log tillbaka. Hon steg in i hissen och försvann. Han väntade. Detta var ju ren galenskap! Hur skulle hans två kvinnor slå ut två fullblodsgangster?

Precis tio minuter i tre kom Ingrid och Michele promenerande runt hörnet. Utan att visa att han kände henne öppnade han dörren för Michele. Ingrid väntade utanför. Hon höll en stor tom bärkasse från Saks.

"OK," viskade Michele. Ingrid kommer in tillsamman med dom. Du, Ted väntar inne i hissen och när dom går in går du ut. Jag väntar här."

"Ja, jag förstår, men detta är ju crazy!"

"Det kommer att funka fint. Lugn bara lugn! Om vi råkar ut för problem, så är det din uppgift att se till att vi kommer iväg oskadda på motorcykeln! Om dom följer efter oss, stoppa dom, eller skjut!"

"Jag har inget vapen!"

"Bra, finn på nåt smart sätt att stoppa dom!

Tiden sniglade fram. Någon minut före tre plockade Ingrid upp sin portmonnä och tittade i den...

"Det är signalen." sade Michele.

En svart limosine stannade utanför. Ingrid promenerade sakta upp mot entreen. Två män steg ut ur bilen och gick upp till dörren, passerade Ingrid. De bar var sin stor resväska. En av dem pressade på ringklockan till Bolivars våning. Ett buzz hördes. Portdörren öppnades och männen höll upp den för Ingrid. Ted steg ut ur hissen, höll upp dörren för Michele, som steg in följd av de två männen och Ingrid. Hissdörren stängdes. Ted väntade. Svett började pärla fram på hans panna och på ryggen rann det svett ner utmed ryggraden.

Hans oskuldsfulla Ingrid och denna tokiga Michele skulle alltså slå ut två proffesionella New York gangsters! Oj,oj!

Hissen kom slutligen ner igen. Utan en blick mot honom och utan ett ord steg Ingrid ut bärande på en av väskorna gömd i en stor shopping bag. Efter henne kom Michele. Hon kastade en snabb blick på sig själv i spegeln. Hon bar den andra väskan delvis dold under sin kappa.. Inne i hisssen, på golvet låg de två männen, skakande med glasaktiga ögon stirrande på något långt, långt borta.. Ted sträckte sig in och tryckte på knappen till översta våningen. Hissen hade ännu inte startat när en äldre herre kom in genom entreedörren. Ted höll foten för hissdörren och låtsades dra i dörrhandtaget.

Det är något fel med den här dörren," sade Ted.

"Vem är du?" frågade mannen och tittade granskande på Ted.

"Jag är här för att hälsa på Mr. Bolivar."

"Mr. Vem? Här bor ingen Mr. Bolivar i det här huset. Flytta på dej och låt mej försöka öppna hissdörren! Seså, undan!

I samma ögonblick behagade hissen starta sin färd upp mot översta våningen, sakta, sakta med sin sovande last! Den äldre gentlemannen skakade på huvudet och tittade efter Ted som promenerade ut på trottoaren. Han vek av till vänster och avlägsnade sig i rask takt. Han hann se sina båda kvinnor fara iväg på Yamahan i full fräs ner för Fifth Avenue. Han försökte att se så oberörd ut som möjligt, men efter ca 200 meter rusade han som en galning. Han flaggade ner en taxi på Madison Av. Den tog honom till baksidan på Javits Center. Där hittade han Michele och Ingrid sittade på en mur intill bakre utgången. De slickade på var sin glasstrut. Spänningarna lossade så småningom och alla tre brast ut i ett gapskratt!

"Det här var visst ditt första klipp utan lösnäsa? Var det inte? Mich.?

"Jo, men jag önskar faktiskt att vi hade haft någon form av förklädnad.

"Hur sjutton slog ni ut dom? Frågade Ted. "Jag trodde inte mina ögon! Dom sov ju sött som små barn!"

"Dom hade inte en chans! Vi bedövade dom. Vi hade var sin chockpistol. Vi satte helt enkelt chockpistolerna mot nacken på dom och "klick" dom föll som klubbade tjurar. För att vara på säkra sidan gav jag dem var sin liten bedövningsspruta. Dom såg ut att vara unga och starka. Hoppas dom är godhjärtade! Jag menar... har goda, starka hjärtan!"

Den falska nummerplåten på motorcykeln avlägsnades och bara några minuter senare lämnade Ted motorcykeln i ett garage och betalade parkerings avgiften två veckor i förväg. En bit därifrån fann han ett transportföretag, som lovade ombesörja att de två portföljerna med pengarna sändes express till Ingrids butik på Cape Cod. Sen tog han en taxi tillbaka till modemässan.

För att undvika köerna och rusningen när mässan stängs gick de därifrån i god tid före stängningsdags och tog en taxi till hotellet. När Taxin svängde runt hörnet något hundratals meter från hotellentreen sågs Bill komma ut från hotellet, titta sig omkring, som om han fruktade att bli sedd, och i rask takt gå därifrån.

"Hans visit här var inte helt oväntad, eller?" sade Michele när alla tre gick raka vägen in i baren för att stärka sig med var sin Dry Martini.

"Han har troligen gått igenom alla våra grejor!" sade Ted.

Michele smuttade på sin drink och sade, "Allt, och jag menar allt komprometterande är borttaget. Han kan helt enkelt inte ha hittat något av intresse!"

Ingrid mötte Micheles blick. "Jag är ledsen för din skull. Du ville att Bill skulle vara en reko man. Jag tror inte han är rätt man för dej. Och jag tror att han kan vara direkt livsfarlig för oss tre!"

"Jag förstår dej, Ingrid, och jag tror jag förstår Bill också. Han är som en alkoholist! Bara ett fåtal mycket starka personer kan klara av att komma ut ur en soppa som den han befinner sig i. Han har samma problem som Arnold, och jag är helt övertygad om att Mike, Arnolds unge pilot, slutar sina dagar med samma sjuka om inte någon mirakel-tös ändrar hans liv bort från knarkhandeln. Tillfälligheternas spel, önsketänkande, karaktärsvaghet och penningbegär får dom att kana dit. Kriminalitet och sociala anpassningssvårigheter är som en pest. Fängelse och böter biter inte.

"Vi behandlar dom precis som man behandlat dårar i hundratals år. Vi bara tänker på att skydda oss själva och ger tusan i dom! Oftast är alkohol och knark med i bilden. Deras egon accepterar inte småroller eller underordnade jobb. Dom passar helt enkelt inte in i samhället. Dom tror dom står över alla andra och dom tror dom är predestinerade till att göra massor av pengs på nolltid."

Ingrid och Ted kände sig illa till mods med tanke på Bills besök på deras rum. Men maritinin minskade Ingrids oro och känsla av fara. Michele fortsatte sin monolog över socialt ansvar:

"Alla involverade i kriminalitet är ju inte hårdföra busar. Det är ett faktum att i alla andra länder med västerländsk kultur, de flesta lagbrytare är så kallade "engångsförbrytare" som döms villkorligt och lever resten av sina liv utan att bryta några lagar. Det är samhällets skyldighet att hjälpa arbetslösa att få jobb, att ge sjuka vård, att ge alla barn en god, gratis skolutbildning och dom hemlösa bostäder. Detta är åtgärder som förebygger kriminalitet, men här i USA säger politikerna att vi inte har råd med sånt... trots att kostnaderna för sådana program understiger våra nuvarande kostnader för kriminalitet, domstolar och kriminalvård . Förresten kan man inte kalla Amerikanska fängelsestraff för vård..."

"På sätt och vis tycker jag synd om Bill. Han är smart, välutbildad och tuff, men han kommer att få se vem som är hans överman eller rättare sagt överkvinna. Jag ramlar inte dit på smek, kram och kyssar. Fast jag gillar det! Jag har blivit en tuffing och ni behöver inte oroa er för mej."

Ingrid nickade förstående:

"I vårt Amerikanska samhälle är rädsla och fara en enorm källa för fina affärer. Försäkringsbolag, deras agenter och aktieägare vill väl inte att anledningen att försäkra sig minskar och premierna går ner. Det är ju deras inkomstkälla! Folks rädsla gör att villkorliga domar är impopulära, utom för rika förbrytare förståss. De flesta amerikaner tror inte att kriminella kan återanpassas och bli pålitliga skattebetalare."

Ted kanade sig av barstolen.

"Jag tror jag lämnar er här att lösa våra samhällsproblem. Vi är tjuvar vi också! Varje tjuv har en ratinell, logisk förklaring till sina handlingar. I Indien hade vi troligen kunnat accepteras som aktade medlemmar i tjuvarnas kast. Hur vore det med lite middag eller god supe! Michele, jag tycker du ska ringa upp Bill och be honom komma över!"

"Jag föredrar att inte ringa honom!"

"Det vore emellertid ett bra sätt att demonstrera vår oskuld."

"OK då. Han är misstänksam av begripliga skäl. Jag hoppas dom där två gangstrarna i hissen inte kommer ihåg våra vackra ansikten!"

Ted ville ha något lätt och läckert och reserverade ett bord för fyra inne på The Jockey Club bredvid hotellet. Michele gick och ringde Bill.

"Min boss ringde mig om en allvarlig insident. Han bad mej stanna i New York ett par dagar för att göra en undersökning. Jag har redan börjat..."

"Det var tråkigt att höra att ni har problem," sade Michele."Själv har jag haft en jobbig dag! Jag har troligen promenerat minst hundra kilometer på den här modemässan. Ingrid och Ted är proffs och outtröttliga. Nu vill jag bara koppla av och sitta ner och äta något gott tillsamman med dej. Det vore jättegulligt av dej att komma över så vi kan träffas om så där en timme... Snälla du?"

De träffades i lobbyn och promenerade över till klubben.

"Två av våra män blev rånade i dag. Troligen av två män utklädda till kvinnor. Där fanns ett vittne," sade Bill. "En äldre man, men han verkade mycket virrig. Han hade inte på sig sina läsglasögon, så han kunde inte beskriva några detaljer, men han hade träffat en man som hette Bolivar. Detta tyckte min boss var konstigt. Jag skickades ut att samla fakta. Rånarna försvann på en motorcykel. Det är rent bedrövligt! Stan är full av gangsters!" var Bills bittra kommentar.

"De flesta brott begås inom de kriminellas krets," sade Ted. "Prostituerade mördas och gangsters skjuts av gangsters. Knarkhandlare stjäl från knarkhandlare osv. Offren här kan mycket väl ha känningar inom gangstervärden."

"Det rör sig här om en penningtransport som bara vi kände till!"

"Vad säger polisen?" frågade Ingrid.

"Dom begriper ingenting! Och förresten har vi inte mycket förtroende för en korrupt poliskår!"

"Jag tror att teorin med transvestiter låter vettig," sade Ted. Två kvinnor skulle knappast fly på en motorcykel. Polisen borde titta in på ställen där transvestiter träffas. Kan offren identifiera rånarna?"

"Nej, våra män blev nedslagna med chockpistoler. Doktorn säger att den starka elchocken raderar ut närminnet fullständigt och dom kommer troligen aldrig att minnas vad som hände i hissen."

"Oj då, var det i en hiss? frågade Michele. "Jag tycker alltid det är lite otrevligt att vara ensam med okända män i en hiss. Jag önskar att jag kunde köra motorcykel! Det måtte kännas fritt och friskt..."

"För Guds skull, nej! Det är ju direkt livsfarligt. Man är ju fullständigt oskyddad och tänk på alla dessa skinnknuttar som är tjejgalna! Jag kan inte tänka mej ett dummare transportmedel!" utbrast Ingrid, helt upprörd. Hon kände sig lättad efter Bills berättelse.

Efter måltiden gick alla fyra tillsammans på en kvällspromenad. Bill berättade att han kände sig ensam. Han ville att Michele stannade i stan några dagar. De korta stunder de varit tillsamman hade haft en positiv inverkan på honom, sade han. Det hade varit så trevligt. Det var som när han blev förälskad i sin hustru. Hon gjorde livet så skönt för honom. Michele kände hans åtrå när han lade sin arm om henne. Det var inte alls oangenämt!

Han kramade henne och böjde sig för att ge henne en kyss, men hon var blixtsnabb och med en charmig knyck landade kyssen på kinden istället för på hennes mun. Han kunde inte låta bli att skratta.

"Du kunde bli en otrolig fäktare!" sade han

"Ja, jag kan reagera blixtsnabbt. Jag tolkade dina rörelser och såg din kyss komma. Men du är för långsam! Jag ska tala om för dej när jag vill bli ordentligt kysst. Jag tror fortfarande att du borde lämna ditt jobb. Det står mellan oss. Säg upp dej och jag skall överväga att bli din!"

"Du begär mycket!"

"Jag är värd det!"

Kapitel 28

NEWPORT VAR SOM en kokande kittel. I restauranger och barer, butiker och utmed kajerna hördes från tidigt på morgonen till efter midnatt ett ständigt ringande från kassaapparater. Bilar fullastade med folk i seglarkläder tömdes. I en aldrig sinande ström bars segelpåsar med utrustning, proviant och dryckjom genom de smala gränderna ner till hamnen och bryggorna. De nyanlända hälsades välkomna av solbrända kvinnor och män ombord på charterbåtarna. Hamnens barkass-service arbetade frenetiskt dygnet runt med att skeppa båtturister till och från tusentals lustjakter. Folk från hela Nordamerika kom för att besöka det som länge var USAs segelcentrum, Amerikas Cup staden Newport. För ett lyckligt fåtal är detta hemmahamnen varje sommar.

En karavan med fem bilar från Cape Cod. slingrade sig sakta utmed Americas Cup Avenue i en bilkö kofångare mot kofångare från Long Warf till Ida Lewis Yacht Club. Det var ungdomar i shorts och T-shirts, flickorna Sprengler och deras vänner. De tillbringade hela dagen på stranden och sen kom Cathy och Maggie med sina vänner och tittade in till Ingrid i hennes svenska butik och sade hej. Hela deras gäng köpte Newport tröjor innan de slog sig ner vid Black Pearls utebar. Stämningen var mycket hög.

Efter hamburgare och öl kunde Cathy inte se vart Maggie tagit vägen. Hon tycktes försvunnen. Ingen hade lagt märke till när och vart hon gått. Det blev dags för hemresa så Cathy och några vänner gick runt och frågade om någon sett Maggie. De tittade in på restauranger och barer och frågade bartenders och servitriser, men ingen hade sett Maggie. Cathy blev verkligt orolig när en servitris meddelade att hon sett en rödhårig tös som kunde varit Maggie försvinna tillsammans med en man.

Cathy och Maggie hade bokat ett rum på Treadway Inn och hade för avsikt att stanna över natten. Omkring midnatt ville deras vänner köra hem. Cathy blev mer och mer orolig. Maggie syntes inte till. När alla deras vänner sagt hej och börjat hemresan till Cape Cod gick Cathy över till hotellet för att se om systern kanske redan var där. Men Maggie var inte där. Cathy var trött och i väntan på sin syster somnade hon. Hon vaknade vid 2-tiden. Ingen Maggie! Hon klädde på sig igen och gick ner till hamnen och varvsområdet där fortfarande massor av folk var uppe och promenerade kring med ölglas eller cocktailglas i händerna. Förgäves frågade hon om någon sett till systern. Nu var Cathy allvarligt upprörd och hade en otäck känsla av att något hemskt hade hänt. Hon började väcka uppmärksamhet. Folk försökte lugna ner henne. Hon bjöds ombord för att sitta ner och ta en drink. Gråten kom över henne. Tårarna blandades med hennes mascara och hon sprang tillbaka till hotellet och ringde Mike. Klockan var då 4. Han svarade, men allt han kunde uppfatta var en gråtande kvinna. Han tog för givet att det var Maggie.

"Hur är det fatt, Maggie? Vad står på? Är du allright?"

"Nej, Mike detta är inte Maggie, Det är Cathy. Maggie och jag är i Newport och Maggie har försvunnit. Jag kan inte hitta henne någonstans. Vi var tillsamman med Cape Cod-vänner. Vi var på Black Pearl och åt hamburgare och drack en öl, när Maggie plötsligt var försvunnen. Det var vid 9-tiden och vi hade planerat att köra ut till Ocean drive och ha en lägereld och ett grillparty..."

"Låter konstigt! Maggie och jag hade avtalat att träffas i Newport nu på morgonen. Jag kommer över bums! Var är du?"

"På Treadway Inn. Rum 505. Oh, Mike det vore jättegulligt. Jag är så himla rädd... Maggie verkade lite skakis och jag fick en känsla av att hon kunde ha smitit iväg för att finna lite knark. Oh, snälla du, skynda dej!"

Han knackade på hennes dörr halv sex. Cathy såg förskräcklig ut, rödögd och förgråten. Hon hade klätt sig och de började sitt letande borta vid barkass-servicen. En trött liten blondin satt i en barkass och höll med båda händerna om en mugg med ångande hett kaffe. Jodå hon minns gänget från Cape Cod och hon mindes Cathy och den rödhåriga flickan. Men hon hade inte sett till henne. Och hon hade inte kört ut henne till någon av lustjakterna.

De väckte upp ungdomar som satt och sov i sina bilar. De frågade om hon synts till i Warf Delin eller på Ostronbaren. Men, nej! De gick runt på bryggorna och ropade efter henne. Inga svar. De körde bort till Sheraton och frågade servicepersonalen. Överallt samma negativa svar. De hade varit på alla hotell i stan när de smet in på The Candy Store får att äta frukost.

Det var då de fick höra den hemska nyheten. En ung kvinna hade hittats död flytande bakom kajkantens pålverk vid Hummer kajen. Mike trodde inte det kunde var Maggie. Cathy tappade andan och hennes armar föll livlösa ner utmed sidorna. Hon sa inte ett ord. Tårar strömmade ner för hennes kinder.

En ambulans och en polisbil kom farande och stannade vid Hummer kajen. Mike rusade dit. Under en grå filt på en bår låg en liten kropp. Mike frågade brandmännen om han kunde få se den omkomne.

"Jag är rädd det kan vara min fästmö," sade han.

"Det är bara en liten tös," sade en brandman

Han lyfte på filten och såg ansiktet. Maggie såg ut som hon sov. Han hade aldrig tidigare lagt märke till hur otroligt vacker hon verkligen var. Han strök sakta över hennes hår och hans darrande fingrar rörde vid hennes panna, han slöt hennes ögon och hennes mun. Hans ögon fylldes med tårar.

"Jo, hon är min Maggie," viskade han.

"Hej där! Konstapeln! Mannen här känner den omkomna!"

En polisman vände sig till Mike och samtidigt kom Cathy fram till honom. Polismannen ställde en fråga. Mike hörde inte vad, svarade inte, tog istället Cathy i sina amar och kramade om henne.

"Det är Maggie. Det ser ut som om hon sover. Vad har dom gjort med min Maggie!"

En fiskare kom fram till dem. Han stod tyst och tittade på Cathy och Mike, sade inget. Polisen frågade om han visste något.

"Jag fann henne. Jag såg henne när jag skulle gå ombord på min hummerbåt. Hon flöt i vattnet. Hennes vackra röda hår låg som en gloria kring hennes flickansikte. Jag fick ett rep om henne och lyfte henne ombord. Hon var naken så när som en liten t-shirt. Jag försökte få liv i henne. Jag tömde hennes lungor på vatten och satte igång med konstgjord andning med mun mot mun metoden. Men hon hade varit i vattnet alldeles för länge. Jag vet precis hur man skall göra. En gång räddade jag en av mina besättningsmän som hade ramlat överbord och drunknat. Han hade varit fullständigt livlös ungefär en kvart, men jag blåste liv i honom och tryckte in hans bröst i rytmiska perioder för att få igång hjärtverksamheten... Och rätt vad det var kom pulsen igång och han hostade till och började andas. Men flickan här... Om jag bara hade hittat henne lite tidigare!"

Ambulanspersonalen ville inte ha någon med i ambulansen.

Mike stod som lamslagen bredvid polismannen...

"Jag är hennes syster och jag åker med henne," sade Cathy och männen fann det meningslöst att försöka stoppa henne. Hon satt gråtande bredvid sin döda syster under färden till sjukhuset. Hon höll den kalla lilla handen och önskade hon kunde värma den. Hon tittade och tittade på ansiktet som hon sett sedan lillasystern kom hem med mamma Sara från BB, som hon sett utvecklas till denna ovanligt vackra kvinna och nära vän.

Mike berättade för polisen allt Cathy hade berättat kvällen innan.

Polisen gjorde noteringar. Sen körde han bort till sjukhuset. Han fann Cathy inne på akuten, och satte sig ner bredvid henne. De väntade. En läkare kom fram till dem. Han verkade stressad och frånvarande.

"Flickan dog av en överdos," sade han. "Hon har blivit sexuellt ofredad och våldförd av ett flertal män. Vi fann partiklar av främmande människoskin under hennes naglar. Hud av en solbränd individ..."

Cathy och Mike ville inte tro vad de hörde.

"Vem kan ha anledning misshandla henne så?" frågade Cathy

"Jag är väldigt ledsen," sade läkaren. "Newport under sommaren är ingen liten oskuldsfull plats. En natt som igår är det som om vi var i New York. Flickor och kvinnor kan inte lämnas ensamma här! Avskum av det värsta slag, rika och fattiga från hela kontinenten kommer hit. Jag kan ungefär gissa vad som hänt."

"Jasså, vad då?"

"Er fästmö var troligen på jakt efter knark. Hon hittade en langare. Hon följde efter honom och innan hon viste ordet av hade hon fått en spruta. När hon protesterade fick hon troligen en eller ett par till för att lugna ner henne. Sedan våldtogs hon, uppenbarigen av ett flertal män. Troligen ombord på en båt, där dom kunde vara ostörda. När det stod klart att hon fått för mycket slängde dom henne helt enkelt över bord, istället för att ta henne hit till sjukhuset. Sen drog dom henne troligen med en mindre båt in till stranden, till ett undangömt, mörkt ställe, där hon lämnades att dö. Hon avled vid 11-tiden."

"Hon efterlämnade emellertid en liten ledtråd," sade doktorn

"I hennes hårt knutna hand hittade vi en pappersservett tryckt med namnet 'Snöfågeln!'"

Kapitel 29

NÄR DE KOM tillbaka till hotellet sade Mike:

"Jag blir här en dag till. Du måste ringa din Mamma och Pappa. Eller vill du jag gör det?"

"Mams är i New York hos en väninna. Hon tänker inte återvända hem förrän Pappa slutar arbeta för dom där knarkkungarna. Hon påstod att du var involverad också."

"Ja, Arnold och jag har flugit in kokain tillsammans. Vi hade beslutat att dra oss ur, men så stals en stor leverans och vi blev beskyllda. Arnold försöker klara upp saker och ting och ersätta det stulna..."

"Hur kan Ni göra något så otroligt enfaldigt och fel? Kanske dog Maggie av det knark Pappa och du flugit hit!"

"Cathy, försök förstå! Jag hoppades göra några snabba klipp. Och jag gjorde det. Precis som Arnold. Han har tjänat miljoner och åter miljoner!"

Hon skakade på huvudet

"Jag är ledsen Mike, men jag måste säga det och det måste komma ut. Jag vet att Maggie älskade dej, men jag hatar dej för det här."

"Jag älskade henne, Vi hade lovat varann... Hon var min glädje och lycka. Jag avgudade henne. Jag ska finna ut vem som misshandlat henne."

Han ringde Arnold. När Mike avslutat sin redogörelse av vad som hänt var det tyst i telefonen en lång stund. Arnold var förstummad.

"Är du där Arnold?"

"Ja, ja! "sade en förvirrad röst. "Är Cathy där?"

Mike räckte henne luren.

"Ja hallå, Pappa."

"Är det sant att Maggie är död?"

"Ja, Pappa, jag såg henne. Hon såg ut att sova. Hon är mördad! Hon dog vid 11-tiden i går kväll. Hon höll i sin hårt knutna hand en papperservett. Den var tryckt med namnet Snöfågeln. Varför? Men varför har du låtit dej dras in i denna sorts affärer. Pappa, förklara!"

"Jag har gjort något förfärligt för oss alla. En dag ska jag berätta allt för dej. Jag ska ringa upp Mams. Låt mej få tala med Mike."

Mike tog telefon. Arnold talade och Mike repeterade: "OK det ska jag göra, OK det ska jag göra" flera gånger innan han lade på luren. Sen satte han sig ner och gömde ansiktet i händerna. Han hörde Cathys snyftningar. Han frågade henne om hon kände för att äta middag. Hon låg på sin säng med händerna för ögonen. Hon skakade på huvudet. Tårarna rann i en jämn ström nedför hennes kinder.

"Jag vill komma hem," sade hon.

"Jag förstå det," sade han. "Jag ska bara stanna och se till att alla formaliteter är avklarade hos polisen och på sjukhuset och att vi ordnar med hemtransporten av Maggie." Han reste sig.

"Jag behöver lite frisk luft. Jag går ut och köper en sandwich eller nåt. kommer du med? Jag ska försöka få ett rum här bredvid."

"Nej, gör inte det. Jag skulle uppskatta om du ville stanna här hos mej i natt. Jag behöver nån att prata med," sade hon

Efter en stund var han tillbaka. Det hade hunnit bli mörkt ute.

"Jag köpte en sandwich med skinka och en med ost. Låt oss dela dem.

Jag köpte också en flaska apelsinjuice och en flaska Scotch. Vill du ha? "

Utan att vänta på svar hällde han upp ett glas juice och två med whisky. Han räckte henne whiskyn först. Hon tog en stor klunk och gjorde en grimas. Hon började prata om sin lillasyster, om oförglömmliga ögonblick dom upplevt tillsamman. I Europa hade dom åkt skidor tillsamman, åkt skridskor och gått ut och dansat... Maggie var en sån rolig kompis, ibland en riktig liten skojare, men världens bästa vän...

Whiskyn gjorde det lite lättare för Cathy att konfronteras med verkligheten. Hon ville ha ett glas till. Han fyllde det till hälften. Hon tog ett bett i skinksmörgåsen och åt sedan med god aptit hälften. Sen bytte de och hon åt upp den halva ostsmörgåsen. Hon drack lite juice, satte från sig glaset och somnande!

Han hjälpte henne klä av sig, bar ut henne till badrummet och sen tillbaks till hennes säng. Hon mumlade ett "Gonatt."

Mike slank ut genom en bakdörr. I Bowens Warf intill The Cookie Store hittade han en telefonkiosk och ringde telefonnummret som Arnold givit honom.

"Bolivar?"

"Det är jag det!"

"Detta är Mike, piloten som flyger med Arnold för Cavallo. Jag är intresserad av att göra en överenskommelse med dej. Jag kan flyga för dej. Utan mellanhänder..."

"Var flög du sist?"

"Ja du känner väl till Bermuda!

"Ja,ja!

"Och du känner väl också till en liten mottagningskommitte på Otis flygbas och kustbevaknings station?"

"Ja, ja..!"

"Det var ju ett lustigt skämt! Men jag anade oråd, och vidtog en del motåtgärder. Det är anledningen att jag ringer dej. "

"I morgon bitti vore bättre. Kom ut hit i morgon så äter vi fruksost tillsamman klockan nio!"

"Tyvärr, tyvärr! Vill du ta över marknaden här, måste vi ses nu!"

"Vad menar du?"

"Kom och hämta upp mej ute på piren vid Bannister's varv om tio minuter, och jag skall förklara."

Mike lade på luren och promenerade gatan ner förbi Ingrids svenska butik och förbi Plack Pearl och alla de små butikerna ute på piren. En massa folk trängdes där. Han gick som om han gick i sömnen genom hopen. Natten var ljummen och hopen högljudd. Han hörde en skandinavisk dryckesvisa han kände igen... Den om en man som skulle gå ut efter öl, efter öl, efter hoppsansa! Han tänkte på Maggie. Han hade träffat flera flickor, men ingen var som Maggie. Hon hade riktigt trollat till honom! Och nu var hon plötsligt bara borta och skulle aldrig mer komma tillbaka. När hon låg där på båren fridfullt sovande hade han böjt sig ner och givit henne deras sista kyss. Hon var kall. Och han hade känt en oändlig ensamhet. Nu blandades denna känsla med ilska och hämndbegär.

"Jag behöver bara ett enda litet bevis och jag skall låta dem få betala ett mycket högt pris för vad de gjort. Öga för öga kommer inte att räcka..." mumlade han för sig själv när han öppnade och gick genom sista grinden ut på pirhuvudet, reserverat endast för speciella gäster och besättningar. Han väntade, lyssnade. Fall slamrade mot master. En sakta vind sjöng i riggarna. Vatten porlade sakta därnere under honom som om det ville viska:

"Inte en själ i närheten, inte en själ i närheten, inte ett enda vittne"

I Barnstable Harbor satt Bill i sin bil och lyssnade på inspelningarna av telefonsamtalen till och från Arnolds bostad. Han hörde samtalet från Mike och Cathy i Newport. Han lyssnade noga. Mike skulle ta sig ombord på Bolivars 'Snöfågel' och klara upp saker och ting. Mike skulle hämnas!

"Vi måste varna Bolivar," sade han till sin vän Frank. Innan Arnold lagt på luren hade Bill startat bilen och var i full fart på väg till Avfart 6 där närmaste telefonkiosk fanns. En tonårstös hade en mycket viktigt samtal. Hon var mycket upptagen med att beskriva hur hennes nye boyfriend var och vad han hade sagt. Minuterna sniglade förbi. Bill knackade på rutan och lät förstå att han behövde telefonen omedelbart. Hon svarade bara med att skaka på huvudet och lät munnen forma ett tyst men tydligt 'NNNEEEJJJ'.

En snabb gummibåt närmade sig och lade till alldeles intill Mike.

"Är det du som är pilot?

"Ja. det är jag!"

"Hopp ombord!"

I full fräs och i en kaskad av skum for de iväg. Bolivar satt på akterdäck och tittade på TV-fotbollen. Han nickade och två män gick fram till Mike. Den ene höll Mike medan den andre kroppsvisiterade honom.

"Jag bär aldrig vapen när jag är hos vänner. Jag räknar med ditt beskydd och... förresten, jag är flygare, inte skytt!

"Gott! Sitt ner! Vill du ha en drink!

"Tack gärna Scotch om du har sånt ombord."

En av männen gick fram till baren och höll upp två flaskor.

"Chivas eller Black label?"

"Black Walker, tack!"

Mannen fyllde ett glas med isbitar och satte det framför Mike tillsamman med flaskan. Mike lade märke till flera djupa rivsår över hans solbrända ansikte! fyra paralella sår... som från en kvinnas naglar!

"Du borde hålla dej borta från katter!" kommenterade Mike.

"Ah, hon klöser inte mej fler gånger!

"Håll käften och stick! Vi har viktiga saker att tala om," avbröt Bolivar med tordönstämma. Besättningsmännen försvann i båtens innandöme. Bolivar tömde isen ur sitt glas och fyllde det med scotch.

"För fint att spä ut," han lyfte glaset och de drack varandra till.

"Cavallo vill att jag ska flyga varannan vecka. Han kan inte sälja mer än så och han vill hålla priserna uppe. Numera kan jag rutten utantill och jag skulle kunna flyga två eller tre gånger på samma tid, om du kan sälja så mycket. Jag har nu själv lite pengar och jag är villig att investera i volymförsäljning. Jag vill ha 10% av bruttot plus mina kostnader."

"För mycket!" sade tordönstämman.

"Mindre än du betalar nu!"

Mike reste sig och gick runt det rymliga däcket, tittade upp mot stjärnorna och smuttade på whiskyn. Det här var rätt plats. Bolivar hade uppenbarligen svalt bluffen, för han log, nickade positivt och böjde sig fram för att nå flaskan. Detta var det ögonblick Mike väntat på. Med den professionelle karatelärarens blixtsnabba rörelser skar hans högra handflata genom luften och träffade den store mannens tjurnacke. Med ett knak flög Bolivars skalliga huvud bakåt, uppåt i en grotesk ställning. Mike böjde sig över honom och lyfte upp sin tunge motståndare, gick tvärs över däcket och sänkte kroppen sakta, fullständigt ljudlöst ner i det kolsvarta vattnet. Det hårlösa huvudet guppade upp och ner medan strömmen förde det in i skuggan under bogen där det försvann. Mikes hjärta bultade ursinnigt, men han tvingade sig till att verka fullständigt lugn. Minuterna gick. Mannen med Maggies rivsår i ansiktet dök upp i dörren till kajutan.

"Vill ni ha nånting, Sir? Var är Bolivar?"

"Tack gärna lite mer is. Han är där uppe!" Mike pekade upp mot flybridgen som om Bolivar var där och frågade: "Vill du ha lite mer is?"

Någonstans nere i den stora båten ringde en telefon. Mike såg Bolivars tomma glas, tog det, skakade på huvudet och satte det tillbaka. Sedan räckte han sitt glas till mannen.

"Hade du en liten rödhårig tjej här i går kväll?"

"Berättade han det för dej? Det var inte bara jag. Alla vi..."

Denna gången slog karatehanden ner på sidan av mannens hals. Ett skarpt "krack" hördes! Han var död innan kroppen nådde golvet.

När Bill slutligen fått överta telefonen slog han genast numret till Snöfågeln. Flera signaler hördes innan en sluddrig röst svarade "Haalloooh!"

"Är Bolivar där? Jag måste omedelbart tala med honom!"

"Visst, visst! Han sitter och tittar på fotbollsmatchen! Ett ögonblick!"

"Telefon till dej Bolivar! Det är Bill! Det är brådis!"

Han gick upp de få trappstegen, men blev stående i dörröppningen. Han såg Mike med glaset i ena handen stå böjd över kompisens kropp.

"Han föll," sade Mike. "Komigen låt oss hjälpa honom på fötter!"

Mannen i dörren tog ett steg framåt när han plötsligt fick klart för sig att någonting var väldigt fel. Han grep efter sin pistol i samma ögonblick som Mikes fot i en precis spark med våldsam kraft träffade mannens haka och gjorde honom medvetslös medan han ännu stod upp. En millisekund senare landade Mikes karatehand på mannens hals och bröt ryggraden.

Mike tittade sig omkring. Inga vittnen! Han slängde sitt glas och whiskyflaskan med hans fingeravtryck överbord. Han mådde inte bra. Han var yr och ville kräkas, men kunde inte.

"Öga för öga räcker inte när det gäller avskum som er! Detta är priset, och ni var medvetna om det." Det slog honom att han stod och talade med sig själv. Han kände det som om han hade drömt och gått i sömnen och nu just vaknat upp och fått klart för sig vad han gjort.

"Jag vet ju att det inte är värt det. Hur kunde jag göra detta? Jag avskyr verkligen mej själv."

Hela han skakade av nervositet när han satte sig ner i gummibåten. Han startade motorn, kastade loss och sakta, sakta, ljudlöst passerade han flera båtar. Alla hade gått och lagt sig och lät sig nu vaggas till sömns av en lång, lat dyning. Han nådde Long Warf, förtöjde gummibåten i mörkret invid oljetankarna och gick sakta längs kajkanten till hotellet. Månen glittrade i det svarta vattnet. Den råa kvällsdimman från havet rullade in. På några minuter var masttopparna allt man såg av båtarna där ute i hamnen.

Han brydde sig inte längre om ifall någon skulle se honom. Han tyckte själv att han borde ställas inför rätta. Men inte en själ syntes till, ingen såg honom. Newport hade kommit till ro.

Bill väntade med luren tryckt till örat. Han hörde hur mannen i andra ändan lade ifrån sig telefonen. Han hörde steg gå bort mot akterdäcket. Han hörde TV-kommentatorn referera fotbollsmatchen. Han hörde två tunga dunsar och sen någon som gick ikring och stökade. Ingen tycktes intresserad av att tala med honom. Minuterna gick. Han lade på sitt sista mynt i telefonautomaten. Bolivar var nonchalant och struntade i andra, men han hade alltid behandlat Bill med respekt. Någonting hade gått på tok. Han förstod ungefär vad det var. Han var skakad. Han gick tillbaka till bilen.

"Vi kom för sent." han mötte blicken från sin vän Frank, som skakade på huvudet och mummlade "otroligt, otroligt..."

Mike öppnade dörren ljudlöst. Cathy låg på sidan och sov fridfullt. Han klädde av sig i mörkret och lade sig i sängen intill. Han var utschasad, upp-skruvad och kunde inte komma till ro. Han låg på ryggen och tittade upp i taket där ljusreflexer från passerande bilar fladdrade hit och dit. Han hade just gjort något, som skulle förfölja honom resten av livet. Det här var inte alls som på film eller TV när busar mördades och därmed var historien slut, man reste sig och gick hem.... Nej, detta var inte slutet på någon historia. Han ångrade sig inte, men han kände skuld och skam och otrygghet och de känslorna bara växte och växte.

Kvinnan i sängen intill vände på sig. Hon slog upp ögonen. Hon såg rakt in i hans ögon. Det gjorde honom lugn och det kändes genast lite bättre.

"Har du möjligen ett par aspirin?" frågade hon.

I sin bag letade han fram några huvudvärkspulver. Han hämtade ett glas vatten och lyfte upp hennes huvud, så hon kunde sitta och dricka.

"Tusen tack, Maggie sa alltid att du var en gentleman."

"Bland monster blir jag ett monster," mummlade han.

"Vad sa du?"

"... Sleep well sweet princess." viskade han och kysste henne godnatt.

De talades inte vid på morgonen. Hon använde badrummet först och dushade först. När hon var klar gick hon ut i rummet spritt naken, som om hon varit ensam. Hon tittade sig i spegeln, examinerade sina bröst, drog med en pincett ut ett litet hårstrå på hakan och klädde sig sakta medan han fylld av ånger och tungsinne rakade sig och duschade. Han såg kvinnokroppen som utstrålade ung kvinnlig vällust och självsäkerhet i sin femininitet och skönhet. Hon var precis som Maggie, men hon var inte hans. Han hade aldrig haft någon syster. Han skulle gärna velat ha en. En liten flicka, en tonåring och sen en kvinna, en jämnårig man kunde tala med allt om... Detta var inget förföringsförsök. Han visste hon skulle avvisa varje närmande och hon visste att han visste att han aldrig skulle kunna öva våld mot henne. Hon visade honom förtroende! Hon var honom både verbalt och moraliskt överlägsen. En sån kvinna!

Han ringde sjukhuset och en begravningsbyrå. Han ringde Arnold, som fortfarande var groggy efter ett flertal whiskys och sömnpiller.

"Jag gjorde det du bad mig. Jag kör hem Cathy. Vi ses! Hej!"

Han bar ut Maggies och Cathys bagage och tjeckade ut från hotellet. Resan hem tog nära 2 timmar. Han körde lagenligt och långsamt. Han ville inte träffa Arnold. Han ville bara sitta där bredvid Maggies syster så länge som möjligt. På sistone hade han ofta drömt om sig själv och Maggie. Om att köpa ett hus, köpa möbler och inreda det...och att tillsamman åka till Europa. Han hade aldrig varit förälskad som nu. Hon hade blivit en livsviktig del av honom och hans framtid. Allt såg så fint ut och plötsligt är hon bara borta och han själv ett kriminellt kräk och en massmördare. "Måtte Gud hjälpa mej!" viskade han

"Vad sa du!?"

"Jag sa, jag önskade du kunde älska mej och jag dej!"

"Käre Mike, vi skulle aldrig kunna leva tillsamman och du vet det. Vi lever i två skiljda världar!"

Kapitel 30

VID 12-TIDEN ÖPPNADE Cathy och Mike dörren till det Sprenglerska hemmet i Barnstable Harbor. Det var fullkomligt tyst därinne. Cathy stod mitt i hallen. Hennes armar hängde livlösa rakt ner. Hon släppte väskorna med en duns.

"Pappsen! Är du hemma?"

Hon ropade om och om igen. Hon hade aldrig tidigare lagt märke till att det ekade här i huset. Det kändes tomt och konstigt. Förr hade det alltid varit fyllt av liv och skratt och glada röster. Mike satte ner Maggies bagage i en stol. De gick runt och tittade i köket, i vardagsrummet och slutligen i biblioteket.

Där satt Arnold vid sitt vackra Winston Churchill bord. Framför honom låg hans lilla, eleganta blåsvarta Walter pistol. Hans händer var knäppta. Han tittade på Cathy med tomma hopplösa ögon. Där låg ett tårfläckat foto framför honom. Sara, Cathy, Maggie och han själv skrattande mot kameran. Hans haka darrade.

"Jag är hemma, Pappsen," Hon lade sina händer över hans och kysste hans ögon. Hon vände sig till Mike och sade:

"Vill du vara snäll och hälla upp en whisky till mej! Nej häll upp tre glas!"

Så satte hon sig i clubfåtöljen mitt emot pappan.

"Jag vill inte leva längre..." hans röst var viskande och otydlig.

"Vad har jag ställt till med? Jag förtjänar inte längre att leva. Hur kunde allt gå så fel?"

"Du har gjort ett fruktansvärt misstag, Pappa. Men jag älskar dej ändå! Du har aldrig varit feg av dej. Nu skall du ställa allt tillrätta igen. Det finns lösningar på alla dina problem. Först och främst måste du vila ut så du kan tänka klart. Var snäll och gör ingenting annat just nu. Maggie älskade Mike. Han är en bra karl. Han ska hjälpa dej. Och vi ska hjälpas åt."

Mike satte fram tre glas och fyllde i. Han försökte förgäves möta Arnolds frånvarande blick. Mike sträckte fram handen mot Arnolds pistol.

"Får jag ta den?" frågade han. Arnold nickade. Mike tog upp pistolen, drog ut magasinet och tömde det. Försiktigt drog han tillbaka slutstycket och patronen i loppet hoppade ur. Sedan gick han runt bordet, drog ut skrivbordslådan där han visste Arnold brukade förvara vapnet. Han tog upp den gula plastasken med skott och fyllde den med patronerna som varit i pistolen. Han lade in pistolen och sköt igen skrivbordslådan. Sen satte han ett glas i Arnolds livlösa hand.

"Från och med nu skall vi inte ägna oss åt den här idiotiska kokain-handeln," sade Mike. Vi, du och jag, ska ta kommandot. Arnold, du och jag ska finna en väg ut ur den här galenskapen och ställa allt tillrätta igen, OK?"

Han lyfte sitt glas och drack lite. Arnold satt apatisk och mumlade.

"Jag kan aldrig rätta till vad jag ställt till. Jag kunde själv aldrig begripa varför folk använde kokain. Jag såg det rent affärsmässigt. Affärer där dumma människor köpte en dum produkt. Jag kan inte begripa varför vår lilla Maggie ville ha det. Det var jag som försåg "Snöfågeln" med kokain. Det var jag som mördade lilla Maggie, som jag älskade mer än någon kan förstå... Jag ringde Sara. Hon vill aldrig mer ha någonting med mig att göra, bara slippa se mej.'sa hon. Hon har god anledning..."

"Låt oss ta en kopp kaffe," avbröt Cathy.

Hon gick ut i köket satte på kaffe och tog en bricka med grädde, socker och tre muggar. Hon bar in det i biblioteket.

"Mike skulle du vilja vara snäll att stanna över här i natt? Jag ska göra iordning gästrummet för dej. Snälla du stanna!"

Bill hörde inget från Newport. Inte heller nästa dag eller nästa dag...

Ingen ombord på Snöfågeln svarade. Då tog han bilen och körde ner till Newport. Han kunde inte finna Bolivars båt, men när en av töserna som körde barkasserna talade om för honom att Snöfågeln hade beslagtagits av narkotika-polisen, förstod han att ett kapitel i hans liv var avslutat. Nu hade han chansen att återgå till ett normalt liv. Flickan i barkassen talade om att alla ombord på Snöfågeln blivit mördade.

"Det var på morgonen, min första tur," berättade hon. "Jag hittade en död man flytande i hamnen. Jag slog en tamp om honom, bogserade honom iland och ringde polisen. En läkare konstaterade att mannens nacke var avbruten och när polisen senare gick ombord på Snöfågeln hittade dom två män dödade på samma sätt. Polisen sa att morden var drugrelaterade..."

Bill köpte en morgontidning. Där fanns hela historien och en artikel lät förstå att flickan som hittats död kvällen innan kunde ha något att göra med morden på Snöfågelns ägare och besättning. Detta var en upplösning han länge hoppats på. Hans mardröm, som varit verklighet, var äntligen över. Bolivar kunde inte längre öva utpressning mot honom.

Måsarna skrek i kör i ett kör. I hans öron var det en frihetskonsert! Med lätt hjärta promenerade han tillbaka till bilen där Frank satt. Frank hade varit hans följeslagare på många mystiska turer. Bill berättade allt han hört. Frank rörde inte en min men sade:

"Bolivar trodde han kunde bossa hela världen. Det finns gangsters och gangsters. Dom som mördades här var nog de mest hårdförda man kan tänka sig. Den som tog kål på Bolivar och dom andra två, gjorde oss en jättelik tjänst. Jag känner mig lättad. Vad tycker du?"

"Du har rätt, Frank. Jag känner mig äntligen fri. Men det finns inga snälla gangsters. Vi är alla dåliga. Jag har fått nog. Jag vill hoppa av! Jag föreslår att du och jag skiljs för att aldrig mer ses. Vi borde glömma bort hela den här episoden i våra liv, OK?"

"Jag har länge tänkt detsamma. Jag har alltid gillat dej Bill. Jag vill fortsätta att vara din vän, men jag tror du har rätt."

Redan samma dag körde Bill och Frank ner till New York och gick upp på Bolivars kontor på 5th Avenue för att hämta ut sina löner. När de kom hade sekreteraren redan förberett allt. Bolivar hade givit skriftliga instruktioner om hur alla tillgångar skulle disponeras vid en händelse som denna. Det var upp till Bill att bestämma om kontoret skulle upphöra. Bill var utsedd till den nye chefen och ett generöst startkapital hade blivit insatt i en Schweizisk bank på ett konto i Bills namn. Alla anställda hade tillförsäkrats rejäla avgångsvederlag och avsevärda fonder var avsatta för den kyrka Bolivar tillhörde och det ålderdomshem som en gång för många år sen tagit hand om hans föräldrar. Bill konstaterade att ett ondskefullt imperium var i upplösning. Som hungriga hyenor väntade män i den undre världen på att ta upp manteln efter Bolivar och grabba en nu oskyddad marknad.

"Äntligen fri," tänkte Bill och ringde upp Michele. Han berättade allt som hänt och bjöd henne att komma och hälsa på under en vecka. Hon tvekade. Bill var intelligent och humoristisk. Han hade stil och var bildad, så varför inte. Hon tackade ja till en vecka i New York med honom.

I sitt bibliotek satt Arnold och tittade frånvarande på Mike, på andra sidan bordet. Från andra våningen hörde de hur Cathy ordnade till gästrummet, dammsög, bäddade, vädrade, hängde nya handdukar i gästbadrummet...

Varför kör inte du och jag ut till Cavallo i Chatham och säger honom rent ut att vi är trötta på den här idiotiska bisnissen? föreslog Mike.

"Det är inte så enkelt. Han litar inte på oss. Han tror oss inte om något gott. De enda faktorer han har respkt för är:

1: Pengar,

2: Inflytelserika, rika personer och

3: sina egna, en gång genomtänkta, snillrika planer!

Vi ingår inte i någondera gruppen. Så vi kan inte bara sticka av, eller göra som vi vill. Om vi öppnade eget taxiflyg i California, skulle han komma efter oss! Först skulle han öva utpressning, sen skulle han låta mörda oss.

Vi vet för mycket. Om vi flyttade till London eller vart som helst på jorden, skulle han aldrig sluta nosa och leta efter oss. Att köpa en ny identitet är enda sättet!"

"Jag tänker inte bli någon annan än den jag är beroende på att Cavallo inte kan acceptera att mitt onda, dumma jag ändrats till en bättre, klarsynt, renhårig individ!" försäkrade Mike med eftertryck."

Arnold talade som till sig själv, knappast hörbart:

"Cavallo är liten gubbe jämfört med dom i Providence, New York, Miami eller Houston och naturligtvis LA men han växer, för han är tuff, effektiv och fullständigt hämningslös. Hans ambitioner just nu är troligen att ta över en del av Bolivars marknad..."

Mike hade väntat att Arnold skulle säga något om morden ombord på "Snöfågeln", men han varken nämnde eller antydde det med ett ord.

Arnold skulle under resten av sitt liv aldrig beröra den episoden...

Någon timme senare ringde en civilklädd och en uniformerad polis på dörren. Cathy öppnade, visade in dem i biblioteket och gick ut och hämtade kaffe till alla. Poliserna var mycket artiga. De presenterade sig och så gjorde Arnold, Mike och Cathy.

"Mister Sprengler, Vi är ledsna att höra om den tragiska bortgången av er dotter." Så vände de sig till Mike:

"Ni var i Newport när fröken Sprengler hittades. Ni var där idag på morgonen. Inte sant?"

"Korrekt," sade Mike, "den omkomnas syster, Cathy," han gjorde en handrörelse mot Cathy, "...ringde mig och berättade att Maggie, min fästmö, saknades. Hon bad mig komma och hjälpa henne leta efter systern. Jag mötte Cathy Sprengler i Threadway Inn strax före klockan sju."

"...och ni identifierade Maggie Sprenglers kropp och talade med polisen och med doktorn på sjukhuset...Det är allt i sin ordning."

"Men vad är det då som är på tok?" frågade Mike.

"Säger er namnet 'Snöfågeln' något?"

"Ja, Maggie höll i sin hand ett papper med det ordet... Jag skulle tro att det är namnet på den restaurang eller bar där hon träffade en knarklangare.... Vi visste hon hade en svaghet för knark."

"Snöfågeln" är namnet på en lustjakt i Newports hamn." sade polismannen. "Ägaren hittades mördad i morgse och två av hans besättningsmän har också blivit dödade. En av dem är knuten till Maggie Sprenglers död. Skulle ni vilja vara snäll att redogöra för vad ni hade för er i går kväll - timme för timme, Herr Soames.

Nu var polismannens röst skarp och uppmaningen kom som ett piskrapp. Hans genomträngande blick gjorde att Mike plötsligt kände sig illa till mods.

"Jag vet inte om jag kan säga klockslagen precis, men jag var hos Cathy. Hon var väldigt upprörd och jag ville inte lämna henne ensam, så jag stannade hos henne på hotellet."

Arnold tittade bort på Cathy, som stod i köksdörren.

"Ja," sade hon. "Han gick ut och köpte juice och smörgåsar, som vi åt. Jag var så nere och lessen och vi pratade tills vi somnade. Jag bad honom att inte gå sin väg. Att inte lämna mej ensam. Han sov i Maggies säng"

"Vi har vittnen som säger att dom såg er. Mister Soames, nere i varvet sent på kvällen."

"Det stämmer. Jag var där vid tio eller elva tiden och köpte smörgåsar på Varvs Delikatessen. Jag gick också bort och fick mig en flaska wiskey i Spritbutiken bakom Bannisters Varv."

Cathy nickade instämmande och sade:

"Menar ni att tre män blev dödade ombord på båten Snöfågeln... och att Mike är misstänkt för att ha gått ombord och skjutit dom? Är inte det lite mycket för en ensam man?"

"Jo ni har rätt det måste varit en fantastisk prestation! Männen blev inte skjutna. Deras halsar var brutna. Två av männen är identifierade som verkligt hemska gangsters, professionella mördare från New York. Anledningen till att vi är här nu är att herr Soames faktiskt har väldigt starka motiv för att hämnas på männen!"

"Om de där männen mördade min Maggie, då fick dom sannerligen vad dom förtjänade och jag är den förste att tacka dom. Förresten, när ägde morden rum? Jag var borta från hotellet mindre än en timme!"

"Herr Soames, Ni gör affärer med en viss Mr.Bolivar, inte sant?"

"Nej, jag gör inga affärer, jag är anställd av advokaten Sprengler. Vi kör en privat flygtaxi. Jag känner ingen med namnet Bolivar."

"Vi fann en notering hos Mr.Bolivar med ert namn och det gjordes ett telefonpåringning från varvsområdet till Snöfågeln samma kväll. Är ni säker på att det inte var ni som ringde till Mr. Bolivar, herr Soames?"

"Han var hos mej på rummet," inflikade Cathy. Jag svär på bibeln att han var hos mej! Jag vaknade mitt i natten och vi låg och pratade."

Mike passade på att skaffa sig ett alibi, så han tillade:

"Jag tror det var vid ett-tiden."

Cathy fick plötsligt känslan att Mike kanske tagit sin hämnd medan hon sov. Hon iakttog honom. Deras blickar möttes någon sekund och det var tillräckligt att få honom att titta ner i golvet. Hon lade märke till det och frågade sig: "Var Mike i stånd att ta kål på dessa professionella gangsters med sina bara händer? Var det därför som pappa Arnold anställt honom?"

Hon lyssnade till polismännens frågor. Plötsligt avbröt Mike:

"Varför försöker Ni inte nosa rätt på Maggies mördare istället för att försöka få rätt på vem som mördade några proffessionella gangsters och knarkhandlare. Är det inte så att de flesta mord på gangsters begås av gangsters?"

Vi är 99 % säkra på vem som dödade fröken Sprengler. Men vi måste försäkra oss om att det inte går ikring nån mentalsjuk individ och dödar båtfolk i Newports hamn. Ni måste förstå att även kriminella har lagens skydd. Ingen har rätt att döda någon!"

"Naturligtvis har ni rätt! Jag är ledsen över mitt utbrott, men jag är väldigt upprörd!" sade Mike.

"Ni har rätt i att mord vanligen begås av kriminella som dödar kriminella. Vi är också helt övertygade om vem som var mördaren ombord på Snöfågeln," sade polismännen och tackade för kaffet, sade adjö och gick.

"Bolivar och hans hejdukar fick vad dom förtjänade," sade Arnold till Mike. "Jag tror inte polisen kommer att besvära dej i fortsättningen. Det var snällt av dej att åka till Newport och vara hos Cathy."

Kapitel 31

HON DANSADE SJUNGANDE in i Ingrids kök.

"Jag ska åka till New York. Gissa vad jag tänker göra!"

"Det är inte speciellt svårt att gissa," skrattade Ingrid. "Kan möjligtvis Bill vara involverad? Tjejer förstår tjejer! Naturligtvis ska du träffa honom. Du måste lära känna honom bättre. Ska du försona dej med honom, eller är du på krigsstigen igen?"

"Bådadera."

"Jag önskar dej lycka till! Men komplicerar du inte ditt liv i onödan?"

"Kanske! Är jag en hemsking?"

"Nej! Det är tufft att vara ensam när du en gång levt lycklig många år med en god man. Livet måste vara en blandning: 'Lite gammalt, lite nytt, mycket av det sköna, lite av det vemodiga.' Pröva lite nytt!"

"Bill mötte henne på LaGuardia i sin nya Buick. Den bar redan tecken av obarmhärtigheten i New Yorktrafiken.

"Det är egentligen crazy att köra bil i New York, " sade han.

"Jag tänker inte föreslå att du byter den mot en motorcykel," sade hon. Han reagerade inte på hennes skämt!

"Vill du bo över på Penta som min gäst eller vill du överväga att pröva enkelheten i min nyrenoverade ateljevåning nere på Övre Östra Sidan."

"Jag är nyfiken på att se hur du har det..."

Han parkerade under platanerna och öppnade den electroniskt låsta stålgrinden med något som liknade ett kredikort. Femvåningshuset hade en liten muromhägnad trädgård. En liten fontän med en bronsdelfin sprutade vatten i en skål utformad som en stor snäcka. En stor entredörr av koppar med gjutna bronsornament öppnade sig till en liten marmorklädd entrehall. Vit marmor i golv, väggar och tak! Kandelabrar av mässing och kristall och en hissdörr i nyputsad mässing. Inne i hissen var allt mässing, mahogny och speglar!

Hissen var ljudlös och snabb. Åter drog han ett magnetkort genom en dataavläsare och den skulpterade mahognydörren öppnades till en helt vit entre, ett stort vardagsrum, också det helt i vitt med ett stort, lågt glasbord med ett stort fat med frukt. Väggarna var klädda med modern konst.

Han hjälpte henne ta av kappan.

"Välkommen till mej!"

"...sade spindeln till flugan!"

"Nejnej! ...sade brummelhumlan!" Han skrattade och hade plötsligt en långhalsad flaska kallt Rehnvin i den ena handen och två grönskimrande remmare i den andra. En av väggarna var täckt med bokhyllor. Hon tittade bland titlarna. Litteratur från college- och universitetstiden. Några om lagstiftning, några om ekonomi och om politik. Mängder av skönlitteratur och, hon kunde knappast tro sina ögon: Flera hyllmeter med diktverk och poesi. En sån underlig snubbe denne Bill! Hon var glad att han inte slog armarna om henne och kysste henne. Hon var glad att han inte serverade champagne. Vin passade mycket bättre just här just nu.

"Skål och välkommen till min enkla lya och en vecka i städernas stad!"

"Jag trodde det var Rom!"

"Javisst , det var det!"

Han stjälpte en handfull salta nötter i mun och sade med munnen full:

"Kom ska jag visa dej ditt rum. Låt mej ta din väska."

"Du är faktiskt en brummelhumla."

"För att rätt placera mej i fablernas värld, skulle jag hellre vilja tänka på mej själv som Grävlingen som hälsar lilla Kanin välkommen. Han öppnade dörren till hennes sovrum och till en garderob där han hängde in hennes kappa. En annan dörr ledde till ett vitt badrum. I hennes sovrum fanns ett litet kylskåp med iskallt Ramlösavatten och småflaskor med cocktails.

Inga kyssar, inget kladd, ingen gest mot sängen med ett överdrag av chintz. Det var en lättnad för henne. Han helt enkelt lämnade henne där och gick ut ur rummet mumsande på salta nötter. Han slog sig ner vid TVn och tittade på nyheterna.

"Måste kolla in nyheter och väder så vi kan planera våra aktiviteter ett par dar framöver. Ursäkta mej!. Det tar inte lång tid!"

Hon hörde honom inte. Hon var kvar i sitt rum och fräschade upp sig, bytte blus och kjol. Hon log mot sig i den enorma badrumspegeln som täckte hela väggen. "En snäll flicka behöver en snäll gosse..." sade spegelbilden.

Hon valde en hallonröd kjol av ultrasuede och en marinblå Shantungblus, ett dubbelradigt pärlhalsband och ett Danskt silverarmband från Jensen.

"Det här är faktiskt jag och jag är faktiskt riktigt söt. Är jag inte?"

Spegelbilden log tillbaka mot henne. Hon hörde honom ändra programmet på TV ute i vardagsrummet

"Ser du på fotbollen?" frågade hon,

"Nej, nyheter och väder. Den kommande veckan ser fin ut! Jag har biljetter till Met. Jag har också biljetter till City Ballet och till Carnegie Hall.Vad säger du om det? Han stängde av TVn och sjönk ner i lädersoffan mitt emot henne. De smuttade på det svala vinet.

"Jag måst tala om för dej hur underbart det känns att vara fri. Min boss dog nyligen och lämnade en förfärlig massa pengar efter sig... till mig! Han ville jag skulle ta över bolaget också. Men jag har upplöst det. Jag delade upp allt mellan dom anställda. Det som var skrivet till mej räcker mer än väl till vad jag än skulle vilja göra!"

"Hur dog han? Var det en olycka?"

"Ja, han råkade ut för en olycka!" Han nickade.

"I Newport?"

"Ja, i Newport! Hur kunde du veta det?"

"Ombord på sin yacht?"

Han tittade förbluffad på henne men svarade inte.

"Han hette Bolivar, inte sant?"

"Varför skulle jag ljuga?"

"Är jag bra på att gissa...?"

"Vad vet inte du? Egentligen!"

"Det är massor jag inte vet och inte bryr mig om att veta. Men jag fann rätt på det jag ville veta. Jag talade med mina grannar, Sprenglers. Jag läste om morden i Newport och jag tänkte till. Nu vet jag och nu har jag fått bekräftat vad jag ville veta. Jag är väldigt glad att du sluppit ut ut Bolivars klor och hoppas du har karaktär not att hålla dej borta från den sortens affärer för gott."

"Det kan du vara helt förvissad om. Vet du också vem som mördade honom?"

"Min gissning är så god som din. Det finns egentligen bara en person som är tillräckligt motiverad och som befann sig i Newport just då. Men jag läser bara tidningarna. Jag har inte läst några polisrapporter. Vem det nu var så gjorde han dej en stor tjänst, så glöm bort Sprenglertösen och den där unge piloten."

Tystnad...

"Jag skulle vilja ringa och beställa bord på Waldorf. Den sena showen....Eller har du något annat förslag?"

"Nej, det tycker jag låter underbart! Men, Bill, vad gjorde du av allt kokain som Bolivar hade hemma i lager?"

"Måste vi prata affärer?"

"Jag tycker vi ska kunna diskutera vad som helst nu när det hela äntligen är över. Det kommer att kännas mycket finare mellan dej och mej om vi inte har några obesvarade frågor."

"OK då,! Lagerbokföring är lagerkontroll. Om du inte inventerar regelbundet, om du inte har någon som är ansvarig för lagret, om du vänder ryggen till... Vips, saknas det lite här och lite där...och några dagar eller några veckor senare är det tomt. Om jag frågar någon var det tog vägen, får jag till svar att någon lånat lite... Jag ville inte ha det. Jag ville bli av med det. Om jag vänt mig till en ärlig människa eller till en institution skulle det komplicerat mitt liv. Någon skulle börja snoka rätt på var det kom ifrån. Och vem vill ha ett par tusen kilo kokain i sin källare? Inte jag!"

"Du kan ju inte gärna gå till polisen och säga: 'Jo, jag hade ett ton kokain här och det är plötsligt borta... eller: Se här vad jag hittade i Central Park!' Inte när det gäller såna här kvantiteter!" Han skrattade och hon kunde inte låta bli att skratta med. Men hon tänkte: 'Jag vet en som vet och som har källaren full! Men jag säger inget."

"Vad gör dessa knark kungar med alla sina pengar. Och vad tänker du göra av alla dina miljoner nu när du skall dra dig tillbaka och bli en ärlig man?"

"Varför frågar du?"

"Om jag skall leva tillsammans med en man igen, vill jag veta allt om honom. Så enkelt är det."

"Dom stora gossarna rör aldrig vid pengarna eller varorna. Allt sådant överlåter dom till andra. Experter tar hand om deras investeringar och gör att pengarna växer. Det blir spekulationsbyggen och insatslägenheter, men större delen blir troligen säkerheter för lån till satsningar och spekulationer på börsen i aktier och valutor. Det är därför som Wall Street och Dow Jones gått upp så på senare år!

"..och det är just vad Bolivar gjorde. Han hade dom rätta känningarna. Dom litade på honom och han betalade alltid 'lånen' i förskott! Så enkelt är det! Han återinvesterade jättesummor i nya knarkprojekt. Han hade aktier, teckningsrätter och obligationer. Han ägde fastigheter och lyxvillor i fyra olika världsdelar. Han älskade att resa och han hade en lång avlöningslista med politiker, poliser, tullmän, gränsvakter och troligen befäl bland radarbevakningen vid flyg och kustbevakning. Mutor var ett betydande konto.

"De flesta storfräsare är svaga för lyx och dolce vita och lägger ut förmögenheter på de dummaste saker. Bolivar var inte svag för prål eller att imponera. Han var rätt realistisk... riktigt hygglig mot det fåtal han litade på och fullständigt hjärtlös mot alla andra. Han var förblindad av tanken att se sin förmögenhet växa. Han var god för fyra eller fem miljarder dollar Han var också komplett sexgalen. Han kunde ha fem, sex kvinnor under en natt. Om en flicka bad honom lugna ner sig för att hon fått nog, ville han att en ny omedelbart skulle ta över och efter henne nästa och nästa... Och han hade folk som såg till att det fanns villiga, som satt och väntade... Efteråt kunde han sova ett helt dygn.

"Bolivar gillade Newport för alla skolflickor han kunde få där. Han var generös både med betalning i pengar för terminsavgifter och uteliv eller för knark. Men när han hade samlag med dom behandlades dom monstruöst. Efter en seans med Bolivar måste det ha tagit lång tid för dom stackarna att återvända till ett normalt sexliv med boyfriends eller sina gifta män.

"Av någon okänd anledning gillade han mej. Jag blev hans idekläckare! Jag drog upp riktlinjer för nya affärer, nya kombinationer, nya människor att samarbeta med och ibland fick jag agera detektiv. Men efter våra sammanträden brukade han bara säga: 'Bra ide, jättebra ide', men han gjorde sällan det jag föreslagit. Han gjorde istället något liknande."

Michele märkte att det var en lättnad för Bill att tala ut om de här sakerna.

"Är du rädd för någon? Bill."

"Du förstår, jag var aldrig annat än rådgivare och faktasamlare. Jag utförde aldrig några riktigt fula eller snuskiga kriminella handlingar och jag behandlade hela personalen väl. Jag tog aldrig rätt på vem som gjort vad och jag rekommenderade aldrig våld eller utpressning."

"Tror du att du kommer att bli tvungen att flytta av säkerhetsskäl?"

"Nej. Men alla busar vet vem jag är och många vill troligen att jag skall återvända till den undre världen och återknyta kontakter."

"Vad sorts jobb tänker du syssla med nu?"

"Jag vet inte. Jag har inte haft tid att tänka på det ännu. Det som ligger närmast gangsterlivet tror jag är att bli investerare!" Han skrattade.

"Eller bankir eller bankman..." fyllde hon i.

"Bra ide, jättebra ide! Investera pengar i tredje världen, 'förlora' dom till ett Schweiziskt bankkonto och sedan bli kompenserad för förlusten med Amerikanska skattepengar."

"Ja, eller varför inte starta eller jobba i en sparbank och fiffigt försnilla spararnas pengar och låta FDIC (Amerikas federala försäkringsbolaget som garanterar småspararnas pengar) ersätta dej för "förlusten". Var inte det trixet en av sönerna till President Busch Senior fann vara bästa sättet att bli milionär? Eller den där McCain som ville bli president. Han fick massor av pengs till sina politiska kampanjer...

"Eller starta ett försäkringsbolag för sjukhus och läkare och bara acceptera nyutexaminerade läkare bland dom fem bästa i varje årskull och eliten bland de universitetsjukhus som haft tio år utan legala problem. För i dag i dom vanliga försäkringsbolagen är det dom läkarna som betalar för alla dom andra värdelösa, slarviga och ansvarslösa läkare som klarat sina examina och utexaminerats som tack för att rika föräldrar gjort donationer till universitet och sjukhus. Det är också rätt klart att universitetsexamina delas ut till rikemansbarn trots att studenterna sovit och fuskat sig genom kurserna och aldrig lärt sig det kursplanerna krävde. Till och med på de universitet som räknas bland landets 'finaste'... Alla vet att Presidenten Bush J:r passar in här, men inget säger något."

"Du kunde kanske bli detektiv eller polisinspektör?"

"Nej det är ingen bra ide! Man kan inte byta sida," påpekade Bill.

"En lukrativ lösning vore att bli politiker, advokat eller läkare. Men min praktik i lagfrågor är för specifik för ärligt folk och jag skulle aldrig bli en bra läkare, jag tål inte se blod." Han ryste.

"Nej jag vill göra något trevligt. Jag såg en gång på TV en Canadick som köpte ett bageri i Karibien. Jag är rätt bra på att laga god mat och kan tänka mej att ha en restaurang på något skönt och trevligt ställe..."

"Du sa att du har tillräckligt med pengar att göra vad du vill."

"Ja, mer än du och jag någonsin behöver."

"Skulle du kunna tänka dej att bekämpa knarkhandel?" frågade hon.

"Du menar att en gammal fan som jag borde gå i kloster... Nej, jag tror att det är ett mirakel att jag sluppit levande ur den här businessen. Jag vill aldrig mer ha med några gamla kontakter att göra. Glöm bort det!"

"OK jag tror att du blir en utmärkt värdshusvärd eller bagare!"

"Då kommer jag att behöva en kvinna vid min sida..."

"Du har ju redan en! Eller..."

"Jo! Åh vad jag älskar dej Michele!"

"Jag menade att du har ju redan en hustru? Och om jag förstod dej rätt, så älskade du faktiskt henne... mycket!"

"Ja, men hon gick ifrån mej!"

"För en annan man?"

"Nej, för min skull. Jag ville tjäna mycket pengar, även om det var på olagligt vis och för Bolivars skull... Vi båda kände honom väl, innan han blev stor. En gång gillade hon honom, men hon kom att avsky honom. Men hon är ett avslutat kapitel. Skulle inte du och jag...?"

"Vi kunde försöka, men jag tror på gammal kärlek..."

"Jag är gammal och jag är kär!"

"Om vi skall ha supe på Waldorf sent i kväll tycker jag det skulle sitta rätt med någonting att bita i just nu," föreslog hon. Jag kan gå ut och shoppa. Jag såg där fanns några små delibutiker och ett gammaldag charkuteri runt hörnet."

"För sent, för sent, käraste. Jag har redan allt som behövs för en lätt lunch. Hoppas du gillar det."

Ute i köket, tog han på sig ett stort vitt förkläde och en köksmästarhatt. Ur kylet tog han fram fyra bitar utskurna lammkottletter och flera plastpåsar med ett urval av sköljda och rensade grönsaker, ett salladshuvud, basilika, celleri, lök, tomater, grön, gul och röd pepper... Och fram kom småfranska och flera ostar.

Han började genast skära upp salladen och arrangerade den konstfullt dekorerad med två svanar tillskurna av tomater. I en ugn sattes fransbröden in, i en annan bakades två smörbestrukan potatishalvor. Lamm-fileerna stektes. Hon kunde inte fatta hur snabbt han arbetade och hur snabbt Madeirasåsen blev till.

"Är du snäll och öppnar en flaska Pinot Noir, som står där borta. Den är jättegod och passa fint till det här."

Hon korkade upp flaskan och serverade vinet. De smakade genast på det. Glasen klirrade. Hon dukade.

Salladen ströddes med hackad persilja och serverades med små kuber av Camembert, Gorgonzola och Schweizerost. När småfrallorna i ugnen var färdiga var det dags att äta. De stekta lammedaljongerna serverades på en bädd av stekta skivade champigner toppades med ett par skedar Madeirasås bredvid de bakade potatishalvorna.

Måltiden var MUMMS! Och de märkte att nu kunde de tala om allt. De flyttade över till hans skinnsoffor. Hon i den ena, han i den andra. Den blå timmen smög sig in. Han tände ett par ljus på glasbordet mellan dem.

Solen hade gått ner och lämnat himlen i väster purpurröd. Genom det glasade taket kunde man se att himlen över dem hade blivit djupblå och genom den glasade fasaden i väster sågs stjärnorna tändas, den ena efter den andra. Detta spel med himmelsk ljus är lika fascinerande var gång och Bills val av klassisk musik passade Michele just rätt. De satt tysta och bara njöt...

"Jösses! Vi måste rusa! Vi ska ju till Waldorf!"

De försvann in på sina rum och klädde om. Michele klädde sig i en tätt åtsittande, hellång klänning av silverlame och satte på en matchande liten pillerbox-hatt. Bill hade vit smoking. När de möttes ute i hallen utbrast de samtidigt: "Ojojoj! Är det där du?!"

Som en krona på verket kastade hon en lång stola av silverräv runt halsen. Räven var så lång att svans och nos nästan stötte i golvet samtidigt. Bill nynnade Fred Astair sången "Putting on a Top hat..." och i handen hade han en tunn svart spatserkäpp med silverkrycka.

Folk från första sittningen lämnade just matsalen för att fortsätta kvällen på teatrar, broadwayshower eller konserter. Hovmästaren hälsade Bill välkommen med ett igenkännande leende åtföljt av en gillande nickning mot Michele. Hon var utan tvekan den elegantaste damen på Waldorf den kvällen. Supe´n var enkel, elegant och mycket god och så var orkestern, som valde stycken som avsåg att gillas av auditoriet. Dvs. mestadels silverhåriga äldre damer och solbrynta, ofta till hälften skalliga män med vita tinningar, som dansade sakta kind till kind, emellanåt övergående till en moderat swingdans t.o.m till en dans i jitterbug stil och, då och då i ett lite vilt tempo man där kallar "jaivs".

För Michele och Bill var detta hemlands toner, deras musik från ungdomen från slutet på förtiotalet och mitten på femtiotalet. De rörde sig mjukt över golvet. Hans bak lite utputad, ena foten trippande, hon spann runt som en ballerina. Han fångade henne om henner midja just i rätt ögonblick med sin utsträckta arm. De tappade aldrig kontakt. De log och var förtio år tillbaka i tiden, förtio år yngre, och kände för några korta ögonblick sin ungdom komma tillbaka.

Hon tyckte om att dansa med Bill. Han kunde dansa tango med känsla och glöd. De virvlade runt och skrattade åt varann i frenetiska passager. De var av samma dansgeneration. De hade lyssnat till samma grammofonskivor, dansat till samma favoritskivor, till slut så rispiga och raspiga att man knappt kunde höra tonerna av "Stardust" eller "Opus One, dansat till deras fötter krävde att de tog av sig skorna när det blev dags att promenera hem barfota. Deras favoritmusik var fortfarande brödera Dorsey, Louis, Ella Fitz... Michele ville ha silverräven på, men det började bli klart att silverrävar inte hörde hemma på dansgolv. Deras hovmästare uppfattade hennes dilemma. Han erbjöd sig ta hand om stolan, hängde upp den på en krok med sug-fot på spegeln bakom henne. Han log och nickade åt henne ute på dansgolvet. Hon besvarade leendet och tänkte att sånt händer bara på Waldorf.

De promenerade sakta sista biten hem. Det var alldeles tyst i gatan och det började bli lite höst i luften. Hennes silverräv hade blivit en succe och hon hade fått många komplimanger.

"Jag var väl fin i min räv, Bill?"

"Du var kvällens drottning, käraste. Jag hörde den eleganta damen vid bordet bredvid viska att du var den vackraste... När du dansade med silverräven om axlarna gav du verkligen ordet Fox-trot ny innebörd.

"Jitterbuggen var jättekul!"

"Du var den smartaste jitterbuggaren!"

"Du skulle haft din höga hatt på och käppen att vifta med när vi dansade!"

När de kom inom dörren hemma hos honom sade hon:

"Oh Bill krama om mej. Jag är så lycklig! Detta var den underbaraste dag jag upplevt på mången god dag."

Hon sparkade av sig skorna och kastade av sig silverräven och sjönk ner i den mjuka skinnsoffan. Han tog av sig kavajen och hämtade två glas med club soda i kylen. Ur ett lönnfack i bokhyllan tog han fram en flaska Grand Marnier och serverade konjakslikören i ett par slipade kristallglas.

Han tog av sig skorna och satte sig med fötterna uppe i den andra soffan mitt emot henne, lutade sig tillbaka och titade upp mot himlen. Glastaket gjorde att det kändes som om man satt utomhus. Han gillade sin nya våning.

"Det var en lyckad kväll, Michele. Tänk dej att vi skall få vara tillsamman en hel vecka. Jag bara älskar tanken!"

Hon tände stearinljusen, släckte elbelysningen och kröp upp i hans famn och tittade upp mot kvällshimlen och pekade...

Det där är the Bull - Oxen !"

"Nämn bara inte namnet Bull-Ivar den förskrecklige! Eller hette han bara Ivan den förskrecklige."

"Som du vill, men det finns alltid en orm i ett paradis. Men jag talade om stjärnbilden. Och där," Hon pekade igen. "Där har du Persevs. Han var kung i Persien. Han vill ha Andromeda. Det är konstellationen där. Du kan se hans spetsiga hatt och hur han sträcker sig för att nå Andromedas fot.

Titta där borta! Det är Cassiopeja. Hon är Andromedas Mamma."

"Är inte du en lustig liten varelse! Hur vet du allt sånt här?"

"Kunskapstörst, kunskapstörst! Skulle du vilja vara snäll att dra ner min dragkedja i ryggen. Klänningen sitter åt så jag kan knappt andas....

Bara lite.." sade hon när han drog ner den ända till midjan.

"Jag vill ju inte du skall kvävas..."

Hon böjde sig bakåt och vände sitt ansikte mot honom för att bli kysst. Hans händer letade sig ner under hennes klänning och behå. Hans stora varma händer höll om hennes bröst. Deras upp och nervända kyss varade och varade. Han ville se om hon drog sig tillbaka, men det gjorde hon inte.

Hon är en sån fin liten kvinna, tänkte han. Vad jag är lycklig att jag träffat henne. Lycklig över att sitta här och åtrå henne och känna att hon besvarar mina känslor."

Jag älskar dina varma händer. Du gör att jag känner mig avslappnad. Vi dansade väl fint ihop, gjorde vi väl?"

"Jo kära du. Fick Persevs tag i Andromeda?"

"Oh ja! Dom hade det fint tillsammans." Hon lyfte upp bröstet med en känsla av välbehag. Vad det var skönt att vara med en man som visste hur man uppförde sig...

"Levde dom tillsammans under resten av livet? Jag tycker det ser ut som om han fortfarande sträcker sig efter henne."

"Det är så dom håller sin kärlek vid liv. Han sträcker sig och säger 'Snälla lilla princessa, kom till mej.' och hon svarar 'Jag kommer bara om du är riktigt snäll och go mot mej och om du uppför dej som en gentleman' ... och han är en 'gentle' och en riktig man, en riktig karl."

Hon kände hur hans manlighet växte. Han dolde det inte. Hon log och sträckte sig efter en ny, lång kyss. De kysstes, de läppjade på den mandarinsmakande drycken, de kramades och kelades och tittade på stjärnorna. Han knäppte av hennes behå och hon gled ut ur sitt ålskin. Hon reste sig och bjöd honom sina bröst och hennes händer gled genom hans hår. Han lyfte upp henne och bar henne in till sin bädd. Hans sökande händer fann varje del av henne, hennes vackra ansikte, hennes graciösa hals, hennes kantiga axlar och hennes sköna, fortfarande fasta, runda bröst. Han måste kyssa dem om och om igen. Hans fingrar vandrade vidare till hennes mjuka mage och han kunde inte låta bli att killa hennes navel. Hon skrattade och ryste ock kysste honom. Hans hand fortsatte ner. Där var det varmt och silkeslent och han rörde vid henne så försiktigt och så oändigt lätt. Hon särade på benen och han förstod att han var välkommen.

Hon höll hans huvud mellan sina händer och kysste och kysste honom. Och han kom in och det kändes skönt, skönt. Hon låg och tittade upp i New Yorks djupblå himel. Mellan stjärnorna letade sig ett flygplan österut. Skulle det till London, eller Paris, eller Rom. Hon saknade Europa. Hon saknade alla de där fjärran ställena där hon en gång varit så lycklig. Hon och hennes man. Vad det var konstigt att det kunde vara så skönt att vara med en annan man. Hon hade alltid trott att så skönt kunde hon bara ha det hos hennes Richard... hennes man..

De låg, hennes huvud på hans arm, hans högra hand på hennes mage, och han frågade henne: "Kunde du ha det skönt?"

"Ja, min käraste, mycket skönt!" Och hon böjde sig över honom och kysste honom. "Jag hade det som skönast när du hade det som skönast."

"Synd att jag inte träffade dej för 30 år sen!"

"Var glad att du inte gjorde det. Jag var vansinnigt förälskad då, och min man var stor och stark. En mycket beslutsam herre, mycket kapabel att försvara sina intressen, både fysiskt och intellektuellt!" Hon skrattade. "Nej Bill, var glad att vi är här nu. Vill du att jag går över till min säng eller kan jag stanna här?"

"Jag vill du stannar och sover här bredvid mej."

Snart sov de båda. Förvånade över att de fortfarande kunde bli så helt borttrollade, på samma sätt som för många, många år sen, men nu med en ännu djupare känsla av tacksamhet över bortblåst ensamhet.

Kapitel 32.

MICHELE OCH BILL flanerade ner för Fifth Avenue och Bill stannade till framför Tiffany's små skyltfönster. I ett var det bara smaragder, i ett annat bara amethister, i ett tredje bara rubiner och i ett fjärde bara diamanter. Där fanns tiaror, armband, halsband, örhängen och ringar för miljontals dollar. Michele tittade och tittade och önskade.

"Kom så går vi in! Jag vill ge dej något."

Hon försökte stoppa honom. Hon ville inte ha något av honom, men han förde henne in genom entredörren och tillsamman tittade de runt på alla underbara juveler och de helt tokiga priserna.

"Inga rubiner, inga pärlor. Dom ger mej inte lycka..."

"Jag vill du skall ha den där." Han vinkade till sig en expedit ochpekade på en ovanligt enkel platinaring med en vackert slipad stor fem karat Safir.

"Safir är skyarna, evigheten. Den betyder frihet, din och min! Var snäll och prova den."

Han trädde ringen med den stora blå stenen på hennes finger. Den kom till liv! Det blå blev himlen över Cape Cod. De mörkblå skimren blev havet. Hon tyckte sig kunna höra vågsvallet från de långa stränderna hon älskade. Det blå ändrades och blev himlen över Afrika, där hon tillbringat de lyckligaste dagarna av sitt liv. Många, många gånger hade hon legat och sovit ute i det fria bredvid en lägereld och tittat upp i himlen och sett den skifta från djupt mörkblå till purpur, till röd, orange, rosa och slutligen skifta över till ljust azurblått, precis som i den här ringen. Där var musik i stenen. Hon tyckte sig höra Adagiot ur Mahlers tionde, den kom närmare och närmare och bar med sig minnen från en tid då hon inte var ensam, inte hade några sorger och inte behövde bekymmra sig om någonting. Hennes ögon fylldes av tårar och stenen sköt blixtar genom tårarna.

"Jag är nog lite knäpp." sade hon till sig själv: "Varför reagerar jag så här, varför springer min fantasi iväg med mej så här!"

"...Bill, en sån underlig sten."

"Du gråter ju, käraste! Varför?"

Han gav henne sin näsduk från bröstfickan.

"Gillar du ringen?" Hon torkade sina tårar och nickade.

Så dumt av mig att börja gråta utan anledning, tänkte hon. Män frågar alltid varför... Varför gråter vi kvinnor. Kan dom inte begripa att det inte alltid finns någon enkel, förklarbar anledning...

"Men Bill! Femton tusen dollar! Det är ju rena vansinnet!"

"Vansinne eller ej. Vill du behålla den på eller ska dom slå in den?"

"Jag vill bära den, men jag vågar inte! Man kan inte gå på gatan i New York med femton tusen dollar i handen. Nån kunde rycka den till sig eller jag kunde tappa den!"

"Nonsense.! Har du nånsin gått på gatan och tappat en ring som passar så perfekt. Och du, förresten, ingen tror ändå att den är äkta. Alla i den här stan avgudar "lookalikes" sånt som ser ut att vara fint och äkta... och förresten ingen går omkring med en ring värd femton tusen på sig! Du kan känna dig helt säker!"

Hon kastade armarna runt hans hals.

"Tusen, tusen tack, tokiga, tokiga Bill! Hur skall jag nånsin kunna tacka dej?"

"Du förstår viss inte. Du har redan gjort det! Jag är fri. Jag känner mig ung igen. Jag är tillbaka på rätt kurs. Du är den första normala, hederliga människa jag talat med på många år. Du vet vem jag är och ändå bryr du dej om mej. Är inte det värt att fira med ett litet tack! Kom så går vi ut i solen!"

Hon behöll ringen på och gick ut genom dörren utan att lägga märke till de två beväpnade polismännen inne i butiken. Dom hade leende hört konversationen

Hon dolde ringen med andra handen, men måste då och då ta en titt på den. Aldrig tidigare hade hon varit med om något liknande. En ring med en sten som fick henne att se himmlar och hav, som fick henne att höra musik från stråkar! Hon gick rakt på folk de mötte. Hon hörde inte bussarna eller taxibilarna eller tutandet och trafikbullret och hon såg inte trafikljusen. Han måste ta tag i hennes arm och leda henne arm i arm.

"En sån lustig liten kvinna!" mumlade han.

De shoppade. Köpte en ljusblå fluga åt honom och åt henne en ljusblå blus som matchade den nya ringen. Väl tillbaka i hans våning kände hon över en kopp kaffe hur förtrollningen från den stora saphiren långsamt släppte. Hon erfor en underbar känsla av frid och harmoni när den blå timmen sakta sänkte sig över stan. Ett New York gick hem efter en arbetsam dag ett annat New York gjorde sig redo för en hektisk natt.

De första stjärnorna blinkade till i den blå himlen över det purpurfärgade töcknet i New Jersey horisonten. Blåvioletta moln med glödande, orange kanter seglade in. Och detta magnifika skådespel var helt gratis, för de hemlösa på gatorna och för de två i Bills drömvåning. Michele ville inte ge upp tanken på att få Bill att göra något för samhället som kompensation för de problem han hade varit med om att skapa. De låg och vilade på var sin soffa. På glasbordet mellan dem stod ett par glas med clubsoda och isbitar.

"Du, Bill, du har sett drug business från insidan. Vilka steg måste samhället ta för att få slut på knarkmissbruk och vad var ni mest rädda för? Vad skulle ha ruinerat er och totalförstört affärerna?"

"I Indien och Kina och Kuba tog man bort alla missbrukare från gatorna till avvänjningskliniker. Vi kunde göra det. Vi kunde stoppa tillförseln av droger till våra fängelser och införa avvänjningskurer och återanpassa alla missbrukare där. Att vara slav under kokain eller missbruka andra droger är en logisk följd av stress och frustrationer, avsaknad av hopp och möjligheter, brist på pengar, job och utbildning. Samhället borde gratis förse alla med ordentlig grundskolning, yrkes-skolning och kunskaper om klok information om mathållning, sunda levnadsvanor, nyttig rekreation och motion.

"Vi, folket kan naturligtvis med våra skattepengar anställa skickliga företagsledare, som kan skapa miljontals arbetstillfällen genom att reparera en utsliten infrastruktur, spara olja och el genom att isolera hus, gräva ner el-ledningar och modernisera telenätet... riva ghetton och fattigkvarter, bygga nya anständiga bostäder införa gratis undervisning för alla stadier på TV och nätet... Om inte privata initiativ förstår att man måste satsa på solenergi, photo-voltaic celler, solceller på taket som förvärmer varmvatten, så måste kommunala och statliga initiativ skapa arbetstillfällen....

"Bara undervisning och information kan få en ny generation att förstå att drogmissbruk drar ner dem. Bara undervisning kan ge dem chansen att få bättre, mer kvalificerade jobb, mer fritid, mer livskvalitet. Bara undervisning kan få folk att spara fossila bränslen och el. Idag har vi här i USA över 20 miljoner människor som inte kan läsa eller skriva för att ungdomar är hjärntvättade att tro att dom alltid kan snacka sig till allt dom behöver utan en rejäl skolunderbyggnad.

"Varför låter man det vara så? Jo, för "Big Money" vill ha okvalificerad lågavlönad arbetskraft. Big Money får allt dom vill genom att betala kampanjerna för våra valda politiker. De folkvalda i Washington representerar i grund och botten sina finansiärer! Inte sina väljare!"

"Våra skolor financieras lokalt. Det är helt fel! Fattiga kommuner har dåliga skolor och rika kommuner har goda skolor. Det finns ju lika många begåvade fattiga barn som begåvade rika barn. Yttrandefriheten anses ge företagen rätt att stöda en viss ideologi. Fel igen! Företagen har en bolagsordning som säger vad dom skall syssla med. Bara folket har rösträtt, bara folket har rätt att påverka valutgången! Företagen skall betala folket för att få utnyttja folkets infrastruktur och naturtillgångar. Företagen säger att dom inte har råd att betala skatter, inte har råd med minilöner, inte semestrar, folkpension, allmän, fri sjukvård, fri grundskola! Sådant snack är lögn och noncense!"

Bill hade riktigt eldat upp sig och fortsatte:

"Outbildade hopplösingar är dyra för samhället. Kostnaderna för bättre skolor och högre utbildning skulle snabbt betalas med bättre inkomster och bättre skatteunderlag. Pengar som borde gå till skolor och utbildning går idag istället till krigsmakten och militär utomlands. Rena degenereringen! Okristet, oetiskt, omoralsikt! Minilönen i USA är under existensminimum! Men de folkvalda i Washington, som bestämt minilönerna, ger sig skälva tre gånger högre löner än medelinkomsten!"

"Men hur får vi pengar till sociala reformer?"

"Pengarna finns redan! Företagen har råd att ge kampanjbidrag, men dom har inte råd att betala skatter! Under Roosevelt på förtiotalet betalade företagen 60 % av skatteinkomsterna. Idag betalar dom 15%!" Rosevelt införde 1936 en lag som stoppade en upprepning av Wall Streets spekulationer som ledde till den stora depressionen på tjugotalet. Presidenten Bush Den Äldre såg till att den lagen upphävdes 1991och bäddade för depressionen 2006. En ekonomisk elit, en obildad president, obildade senatorer och congressmän är ansvariga för att många hundra millioner människor förlorade hus, jobb och mat för dagen. Över 45 millioner har ingen sjukförsäkring. Man låter dom dö istället för att samhället på ett kristet sätt tar ansvaret för dom och betalar. USA är inte en demokrati!

"Men Bill, du kan inte kräva att folk skall betala för sånt de ogillar. Skall dom som slitit och släpat ihop sina pengar betala för dem som går sysslolösa och dräller!"

"Alla måste hjälpas åt! Den ekonomiska eliten kan skapa välstånd, men faktum är att det är den lille företagaren, han som kör en liten lastbil med verktyg och grejer på flaket, det är han som skapat de flesta jobben dom senaste tio åren. Inte kapitalet! Inte dom som har skattelättnader för att skapa jobb! Dom skaffar jobb i låglöneländerna! Ja! Men inte här hemma

"Är inte detta socialistiska drömmar?"

"Nej det är inte socialism det är demokrati. Demokrati betyder ju att folket skall styra! OK! Etern ägs av folket! Radio- och TV stationer betalar struntsummor till folket för rätten att hjärntvätta folket! Det borde finnas flera allmännyttiga stationer som Public Radio som kan sända meningsfull information och kunskaper som ger bildning och livskvalitet. TV och internetet borde användas av skolorna för att ge alla barn i hela USA samma goda grundbildning. Det är ju hemskt att fattiga kommuner låter begåvade barn förbli obildade medan bortskämda, obildade rikemansbarn representerar USA ute i världen.!"

Detta var inte alls vad Michele väntat sig!

"Skulle vi kunna återvända till drug problemen?"

"Naturligtvis. Det finns paralleller mellan drogmissbruk och alkoholism, men allt här i USA handlar ju om pengs. Ingen vill betala för rehabilitering av fyllisar. Vin- och Sprit- industrin säger att högre priser skadar dem. Hörde du det?! Skadar dom som ställer till med mer elände i samhället än några krig! Konsumenten säger att det är för dyrt! BRA! Där har vi svaret på hur vi får ner konsumtionen!

"Priser på sprit och tobak skall innehålla skatt som täcker de kostnader dom ställer till med för samhället. Man tycks ha glömt bort humanism, moral och kristendom. Man vill inte hjälpa folk med problem. Trots att hjälp betyder fler job, arbetstimmar och bättre skatteinkomster. USA är helt enkelt inte kristet!

"Varje individ är en tillgång för samhället. De riktigt associala är ett litet fåtal. De flesta i våra fängelser är engångsförbrytare och småbusar som spårat ur. Mer än hälften kunde skickas hem, om dom hade ett hem att komma till! Vårt rättstänkande domineras av rädsla och hämnd! USA's konstitution är skriven på 1700-talet av idealister, som inte visste vad massmedia och börsspekulerare i framtiden skulle kunna ställa till med. Inte kunde dom ana att kristna människor idag negligerar både Tio Guds Bud och Bergspredikan. Eller att egoismen kunde ta sådana proportioner som hos dagens ekonomiska elit. Överpriser för läkemedel och förbud mot att beställa billig medicin från Canada! USAs regeringar anser sig inte tvungna att följa regler som vi själva skapat i FN.

"Varför blev du inte politiker?"

"Dumhet och svag karaktär gjorde att jag blev indragen i Bolivars rörelse. Dumhet och svag karaktär skulle troligen rört in mej i Watergates, Iran Contras, HUD och liknande skandaler. Mer och mer har jag kommit att förstå att 'Common man' - den vanlige medborgaren är en rätt fin titel. Jag gillar iden att 'Fanfare to a common man' kunde vara komponerad till en som jag. En gång en snäll och hygglig pojke, som blir en gangster, men vaknar till klarhet och åter vill bli en hygglig individ innan han blir stoft!"

Michele log och sade: "En kamel kan inte komma genom ett nålsöga och en rik man kan inte komma till himlen utan att ge bort allt han äger!"

Han log och svarade: "Nålsögat var namnet på en port någonstans i Bibelns land. Öppningen i muren där var så låg att en kamel måste gå ner på knä för att kravla sig genom. Så jag måste gå ner på knä OK! Men när det är dags för mej att möta Sankte Per är jag nog inte längre en rik man!"

Han bytte ämne.

"Det är snart dags att sticka till Metropolitan. Dags för Hoffmans äventyr! Vi måste klä om oss! Ta på dej din nya blå blus är du rar!"

"Dina extravaganta presenter ger mej skuldkänslor."

"Mej också! 'Skyldig men inte ansvarig', sade president Nixon! Eller var det: Ansvarig men inte skyldig!

Hon klädde sig i sin vita Ultrasuede kjol och den nya blå blusen, som matchade ringen perfekt. Natten var varm men hon kunde inte motstå frestelsen att svepa silverräven om sig istället för den vita dräktjackan.

Hoffman var toppen. Kathleen Battle sjöng gudomligt, Placido Domingo var otrolig och lilla Olympia var gullig och charmig. Under mellanakten lade Michele märke till många mycket eleganta par. Kvinnorna bar tonvis med juveler men ingen hade en ring som hennes. Vissa damer har falkögon.

"Bill, visste du att en falk kan flyga på 300 eller 400 meter över trädtopparna och spana in en liten mus som snurrar ikring nere på marken, helt förvissad om att det glesa lövverket skyddar mot insyn från rovfåglar uppe i skyn. Men falken har ögonlinser som likt en professionell kamera kan zooma in exakta avståndet ner till den lilla musen och se den klart under dom suddiga bladen... Det är likadant med vissa damer här. Jag ser och känner hur dom fokuserar in min ring. Dom kan alla priser hos Tiffany's."

Bill skrattade.

"Det är inte din ring! Dom avundas din enkla stil och din skönhet," sade han och kramade om henne. Men hon kände blickarna och hon hörde viskningarna: "Jag känner inte igen det där paret. Vet du vem hon är? Såg du hennes ring?"

Michele knyckte på nacken och kände sig lite mallig. Som en påfågel... Hon visste hon var vacker. Det var en perfekt kväll.

Väl hemma serverade Bill cognac och hon satt i hans knä. De talade om föreställningen. De kysstes godnatt och han följde henne till hennes rum och de kysstes godnatt igen. Hon klädde av sig och tog på ett hellångt vitt silkenattlinne med guldband som framhävde hennes runda bröst. Så gick hon till hans rum. Han låg och läste. Han hade en ljusblå pyjamas. Hon hade ringen på. Hon tyckte den matchade hans pyjamas. Han såg ut som en riktig Pappa. Eller kanske rättare en riktig Farfar eller Morfar. Hon stod i dörröppningen och frågade:

"Får jag komma och ligga hos dej?"

Han tittade på henne över sina glasögon. Hon var oemoståndlig...

"Naturligtvis, kära du."

"Får jag ligga hos dig utan att bli förförd?"

"Är inte det lite riskfyllt?"

"Jag vill ligga hos dej utan att bli förförd."

OK, jag lovar!"

"Även om jag frestar dej?"

"Det är jag inte säker på."

"Då kommer jag inte."

"OK, jag lovar."

Med ett flickaktigt skratt skuttade hon över honom och in under täcket bredvid honom. Hon reste sig på armbågen och kysste honom. Hennes bröst rörde vid honom. Mjukt och angenämt. Hon lade sig på rygg och slöt ögonen. Han fortsatte att läsa tills boken ramlade ner på golvet. Då släckte han ljuset.

Men vad i hela friden hade den här tokiga kvinnan för sig. Han kände hennes hand treva inne i hans pyjamasbyxor. Hon fann vad hon sökte och höll om honom fast men försiktigt. Han kände hur han växte. Hon kände det också. Hon tyckte det kändes skönt. Hon rörde inte sin hand Han lät henne vara. Han hade ju faktiskt lovat...

"Bill?"

"Ja, käraste."

"Kan du somna nu?"

"Nej, inte just nu."

"Är inte det lustigt, jag kan."

"Det är orättvist."

"Jag kan somna tryggt medan jag håller dej i min hand."

Efter en stund lossnade hennes grepp. Hon sov. Han tände, tog upp boken men hann bara läsa ett par rader innan den föll ner över hans ansike och han snarkade lätt.

Solen sken in i sovrummet i en ny strålande New York dag. Hon sov fortfarande när han gick ut och satte på kaffe. Han lade in små frasiga italienska frallor i ugnen. Han bar in frukosten på en bricka.

Hon vaknade, satte sig upp, gnuggade sina ögon och ruskade på huvudet. Hon log mot honom. Detta var glädjeämen i ett liv hon längtat efter.

"Idag är det dags för Metropolitan Museum. Kan vi sticka om så där en timme?"

"Du har sovit gott kan jag se."

"Ja, jag sov gott och du klarade av min frestelse! Nu känner jag mig trygg här hos dej... Du, kvinnan på fotot där, är det din hustru?" Han nickade.

"Hon är vacker. Du lade inte undan fotot för att jag skulle komma?"

"Nej, jag tänkte först göra det, men så ångrade jag mig."

"Trodde du jag skulle kunna bli stött?"

"Tänkte på det. Men, om jag kom hem till dej skulle du ställa undan fotot på den man, som varit din bästa vän och du upplevt några av ditt livs lyckligaste ögonblick med. Är han inte för alltid en del av dej själv? Varför gömma det?"

"Men min man är död. Borta för alltid..."

"Inte sant! Han är och förblir en del av dej. Du möter honom i drömmen. Du tycker om att se och ta i saker han använde och han älskade. I dej dör han aldrig helt. Vad du säger och gör nu är del av en databas ni två tillsammans skapade. Ju äldre vi blir, ju mer lever vi i och glädjs åt minnen. Kanske till och med finner tröst där. Det är bra. Drömma är OK!"

Dagarna flög förbi; Carnegie Hall dagen, dagen i Konstgallerierna, kvällen de såg New York Balletten och Danskvällen ombord på jazzbåten på Hudsonfloden...

Han körde henne till flygplatsen. De kysstes farväl...

Från sin fönsterplats såg hon honom stå och vinka. Hon vinkade tillbaka. Hon såg honom stå där sakta vinkande tills han bara var en liten, liten prick.

Han stod kvar tills planet var försvunnet. Lite vemodig, men glad över den vändning hans liv tagit. Det hade varit så skönt att vara med en god, intelligent kvinna igen och tala om väsentligheter han funderat över.

Hon log för sig själv. Hon tänkte på alla tokigheter de hade sagt och gjort den gångna veckan och på hans förvånande förnuftiga rättframhet i sociala frågor.

Kapitel 33

MICHELE BERÄTTADE ALLT om sina upplevelser i New York. Ingrids leenden skiftade mellan förvånande, medhållande och roat överseende. De drack kaffe tillsammans på Micheles bakre veranda. Solen var varm, nästan sommarlik. En kolibri sökte efter en röd trumpetformad blomma och hittade salviorna.

"Jag har tänkt över saker och ting," sade Michele. Jag måste sluta rusa iväg från sans och förnuft. Jag måste bryta med Bill."

"Jag tycker det du gjorde var rätt och bra för dej" sade Ingrid. "Jag är emellertid också skeptisk till det kloka i en framtid tillsamman med honom. Du behöver en intellektuell man med sinne för naturen, för etik och skönhet. En man du kan dela ditt vetenskapliga intresse med. En man du kan tala med om allt. Helst en du känner. Gå på jakt! Sänd Bill tillbaka till hustrun!"

De beundrade den fantastiska safir-ringen

"Safiren symboliserar trohet och lojalitet!"

"Lojalitet och trohet är något man kan drömma om. Kan du någonsin lita 100% på Bill? Det finns troligen tusentals ting han aldrig vågar tala om. Bolivars närmaste rådgivare kan knappast vara helt oskyldig. Mannen som hittades död i hamnen var ett offer för maktkamp bland Bolivars män. Bill visade sig komma ut som vinnaren."

Michele såg inte glad ut efter Ingrids uttalande.

"Mördaren kan vara en av gorillorna i Lincolnen, eller föraren, eller en av maffiagossarna vi tog hand om i hissen. Bill sa vid flera tillfällen att Bolivar lät andra göra dom ruskigare grejorna.

"Söker du ett halmstrå att klamra dig fast vid?"

Michele rös till. "Vet du vad. Din svenska Tosca kaka är den bästa jag någonsin ätit. Jag har alla ingredienser vi behöver. Kom så bakar vi en nu! Låt oss skingra tankarna genom att göra något som är konstruktivt och roligt. Rationellt tänkande kräver stimulans av något medryckande, lustbetonat och kreativt, gärna något man gör med händerna."

"... och något gott att mumsa på," fyllde Ingrid i.

De sjöng tillsammans och pratade medan de tillredde smeten och karamell-mandel toppingen. När kakan var färdig att åka in i ugnen tittade Michele på klockan och sade:

"Jag har det! Jag ska skriva ett brev till honom!"

"Vad var klockan när vi satte in kakan?" frågade Ingrid.

"Elva och tjugo! Polisjobbet vi tagit på oss är en tuff, livsfarlig business. Kanske borde vi backa ut?"

Pratet om baket blandades med pratet om Bill och Bolivar...

"Den måste vara inne en halvtimme innan vi kan bre på karamell-toppingen. Sen tar det ytterligare tjugo minuter. Jag tror att allt som kan stoppa eller krångla till narkotika handeln är av godo.. Det kommer inte att dröja länge förrän någon tar upp manteln efter Bolivar. Den lokala marknaden här har helt klart påverkats av våra ingripande. Kanske kan vi göra Cape Cod marknaden så ointressant att ingen vill riskera att råka ut för samma öde som Bolivar. Åka fast och bli robbad på fem mill som han!"

De skrattade och Michele sade: " Bill var i många avseenden jätte-sympatisk. Jag tror inte han dödade George, den döde i hamnen. George var hans vän... Jag hoppas att det inte var han som gjorde det."

Tosca kakan var färdig. Den blev perfekt. Ingrid gick över till sitt och satt vid köksbordet med bankbesked, skatteformulär och räkningar när Michele kom in och sträckte fram ett brev.

"Detta är vad jag tänkte skriva:

Käraste Bill,
Tusen tack för en underbar vecka. Vi skulle kunna passa fint ihop på många vis, men det finns etikregler vi inte kan borse från. Kyssar och kramar läker. Du förtjänar en god kvinna. Förlåt mig att jag knyckte adressen till din hustru och idag sänder henne safir-ringen tillsammans med följande brev:
Käraste,
Behåll detta som ett minne från den man Du en gång älskade. Den man som älskade Dej och fortfarande älskar bara Dej. Jag kan nu äntligen följa Ditt krav att bryta mina band med allt kriminellt. Älskade, var snäll ring mig om jag kan få komma tillbaka till Dej. Jag förtjänar det inte, men jag ber Dig förlåta mej de sorger och bekymmer jag orsakat Dej genom att inte vara lojal mot Dej.
Signerat: Bill
Adress och telefonnummer.

Ingrid satt tyst en stund.

"Du är toppen! Michele. Detta är det rätta att göra. Det enda riktiga. Det känns, det gör ont, eller?"

"Bill och jag hade det skönt tillsamman. Han till och med gav mig ögonblick av djup samhörighet. Han fick mej att förstå att jag faktiskt kan leva lyckligt med en man igen."

Hon log avslappnad med ett lite rävaktigt leende.

"Jag tänkte aldrig på andra män efter Richards död. Han sade vid flera tillfällen att vi hade många mycket skickliga och sympatiska kolleger och goda vänner inom vårt arbetsområde. Men jag lärde aldrig känna dom.

Vad Rich och jag hade upptäckt och experimenterat oss fram till inom bedövning, smärtlindring och dosering har aldrig publicerats. Han sa vi skulle patentera våra upptäckter. Ett patent skulle kunna ge oss en god inkomst under resten av våra liv..."

"Det skall bli en zoologkongress i London. Jag har beslutat att åka dit."

Kapitel 34

MIKE TITTADE IN i köket innan han skulle sticka ut på sin joggingrunda.

Cathy, klädd i en rosa träningsdräkt höll på att göra i ordning kaffekokaren. "Jag vill ha kaffet färdigt när jag kommer tillbaka," sade hon.

"Låt oss springa tillsammans, jag kan visa dej en fin väg."

Han samtyckte.

Hon sprang lätt och snabbt. Han hade svårigheter att hänga med. Hon var tyst. De löpte österut längs stranden i tjugo minuter innan hon stannade.

"Här vänder jag. Jag brukar göra lite gymnastik här och låter hjärt-verksamheten lugna ner sig lite. Sen springer jag tillbaka genom skogen."

De gjorde ett antal armhävningar och sittups och vilade sedan liggande på rygg tittande rakt upp i skyn. Lata, vita bommulstuss-moln seglade sakta förbi på indiansommarhimlen. Plötsligt frågade hon rentut: "Var det du som dödade du dom där gangsterna?"

"Jag vet att det var dom som dödade Maggie och jag tycker dom fick vad dom förtjänade. Tror du jag dödade dom?"

Ville hon verkligen veta sanningen? Hon skulle troligen bara bli rädd för mej! tänkte han. Han hade hoppats hon inte skulle fråga. Hon svarade inte på hans fråga. Han ville inte ljuga för henne. Han ville vara hennes vän och han ville att hon skulle lita på honom.

Vill jag egentligen veta... tänkte hon

Hon var lätt, slank smidig och snabb. Han var kraftig, tung och muskulös. Han skulle föredragit ett långsammare tempo men tyckte det var försmädligt att bli efter. Han var fullstnädigt utpumpad när de äntligen kom fram till den Sprenglerska villan. Hon hällde upp kaffe och kallade på Pappa Arnold när frukosten var klar. Inget svar. Hans BMW var borta! Cathy ringde till kontoret. Sekreteraren meddelade att han skulle vara tillbaka vid middagsdags. Hon lade på luren och vände sig till Mike.

"Han är för deprimerad för att lämnas ensam," sade hon. "Ett par dagars vila räcker inte. Var tror du han är?"

"Jag tror han är hos Cavallo. Han försöker troligen annulera eller senarelägga planerade flygningar."

Mikes Volksvagen rullade upp till grindarna vid Cavallos residens. Mike stannade och tutade. Mannen i vakttornet ruskade på huvudet. Han hade inte för avsikt att öppna. Mike gick ut ur bilen och var med ett skutt uppe på biltaket så att han kunde titta över muren. Arnolds BMW var parkerad framför huvudingången.

"Hej där! Jag är Advokaten Sprenglers pilot och detta är Fröken Sprengler. Vi måste tala med Herr Cavallo och Herr Sprengler. Var snäll och öppna grinden!"

Mannen bakom det skottsäkra glaset skakade på huvudet.

"Var snäll meddela Herr Cavallo att vi är här. Säg att Fröken Sprengler måste träffa sin far. Kolla mej! Inga skjutvapen ombord."

Mike hopppade åter upp på taket till sin bil och gjorde några lustiga skutt och visade att hans tätt åtsittande kläder absolut inte kunde gömma något vapen. Sen hoppade hand ner, körde undan bilen och parkerade en bit därifrån. Tillsammans promenerade Mike och Cathy fram mot grinden, som nu sakta öppnades. Butlern mötte dem och bad dem vänta. De kunde se Arnold sitta med Cavallo i den inglasade verandan. Det låg en hög papper på bordet mellan dem.

Mike gjorde tecken till butlern att de ville träffa Arnold och Cavallo. Butlern ruskade på huvudet. Mike skrattade och nickade. Butlern skakade. Mike nickade och gick fram mot dörren. Butlern blockerade vägen.

"Jag har order att låta er vänta."

"Jag gillar inte att Arnold är ensam när han förhandlar med Cavallo," viskade han till Cathy. Deras ovilja att släppa fram oss gör mig galen!"

"Vill du vara så god och tala om för Herr Cavallo att jag inte är van att tvingas vänta och att Fröken Sprengler måste träffa sin far omedelbart. Capito. Sätt igång, rör på påkarna fläskis! Säg till Cavallo NU!"

"Lugn om jag får be!"

"Pronto fläskis, undan!"

"Mike, vänta ett ögonblick," avbröt Cathy och vände sig till butlern, som gjorde tecken till två gorillor att komma.

"Varför framför ni inte vår begäran till Herr Cavallo innan ni sätter igång ett slagsmål som Ni troligen inte kommer att överleva!" sade hon.

Butlern tittade frågande på henne, men tog fram en telefon och ringde. De såg Cavallo lyfta sin telefon. Han nickade. Cathy och Mike släpptes in. Mike lade märke till att på ett av borden låg Newport-tidningen med förstasidan helt ägnad åt morden på Snöfågeln. Han pekade på tidningen och sade:

"Läs det där noga och betänk din situation, fläskis!"

Cathy kände knappast igen sin far. Mannen som satt där var en trött och hopsjunken gammal man. All energi han vanligen utstrålade var borta. Glimten i ögonen likaså. Blicken var fullkomligt tom! Cavallo tittade upp mot de två nya besökarna.

Det slog Cathy hur rätt Mamma Sara hade, när hon sagt att Cavallo hade ögon som en orm. Hon gick fram och ställde sig bakom Arnolds stol.

"Herr Cavallo, min far är inte frisk. Han behöver omedelbart komma till en läkare. Jag vill att mötet omedelbart avslutas och att Far kommer med oss. Min systers död kom som en chock för honom. Han är allvarligt deprimerad och i behov av vård."

"Kära Fröken Sprengler. Er far och jag talar affärer. Vi har ett kontrakt. Jag vill att han fullföljer sina åligganden och sin del av överenskommelsen eller han tvingas ta konsekvenserna. Det är allt. Er närvaro förändrar inget."

"Jag sade er att Far behöver läkarvård. Var nu resonabel, Herr Cavallo. När Far har kommit över depressionen och är frisk igen kan han återgå till arbetet hos er. Ser ni inte att han just nu är oförmögen att fatta viktiga beslut! Han får absolut inte flyga i det skick han just nu befinner sig.

"Seså Papps, låt oss komma härifrån. Du måste hem och vila och jag ska stanna hos dej och ta hand om dej. Adjö, Herr Cavallo!"

Hon tog sin far under armen och hjälpte honom upp ur stolen. Arnold kramade hennes hand och log mot henne.

"Så, så, så, var snäll och sitt ner igen och låt oss avsluta det här. Ni två får vänta där ute," sade Cavallo. Han lyfte på telefonen och bad butlern att genast komma... "och tag med två koppar kaffe till!"

Cathys fullständigt orädda, öppna blick mötte Cavallos.

"Varför skulle min far stanna här mot sin vilja. Jag är delägare i Arnold Sprengler Advokatbyrå. Jag tillåter inte att han för närvarande deltar i några som helst förhandlingar utan att jag är närvarande. Är det klart! Vad i hela friden får er att tro att vi är skyldiga att följa era order. Kom nu Pappsen, Jag är ledsen men vi förlorade just nu en kund. Mike var snäll hjälp mig att ta hem Papps."

Butlern kom just och satte i all hast ifrån sig en kaffebricka på bordet och blockerade deras väg ut.

"Mr. Cavallo har mer att säga er. Var vänliga vänta ett ögonblick,"Cavallo reste sig. Han var högröd i ansiktet av ilska.

"Vi har haft flera allvarliga överfall och förluster på senare tid och mycket tyder på att Arnold är inblandad.."

"Varför vänder ni er inte till polisen!" blixtrade Cathy tillbaka.

"Fröken Sprengler, ni tycks inte vara medveten om att er far är involverad i allvarliga lagöverträdelser!"

"Om han är det skall han ställas inför rätta. Men såvitt jag vet har han bara utfört det hans kunder begärt. Vi är advokater Herr Cavallo. Mej skrämmer Ni inte med lagen! Om vi inte omedelbart tillåts avlägsna oss kommer ni att råka väldigt illa ut. Jag kommer att ringa er innan vi sänder vår nästa och sista faktura. Adjö!"

Hon stirrade honom oavbrutet i ögonen. Hans underläpp darrade och han vände bort blicken. Hans händer darrade. Butlern gick fram till honom och viskade i hans öra:

"Sir, det var dom två som likviderade Bolivar!"

"Jasså Ni var i Newport när Bolivar dog!"

Mike log mot de båda gangsterna, som gjorde en sista ansträngning att återta initiativet. Mike märkte att leendet enerverade Cavallo.

"Bolivar fick vad ett kräk förtjänar," sade Mike, " Hans båda maffioso också, och ingen av dem drunknade. Men sluta nu att uppföra er som en bortskämd barnunge. Vill ni vara kvar i business eller ej? Herr... jag glömde ert namn var det Kanalje? eller Camillo? Ni vet att Arnold inte stulit något, inte ens från narkotika handlare. Om ni tappat sinnet för proportiner vill jag påminna er att Bolivar var minst 10 gånger större än ni och att hans medarbetare var dom tuffaste i New York... inte dom bästa i en liten fiskarhåla ute i buskarna på Cape Cod!

"Vad väntar ni er av en fläskis som den där clownen-butlern där," Han pekade med tummen över axeln,"...eller dom där två slemmiga amatörerna i sina borsalinos?"

Med en föraktfull rynkning på näsan pekade han på gorillorna i sina 3-delade ljusgrå, randiga kostymer och fedoras...

"Har ni för avsikt att införa nån slags Al Capone-standar kostymering för gangsters på Cape Cod? Jag menar. Vakna upp! var realistisk! Arnold är en första klassens pilot. Han har kört in miljoner till er! Han har uppfunnit och låtit tillverka högteknologisk utrustning som ni kan tjäna massor av miljoner med. Han är orädd, smart och kan lagen. Han är sjuk och behöver vård, men ni, förblindad av egoism, penningbegär och misstänksamhet, är inte villig att ge honom ett par futtiga månaders vila för att komma över det faktum att han är ansvarig för sin dotters död. Har jag förstått Er rätt?"

"Herr andrepilot," fräste Cavallo. "Jag är inte det minsta intresserad av er uppfattning!"

"Jag förstår att omgiven av män som Mister Fläskegris där och Al Capone fansen där upp, alla bugande, smilande med sägande: JA, Herr Camillo, Visst visst Herr Camillo, Rätt och klokt! Herr Canalje, så tror du till slut att du är smartast i stan. Men jag skall säga dej sanningen. Jag vågar säga rent ut att den hänsynslösaste, den starkaste, grymmaste och råaste är inte den smartaste. För ert eget bästa lyssna till Fröken Sprengler. Hon är klok och tänker klart. Jag är en andre pilot, men om du inte visste det så är det piloten som sätter kursen och flyger medan avloppsråttor som du sitter i baksätet och läser Wall Street Journal. Och om jag beslutar att kvadda dej och låta dej flyga åt helvete. Då kan du inget göra mer än sitta och titta på när du åker åt helvete. Men jag flyger inte åt helvete. Jag tycker du är barnslig och du behöver toppengubbar inte Ja-män. Det är idiotiskt att hota Arnold och mej! Mycket enfaldigt."

"Jag är faktiskt väldigt trött på att lyssna på dej!"

"Då ska du ta dej en tupplur och vakna upp lite mer klartänkt. Håller din fete vän handen i armhålan för att han förbereder mitt insomnande?"

"Nog! Släng ut honom!" skrek Cavallo. Fläskisen drog pistolen.

När Mikes spark träffade mannens hand brann ett skott av. Pistolen flög i en vid båge och landade nära trappan som ledde ner till stranden.. Mikes andra spark landade med en duns i den fläskiges solar plexus. Mannen veks dubbel och var medvetslös när han landade på golvet.

"Se där. Alldeles för långsam. Du borde ersätta honom!" sade Mike och vände sig mot Cavallo och bugade som professionella karatelärare brukar hälsa sina motståndare. Och han log.

Tidigt samma morgon ringde Michele till Ingrid.

"Jag har lyssnat på vad som försiggår inne hos Sprenglers. Något viktigt händer ute i Chatham! Låt os kvickt köra dit och lyssna. Det verkar kunna komma till någon slags slutuppgörelse..."

Tjugo minuter senare parkerade de vid stranden nedanför Cavallos magnifika villa. Michele lastade ur videoutrustningen och satte upp kameran och lyssnarapparaturen riktad mot Cavallos glasade veranda. Hon knäppte på ljudet lagom att höra Cavallo läxa upp Arnold. Hon räckte Ingrid ett par extra hörlurar.

Deras blickar möttes och leenden växlades när de hörde Cathy's självsäkra, trygga och orädda uttalanden. De fick genast klart för sig att Cavallo hade två mycket obstinata gäster. De hörde Mike leverera den ena kanonaden av anklagelser och dolda hot efter den andra utan några artiga hämningar. De hörde också Cavallos order till sin livvakt att slänga ut gästerna. Videon registrerade allt, Mikes spark, pistolen som flög i en hög, vid båge och butlern som gick ner för räkning.

"Järnvägar! Dom borde vara försiktigare med min hyperkänsliga audio utrustning!" ropade Michele när skottet smällde av.

"Jag tror Cavallo fick sitt straff," sade Ingrid. Javisst! Han kollapsade. Den fete gossen sköt honom! Jösses! Ingrid rusade över till strandvaktens kontor strax intill. Hon kastade sig fram till telefonen och slog 911. En telefonist svarade...

"Se till att en polisbil och en ambulans omedelbart kommer till Cavallos residens på stranden här i Chatham!"

"Ett ögnblick, skall jag koppla er till polisen. Ge dom den information dom behöver. Jag ringer efter en ambulans. Lägg inte på luren än!

"Nej för Guds skull! Dom skjuter ihjäl varann här. Du kan själv framföra det..."

"Ja, hallå! Detta är kommisarie Spenser vid polisen..." en mansröst bröt in i samtalet. "Jag befinner mig i min polisbil nära polisstationen. Sa du att det är bråk hemma hos knarkkungen?"

"Ja, jag sa Cavallos villa. Snälla ni kvicka er! Nu hör jag en massa skjutande med automatvapen! Ni ska nog inte komma ensam... och inte obeväpnad! Dom här är hemska och farliga människor!"

"Tack ! Vi är där inom kort! Lägg inte på luren. Håll kontakt!

Bara några minuter senare stannade ett par ambulanser och sju eller åtta polisbilar med blixtrande ljus utanför villan tillhörande Herr Cavallo, affärsman, miljardär och knarkkung.

Mike böjde sig fram över den medvetslöse butlern och kollade andning och puls. Han lossade mannens slips och knäppte upp skjortan...

"Sov gott tjockis!"

"Mike!" Ropade Cathy. " Titta på Cavallo!"

Cavallo försökte tydligen säga något, men inga ord kom kom fram. Han gled sakta från upprättstående till halvsittande och därefter oändligt långsamt ner på golvet där han blev liggande raklång på rygg. Blod bubblade ut ur mun och näsa.

"Se upp! För Guds skull! Tag skydd! Ner på golvet! Ut härifrån!" skrek Mike. I nästa ögonblick kom en skur kulor från ett automatvapen och splittrade glasväggen. Inom en hundradels sekund hade Mike tagit Cathy och slängt ut henne i skydd nedanför verandan. Arnold satt och pressade ena handen mot skottsår i skuldran. Blod sipprade ut mellan hans fingrar. Han betraktade Cavallos döda ansikte och log.

"Konsultationen är slut ,"sade han, reste sig och tittade på Mike och dottern som låg i skydd på de övre trappstegen ner mot stranden. Hans blick mötte Cathys. Hon stirrade terrorslagen på sin Pappa. Han log tillbaka:

"Fri! Nu går jag hem!"

En ny, lång skur från kulsprutepistolen rev sönder bordet, stolarna och trappräcket. Arnolds kropp skakade till i våldsamma ryckningar när flera kulor träffade honom. Han föll huvudstupa, handlöst ner för trapporna och blev liggande i en grotesk ställning i sanden på en trappavsats. Cathy rusade ner till honom utan att bry sig om skjutandet eller sin egen säkerhet.

Hon drog in honom i säkerhet där de skjutande dårarna inte kunde se honom. Hon satte sig ner och såg till att han låg bekvämt med huvudet i hennes knä. Med sin mjuka silkesscarf torkade hon bort sand från hans ansiket och blåste bort sandkorn från hans slutna ögon. Hon knäppte upp hans skjorta och kände på hans bröst. Han andades! Hans hjärta slog.

"Tack ska du ha, Gud, för att han lever. Snälle Gud låt honom få leva, jag ber Dej. Jag lovar göra något i gengäld! Jag lovar! Snälle, snälle Gud!"

Arnold hade flera allvarliga skottskador. Cathy såg hjälplöst på hur hans liv och hans blod sakta rann ut. Tårar fyllde hennes ögon. Hon satt där med hans huvud i sitt knä och tittade ner i det ansikte hon alltid älskat.

Hon mindes honom som en ung solbränd, muskulös pappa som hystade henne, liten flicka, högt upp i luften, fångade henne och kramade om henne. Hon mindes honom när han höll i sadeln, springande bredvid henne på hennes allra första cykeltur. Hon mindes honom när han satt bredvid henne i sängen och läste sagor och berättade om andra länder och folk. Hon mindes varma soliga sommardagar på stranden då han visade hur man byggde sandslott och bakade sandkakor och de vadade hand i hand i det ljumma vattnet och plockade snäckor och de plockade blommor och han band henne en krans som han satte på hennes huvud. Hon mindes vinterkvällar när snöstormen ven och dundrade i skorstenen och skolorna var stängda för alla gator var igensnöade. Och han var där framför den öppna brasan och hon satt i hans knä och han läste för henne om tigrar och elefanter och djunglar... Och han lade henne till sängs och kysste henne godnatt och lämnade dörren öppen in till hans och mammas rum...

Hon böjde sig fram och kysste honom på pannan och hon viskade:

"Det är jag, Cathy. Jag är här hos dej, Pappsen. Snart är den här stygga drömmen över och vi ska gå hem. Och Mamms är där, och hon kommer att krama om dej och säga att hon älskar dej. Och när doktorn säger att du är bättre ska vi promenera på stranden. Vi ska börja ett nytt liv, utan narkotika-affärer, borta från stygga, onda människor och jag ska jobba tillsammans med dej och vi ska bygga upp en ny advokatbyrå du och jag...

"...Och Mamms kommer att säga dej att det inte var ditt fel att Maggie dog för det var faktiskt mitt fel. Jag visste hennes svaghet. Jag var där med henne. Jag hade ansvaret men jag såg inte efter henne."

Cathy visste att han kunde höra och känna henne. Hon visste inte riktigt vad hon skulle säga... utan att tänka på det började hon nynna sånger som Mamma Sara brukade sjunga och orden kom tillbaka. Hon satt där och önskade att tiden skulle stå still... Men det gjorde den inte.

Arnold var fullständigt desorienterad. Han mindes att han såg in i Cavallos ormögon.

"Det var väl att jag inte tog med mig pistolen. För då hade jag varit mördare så här dags. Denne dumme, närige och girige råtta som bad mig om ett par miljoner för att han skulle riva sönder vårt kontrakt och låta mej gå...

"Jag känner väl dej din skunk, din råtta! Som om jag inte visste att jag skulle dödas så snart du fått pengarna. Jag kan det här spelet nu. En trafikolycka, en drunkningsolycka, ramlade framför tåget, en överdos, starka, dödande piller i en oskyldig flaska huvudvärkspulver... självmord...

"Du trodde du kunde skrämma mej med polisen. Du var ju dummare än jag trodde! Jag hoppas jag möter Maggie när jag dör. Jag hoppas hon kan förlåta mej. Hon borde varit kvar här på jorden...inte jag.

"Vad har Cathy och Mike här att göra. Hur kom dom förbi gorillorna där uppe... Vad jag är glad dom kom. Hennes röst är precis som Saras. Och vad vacker hon är... och en duktig advokat också... Jag måste försöka le så att dom förstår att jag är glad dom kom. Hennes händer är varma och utstrålar tröst. Hon försvarar mej. Hon finner kvickt nya sätt att få Cavallo på plats. OK jag ska försöka resa mej och gå med dom ut. Om jag ändå inte var så trött! Jag kan sitta ner lite till, bara lite.

"Tack Mike, du är ung och stark, men du behöver inte stödja mej. Jag kan gå själv nu när jag inte längre är ensam och utelämnad till dom här fulingarna. Jag mår mycket bättre nu! Jag vet ju att du är en förstklassig pilot. Jag vet ju att du älskade Maggie, men jag kunde väl aldrig tro att du, denne artige, väluppfostrade familjepojke kunde bli ett monster för att hämnas. Hur kunde du ensam utan vapen ta kål på tre av USAs värsta gangsters...

"Och det var du som gjorde det. Och det var jag som bad dig göra det. Det är mitt fel att du nu är en mördare. Jag ska be dej om förlåtelse. Hoppas du kan förlåta mej.

"Nu drar Cavallos buse fram en pistol...mot Mike. Ojdå! det gick kvickt! Mikes spark slog ut fläskbusen. Pistolen gick av... Jag kan se kulan lämna loppet. Jag kan se pistolen snurra runt upp i luften...Jag hoppas den kulan träffat Cavallo. Jag ska leda dej lilla kula! Sådär ja, sådär ja. Kom igen lilla kula. Du skall dit, dit rakt i näsan på det kräket. Det är precis rätt. Det var mitt i prick! Utmärkt, utmärkt!

"Jag måste vara sjuk. Jag såg faktiskt kulan millisekund efter millisekund. Det var jag som mördade Cavallo. Jag styrde ju kulan rätt på honom! Men det är ändå ingen som kommer att tro mej. Det måste finnas en Gud som ansett att nu får det vara nog med Cavallos dumheter! Oh, gode Gud, var det verkligen Du, eller var det Lucifer som spelade Cavallo ett så ondskefullt spratt!

"...Var tog ungdomarna vägen. Det är dags att åka hem. Hej då, ha en trevlig kväll allesamman! Jag måste berätta för Cathy att jag var fastbunden med osynliga rep. Armar och ben lydde inte order. Till och med min tankeverksamhet hade fastnat. Men nu känns det bra igen. Äntligen är jag fri och kan gå min väg. Ingen Cavallo, ingen narkotika. Tusan också! Dom skjuter på mej! Varför då? Jag har ju inte gjort dom något. Nu blir jag så där tung igen. Jag kan inte röra mej. Tack Mike för att du kunde finna en plats där Cathy kan vara säker. Jag ska försöka krypa över till henne. Men jag kan ju inte. Nu skjuter dom igen... Jasså det är så här det känns att bli skjuten och att dö. Konstigt det gör inte ont. Hursomhelst, jag bryr mej inte längre."

Så föll han huvudstupa ner för trapporna och blev liggande. Långsamt blev han medveten om att han fortfarande levde. Solen värmde hans ansikte.

Polismannen stod uppe på polisbilens kofågare och tittade åt alla håll. Han talade med Ingrid i sin celltelefon.

"Maaam, var är du?"

"Här, nere på stranden vi strandvaktens hus! Jag står här i dörren och vinkar till dej! Jag ser dej! Säg till ambulanspersonalen att det ligger en skottskadad man i trappan bakom huset. Halvvägs ner mot stranden. Säg åt dom att raska på. Han tycks vara illa däran. En kvinna sitter hos honom. Jag ser dom i teleobjektivet!"

Arnold hade klart för sig att detta var slutet. De sönderskjutna nerverna var fortfarande i shock så han hade inte ont. Han kände sig helt lugn. Han ville bara att tiden kunde stå still ett tag. Han önskade att kvinnan som satt hos honom skulle stanna och aldrig lämna honom. Det var bara en sak till han ville. Han gjorde en ansträngning att tala:

"Jag önskar att jag aldrig rört in mej med dom här narkotika hajarna. Jag önskar att ni kunde förlåta mej. Jag önskar det så, jag önskar det så..."

Hans röst blev bara ett viskande. Cathy viskade tillbaka:

"Ja, Pappsen lilla, vi förlåter dej. Jag blir här hos dej. Bara vila nu..."

Arnolds hörde varje ord och hans dimmiga hjärna försökte sammanställa en mening och verklighet av vad han hörde...:

"Detta kan ju inte vara Cathy, det måste vara Sara. Hon luktar just så här, ren varm kropp. Det är doften av liv, doften av en kärleksfull kvinna.

Hennes händer är varma och smeksamma. Jag önskar jag var stark nog att hålla hennes hand. Eller är det kanske Mor... Jag fryser.

Varför fryser jag om fötterna. Dom är ju iskalla. Jag känner dofterna från havet. Blåser tydligen från sydost. Jag hör måsarna skria och nu är det någon som talar och säger: 'Det är jag, Cathy.' Vad gör Cathy här. Jag älskar hennes röst, men hon är ju bara en liten tös som sitter här på stranden. Men hennes röst är ju en kvinnas. Underligt. Det är rösten av en kvinna jag älskar. Hon kysser mina ögon... Mina kvinnor gav mej mina vackraste minnen från mitt liv...

Kapitel 35

CAPE COD PÅ sommaren är ett zoo, men på vintern sover lanskapet en fridfull sömn. På vintern är skyarna här isblå, oceanen blygrå, stränderna är ljust ockra med vita snödrivor och streck av svart, torkad tång. En tid för rekreation och avkoppling men också förberedelse inför den korta, nio veckor hektiska sommarsässongen. Det är en tid när utombyssingar omedelbart avslöjar sig. En tid när män med kalla ögon gör upp planer för sommarens lokala narkotikamarknad. Utmed de avfolkade sandstränderna rasslar strandrågen och binder den fina sanden och hindrar den att blåsa in bland den taggiga buskvegetationen bland strandplommon, låga, vindpinade tallar och ekar.

Vinterstormen tjuter i svarttallens kronor. Måsar och trutar skriker och seglar stillastående mot vinden. På drivande isflak ser man diverse sjöfågel promenera fram och tillbaka som gammaldags ångbåtspassargerare med händerna på ryggen. Några lom-par sågs simma så lågt att bara den eleganta halsen och huvudet syntes över vattenytan, som om de sökte skydd mot den bitande vinden. Denna unika del av New England har en mängd innevånare som med glöd vill bevara landskapets utsprungliga renhet och enkelhet. Ormögda män är inte välkomna.

En liten fiskebåt styr in i Barnstable Harbor. Två män kurar bakom vindrutan. Den ene tar sig en åkarbrasa. På durken sprattlar fisk i två plastbackar. Fisken inbringar tillräckligt med pengar för det männens kvinnor behöver till att baka och handla kött och grönsaker och ytterligare en veckas behov av bensin för fiskebåten. Vintern, särskilt senvintern betyder mager kost och tuffa tider för många Cape Codders.

Det hade varit en strålande dag. Ingrid och Ted förberedde en mustig grönsaks- och kött-soppa i sitt trevna kök. Där sprakade elden i den öppna brasan och spridde en härlig värme. Ljuset från lågorna fladdrade på tegelgolvet, väggarna och i taket. Genom fönstret kunde de se den lilla fiskebåten styra in och lägga till. Männen hystade upp dagens fångst på kajen. I vattnet bakom varvet och restaurangen på styltor målades himlen disigt orange och in över fastlandet försvann allt i mörka purpurdimmor.

Då hördes flera dova klappningar på dörren. Ted gick och öppnade. Det var en flicka. Hon var klädd i varma skidkläder, dunjacka, en vit pälsluva och en stor orangeröd mohairscarf.

"Kom in! Kom in!" ropade Ingrid bortifrån spisen. "Det är ju fröken Sprengler! Stig på! Stig på!"

Den unga kvinnan stampade av snön från skorna, kom in och stängde dörren efter sig.. Hon drog av sig vantarna och tog av scarfen som varit virad flera varv runt halsen och dolt hela ansiktet så när som på en röd nästipp och ett par skrattande ögon. Hon var en skönhet. Ted tittade och log.

"Gokväll," sade hon, "lessen att störa. Jag kom för en timme sen och har planerat att stanna över veckoslutet för att åka upp till Boston och hälsa på Pappa på sjukhuset. Hade tänkt att jag skulle kunna hinna med att göra lite skolarbete också. Men det är nåt fel på vår oljeeldning. Den vill inte gå igång. Hela huset är iskallt och jag undrar om ni skulle kunna hjälpa mej. Jag är inte så bevandrad i tekniska grejor. Kanske finns det en strömbrytare någonstans, som jag inte kan hitta."

"Jag kommer genast," sade Ted, grabbade sin dunjacka och hoppade i pälskängorna.

"Vi har gott om soppa för oss allesamman!" sade Ingrid. "Jag föreslår att du kommer hit och äter kvällsmat med oss medan ert hus värms upp."

Flickan nickade "Ja" och log "Tack!"

En halvtimme senare kom båda tillbaka. Det hade nu blivit mörkt. Ted sade att det var ett fel han inte kunde fixa. Han ringde sin vän oljeeldningsspecialisten, som inte kunde komma förrän tidigt nästa morgon. Ingrid bjöd sin unga granne att stanna som gäst över natten.

"Vi har alltid ett gästrum stående ledig. Vi har ofta långväga gäster och man vet aldrig vad New Englandvädret kan överraska oss med. Du är hjärtligt välkommen. Jag ringde nyss vår andra granne, Michele Renard. Hon kommer också över och äter med oss."

"Tusen tack! Det är verkligen snällt av er. Är jag hemsk om jag tackar Ja? Jag har sett er båda så många gånger... Ändå känner jag er inte. Jag heter Cathy. Jag tror ni känner Mamma och Pappa. Dom har varit era grannar i flera år. Men jag är bara här på sommarloven. Jag går i skola i England."

Det hördes ljud från garaget och en lätt knackning innan Michele kom in. Hon skakade av sin snöiga rock och hängde upp den ute i förstugan. Hon lade sina vantar på elementet och hängde upp halsduken och mössan på hängarna över elementet. Så kramade hon om Ingrid och Ted och introducerade sig för Cathy.

"Hur står det till med Pappa Sprengler? Vi hörde att han blev skjuten och nästan dödad av dom där narkotikahajarna i Chatham."

"Pappa blev allvarligt sårad. Han är fortfarande illa däran. Jag har flugit över och hälsat på honom två gånger i månaden sedan i Oktober. Han kommer att överleva men blir invalid för resten av livet. Han var väldigt deprimerad, men depressionen har lättat något och han är lite bättre nu..."

De stod alla runt spisen och serverades en gräddig soppa med blomkål, morötter, brockoli, purjolök, potatis och stora tärningar av kött.. Ut ur ugnen kom krispiga, bakade ost sandwiches. Alla njöt av den enkla, värmande måltiden och åt under tystnad. Vinden som svepte runt huset ven, då och då dånade det i skorstenen och grenarna från träden intill huset svepte på taket. På bordet stod flera fladdrande stearinljus. Man hade det varmt och skönt och ombonat.

"Min syster Maggie var min närmaste och bästa vän," sade Cathy. "Jag tror att systrar ofta står varann nära. Familjen höll alltid ihop ända till det här hände med Maggi och Pappa. Mamma blev så knäckt att hon inte vill komma hem. Pappa bad mig se efter huset här. Och det känns så skönt att vara här hos er. Jag vet att ni är skandinaver, så "Skål" och tusen tack för er inbjudan. Trevligt att vara er gäst."

Sherryn var torr och uppfriskande. Den öppna spisen var öppen åt två håll, in mot köket och ut mot vardagsrummet. Det hade slutat snöa och Ted hjälpte Cathy bära in hennes bagage. Hon låste huset och bilen. Michele serverade kaffet och Ingrid bjöd runt snifters med god fransk konjak Cathy talade om sin familj. Hon hade intresserade åhörare.

"Pappa är advokat, som ni vet. Narkotika-kungen Cavallo i Chatham var kund hos honom. Pappa blev involverad och när Maggie dog av en överdos ansåg han sig vara orsaken till hennes död. Han ville hoppa av och körde ut till Chatham för att tala med Cavallo. Men Cavallo hade en hållhake på pappa och ville inte låta honom gå. Vi körde ut till Chatham för att tala förstånd med Cavallo och det var då skjutandet började. Cavallos bodyguard sköt mot oss och Pappa träffades. Polisen kom bara några minuter senare, Gudskelov! Och ambulansen också. Pappa hade förlorat en massa blod och låg döende i mina armar... när dom kom."

Alla drack lite kaffe och man smuttade på konjaken. Det var fullkomligt tyst så när som på brasans sprakade.

"Samma morgon," sade Michele, "var två damer ute och filmade på stranden nedanför Cavallos residence. Dom råkade se en beväpnad man där uppe och riktade en telelins ditåt. Dom såg en buttler dra fram en pistol. Dom såg din systers fästman sparka pistolen ut ur butlerns hand, dom såg Mr. Cavallo bli skjuten och såg dej dras i skydd nerför trappan. Dom såg din pappa bli skjuten om och omigen.

Dom såg honom falla huvudstupa ner för övre delen av trappan. Dom såg allt! Och dom filmade allt!"

Cathy stirrade på Michele. "Jag visste inte det fanns vittnen. Jag kunde inte förstå hur ambulans och polis kunde dyka opp precis i rätt tid!"

"Dom två vittnena sitter just nu här med dej! Ingrid var den som sprang och ringde efter hjälp."

Cathy tittade frågande på Ingrid, som om hon väntade en bekräftelse. När ett leende och en nick sade att så var det, rusade hon fram till Ingrid och kramade om henne och kysste henne leende med tårfyllda ögon.

"Tack, tack, tusen tack! Du räddade pappas liv. Doktorn sa att hade hjälpen kommit bara några minuter senare hade det varit för sent! Hur ska jag någonsin kunna tacka dej!"

Ingrid kramade om henne... Plötsligt stelnade Cathy till.

"Åh förlåt mej, jag tappade kontrollen,. Jag borde ha kunnat behärska mej. Jag känner er ju inte! Förlåt att mina känslor sprang iväg med mej!"

"En god kram är alltid rätt," sade Ted. "Förresten, jag tror Du har besök!" Han tog Cathy fram till fönstret och pekade. En stor silverfärgad Lincoln var parkerad utanför Sprenglers, och tre män bar in några väskor.

"Vad är detta för människor? Titta, dom har nycklar till vårt hus och dom promenerar rakt in! Kom vi går dit!

Michele stoppade henne. "Din pappa har fiender. Låt oss vänta. Gå upp på andra våningen här och se därifrån vad som händer. Dom får inte veta att vi upptäckt dom. Jag tror inte det är klokt att störa dom."

Bara några minuter senare försvann männen i Lincolnen. Det hade börjat snöa igen. Lampan uppe i telefonstolpen mitt på hamnplanen gnisslade, gnällde och svängde fram och tillbaka i vinden. Det blåste snålt. Att en vinternatt gå in i ett sommarhus är alltid lite spökligt. Cathy låste upp och de gick in.Bakom dörren hängde ett par baddräkter. På soffan låg några veckotidningar med solbrända, sommarklädda människor. I en stol låg en solhatt. i en annan ett tennisracket och en solskärm..

"Vad ska vi leta efter?" frågade Cathy.

"Nånting som inte borde vara här," svarade Ted. Titta i din pappas lådor, skåp och garderober, bland privata saker. Kanske lämnade dom kvar en revolver med hans fingeravtryck, kanske knark."

De letade igenom hela huset, men fann ingenting.

"Var skulle man gömma något så det inte såg ut att bara ditlagt," frågade Michele.

"Uppe på vinden," föreslog Ingrid eller bakom oljetanken i källaren, bakom kylskåpet eller spisen, i den öppna spisen, i toalett tankarna, under trappan, under tunga möbler, inne i TVn, i en stoppad soffa..."

Cathy höll en ficklampa och Michele följde henne upp på den iskalla vinden. Det var bäcksvart. Under glasullisoleringen låg något. Det var en låda invirad i plast. "Den är inte vår!" sade Cathy.

"Vi fann nånting," ropade Michele så högt att Ted skulle höra det.

"Det gjorde vi mä!" ropade Ted tillbaka. Fastsatt med tejp under Arnolds skrivbord fann vi ett kuvert med pengar och uthämtade checkar."

Ingrid hade hittat flera påsar med kokain bland trädgårdgrejorna och i en säck med konstgödning för gräsmattan. Nu genomsökte de varje rum systematiskt. Under mattan i biblioteket låg ännu ett kuvert med sedlar och checkar. Men det tycktes vara allt. De återvände hem till Hallbergs och spred ut fynden på köksbordet.

"Inte dåligt, " sade Ted. "ca 25 kilo kokain, Femtiotusen dollar i sedlar! Tag dom Cathy! Dom är dina! Låt oss gömma det andra till senare."

De bar över allt till Micheles hus. Värdepapper och pengar lades i Micheles kassaskåp och påsarna med kokain, värda cirka en miljon gömdes i Micheles källare.

Tidigt nästa morgon stannade flera polisbilar från statspolisen och narkotikapolisen. De tog sig in i Sprenglerska huset. Cathy såg de blinkande ljusen på polisbilarna. Hon såg allt. Hon kom ner för trappan och sade inte ett ord. Ingrid satte på kaffe och Cathy hjälpte att duka fram frukosten och skära upp bröd. Hon var väldigt nervös. De såg Michele komma gående över hamnplanen. Hon stannade och talade med en polisman. Hans hund nosade på hennes händer och ben.

"Det är ju väl att hundar inte är så bra på att tala," sade Ted. För då hade den troligen sagt: Hallå där, lilla damen vad gjorde du inne hos Sprenglers i går kväll? Din doft ligger kvar runt om i hela huset!"

Ibland är hunden kvinnans bästa vän.

Kapitel 36

MIKE HOPPADE ÖVER snödrivorna kring parkeringsplatsen utanför Boston General Hospital. Snöslungor hade gjort trottoarerna snöfria, men inte fått bort isbarken där, och sanden hade för längesedan blåsts bort av den isiga vind som dånar in från havet nerkyld över den kalla Labrador-strömmen från Grönland. Den vinden letar sig in överallt och är typisk för midvintervädret i New England. Han sprang upp för trapporna till Avdelningen Nevrologisk Rehabilitering för att hälsa på sin vän och arbetsgivare Arnold Sprengler.

Cathy hade ringt Mike från London och berättat att pappan nu var stark nog att ta emot besökare och att han gärna ville tala med Mike.

Arnold låg och tittade ut genom fönstret, såg de snöfyllda molnen segla förbi på den mörkgrå himlen. Små snöflingor virvlade ner från taket.

Mike klarade strupen när han stod i dörröppningen. Han harklade sig igen. Ingen reaktion. Då smög han på tå runt sängen och blev glatt överraskad att se sin vän vaken och leende mot honom. På bordet bredvid Arnolds huvudgärd stod en vas med fyra, stora, röda rosor. Mike sträckte fram sin bukett med fem små rosa rosor. Arnold förblev blick still, men smålog.

"Jag ser Cathy har sänt dej fyra fina rosor. Dom är vackrare än mina, men mina luktar lika gott. Känn!" Han höll fram buketten så Arnold kunde inandas rosendoften.

"Jag valde fem, för jag räknar mig själv som den femte i din familj."

Arnold nickade, log och viskade: "Tack för att du kom. Underbara rosor. Ringde Cathy dej?"

Oändligt sakta och uppenbarligen med stor möda drog Arnold fram sin hand, som legat under täcket, och sträckte fram den mot Mike, som grep den med båda sina händer. De skakade hand, men när Mike släppte taget märkte han att Arnold ville hålla kvar. Så Mike behöll greppet medan händerna vilade på täcket. Arnold viskade:

"Det var nära dom fick mej..."

"Jag skulle aldrig ha kickat till butlern. Det var mitt fel. Det var jag som satte igång hela cirkusen och skottlossningen. Jag ångrar mig verkligen. Men jag blev så himla arg! Hade jag lugnat ner mej hade ingen skjutit någon."

"Han fick vad han var värd och Cavallo likaså. Och jag måste berätta något konstigt för dej. När du sparkade pistolen ur handen på honom och skottet brann av, såg jag kulan lämna pistolmynningen i slow motion. Jag sade till den att gå rakt in i huvudet på Cavallo. Jag styrde den att landa precis där den skulle! Det tog Cavallo en stund att fatta vad som hänt. Han gjorde en förvånad och dum grimas och gled sedan ner på golvet. Kan du begripa hur jag kunde se det?" Arnold andades häftigt och upphetsat och ville säga något mer, men beslöt att vänta.

"Jag tror du såg kulan för din hjärna var superallert. Utan tvekan var det en högre makt som styrde kulan mot rätt mål! Samma mål som du önskade! Cavallo var ett paradsvin. Ett första klassens kräk... Jag tycker ruskigt synd om dej!"

"Läkarna här säger att mina händer och armar troligen kommer att återfå rörelseförmågan, men jag har svårt att stå och kommer visst aldrig att kunna gå igen. Men jag förtjänar detta straff. Att hjälpa narkotikahandlare betyder att mörda folk, mest unga männniskor. Att döda deras livslust, arbetsglädje och tankeverksamhet. Detta är priset. Det är inte mer än rätt..."

Han satt tyst en lång stund...

"Jag kommer aldrig mer att kunna flyga, aldrig mer kunna promenera på stranden. Jag kommer inte ens att kunna gå på toa själv! Men kanske ska jag ändå vara glad att jag lever. Jag kanske kan göra något som gör livet värt att leva... för andra också.

"Jag tänker behålla Baronen och du kan flyga den. Jag vill att du tar mej upp någon morgon i soluppgången och någon annan gång vill jag se solen gå ner, sjunka genom purpurskyarna ner i den gråvioletta dimman som rullar in från Atlanten. Det är så ljuvligt vackert! Det känns i hela skrotten."

"Vill du att jag flyger privat flygtaxi och utvecklar den rörelsen? Eller skall jag vänta tills du kan vara med ombord?"

"Jag vill du använder Baronen, men du måste lova mig en sak: Aldrig mer knark ombord, OK! Är det klart uppfattat?"

"Absolut!"

En jättesöt sjuksköterska kom in. Hon log mot Mike gick fram till Arnold och strök honom över håret och klappade honom på kinden.

"Ni ser mycket bättre ut idag, Herr Sprengler! Ni måste ha talat om kvinnor eller var det om flygning?"

"Syster Molly, detta är min pilot Mike. Han kan ta er närmare det himmelska än någon annan. Bed honom flyga er till Bermuda en weekend. Han är en snäll pojke och han kommer inte att förföra Er... såvida ni inte ber honom om det!"

Besökstiden var slut! Mike kände greppet om handen hårdna. De båda männen hade suttit och hållit varann i hand hela besökstiden.

"Kom tillbaka nästa vecka, Mike, Hej då!

"Jag lovar, krya på dej! Hej.

Mike visste inte riktigt hur han skulle visa sina sympatier. Han skulle velat kyssa hans panna och klappa honom på kinden. Det hade han gjort om det varit hans egen far, men han vågade inte... Istället strök han försiktigt Arnold över håret, rörde vid hans kind och klappade honom på axeln.

Lediga parkeringsplatser är det inte gott om i Boston. speciellt inte om man som Mike bor på Myrtle Street, i Beacon Hill, Gamla stan i Boston, där gatorna är trånga och parkeringsplatserna få. Vanligen lät han bilen stå ute vid flygklubben. Men idag hade han verkligen tur och kunde parkera alldeles utanför ingången till sin bostad. Han tittade in i den lilla speceri-affären på andra sidan gatan och köpte lite gott italiensk bröd, ost, spagetti, tomater och mjölk.

När han öppnade dörren till sin lägenhet kände han doften av en exotisk, utsökt parfym. Ljuset i hans lilla sällskapsrum var tänt. Vem i helskotta!

"Vi hoppas du inte misstycker att vi väntade på dej här inne," sade en mjuk och vänlig kvinnoröst. "Det var så fördömt kallt och slaskigt där ute och din dörr råkade vara öppen, så vi traskade in!"

Jenny Greycoat och hennes japanska sekreterare, de två unga damerna som Arnold och han flygit från Bermuda välkomnade honom med två söta leenden. Mike visste mycket väl att hans dörr varit omsorgfullt låst.

"Ett bra skämt och ett dåligt lås! Men ni är förstås välkomna! Hoppas ni inte behövt vänta länge. Jag ber Er vänligen acceptera min inbjudan till dagens special: Spagetti med tomatsås och riven ost medan vi talas vid."

Han hällde upp tre glas av hans favorit-Ruffino. Han såg nästan ut som en proffs cheff där han stod vid spisen och stökade bland kastruller, pasta och ingredienserna i sin ragu. Kvinnorna skrattade åt honom och smakade det goda vinet.

"Vivaldi går bra till spagetti," sade han och satte på stereon. De eleganta damerna såg lite främmande ut i hans enkla ungkarlslya. Plötsligt blev han medveten om att hans favoritfåtölj var nersutten, sliten och nerspilld med vin, öl och allt en ungkarl serverar sig framför TVn.

"Jag är lessen att min enkla lya är lite ostädad, stökig och i avsaknad av en kvinnas omsorg."

"Men vem är då hon på fotot i ramen där?" frågade Jenny.

"Det är Maggi, Arnolds dotter, min förlovade... Hon dog nyligen."

"Ojdå, jag är lessen jag frågade, jag vill inte vara indiskret."

"Det är allright. Narkotikahandlare mördade henne. Som ni vet är jag pilot och ni vet att Pappa Harry är involverad i narkotikahandel. Innan ni säger något vill jag göra en sak fullkomligt klar. Jag flyger er vart ni vill runt hela jorden om ni så önskar. Men inget knark ombord. OK? Är det uppfattat?"

"Det är absolut OK för min del!. Det enda jag vill be dej om är att flyga Suzy och mej på några affärsresor. Pappa berättade om uppgörelsen mellan er och Cavallo. Jag är glad du kom undan med livet i behåll."

Mike rörde om i ragun och provsmakade, lade i lite mer finhackad röd peppar och grön peppar. Smakade igen, lite mer finhackad celleri, smakade igen, lite mer tabasko och han tycktes slutligen vara nöjd.

De satte sig vid det lilla bordet i köket. Han dukade fram varma små italienska bröd, riven ost, smält vitlöksmör och tallrikar med den ångande spagetti och den djupröda tomatragun. De sög i sig spagetti. Det smakade bra. Alla var tysta. Ute hade solskensvädret försvunnit. Det hade blivit mörkt och snön vräkte ner. På mindre än en timme hade vinden blåst igen hela gatan. Hans bil gick knappt att se. Snön var mer än meterdjup och det bara fortsatte snöa.

De ringde efter en taxi men hallåan bara skrattade och upplyste att all taxitrafik var inställd och på Bostons gator fanns just nu bara utryckningsfordon, assisterade av plogar och snöröjare. I realiteten stod all trafik still! Över radion uppmanades folk stanna inomhus. Man skulle inte ens bry sig om att gå en kort väg till den underjordiska järnvägen. Promenaden dit kunde lätt sluta med att man blev fast i snön... Mer snö var att vänta. Suzy föreslog Mike att erbjuda Jenny att stanna över natten.

"Naturligtvis! Ni är båda välkomna att sova över här. Jag har en stor dubbelbädd för er två i mitt sovrum och jag kan sova här på soffan. Inga problem. Här finns allt vi behöver."

Han bjöd på kaffe med Strega. Jenny talade om en plan att sälja fisk och skaldjur, sånt som kallas "havets läckerheter", fångade utanför Bermuda, till exklusiva restauranger i New York och New England.

"Det är en enorm efterfrågan på dagsfärska skaldjur. Dom måste levereras flera gånger i veckan. Ert nya taxiflyg kan få en flygande start!"

De båda kvinnorna tycktes uppskatta de oförutsebara konsekvenserna av New England vädret. De klagade inte över att kvällen planerad i lyxen på Marriot Hotel byttes ut mot enkelheten i Mikes ungkarlslya.

Vinterstormen hade tilltagit och varken husets isolering eller dess värmesystem visade sig vara av bästa slag. De satt invirade i filtar och täcken och drack het kakao med scotch whisky och såg kvällsnyheterna och väderrapporten på TV. Mike gav dem var sin herr pyjamas! Han hörde hur de fnissade när de tog dem på och gick till sängs. Själv drog han på en träningsdräkt och en extra ylletröja innan han kröp ner mellan de iskalla lakanen på soffan. Ovanpå täcket lade han sin trenchcoat. Han sträckte ut handen och kände på värmeelementet. Iskallt!

Dörren till hans sovrum öppnades och Suzy tittade ut.

"Din hyresvärd tycks spara på oljan. Elementen är iskalla. Jenny sa att om du tycker det blir för kallt där ute, så kan du komma in och sova hos oss. Du har ju inte ens ett duntäcke till dej själv."

"Tack det var snällt, men jag klarar mej bra här. Godnatt!"

"Om du ändrar dig så bara kom, OK? Godnatt."

Mike blev bara mer och mer frusen. Tanken på att sova hos de båda kvinnorna lät spännande. Efter en halvtimme var hans tår iskalla och han skakade tänder. Det fick honom att ändra mening. Med sin kudde under ena armen och filten under den andra knackade han på dörren till gästerna.

Där inne var det varmare. Skrattande gav de honom plats mellan sig. Inget sades. Med huvudet vänt åt ena sidan kände han Suzys tunga orientaliska parfym och med huvudet vänt åt andra hållet Jennys franska fragrans.

Snart kom de närmare intill honom. Han hade en vacker kvinna på varje axel och en varm kvinnohand från vardera hållet letade sig in under hans träningsdräkt vid hans midja upp till bröstkorgen där de stannade. Han var trött. Han behövde vila. Hans tankar smög sig bort från sina sköna sängkamrater, men han kände deras mjuka bröst. Det var en behaglig känsla och hans tankar och drömmar gick till Maggie. Hon låg här hos honom med sin hand på hans bröst. Han burrade in näsan i hennes hår. Han älskade hennes doft. Vad det var skönt att vara hos henne igen. Hans ensamhet, sorg och saknad försvann och han sov. Han drömde han kysste henne och hon somnade på hans axel.

En grå gryning spred sparsamt sitt ljus i rummet när han vaknade. Det tog en stund för hans sömniga jag att bli medveten om varför två kvinnor sov bredvid honom i hans säng. Deras mjuka, varma kroppar låg faktiskt väldigt skönt, bekvämt och behagligt tätt intill honom... Han låg blick still för att inte väcka dem. Efter en stund surrade radions väckarklocka och morgonprogrammet med 5 minuters fågelsång började på public radio.

"Jag hör fåglar sjunga..."

"Jag också! var är dom?"

Det var varmt och skönt i sängen, men hans nästipp var kall och så var luften i rummet. Snöstormen rasade fortfarande där ute. Det kalla draget från fönstret gjorde att de stannade under täcket till nyheterna kom på.

"Fågelsång på morgonen i Boston betyder frukost." sade Mike.

Suzy, fortfarande helt gömd undert duntäcket hördes mumla:

"Jag vill inte ha fåglar till frukost, varken sparvar eller näktergalar. Jag föredrar kaffe och rostat bröd."

För att sätta på kaffet måste Mike klättra över Jenny. Men hon fångade honom i en stor kram med både armar och ben om honom.

"Mike, det var skönt att sova hos dej. Du låg snällt och stilla mitt emellan Suzy och mej hela natten. Inte många män kunde ha gjort det. Och du viskade till mej att du älskade mej..."

"Det gjorde jag visst inte!"

"Nej, han viskade att han älskade mej, sade Suzy vars rufsiga kalufs just poppade upp från värmen under duntäcket.

"Jag måste ha drömt," sade han och lyckades kravla sig ur Jennys omfamning.

"Inget varmvatten i duschen!" ropade han.

Golvet var iskallt. Han satte en brasa i öppna spisen. Sedan gick han in i badrummet och tog en snabb kalldusch...och den blev snabb! Våningen började sakta bli lite varmare. Han lagade te och rostade english muffins och han bjöd på ost, honung och apelsinmarmelad. Väderleksnyheterna förutsade fortsatt snöstorm fram till nästa morgon. Folk uppmanades att stanna inomhus till dess gatorna blivit plogade. Militärfordon hjälpte ambulanser, polis och brandkår att komma genom den djupa snön. Det fortsatte att snöa värre än någonsin...

Kapitel 37

FRÅN FÖNSTRET I sitt bibliotek såg Michele polismän och polisbilar med blixtrande blå ljus utanför Sprenglers hus. Hon klädde sig och tvärsade över hamnplatsen till sina svenska vänner. Hon stannade och klappade en av polisens narkotikahundar.

"I går kväll lade jag märke till en silverfärgad Lincoln som körde fram till huset här och tre män var inne i huset. Bilen var New Yorkregistrerad," sade Michele till polisen med spårhunden,

" ...och jag kommer ihåg numret på registrerings skylten," sade Michele. Polismannen skrev ned numret hon nämnt, tackade henne och gick fram till sina kolleger, som just avslutat husundersökningen.

"Där finns inget knark i det här huset! Vi har sökt igenom varenda kvadratcentimeter från skorstenen till avloppet. Varför ska vi ta vartenda annonyma telefonsamtal så allvarligt?" frågade en polisman.

"Vi måste det," sade hans överordnade.

"Om ett av tio samtal resulterar i att vi kan fånga en knarkhandlare, så är det mödan värd. Du vill väl inte att Cape Cod blir som Yacoma i Washington state? Där opererar hundratals narkotikasäljare öppet och tusentals köpare från hela USA flockas för att köpa alla sorters knark!"

"Nej. Den här damen meddelade just att i går kväll plockade en New York registrerad bil upp någonting här. Hon gav mig registreringsnumret."

"De har troligen redan lämnat Cape Cod, men vi skall varsko våra kolleger utmed Motorväg 95 till New York."

Han gav några order på din mobil.

Plötsligt fick Michele en ide. Hon vände och gick hem, tog några rejäla bärkassar från speceriaffären, fyllde dem med kokain från kvällens framgångsrika detektivarbete. På säkert avstånd från polishunden gick hon över till Ingrids och bad henne komma med på en blixtvisit till Chatham.

Efter det Sprenglers oljeeldning blivit lagad ville Ingrid att Cathy skulle stanna hos dem och använda arbetsplatsen i deras bibliotek för skol-arbetet hon tagit med sig. Ingrid var rädd att busarna skulle komma tillbaka.

Under bilfärden ut till Chatham kopplade Michele på radardetektorn och spanade nervöst efter polisbilar. Med kokain i bagaget var inte detta rätta tillfället att bli stoppad för fortkörning, så hon körde för en gångs skull helt lagenligt. Som väntat, fann hon den New York-registrerade silverfärgade Lincolnen inne på parkeringsplatsen vid "The Singing Whale". Det är hotellet där Bill och Bolivar tagit in vid sina besök på Cape Cod. Michele tittade in i den lilla lobbyn. Inne i frukostrummet såg hon fyra män i maffioso kostymer sitta och vänta på frukosten. Hon gick tillbaka till Ingrid och berättade vad hon sett. Sedan gick hon fram till gangsterbilen. Det dröjde inte länge förrän hon öppnat dess baklucka och dolt 25 plastpåsar med kokain under mattan och reservhjulet och bland verktygen.

Med ett leende hoppade hon in bredvid Ingrid, körde en kort sväng och parkerade en bit därifrån där de knappast kunde ses från hotellet. Hon tog fram videokameran med avlyssnaren, riktade den mot entreen och väntade. En halvtimme senare uppenbarade sig gangsterna på trappan. Med ovana blickar kisade de mot morgonsolen och det vita snölandskapet, ovana att börja arbetsdagen i dagsljus på morgonen och inte som vanligt efter solnedgången! Michele fick både ett "gruppfoto" och närbilder av samtliga. Männen gick ner för trappan, bort till sin bil, öppnade bakluckan, hystade in sina väskor och körde iväg.

I all hast lassade Ingrid och Michele in sin spionutrustning i baksätet och följde efter. De passerade den imponerande villan som varit Cavallos residens. Turen slutade nere vid fiskepiren där hummern togs iland och där Arnolds stora, mörkblå, fiskebåt låg förtöjd. Lincolnens signalhorn ljöd upprepade gånger och "Jack the skipper", Arnolds kapten, tittade upp och vinkade till New Yorkgästerna att komma ombord. Michele hörde och bandade allt som sades, dvs. först rikligt med svordomar när männen promenerade på den isiga marken fram till landgången och sen stönande och grymtningar när de balanserande trippade över den hala landgången.

När alla försvunnit ner i kajutan riktade hon apparaturen dit och hörde en konversation som avslöjade en intressant plan på att börja affärer med skepparen Jack och att använda Arnolds båt och utrustning för ilandsmuggling av kokain. Ljudet av drinkar som hälldes upp, skålar utbringades och sluddriga röster avbröts efter en stund. Män på darriga ben lyckades ta sig iland och bort till sin bil, som med spinnande hjul tog sig upp för backen till Ryder's Cove och vidare förbi Pleasant Bay ut på motorvägen mot fastlandet. Föraren var förvånansvärt laglydig och körde saktare än all övrig trafik. Ingrid och Michele körde två-trehundra meter bakom. Efter bara en halvmils körning syntes de blå blixtrande ljusen av en polisbil som stannade den New York registrerade Lincolnen, som just nu varje polisman på Cape Cod spanade efter. En annan polisbil med utryckningsljusen vilt blixtrande körde förbi Ingrid och Michele. En tredje kom från motorvägen som leder i andra riktningen. En fjärde och en femte med skrikande sirener korsade grönningen mellan motorlederna. Lincolnen stannade och leende gangsters, med väl undangömda vapen satt trygga och självsäkra och undrade vad som stod på. Omedvetna om den överraskning som väntade vid den följande kontrollen av bagage och bagageutrymme...

Cathy och Ted hade middagen färdig när Ingrid och Michele kom in i köket. Corned beef serverades med potatismos och bakad lök i en vit gräddig sås toppad med riven ost. Alla skrattade gott och länge åt

Michele's berättelse om vad hon och Ingrid haft för sig. Efter måltiden diskade Ingrid och Cathy torkade och ställde undan tallrikar, bestick och glas. De trivdes tillsamman och sjöng medan de arbetade.

"Ted, har ni ingen diskmaskin?" frågade Michele.

"Jovisst, men vi använder den aldrig. Det är inte lönt i vårt lilla hushåll och förresten, den väsnad så... Jag föredrar att lyssna till sånt här sjungande! Gör inte du det?"

"När jag ser Cathy sitta upptagen med sitt hemarbete eller när hon hjälper mig i köket är det som om vår egen dotter var hemma igen. Jag älskar att ha unga människor ikring mej," sade Ingrid där hon satt i sin blå soffa, och sträckte sig efter stickningen med en halvfärdig cashmere tröja.

De snabba klickande ljuden från hennes stickor var det enda som hördes i rummet förutom brasans stilla sprakande och de dämpade tonerna av en Brandenburg konsert. Michele var medveten om hur kvällarna tillbringdes här i huset så hon hade tagit med sig en bok om sitt favoritämne; beteendemönster hos djur. Denna gången om hjärna och tankeverksamhet hos kråkfåglar. Ted läste också. Hans favoritämne var historia som just nu tog honom tillbaka till hans favoritkung Gustav den andre Adolf, barnbarn till Gustav Wasa, det moderna Sveriges grundare.

Cape Cods väderspåmän lovade isiga vägar, dimma och risk för snöblandat regn. Cathy skulle med Londonplanet från Boston påföljande förmiddag och Ingrid körde henne till Hyannis bussterminal där Cathy tog direktbussen till Boston Logan Airport.

Kapitel 38

JENNY'S FAR, HARRY Greycoat, var officer i Royal Air Force, när han gifte sig med Jeanine Dufour, en av de få kvinnliga piloterna i Det Fria Frankrikes Flygvapen. En liten slank, mörkögd, till synes fragil flicka med en stor tunn höknäsa. En blyg och tystlåten person som alla på skvadronen älskade. Hon flög en Hurricane. Brittiska Flygvapnets arbetshäst nummer ett, men mindre omtalad än den snabbare Spitfiren, och troligen lika välförtjänt som denna för det vinnande försvaret i slaget om Storbrittanien under andra världskriget. Jeanines fantasi, improvisation, snabbkopplande hjärna och rent otroliga flygkunnighet kompenserade för planets handikapp.

Harry var tjugo år då, en tystlåten, tillbakdragen två meters blond, blåögd Britt med buskig, röd mustach. Han lever fortfarande tack vare Jeanines ingripande när fyra av Tysklands mest fruktade jaktflygplan ME-109 angrep Harrys Spitfire. I den luftstrid som följde, en s.k. dogfight, demonstrerade den lilla fransyskan en list och ett hittills okänt register av fällor och tricks, som gjorde de tyska piloterna ilska, galna och förbryllade samtidigt som Harry gapskrattade. Hon var mästaren! Hon sköt ner tre Messerschmitts innan den fjärde flydde.

När kriget var över gifte sig Jeanine och Harry. Lilla Baby-Jenny föddes och Harry flög för British Airways. Många år senare fick Harry av en händelse veta att hans hustru skrivit en lärobok i konstflygning och att hon varit instruktör och flyglärare och ansågs vara den bästa i branchen. När han frågade varför hon aldrig talat om det för honom blev svaret att hon inte ville oroa honom. Hennes flygning var inte mer riskfylld än hans. Och förresten, hon kunde inte leva utan att flyga!

Jenny fick en förstklassig skolning. Hennes föräldrar flyttade till Bermuda när Harry pensionerades. De hade knappt bott där ett år när tragedin inträffade. Jeanine flög en förmögen affärsman från Nassau till Colombia. Hennes Cessna raporterades saknad och hittades aldrig. Harry flög upprepade gånger utmed den resväg Jeanine valt. Han besökte varje plats utmed flygrutten och fick slutligen veta av ortsbefolkningen i en liten by i Colombia, att en grupp människor bevittnat hur ett litet flygplan exploderat uppe i luften och störtat i havet utanför Colombia. Ett vittne sade sig ha sett att det var en missil avskjuten från en båt, som tog ner planet.

Harrys undersökningar visade också att Jeanines passargerare var en knarkkurir med få vänner men massor av fiender. Det var då Harrys privata knarkkrig började. Han rånade knarkleveranser, han rånade penningtransporter. Han hade plötsligt mer pengar än han kunde drömma om. Han gömde dem i banker i England, Schweiz, Colombia, Mexiko och i USA. Han knöt alla de rätta kontakterna och han började själv köpa och sälja narkotika. Han kom att lära känna Bertie Brown en pensionerad officer i Her Majesty's Royal Navy. En man som kände till varje kryphål och vik i Carribien. Bertie och Harry låg bakom de flesta saknade leveranser av kokain och knarkpengar i regionen. Ju mer pengar de tjänade desto mer stal de. Ingen misstänkte dessa båda ytterligt civiliserade, monokelprydda Britiska gentlemän!

Jenny älskade också att flyga, men hon var helt inriktad på segelflyg och drakflygning. Hon älskade att halvligga där uppe i tystnaden, bara höra luften svepa utmed de läckra formerna hos en slank segelflygkropp. Hon älskade att känna lyftet i uppvindarna och att hovra högt, högt däruppe hos de stora fåglarna, albatrossarna, skuorna och havsörnarna.

När hon lärde sig fallskärmshoppning och drakflygning träffade hon Suzy. Denna söta, till synes oskuldsfulla, fullkomligt orädda

Japanska, som inte bara var instruktör i fallskärmshopp och drakflygning utan också var en karate expert som undervisade i självförsvar vid en av Londons välkända skolor för Martial Art. De båda unga damerna blev nära vänner. När Jenny introducerade Suzy för Harry blev han helt betagen av hennes charm och brillianta intellekt. Harry anställde henne på mycket gynnsamma villkor att vara hans älsklingsdotters sekreterare och bodyguard, vilket han förstod kunde bli nödvändigt. Harry avgudade dessa båda unga kvinnor och behandlade alltid Suzy som om hon var Jennys syster.

Nu hade de båda vänninnorna en plan i vilken Mike skulle kunna spela en betydande roll. Harry var en gammal räv när det gällde att bedöma folk. Han hade förstått att Mike inte bara var en ovanligt skicklig pilot, han var en gentleman och dessutom en smart sådan. En viktig anledning till väninnornas resa till New England var Harrys önskan att finna fakta hur man skulle kunna skapa nya kanaler för narkotikadistribution i området. De fann ut att en viss Mr. Bolivar i New York var den mest aggressive distributören och att han inlett samarbete med Joe Cavallo i Chatham. De hade också fått veta att båda dessa män hade dödats nyligen och att en man som varit en av Bolivars närmaste män nu skulle kunna överta Bolivars narkotika imperium och att samtidigt grabba en del av den mäktiga Providence maffians marknadsandel.

Mikes bestämda vilja att inte längre flyga in kokain stoppade inte Jenny och Suzy från att räkna med honom i sina planer. Båda hade funnit Mike snygg och charmig. Den där första natten hade Jenny blivit jätteglad när hon hörde honom viska "Jag älskar dej... jag älskar dej så...".

Hon väntade till hon var säker på att han sov och kunde inte motstå frestelsen att smyga in sin hand och smeka hans breda, håriga bröst. det gav henne känslan att tillhöra honom. Hon kunde aldrig ana att Suzy samtidigt hade samma längtan, stärkt av hans blyga kyss på hennes panna och hans mumlande "käraste, käraste älskade lilla vän" fått henne att låta ena handen leta sig fram till hans varma, håriga mage och vila där. I själva verket var det ju hans lilla Maggie som kom tillbaka till honom i drömmen.

Andra dagen de var insnöade tillbringades framför Mikes öppna brasa. De konsumerade kanna efter kanna med te och pratade entusiastiskt om flygning, mest segelflyg, drakflygning och skydiving. Mike måste erkänna att han inte hade annan erfarenhet av skydiving är livsfarliga fallskärmshopp i det militära. Det var erfarenheter som inte lämnat några minnen av skönhet eller glädje, men oförglömmeliga stunder av skräck. Hans båda gäster inbjöd honom att tillsamman med dem flyga utan vingar!

Snöstormen bedarrade under kvällen, men fortfarande var all trafik lamslagen. Det var en helt ny erfarenhet att öppna dönstren till ett fullkomligt ljudlöst Boston klätt i vitt, vitt, vitt. Moder natur hade tagit befälet. Det råddde en tystnad som var en lisa för själen. Från Government Center hördes dämpade ljud av snöplogar och terränggående armefordon som arbetade med att röja undan snömassorna.

Nära två meter djup snö blockerade deras egen ytterdörr och gjorde den smala gatan helt oframkomlig. Det var fortfarande många köldgrader ute, när det var dags att gå till sängs. Att hålla brasan brinnande under natten var otänkbart varför man beslöt att alla åter skulle sova i samma säng. Det mest förnuftiga sättet att hålla sig varma. Alla tre kröp alltså in under dunet, där det först var iskallt men snart blev riktigt varmt och skönt. De talade länge i mörkret. Mike talade om Maggie. Han saknade henne mer än ord kunde uttrycka. Men när han slumrade till återvände hon till honom. Innerst inne kunde han inte acceptera att hon var borta för alltid och att deras sköna framtidsplaner aldrig skulle förverkligas. Han glömde helt bort kvinnorna intill honom. Han sov djupt och var totalt medvetslös när Jenny ville konstatera om hennes charm och kvinnlighet hade gjort intryck på honom och om han åtminstone hade fått ståsnopp. Hennes hand fann att platsen redan var upptagen av Suzys hand. Jenny satte sig upp och försökte i mörkret att se arg ut!

"Släpp genast greppet! Han är min!" viskade hon och böjde sig fram över honom och kolliderade med Syzus huvud!

"Nej! Han älskar mej! Han är min"

Jenny protesterade men scenen frös när de hörde hans sömndruckna röst hördes mumla: " O Maggie. Du är ju heltokig!"

Suzy lät som en retlig skolflicka när hon viskade: "Han älskar Maggie, inte dej, hihi haha! Jag känner honom växa. Vill du känna? Men jag vill ha honom tillbaks. Det var jag som fann honom, "finder's keepers", hittelönen är min!"

Jennys varma hand kände den starka pulserande tillväxten. Hon blev upphetsad.

"Jag vill rida på honom!"

"Tokiga människa! Ska vi väcka honom?"

"För Guds skull, NEJ!"

"Jag ska bara sitta på honom! Jag ska sitta still bara!"

Hon drog av sina trosor. Hon satt alldeles stilla... till att börja med. Men efter en stund måste hon sakta röra sig. Mike tycktes fortfarande borta i drömmarnas värd.

"Det är min tur nu," viskade Suzy. "Är han fortfarande fin?"

"Jag behöver bara en minut till. Han är otrolig. Oh, han är så skön mot mej. O himmel, jag exploderar," stönade Jenny.

De bytte plats. Mike sträckte välbehagligt på sig och mumlade något ohörbart när den mjuka Suzy slank över honom. Hon darrade av nervositet och lusta, men ville inte väcka honom. Hon satt blick stilla och fullkomligt orörlig och tittade ut i det blå månskenet. Hon kände pulsen slå i hans manlighet inne i henne och hon hörde Jenny somna in och sakta och lågmält snarka lite. Detta var ju verkligen tokigt! Tokigt och skönt! Hon kunde inte begripa att han fortfarande sov. Hon böjde sig försiktigt fram och kysste honom lätt.

"Sover du Mike?" viskade hon.

Inget svar, men hans händer fattade om hennes höfter. Efter att ha suttit så i nära en halvtimme kunde hon inte längre motstå att sakta och rytmiskt röra sig fram och tillbaka. Han tycktes fortfarande omedveten om den extatiske ryttaren, som med ögonen hårt sammanknipna koncentrerade sig på att inte skrika ut sin vilda glädje av samhörighet.

Tillfredställd, trött och full av ömmhet gled hon av och lade sig bredvid honom, kysste honom kärleksfullt godnatt, och somnade.

New Englands rosa morgonljus väckte honom. Han låg blick still tillfreds med att vakna med en flicka utstrålande oskuldsfullhet, behagfullhet och skönhet på var sida.. Fågelkvittret som annonserade Public Radios morgonprogram med nyheter väckte hans sängkamrater. Båda kravlade sig tätt intill honomoch plötsligt blev han av dem båda överöst med kyssar.

"Ojojoj då! Ni två är dom goaste sängkamrater man kan önska sig!"

"Drömde du sköna drömmar?"

"O ja, Ni kan inte ana!"

"Vad drömde du då? ...om Maggie?"

"Var hon gullig mot dej?"

Han svarde inte. Deras känslor av lekfullhet försvann. Skojade han med dem eller hade de utnyttjat hans längtan och ensamhet på ett sätt de aldrig tänkt eller haft för avsikt. Känslan av skuld kontrasterade radikalt mot skojet i deras spratt den gångna natten. De hade trängt sig på honom. På sätt och vis hade de våldfört honom!

"Jag har mött många flickor. Aldrig nånsin någon som Maggie. Hon var här hos mig i natt..."

"Du är för söt Mike. Du kommer snart att finna en ny, god kvinna. Och hon kommer att säga till dej: Här är jag Mike, den du väntat på."

Han log åt Jennys försök att trösta honom och med ett skutt var han ute ur sängen och med ett par skutt till, inne i badrummet.

"Varmvattnet är tillbaka," ropade han.

De hörde honom raka sig och duscha och sjunga den danska dryckessången om bonden som skulle gå ut efter öl!

Vädermannen i TV lovade sol och vackert väder. Stora snöplogar och bilar med snöskopor körde bort allt det vackra vita! Motordånet och fordonens tyngd skakade husen. Borstmaskiner letade fram gatubeläggningen och gjorde åter trottoarerna gångbara. Bostonborna öppnade sina fönster och tittade ut för att fövissa sig om att det hela inte var en dröm utan en ny perfekt, solig Söndagsmorgon. Snö på tak, fönsterbläck och utmed gator och snö på promenörers hattar och kläder. Det var som på ett motiv för ett engelskt julkort. Myriader iskristaller virvlade vid minsta vindpust runt ner från gaslyktorna och de konstfullt skulpterade butikskyltarna. Det var bara postdiligensen som saknades!

Mike besökte Arnold varje dag nu. Cathy hade skrivit och berättat för sin pappa att okända män tagit sig in i deras hus. Och Arnold tänkte att kanske skulle Cathy behöva någon som kunde försvara henne. Mike kunde kanske se till huset också. Cathy kom bara dit var fjortonde dag...

Mike berättade för honom om flygningarna han skulle göra för Jenny och Suzy. Arnold blev glad att Baronen kunde dra in lite pengar och upprepade att han inte godkände några knarktransporter.

"Jag ska donnera cokabomben till något museum, så polisen kunde lära sig lite ny smugglingsteknik," sade han. Det kan komma väl till pass om illasinnade terrorister skulle få för sig att importera nervgaser eller moderna, mindre atombomber."

Samma kväll hade Jenny, Suzy och Mike en kalasmiddag tillsammans på Marriot. Jenny berättade för Mike att hon nu hade fått information om att en representant vardera från de två största narkotikaimportörerna i New York och New England kommit överens om att bilda ett gemensamt bolag med säte i New York och på Cape Cod.

Följande natt sov Mike ensam i sin säng. Kuddarna doftade fortfarande av parfymerna från förra nattens sängkamrater. Mike drömde vackra drömmar, men alls inte så intensiva som natten innan...

Kapitel 39

MICHELE STARTADE VIDEON. Ingrid och Ted tittade. Monitorn visade fyra sömninga gangsters ovant se ut över den bländande vita snön. Nästa sekvens visade Chathams hummer hamn med Sprenglers båt och maffia-männen som promenerade ombord. Varje ljud och varje ord innifrån kabinen var klart registrerat trots ett evigt klirrande av glas, porlande från påfyllnad av drinkar, och ahhaaan när glasen tömdes. Trots avsevärd alkoholkonsumtion var herrarna klart medvetna om sina avsikter. De skulle mot en avgift "låna" Arnold båt och cokabomben. Kapten Jack skulle hämta upp kokainet och överlämna det till väntande kumpaner.

Ingrid skakade på huvudet och gjorde några noteringa. En man vid namn Benny Mikellis skulle ha hand om distributionen i Boston- och Cape Cod-områdena. Försäljningen under den kommande sommaren var beräknad till mellan femtio och hundra miljoner dollar. En testleverans skulle arrangeras snarast. En panamaregistrerad fraktbåt på väg till Portland i Maine skulle sänka coka-bomben 50 sjömil öster om Chatham. Kapten Jack var villig att samarbeta och erbjöds 50 tusen dollars för denna första försöksleverans.

"Inga problem, jag kan utrustningen. Men så här års är det stor risk att bli stoppad och kollad av kustbevakningen."

"Du får ju lov att fånga hummer så här års, inte sant?"

"Jovisst, men efterfrågan är inte densamma som på sommaren, så det går inte att motivera långa turer till havs, så..."

"Så vadå?"

"Så jag behöver sjuttiofem tusen var gång jag riskar att ta upp en leverans. Dessutom koka-bomben tillhör Mr. Sprengler, så försök inte lägga beslag på den. Ni vet vad som hände med Bolivars gubbar i Newport och med Cavallo här i Chatham och era vänner på Bermuda. Det hördes ett mumlande och någon sade plötsligt:

"OK ha containern färdig att hämtas upp av ett Panama fartyg som är på väg norrut och som en vecka senare passerar här förbi på väg tillbaka söderut. Du ska få detaljerad information om tid och plats inom några dar."

"Dessutom behöver jag sjuttiofem tusen dollars i en check eller money order som säkerhet för coka-bomben. Jag returnerar checken så snart leveranssen är genomförd och containern tillbakalämnad."

Åter missbelåtet mumlande.

"OK tjugofem och saken är klar!"

"Glöm bort det! sjuttiofem eller det blir inget av. Jag vet värdet av utrustningen och känner inte er tillräckligt för att lita på er. Sjuttiofem eller jag måste fråga Mr.Sprengler"

"Vi är ärliga människor!"

"Sjuttiofem tusen eller ingen business. Ni kan däremot lita på mej. Jag kan gemet. Ni kan det inte!"

"OK, Jack the ripper. Du kan verkligen klå oss inpå bara benen, men god whisky bjur du på! Så kör till! Vi måste ju kunna lita på varann. Mitt namn är Benny Mikelli och jag bor här på Cape. Vi kommer att träffas ofta. Du kommer att få dina pengar tillsamman med slutliga order."

Michele, Ingrid och Ted hörde männen avlägsna sig och på ostadiga ben ta sig tillbaka till bilen. Deras uppträdande och klädsel, italienska spetsiga skor, fedora hattar och långa, skräddade överrockar var så avvikande och främmande att de måste väcka uppmärksamhet var de än visade sig. Dessutom var deras klädsel dåligt anpassad för Cape Cods iskalla råa vindar och inte så ändamålsenliga som lokalbefolkningens dunjackor, läderjackor och thermovästar, stickade ylleluvor och pälsmössor. Filmen tonade ut i svart.

"Ni är utmärkta kameragubbar!" sade Ted. "Bilderna är skarpa och man kan inte tänka sig finare ljudeffekter. En sak förvånar mej emellertid: Är Mr.Sprengler verkligen medverten om detta? Cathy sa ju att han lovat att aldrig mer, aldrig nånsin, skulle ha med narkotika att göra.. Jag tror dom vill att Arnold Sprengler hamnar bakom lås och bom, så dom kan använda hans båt och hans koka-bomb. Vi ska ta reda på när och var kokainet skall tas iland. Då ska vi ingripa."

Kapitel 40

MICHELE HADE HITTILLS haft stort utbyte av sin vistelse i London. Zoolog kongressen visade sig bli en succe. Tretusen zoologer, djurpsykologer och forskare som arbetade för miljövård och bevarande av utrotningshotade djur hade samlats. Över 60 föreläsningar hade hållits. Redan första dagen hade Michele av en händelse kommit att sitta bredvid en lång, gänglig Britt med en stor röd höknäsa och en monokel svängande hit och dit i en svart flätad snodd ner från knapp-hålet i hans tweedjacka. Han använde monokeln då och då för att ta sig en titt i programmet eller i sina noteringar. Han satt tyst och absorberade varje ord som sades av talaren. Michele gjorde anteckningar i ett kör.

Nästa föreläsning, en timme senare skulle handla om Bengaliska, Sibiriska och Malaya-tigrar. Åter lyckades hon få en plats på första bänkraden. Innan föreläsaren kom tog monokelmannen åter platsen bredvid henne. Han var i sextioårsåldern. Hans offwhite tweedkostym hade plyfår-byxor. Han bar en gul väst och vita knästrumpor.

Michele öppnade sin gamla attacheväska. Där, i ett plastfodral satt ett gulnat foto av Richard och henne själv taget för många, många år sen. En våg av ensamhetskänsla vällde över henne. Då kände hon hur monokelmannen sakta lade sin hand över hennes. Hon gav honom en skarpt, ilsket ögonkast som han besvarade med en lika skarp, forskande blick från ett par vänliga ögon. Med ett lyckligt, öppet leende böjde han sig fram och viskade till henne:

"Förlåt mig Madame. Ni råkar möjligtvis inte vara Mrs. Michele Renard?"

Hon blev så förvånad. Hon inte visste vad hon skulle säga eller göra. Hon ville inte missa ett ord av föreläsningen. Så hon bara nickade och väste: "Ssssccchhh"

Föreläsningen var utmärkt, fasinerande, rolig och informativ. Föreläsaren var en fransk professor. De entusiastiska appråderna tog aldrig slut! När de äntligen slutat gick mannen med monokeln fram och tog mikrofonen, tackade föredragshållaren... ännu fler applåder... Många åhörare kom fram och ställde frågor, men föreläsaren drogs av monokelmannen ner till Michele. Hon skulle just resa sig och gå när hon stoppades och introducerades för föreläsaren, Professor Jean Simon de Pret som ... "Mrs. Michele Renard, Richards hustru!"

Fransmannens ansikte sken upp i ett stort leende. Han grabbade tag i hennes båda axlar med sina händer och log som om han träffat en kär gammal vän.

"Jag är så glad att äntligen få träffa er!" Så blev han allvarlig. "Jag är så ledsen att Rich inte längre är med oss. Acceptera mina kondoleanser. Med honom förlorade vi den främste och kunnigaste veteskaparen i vårt fält! Han visste allt... men han sade alltid att det faktiskt fanns en som visste mer, och att det var hans fru. Oh, vad jag är glad att träffa Er! Var hittade Alec Er?"

Detta var ju en tokig tillfällighet. Här befann hon sig plötsligt tillsamman med Richards närmaste vänner, hängivna specialister inom hennes eget forskningsområde. Vänner som Richard hade nämnt tusentals gånger, men som hon aldrig träffat för hon hade alltid varit upptagen med att passa deras dotter eller med att organisera anteckningar, forsknings-resultat, foton eller filmer från deras expeditioner. Det hade varit hennes glädje. Hon älskade att sammanställa och på ett enkelt sätt förklara fakta. Det var hennes specialitet. Richard var den som höll kontakt med kolleger och gamla universitetskamrater. Det var han som gav föreläsningarna och höll talen. Hon bara skrev dem!

"Är inte detta för underbart!" sade monokelmannen. "Här sitter denna dam bredvid mig och plötsligt tar hon upp sin väska, som jag genast kände igen som tillhörande min bäste, gamle vän och univeritetskamrat! Och när hon öppnar den känner jag genast igen fotot som jag visste skulle sitta där!

...Och som satt där! Jag tittade på kvinnan bredvid mej och på fotot. Det var samma person. Ojojoj! Detta måste vi fira i kväll. Men först måste jag vara med på ytterligare en föreläsning...om pantrarna i Trafalgar Hall. Jag förmodar vi alla har planerat att höra den."

"Ja, det har jag," sade Michele.

"Naturligtvis," sade fransmannen. "Kom så går vi. Jag skall bara finna rätt på Rosinne. Hon är här i publiken nånstans. Hon kommer att bli förtjust att möta er, Madame Renard. Rich var vår bäste vän och vår favorit!"

Fransmannen måste stanna och svara på frågor från colleger och åhörare, skaka hand och ta emot gratulationer. En spinkig liten blondin klädd i en klänning som bara kunde vara skräddad i Paris dök upp bakom honom. Hon kramade om monokelmannen, som tydligen hette Alec och som introducerade henne för Michele. Fransyskan kramade om Michele och kysste henne på båda kinderna. På perfekt engelska men med stark fransk accent sade hon:

"Jag är så glad att äntligen träffa er, Madame Renard. Det var alltid Alec och hans hustru Elly, Jean och jag och så Rich ensam utan kvinna! Vi kvinnor hade ofta olika sätt att se saker och ting än vad våra män hade. Så Elly och jag höll alltid ihop, men vi hade behövt en kvinna till att försvara våra synpunkter. Jag saknar Elly, och vi var chockade att höra om Rich. Vi gjorde faktiskt vårt bästa att försöka finna dej. Vi saknar Rich. Jag känner djupt för dej och är lessen för din skull. Han var verkligen den bäste."

Hon hade tårar i ögonen när hon tittade upp på Michele.

"Jag beklagar sorgen," sade hon. Hennes röst tjocknade och hon snöt sig i en spetskantad näsduk.

"Han var helt enkelt den kunnigaste och finaste och ..."

293

"Kanske det är dags att jag presenterar mej," sade monokelmannen.

"Jag är David Caesar Alexander, den elfte lorden av Kennedale. Men kalla mej Alec. Din make Richard och jag blev nära vänner när vi var tonåringar. Under många år delade vi rum vid Oxford. Vi höll kontakt sedan dess. Jag är verkligen glad att träffa dej. Nu ska vi fyra ha det riktigt trevligt tillsammans. Rich berättade att du upptäckt en massa intressanta saker. Han sa du hade alla handlingar. Vi är väldigt nyfikna på vad det kan vara. Jag hjälper dej gärna att publicera dina upptäckter."

Hans visitkort, lade hon märke till, hade en vapensköld, en address i Dorset och en annan till en klubb i City. Under panterföreläsningen satt Michele tillsamman med sina nya vänner, lyssnade och noterade... Det handade om jämförande studier av pantrar i zoologiska trädgårdar, pantrar på cirkusar, pantrar i nationalparkernas veterinärkliniker och pantrar i full frihet. Föredragshållaren var en ung doctor, veterinär och psykolog från Schweiz. Efter föreläsningen presenterade Alec honom för Michele. Rich hade varit hans lärare och professor.

Detta var verkligen som ett under. Under resan till London hade hon känt sig som den ensammaste människan på jorden. Efter Richards död hade hon inte velat träffa människor. Hon var ledsen och hon tyckte det syntes på henne att hon alltid var dödstrött. Och nu, plötsligt befann hon sig i en grupp vänner, som alla kände henne väl. Hon förstod att Rich haft en ledande plats i gruppen och bland kollegerna. Men detta var så mycket mer än hon någonsin vågat drömma om. Hon kände en våg av entusiasm och självförtroende. Hennes arbete och ideer kunde få en rejäl kick framåt genom stimulans från dessa vänner och forskare som utan tvekan tillhörde världseliten.

"Äntligen tillbaks i business!" Jublade det inom henne! Alec den elfter Earlen av Kennedale sträckte ut sina långa armar och kramade om alla tre vännerna i ett enda famntag.

"I kväll vill jag att ni alla blir mina gäster. Jag reserverar ett bord på Greenhouse för middag klockan åtta! Ni är alla välkomna!"

Alla tackade JA och man skiljdes för att vila, fräsha upp sig och klä om till middagen

"Michele, var bor du? Kan jag köra dej?"

"Jag bor här på Hotellet i Congress centrum," sade hon

"Kan jag hämta dej 7:30?"

Han följde henne genom hallar, korridorer och shopping malls... Fler hallar, fler korridorer och fram till hotellreceptionen. Han övertalade henne att sitta ner en stund i lugn och ro och ta en drink med honom. Han var en ytterligt förekommande och artig herre. Hon älskade det sätt han talade, denna vackra engelska. Kanske hade hon också en svaghet för Oxfordaccenten som Rich hade. Hon tackade ja till en dry Martini på Britiskt vis, med en fin gin och Italiensk vit, torr Martini, inte för stark, men mycket torr och inte utspädd med is. Han lyfte sitt glas med Irländsk whiskey, deras blickar möttes, de nickade åt varann...

"Cheerio och välkommen till oss!" De smuttade på drinkarna.

"Ursprungligen var vi bara tre. Det var Elly, som blev min hustru, Rich och jag. Vi studerade zoologi i Oxford samtidigt. Sen stötte Jean och hans Rosinne till. Dom är båda mycket kvalificerade och mycket begåvade. Han är från Bordeaux. Hon är Parisiska och professor, veterinär och psykolog. Hon är den gulligaste jag vet! Under många år var det alltid bara vi fem. Din Richard tycktes inte ha tid över för kvinnor. Så gifte ni er och vi hade hoppats att du skulle ansluta dej till gänget. Men du syntes aldrig till!"

"Vi var väldigt nyfinka på dej och ville träffa dej. Han berättade att du också arbetade inom vårt gebiet. Han berättade att det var du som skrev alla hans föreläsningar! Så du måste ju veta massor! Vi förstod också att när Rich äntligen hittat sin kvinna så måste det vara en väldigt, väldigt speciell flicka!" Han log mot henne och hon skrattade åt honom.

"Vi är båda av indianskt ursprung..." sade hon. Han nickade,

"Ja jag vet, Rich var Canadensisk indian..."

"Min Elly var ursprungligen från New England och Boston. Hennes far var läkare och hennes mor kom från Cape Cod. Elly var den sötaste och charmigaste studentskan i hela Oxford. Alla unga män försökte charma henne och ville gå ut med henne. Gud allena vet varför hon valde just mej. Kanske för att jag inte gjorde några ansträngningar att ta kontakt eller imponera på henne. Kanske för att jag inte ville romansa och flörta när vi var tillsammans. Vi blev goda kompisar och vi hade alltid roligt tillsammans.

"Elly kunde sjunga. Hon hade en underbar djup alt och sjöng spirituals så man fick gåshud! Och så kunde hon steppa, Ojojoj. Vi skrev studentspex tillsammans och Rich, som var en stor spefågel, var med i teamet. Så plötsligt efter att ha känt varann i många år blev Elly och jag en aprilkväll vansinnigt förälskade i varann! BOOOM! Vi gifte oss. Rich var vår Best Man. Elly och jag arbetade på samma project. Vi har en son, Henry.

"I min familj heter alla män antingen Henry eller Alexander. Jag heter Alexander, alltså heter min son Henry. Hans son kommer att heta Alexander. Det är så det är när man är Earl av Kennedale. Hur som helst, Rich och jag höll kontakt genom åren. Vi utbytte åsikter och erfarenheter. Så jag känner väl till att det du jobbar med är väldigt intressant. Till min outsägliga sorg dog Elly för några år sedan i cancer. Ungefär samtidigt som vi förlorade Rich. Nu arbetar jag med Jean och Rosinne. Vi väljer ut de mest lovande bland dom unga zoologerna och sponsrar deras forskning. Det har resulterat i flera fina framsteg."

Michele njöt av att lyssna till honom och blev glad var gång han nämnde Richard. Lustigt att Alec hade släkt på Cape Cod.

"Du sa att din svärmor bodde på Cape Cod..."

"Oh ja, hon var född i Osterville, en mysig liten ort, väldigt typisk Old New England."

"Jag bor på Cape Cod, femton minuter från Osterville, i Barnstable Harbor. Nästa gång du besöker staterna måste du titta in!"

"Sink me! Naturligtvis ska jag det. Vi har fortfarande kvar stället i Osterville. Jag är aldrig där men Henry gillar att tillbringa somrarna där för att segla och se om huset. Sista gången jag var där var när ni i Newport förlorade America's Cup till Aussissarna! Ja, jag kom att tänka på att vi faktiskt har ett ställe i California också, I Newport Beach och där har vi faktiskt ett par båtar..."

De sade adjö, han betalte notan och gick. Han lovade komma och hämta henne en timme senare. När hon kom in på sitt rum stod där en enorm rosenbukett i en lika enorm silverpokal. Det måste ha varit minst 50 stora röda rosor och på det vidhängande kortet såg hon den elfte Earlens av Kennedale vapen och kunde inte låta bli att tänka:

"Åh, dessa evinnerliga Don Juans!"

Men, den drivna handstilen sade:

Käraste Michele,

Du är som en inkarnation av vår käraste vän Richard. Må Du alltid känna Dig välkommen bland oss och lyssna till, och ge dina synpuunkter på teorier och erfarenheter på samma sätt som vi i denna lilla grupp av entusiaster alltid gjort. Vi kommer att berätta allt vi vet och du kan öppet tala om dina egna ideer och upptäckter utan risk att någon av oss drar fördel därav, eller läcker ut dina hemligheter eller ideer. Vi kommer alltid att stödja dej i din forskning till glädje för vår vetenskap, överlevnaden av utrotningshotade kattdjur och för vår egen lycka och glädje.

Rosinne, Jean, Alec.

Det knackade på dörren. En flicka iklädd Tudordräkt med vit stärkkrage och stärkt liten vit hätta kom in.

"Madame, mitt namn är Mary. Jag är er kammarjungfru. Är det något ni vill jag skall göra. Vill ni ha något uppfriskande, en nice cup of tea eller kaffe. Eller vill ni att jag tänder brasan? Eller skall jag hälla upp ett avkopplande varmt bad?"

Efter att felfritt läst upp utantilläxan tog hon ett djupt andetag:

"Ojojoj då, Madame Renard! Vilka rosor! Dom är magnifika!

"Ja, det är dom verkligen. Lukta på dom. Dom är från tre kattvänner!"

"Jag älskar kattor och jag har vänner som älskar kattor, men jag får aldrig rosor för den sakens skull."

"Kanske du kan få det, om du älskar rätt sorts kattor. Jag tror att ett varmt bad och en kopp kaffe vore välkommet."

Flickan gick in i badrummet och hällde upp vatten i jacuzzin. Hon sjöng medan hon arbetade och återvände efter en kort stund med en kopp kaffe, som hon serverade så att Michele kunde sitta i badet och nå den. Hon bar fram badrock, frotte-tofflor och badlakan, neg och försvann.

Michele sänkte sig långsamt ner i det heta, forsande vattnet och njöt av känslan när gåshud betyder välbefinnande.

Kapitel 41

ALEC HÄMTADE HENNE kvart i åtta. De for i hans mörkgrå Rolls till Chesterfield Hills och promenerade runt hörnet till The Greenhouse. Michele bar en mörkt vinröd klänning och sin silverrävstola. Alec med sin monokel på plats var klädd i svart tux och en enkel skjorta utan stråveck eller spetsar, en enkel svart fluga med glittrande små silvertrådar. Han var den mest Britiske gentleman en British gentleman kan bli. Det kändes skönt att gå vid hans sida när de gick in i baren. En kypare i vit jacka och svart slätt, bakåtstruket hår tog emot beställnngen. Hon valde Dubonnet och han som alltid, en Jameson's whiskey och i ett separat glas sodavatten med is.

De talade om Rich och gamla goda tider. Hon berättade om safaris som hon och Rich hade lett och om deras forskningsarbete i Kenya. Efter en stund kom Jean och Rosinne. Hon bar en klänning, som var ett enkelt tätt åtsittande svart fodral av crepe, diagonalskuren på ett vis som sömmerskor i Paris är oslagbara mästare på. En mujahedin inspirerad hatt tippade kokett framåt med ett litet flor. Hela uppenbarelsen mycket fransk och mycket chick. Inte alls den utstyrsel man vanligen väntar av en vetenskapskvinna. Michele lade märke till att hon drack sin Tequilja genom floret.

"Det är därför jag aldrig dricker Martinis! Vad skulle det likna om jag hade körsbär, oliver eller lemontwists dinglande i floret under näsan!"

"Hur klarar du av att äta middag då, utan att ha pommes frites dinglande där?"

"Mycket enkelt, mycket enkelt! Jag bara vänder hatten framochbak!"

Konversationen var livlig och spirituell. Ord flög fram och tillbaka, snabba, lustiga repliker växlades. Alec var en sann gourmet. Det serverades Cuantaloupe med rysk kaviar, sköldpaddsoppa med små spröda ost käx som såg ut som små broderade spetsar, sedan forell brässerad i champagne och miniatyrfileer av lamm . Men inte nog med det, efter poulard, vaktel och tryffel i små piroger med grönsaker följde en ostsuffle och slutligen en persiko-och-hallon-Melba. Allt i små delikata portioner så att ingen kände sig proppmätt. Vinet var vitt, fräscht och franskt.

"Detta var i sanning en måltid värdig en kung," sade Jean, den franske professorn. "Om jag inte minns fel är detta en mycket fransk meny, sammanställd av Monsieur Escoffier för en kunglig visit i Paris. Det var på den tokiga tiden då det dansades can-can på Moulin rouge och då Fantomen höll till på Parisoperan. Jag hoppas det jag sade inte stör dina brittiska känslor!"

"Nejnej min vän." svarade Alec. "Det Britiska köket föll ur mode när den franska noblesse flydde undan revolutionen och tog sina kockar med sig till England. Fransmännen tog över den eleganta och sofistikerade kokkonsten här. Ja! Men det finns också en gammal fin Engelsk gourmet tradition. Du finner den vanligen ute på landet och den förs i allmännhet vidare av kvinnor, inte manliga kockar.

"Här, mitt i London finns ett ställe som heter "The River Cafe", där brittiska, kvinnliga köksmästare visar att dom är bland de bästa, kanske är dom bästa i världen. Här på de Brittiska öarna kan du bli serverad forell som ingen annanstans i världen och lammstek så delikat att till och med Monsieur Escoffier skulle utbrista: 'Så här ska en fin agneau verkligen smaka' och om en fin Brittisk rostbiff skulle han säga: ' Mes amies, detta är The Ultimate'!"

"Det brittiska köket idag serverar vanligen stadig, näringsrik, mättande mat. Puddingar och stuvningar för hungriga som våta av regn och dimma skakar av köld. God enkel vardagsmat kräver goda, färska ingredienser. Men sådant blev det ont om i de tättbefolkade industriområdena, Husmödrarna drygade då ut maten med skorpmjöl, potatis och grönsaker. Kryddor från kolonierna erbjöd nya smaksensationer åt billiga, enkla måltider..."

Efter att ha suttit och pratat i flera timmar bröt man upp och Alec tog Michele på en liten promenad som slutade på en pub, där de tog en liten 'Tack-för-i-kväll-drink' och diskuterade den kommande veckans program. Alec kunde konferensprogrammet utantill och visste precis vilka föreläsningar som var värda att lyssna på.

Han föreslog också lite underhållning under veckan. Konsertbesök med Academy of Saint Martin-in-the-field, en kväll med Londonsymfonikerna. Han bjöd henne på opera på Covent Garden och en balett-kväll på the Royal Opera House. En händelserik och stimulerande vecka väntade... Han körde henne till hotellet och promenerade in tillsammans med henne. När de skulle ta avsked kramade han om henne och kysste henne på hand.

"Det var en lustig kombination," sade hon.

"Så är vi..." svarade han. "Godnatt min vän!"

När Michele öppnade dörren till sitt rum, brann där en brasa i öppna spisen. Hon sparkade av sig skorna, hällde upp ett glas kylskåpskall Ramlösa, sjönk ner i en fåtölj och tittade in i brasan.

Hon var på det klara med att efter en vecka i London hon skulle vara fullständigt utpumpad! Men att vara i London och inte ta tillfällena i akt vore verkligen väldigt enfaldigt.

Hon var tidigt uppe nästa morgon. Föreläsningarna började klockan 09.00. Hon lyckades komma över kompendier till samtliga aktuella föredrag, så hon kunde studera dem i detalj när hon kom hem till Cape Cod. Rosinne var en trevlig följeslagarinna. De hade en massa roligt tillsammans. Hon berättade om Alec för Michele.

"Han har ett ställe i Devon. Ett slott med 300 rum och en enorm park. Han är rik som ett troll och har så mycket pengar att han bara en gång om året vet hur mycket... det är vid bokslutet. Merril Lynch och en Engelsk investmentfirma har hand om kapitalet och det växer med

20-25% om året. Han är konstant pank! Har alltid för lite kontanter och betalar allt med kreditkort. När Elly dog blev han knäpp! Det var hon som haft hand om allt. Han hade aldrig brytt sig om ekonomiska frågor. Han avgudade henne. Han har långsamt återvänt till verkligheten och sitt gamla sorglösa jag."

Rosinne talade snabbt, som de flesta Fransmän. Hennes accent var anmärkningsvärt diskret, men hennes gestikulerande var det inte.

"Första gången jag mötte honom hade Jean inbjudit honom till vårt hem i Lainville, nära Versaille. Han tog tåget från Paris och jag skulle möta honom vid stationen. När det var dags att hämta honom ville min Renault inte starta. Jag ringde mina grannar och vänner efter hjälp. Ingen var hemma. Närmaste taxi fanns 30 kilometer hemifrån. Till slut ringde jag vår granne, bonden. Jodå visst fick jag låna hans Volvo stationsvagn. Nyckeln satt i och jag kunde ta den när jag ville! Jag var sen och sprang över ängarna och genom en kohage bort till gården, hoppade in i bilen och körde som en galning. Inte förrän jag var mer än halvvägs och uppe på motorvägen fick jag klart för mig att jag hade sällskap!

"En stor gris! och jag menar en stor en, satt alldeles bakom mig och njöt av att se det förbipasserande landskapet! Då och då kommenterade han något han såg med en belåten grymtning. Jag började gråta och den förstående grisen snuffade och blåste i mitt hår för att trösta mej. Du vet som karlar gör!!

"Nej, jag har ingen erfarenhet av det... men han var alltså en gentlemanna-gris."

"Visst, visst! Han var klart gentlemanna-aktig. Men vad skulle jag göra? Jag var redan försenad. Jag stannade vid stationen. Parkerade lite avsides och lade märke till en gänglig utlänning med röd mustasch. Det var de enda kännetecken Jean givit mig. Och det var den enda röda mustasch jag kunde se nära stationen. Alla andra var ju svarta, grå eller vita. Så jag gick fram och sa 'Hej' och presenterade mej och försökte förklara mitt dilemma.

"Oh dear, oh dear," var hans enda kommentar när vi promenerade fram till bilen. Han öppnade bildörren, kliade grisen bakom örat och satte sig in i bilen! Och det var allt! Grisen var uppenbarligen glad att få sällskap men någon som inte satt och grät över att ha en gris som passargerare."

"Den här grisen är en kelgris" sade Alec. "Han är en socialt medveten gris, ett fullblod! Hans lilla biltur med dej gör att han ger finare bacon... Det är nämnligen så, att smaken på bacon är beroende av grisens välbefinnande. När han kommer hem igen kommer han att berätta för alla sina griskompisar om den trevliga bil turen. Och alla kommer att se fram emot bilturen... till slakthuset. Det är ett faktum att rädda grisar ger beskt bacon men en glad gris ger gott bacon!"

När det var dags för Michele att lämna London följde hennes tre nya vänner henne ut till Heathrow för att vinka av henne. De kramade om och kysste henne och lovade att de skulle träffas igen vid nästa kongress, i Boston om ett år. Alec såg helt vilsen ut när Michele bordade. Hon blåste en slängkyss till honom och han log och vinkade tillbaka. Hon hade många intressanta artiklar att läsa och hon var helt upptagen med det under hela flygresan. På Logan var Ingrid och Ted och mötte. De hade intressanta nyheter att berätta om narkotikahandlarna.

Kapitel 42

MIKE, JENNY OCH Suzy gick ombort på Baronen. Han hade redan tidigare lassat in sitt eget och deras bagage. Damerna tog plats och spände fast sig. Han slog sig ner vid spakarna, gick igenom checkinglistan och startade motorerna, fick radiokontakt med tornet och taxade ut. Efter några minuters väntan bar det iväg. Han hade fått tillstånd att göra en sväng över centrala Boston och när han var säker på att Arnold kunde se honom gjorde han upprepade vingtippningar. Han visste att Arnold genast skulle känna igen sitt plan och uppfatta hälsningen. Kursen sattes sedan direkt på Bermuda långt därborta i sydsydväst, där den gråblå Atlanten övergick till en ljusblå himmel. Cape Cod låg under dem i solglittret och snart var de högt nog att se både Narraganset bay och Newport.

Mike försökte förtränga minnena av Maggies döda kropp på båren och männen ombord på Snöfågeln och ögonblicken då han dödade Bolivar och hans båda hejdukar, deras knäckta halsar och huvuden i onaturliga, bakbrutna ställningar, deras paralyserade, stirrande ögon. Allt det där var så otäckt. Maggi hade varit så vacker...

När han slog ihjäl männen hade han tyckt det var rätt. Han tyckte inte längre så. Ju mer tiden gick, ju mer hatade han sig själv för vad han varit i stånd att göra. Han ville inte vara bödel. Hämdkänslan hade blivit skuldkänsla. Polisen måste för längesen ha förstått att det var han som begått morden. Han var övertygad om att de lät honom vara fri medan de samlade bevis mot honom. De skulle troligen hålla inte bara ett öga på honom för att i rätt ögonblick slå till. Och så, en vacker dag skulle det stå tre poliser och knacka på hans dörr och säga...

Det skulle faktiskt bli skönt att kunna tala ut med någon om det. Hans skuldkänslor hade blivit mardrömmar. Han önskade han varit katolik. Då hade han kunnat gå in och bekänna allt för killen i det där båset, bakom de där gallren, och sen var synderna förlåtna och allt var frid och fröjd. Det verkade så enkelt och lätt. Men han skulle aldrig någonsin våga tala med någon annan än Arnold om vad som hände ombord på Snöfågeln. I själva verket skulle det betyda att vältra över sina skuldänslor på Arnold... han, som redan hade tillräckligt bekymmer med sin skuld till Maggies död...

Det finns bara ett sätt att återfå inre frid och självrespekt, sade han till sig själv. Det är att erkänna, be om förlåtelse, acceptera konsekvenserna och ta sitt straff för att ha brutit mot ett civiliserat samhälles regler för samvaro.

När Cathy hade frågat honom rent ut om han var mördaren hade han varit oförmögen att svara. Det hade låst sej i kommunikationen mellan hjärta och hjärna! Hon skulle troligen fyllts av avsky och osäkerhet. Vilken kvinna som helst skulle bli rädd för honom och gå sin väg om han berättade att han avsiktligen begått tre mord.

Han hade bett till sin Lutheranske Gud och bett om förlåtelse. Men det hade hittills inte hjälpt. Om och omigen gnatade hans samvete: "Att döda tre människor är inte som att trampa på tre myror... Gör nåt!"

Skulle han någonsin känna förlåtelse. Skulle han någonsin kunna finna en kvinna som Maggie? Skulle någon någonsin kunna förstå att han var förblindad av sorg, ilska och hämndkänslor när han hade ihjäl dem?

"Kanske skulle jag ta och kila in i en katolsk kyrka och bekänna för en biktfader gömd i en biktstol. Bara för att få ett råd..."

Mikes inre monologer malde vidare: Vad skulle jag säga till en vän som bekände ett så grovt brott för mej? För ett år sen skulle jag sagt: Dom kräken förtjänade det. Öga för öga... och dom var medvetna om branchens regler. Idag skulle jag inte säga så. Idag ser jag ingen skillnad i att offren var onda, elaka, falska människor. Det handlar om respekt för livet och andras liv. Jag skulle fråga en mördare: Vad kan du göra för att gottgöra ditt brott?

Jag tror min far skulle ha sagt: "Först en gottgörelse som är en uppoffring, sedan en dom, sedan ett straff, först då kan du känna förlåtelse."

Jag är inte rädd för straffet, men hur kan jag gottgöra? Jag måste leva med min skuldkänsla. I mina mardrömmar dödar jag mot min vilja mina bästa vänner och deras barn. I drömmen ser jag min mor och far stå och gråta över mej. Jag vaknar i skräck.. Detta kommer att långsamt driva mej till vansinne... Det är troligen min Guds sätt att straffa mej...

Mike satt tyst vid ratten. Han kände sig alltid väl till mods när han flög. Han gillade den här arbetsplatsen, motorsurret, den blå himlen där uppe och molnen. Rösterna från de båda kvinnorna blandades med motorsurr och vindsus. De hade fått juice och snacks och läste Europeiska modejournaler. Jenny tycktes ha slumrat till. Suzy kom fram till honom och frågade om det var något han ville ha. Lite juice kanske?

"Tack, gärna lite sällskap. Slå dej ner på andrepilotens plats en liten stund, om du inte misstycker."

"Jag är inte pilot, men jag gillar att flyga. Som en fågel. Om du lär mej att flyga den här maskinen ska jag lära dej sky-diving. Jag har säkert gjort över 1000 hopp . Det är väldigt vackert och väldigt avkopplande att hoppa ut tillsammans med några vänner... hålla varann i hand, bilda ringar. Att ta mark är inget svårt alls. Med en Canope fallskärm kan man styra dit man vill landa och man glider kontrollerat in för landning. Ingen dramatik! Inte alls som i gamla dar då man måste ha långa, stadiga kängor att skydda anklarna... och det kändes som att hoppa ut från tredje våningen och sen tvingas att blixtsnabbt göra en framlänges kullebytta över ena axeln."

"Jag tycker ändå det är lite vildsint och vågat, men jag lovar följa med och titta på och om det övertygar mej så hoppar jag med dej!..."

"Jag lär dej gärna att flyga!"

Han förklarade basbegreppen inom aerodynamiken. Hur vingens form gör att luftströmmen över vingen har längre väg att gå än luftströmmen under vingen, hur det bildar ett sug som gör att vingen lyfter. Han förklarade de olika rodrens funktion och demonstrerade hur de verkade och erbjöd Suzy att pröva på en loop. Den snälle vältrimmade Baronen dök, ökade farten, steg och lade sig sedan lekfullt på rygg och loopade runt. De skrattade. Mike kände sig genast mycket bättre. De närmade sig Bermuda och ringde till Harry. Han lovade möta vid flygplatsen och lite senare stod han där och hälsade dem välkomna tillbaka.

Middagen stod på bordet. Mike berättade för Harry att Arnold hade blivit allvarligt skadad och troligen aldrig mer skulle kunna gå eller stå eller flyga. Harry visste att Maggie hade blivit dödad av New York gänget.

"Jag har förstått du var i Newport när dom fick sitt straff." sade han.

"Ja,"

"Jenny och Suzy hade fått reda på att några av Bolivars män hade gått samman med män från Cavallos gäng och nu planerade att importera kokain med hjälp av Arnolds utrustning..." sade Harry.

"Arnold har givit mig stränga direktiv att inte använda hans flygplan för transport av narkotika. Och jag har för avsikt att lyda hans order," sade Mike. Harry kunde inte dölja sin besvikelse.

"Du förstår Mike, jag har en plan för New Yorkarna..."

"Hör här Harry! Jag vill inte veta något om några planer som har med narkotika att göra. Jag har tjänat tillräckligt med pengar att kunna leva på ett ärligt jobb. Allt jag vill är att flyga. Var snäll fråga mej inte, Var snäll fresta mej inte att bryta mitt löfte med Arnold. Maggie dödades av kokain som vi levererade. Både Arnold och jag har fått nog. Kan du inte förstå det!"

"OK min vän. Men min plan var att sätta ett stop för kokainhandeln!"

Mike trodde inte sina öron. Men han sade inget.

"...Först bygger vi upp deras förtroende för oss. Du behöver inte vara involverad. Ditt enda ansvar blir att flyga. Inget annat! Sov på saken. Jag betalar dej bra. Du kan ha din egen Baron inom ett par månader."

Mike hade redan bestämt sig, men Harry gav inte upp.

"Mina flickor tar hand om allt och du kommer inte att ha ansvaret för något. Men dom behöver kanske ditt beskydd. Jag är övertygad om att du kan fixa eventuella angripare på samma sätt du fixade Bolivars gossar."

"Jag är lessen Harry, men jag är ingen mördare till salu, OK?"

"Men vem tog livet av männen ombord på Bolivars båt?"

Den öppna brasan brann lugnt utan knaster och kastade ljus och skuggor kors och tvärs i rummet. Mike besvarade inte Harrys fråga. Jenny och Suzy satt tysta. Samtalet hade inte tagit den vändning de hoppats.

"Mike, här pågår ett krig..." sade Jenny

"Det är inte mitt krig, Jenny!"

"Jo, det är ett krig där alla måste engagera sig mot narkotikahandeln," sade Harry.

"Arnold och jag har bestämt oss för att hålla oss utanför och jag kommer att hålla mej utanför."

Mike och Harry spelade backgammon. Den gamle mannen studerade Mike över sina guldbågade läsögon. Han visste att detta var rätt man att ha med i sin plan. Han tog inte Mikes nekande attityd alltför allvarligt. Han hade ett par fina trumf på hand: Massor av pengar och en underbar dotter.

"Jag måste tala med flickorna. Jag vill ha den här mannen. Jag vill att min dotter tar den här mannen..." sade Harry till sig själv.

"Järnvägar! Han kan visst spela backgammon också! Tusan också, Har jag tagit en drink för mycket, eller pratat för mycket? Varför såg jag inte den här fällan? Jag skulle kunna göra den här smarte, orädde gossen till mångmillionär inom ett år, troligen på ett halvår."

"Jag måste kunna komma upp med några övertygande argument som kunde få Mike att ändra mening..." Han lutade armbågen mot bordet och vilade huvudet i handen. Han kliade sig på kinden och studerade backgammon pjäserna.

"Jag står för alla kostnader, Jag betalar dej 10.000 dollar kontant plus kostnader och sätter in 100.000 på ett Schweiziskt bankkonto för varje resa du gör med min dotter.

Mike kastade tärningen...

"Det är ett generöst erbjudande, men pengs är inte problemet! Jag skulle ju kunna fråga Arnold förståss."

"Vi kan få knarkhajarna att bita på naglarna i förtvivlan, klia sig i huvudet och fråga sej varför dom nånsin gav sig in i cokainbusinessen."

Mike skrattade.

"Jag tror jag fick över honom ett par centimeter på min sida..." tänkte Harry. "Flickorna får göra resten..."

Och han tog sitt glas med Ramlösa och is och gick bort till sin Steinway. Han bläddrade i Bachboken, sedan i Beethoven boken och började spela. Melodin kom ut sökande, smygande som på tå, som om den letade efter rätt väg. Harry kunde spela piano och Beethoven sonatan fick honom att drömma om glada tider, då han var ung och hade världens sötaste lilla fru som talade med en fransk accent och Jenny var en hagehoppande liten tös med en blond hästsvans som flög up och ner...

Mike tittade upp och hans blick mötte Suzys. Hon log mot honom. Mike gillade henne mer och mer... hela hennes uppenbarelse. Hennes ansikte var så gulligt och henes svarta ögon strålade oskuldsfulla och hemlighetsfulla... Hon höjde sakta sitt glas och de drack varandra till. Han fick känslan att hon ville stödja honom i hans strävan att inte bli involverad med narkotikaleveranser. Han nickade tillbaka och smuttade på den goda whiskyn.

Sonatan var slut. Så var Harrys lyckiga dröm. Han öppnade ögonen när han kände Jennys kyss på pannan.

"Vet du vad, Pappsen. Ingen kan som du spela så att alla problem försvinner och vi alla som lyssnar känner oss harmoniska och sorglösa. Det var verkligen väldigt fint. Tusen tack Pappsen."

"Jag tycker ni ungdomar ska stanna här och njuta av stillheten och brasan medan gamle Metusalem går upp och knyter sig. Godnatt alla tre!"

Han tog sitt glas och gick upp för trappan, in i sängkammaren och stängde dörren efter sig. Mike tittade på Suzy. Musiken hade gjort att hennes tankar farit långt, långt bort. Hon log lite frånvarande och hennes läppar rörde sig som om hon sjöng. Hennes vackra läppar fashinerade honom. En bok låg i hennes knä.

"Vad är det du läser, Suzy?" Frågade han.

"Oh, det är bara Japansk poesi."

Jenny gick upp för trapporna och in till sin far. Hon satte sig på sängkanten. I kväll, som varje kväll, talades de vid i nära en timma innan hon kysste honom godnatt, stoppade om honom och gick ner. Alla satt tysta en lång stund, sedan voro de överens om att det blivit dags att gå upp på sina rum och knyta sig.

Suzy hade bestämt sig för att smita över till Mike och i enrum tala om för honom att hon gillade hans avståndstagande till Harrys inviter. Hon tog på sitt vackraste nattlinne. En hellång vid, vit kreation i silke med vida puffärmar och små broderade guldfjärilar över hennes små runda bröst. Hon visste hon var vacker i den utstyrseln. Hon hade låtit håret växa ner till axlarna, men hon tyckte inte hon vågade låta det hänga fritt, utan band det samman baktill med ett vitt sidenband med gulddekor. Hon smet ut i hallen...

Men, vem kommer där med kurs mot samma dörr? Tusan också! De båda kvinnorna växlade blixtrande blickar. Jenny bar ett kort svart nattlinne med djupt decollage. Det sexigaste hon hade. Hon log ett ondskefullt leende, viskade ssssccchhh och pekade mot Harrys dörr längst bort i korridoren. Utan att knacka smet båda in i Mikes rum. Han kom just ut från badrummet, klädd i bara pyjamasbyxorna muntert nynnande.

"Hey, hey, hej! Välkomna till mitt lilla pyjama party. Känn er som hemma, gör det bekvämt för er. Ligg eller sitt var ni vill."

Båda gjorde samma val och hoppade upp i hans säng. Han satte sig i fåtöljen och hällde upp lite Ramlösa med isbitar i ett glas.

"Jag har något mycket bättre," sade Jenny och försvann ut genom dörren. Några minuter senare återvände hon med två flaskor champagne och tre glas. Mike öppnade flaskan med ett diskret Plopp! Hällde upp och bjöd runt.

Jenny försökte övertala honom att flyga kokain till Cape Cod tillsammans med henne. Han bara ruskade på huvudet och sade "Glöm det!"

Han hällde upp mer champagne. Jenny tackade med en kyss. Hon var verkligen väldigt söt och sexig, och hon var väl medveten om det. Hennes rikligt tilltagna, vackert formade bröst var inte väldigt väl dolda under den transparenta negligeen Han kunde inte motstå att låta blicken vila på dem. Han öppnade den andra flaskan. De talade om skydiving och njöt av den bubbliga drycken. Jenny lyckades leda in samtalet på hur man skulle kunna gillra fällor för narkotikaköparna, lura dit dem och sedan robba dem.

"Presentera mej en vattentät plan så kanske jag kan ta den under övervägande," sade Mike, för han visste att det inte fanns någon sådan plan. Smarta Suzy hade genast en lösning!

"Jag vet! Jenny och jag hoppar ut från planet. vardera med en stor behållare. Vi gömmer oss och Du kommer och hämtar upp oss. Enkelt!"

"Vid Otis på Cape Cod finns en flygbas och en kustbevakningsstation som har östkustens starkaste radar. Den radarn ser allt, och bevakar hela kusten från Newfoundland till Washington DC. Ut över havet ser den till Bermuda! Dom är vakna dag och natt.

Cape är nerlusat av turister från Juni till September. Alla stränder är befolkade dygnet runt."

"Kanske Sandy Neck" föreslog Jenny. "Ingen är där på natten. Vi kunde sticka därifrån med bil eller båt, eller jogga till Arnolds hus. Vi skulle kunna gömma behållarna och fallskärmarna i vattnet så inga spårhundar kunde nosa rätt på dom. Överraskningsmomentet är grejen! Hela landningen kunde vara över på mindre än en timma. Polisen kommer fortfarande att skaka sänghalmen ur håret och sitta upp och gnugga ögonen när vi är därifrån, sa Pappa."

Jenny hade talat långsamt. Hon kunde inte dölja sin entusiasm för planen, inte heller kunde hon dölja att hon fått lite för mycket Champagne. Med beslöjade ögon följde hon varje rörelse Mike gjorde.

"Jag visste du skulle hjälpa mej," sade hon. Kom nu så går vi till sängs. Var nu en lydig pojke och ligg snällt mellan oss."

"Jag tror jag först ska bära in er på era rum, så alla vi tre kan få sova ut ordentligt utan kel och smek. I morgon ska vi finslipa vår plan och testa lite skydiving.

"Suzy sover redan, så bär in henne först," föreslog Jenny.

Mike bar in Suzy i hennes rum, bäddade ner henne och återvände till Jenny. Hon tog kvickt av sina trosor. Hon sade att de var för varma!

"Jenny, lilla stygging. Du har druckit för mycket och jag vill inte bli förförd! Jag kan inte!"

"Mike jag hatar dig om du inte gör som jag vill. Jag ber dig!"

"Snälla Jenny, jag bara kan inte!"

"Du saknar Maggie, kom så skall jag trösta dej..."

Han satte sig på sängkanten och gömde ansiktet i sina händer. Hon gav upp. Han bar in henne till hennes rum och bäddade ner henne..

När han kom tillbaka till sitt rum stannade han. Någon låg i hans säng. Han lyfte undan lakanet. Suzy tittade på honom och log.

"Rör mej inte, då gallskriker jag och säger att du försöker våldta mej."

Han gav upp och kröp ner bredvid henne.

"I morgon kan jag i alla fall säga till Jenny att jag har legat med dej!"

"Snälla Suzy gör inte det, Godnatt!"

"Du måste kyssa mej godnatt!"

"Jag gjorde ju det när du sov."

"Det räknas inte. Jag sov inte och förresten det var i fel rum."

"OK. Godnatt då Suzy, sov gott." Han kysste henne på mun. En lång tillfredsställande kyss."

"OK nu då?"

"OK." Hennes hand letade sig från hans axel ner och rörde lätt vid honom.

"Du är ju stor." sade hon.

"Pojkar växer."

"Du älskar mej inte?"

"Nej, men jag gillar dej jättemycket."

"Älskar du Jenny?"

Nej, hur skulle jag kunna det? Jag känner ju knappast någon av er!"

"Det är bra. Skulle du kunna älska mej?"

"Varför frågar du?"

"För att jag är Japanska och för att jag älskar dej."

"Var glad och stolt över ditt ursprung och er kultur. När jag väljer min kvinna är det för hennes personlighets skuld. Vem hon är, vad hon står för och önskar, vad vi tillsammans drömmer om och den spiritualitet och personlighet hon tillför vår gemensamma framtid. Det är det som räknas. Jag kan knappast förstå hur du kan vara kär i mej. Jag tror snarare att du bara vill konkurrera ut Jenny och visa att du är bättre."

"Så, du älskar inte Jenny men du skulle kunna bli förtjust i mej. OK?"

"OK! Får jag sova nu!"

Hon kröp upp på honom och kramade om honom och höll hans huvud mellan sina händer och kysste honom om och om igen. Hon var lätt och slank och mjuk och varm och sikeslen. Han erfor plötsligt en enorm känsla av harmoni och en obeskrivlig lycka. Han höll sina armar om henne och kände varje del av henne och hon kände varje del av honom. De låg stilla en lång, lång stund...

"Mike, jag är lycklig. Du gör mej lycklig. Jag vill bli din och du skall bli min. Du ska bli min man. Och du kommer att bli en mycket, mycket lycklig man med en mycket bra fru. Du ska få se!"

Hon vände sig om och de somnade rygg mot rygg.

Kapitel 43

HON VAR BORTA när han vaknade. Doften av hennes parfym låg fortfarande kvar där hon sovit. Han böjde sig fram och andades in den med välbehag. Han sjöng i duschen, som alltid den där danska dryckessången om bonden som gick ut efter öl...

Han gick ner. Där satt Harry framme vid fönstret med en betagande utsikt över stranden och havet. Harry läste Wall Street Journal. Jenny kom ner för trappan och gick fram och kysste sin pappa. Suzy kom dansande ner iklädd sin sky-diving dräkt. Alla nickade godmorgon till Mike. Ägg och bacon, te och rostat bröd serverades och sen var det dags att köra ut till flygplatsen.

Man gick igenom utrustningen, kollade allt och gick ombord på Baronen. Suzy gjorde en sista koll av fallskärmarna medan Mike tog upp kärran till rätta höjden. Kontinuerligt informerade han Suzy om höjd, kurs och vind.

Med en karta i handen talade hon om för honom vart han skulle flyga och han fick samtidigt en snabblektion i sky-diving. Sedan gick hon bort till dörren med sin stora blå fallskärmssäck på ryggen och den lilla nödskärmen på bröstet. Medan hon öppnade dörren tittade hon på klockan och höjdmätaren på armen. Hon bekräftade kurs, hastighet, vindhastighet, vindriktning och altitud. Sen drog hon ner glasögonen från hjälmen, vände sig om till Mike, nickade "Hejdå" och dök ut i den isande tomheten och den tjutande vinden.

Mike stängde och reglade dörren medan autopiloten för en kort stund tog hand om flygandet och rodren.

Han gillade inte att den här flickan lekte med liv och död. Han kände sig obehaglig till mods. För honom var fallskärmshoppning ingen lek. Under sin flygutbildning hade han gjort 10 hopp. Att flyta omkring i luften med luften susande om öronen medan jorden zoomas in närmare och närmare... det var allt OK. Att känna och se skärmen utveckla sig och dra upp honom var också skönt. Men sedan kom den där skräckkänslan inför själva landningen. Han mindes hur han i det militära förberedde sig för landningen med benen samman, som en utförsåkare i ett störtlopp. Kraftiga tjocka kängor skyddade fötter och anklar. Sen kom den där skoningslösa stjärnsmällen underifrån. Hans snabba studs fram åt ena sidan och en kullerbytta fram över ena axeln. Fötterna sov i flera timmar efteråt!

Lilla Suzy hade bara vanliga gymnastikskor och hon hade sagt att hon bara skulle komma seglande in och landad mjukt utan att ens böja benen. Han hatade tanken på att hennes graciösa smalben och anklar skulle skadas. Varför skulle just hon vara så äventyrslysten och tokig! Bara tokiga kvinnor tycktes fastna för honom... Han gjorde en sväng, dök och körde runt henne, tittade och vinkade.

Hon flöt fortfarande på magen med armar och ben utsträckta. Fallskärmen var fortfarande oöppnad. Hon skrattade och vinkade tillbaka. Efter en lång stunds väntan. Alltför lång, tyckte Mike, såg han den vackra rektangulära canopyn öppna sig. Harry hade från terrassen följt skådespelet och såg Suzy komma glidande in för landning på gräsmattan nedanför honom. Hon tog mark utan att ens böja på knäna. Några ögonblick senare sågs hon gå och samla ihop fallskärmen, En vacker orange-gul-blå nylon canopy. I affärsavdelningen i Harrys hjärna hade han snabbt noterat detta eleganta sätt att landa var som helst.

Jenny och Suzy övertygade Mike att försöka sig på ett hopp. Den lokala fallskärmsklubben ställde upp med fallskärmar och en ung svensk pilot erbjöd sig att ta upp dem. Mikes första hopp gjordes med honom fastspänd tillsamman med Suzy i en stor cannopee i en sele specialgjord för två. Han var De stod i den öppna kabindörren. Hon gjorde en sista koll och ... "OK! Nu skuttar vi ut!"

Och ut flög de. Hans första sensation var den isiga vindens visslande. Känslan att falla var som att flyga. Suzys varma kropp nära sammanselad med hans överförde hennes trygghet, fullständiga kontroll och glädje. Jorden tippade över lite och började sakta snurra... och var plötsligt över dem. Han kände igen illusionerna. Hon spretade ut med armar och ben... Han gjorde som hon och deras rörelse stabiliserades. Jorden snurrade tillbaka ner under dem. Det kändes nästan som att simma. Hon visade rörelserna som fick dem att peka mot norr, öster, söder och väster. Hon pekade på sin höjdmätare på armen. Den visade 4.500 fot. De såg sig omkring. Jorden roterade sakta. Marken kom närmare. Hennes mjuka trygga röst hördes i mikrofonerna inne i hans hjälm:

"Är inte detta helt underbart? Vi är just nu på 1500 fots höjd! Jag fäller ut canopyn! Här kommer den."

Mike hörde nylonet rassla ut bakom dem. En stark kraft drog dem uppåt när skärmen vecklade ut sig. Fast sammantryckta hängde de bekvämt flytande i luften. Det var en fantastisk känsla. Hon kramade om honom bakifrån. Hon pekade på gräsmattan framför flygklubben där de skulle landa. hon talade om hur han kunde styra... Hans händer följde hennes när hon styrde genom att dra i de rätta linorna. De svävade över de stora almarna och rörde nästan vid topparna med sina fötter och landade elegant promenerande på gräsmatan! Inget drama, ingen framåtkullerbytta, inga sjungande eller sovande fötter och ingen skräck! Hon hakade av hans sele och gick ut och samlade ihop canopen. Hon visade honom hur man vecklade samman den. De gjorde ytterligare två hopp i samma sele. Båda fann nöje i att flyga sammanbundna..

Samma dag gjorde Mike sitt första ensamhopp och landade som om han seglade in över gräsmattan och tog mark gående, fylld med en berusande känsla av att livet var underbart!

Kapitel 44

FRÅN BERMUDA FLÖG Mike sina tre vänner Harry, Jenny och Suzy till Boston. Det var en kall Februaridag. Damerna gick på en shoppingrunda medan Harry och Mike besökte Arnold på sjukhuset. Han var inte speciellt begeistrad över deras plan att stjäla varken knarkpengar eller en leverans kokain från kokainbusar. Cathy hade berättat för Arnold om männen som gömt kokain i hans hus och att polisen varit där och sökt. Han förstod att det var Bolivars och Cavallos efterträdare som låg bakom det initiativet. På sätt och vis var det OK att ge de där gangsterna en näsbränna. Men kanske skulle det bara resultera i att hatet mot honom blev ännu större, att Cathy's liv blev ännu mer hotat..

"Jag gillar inte att Baronen används för knarkleveranser och mitt hus får absolut inte användas för förvaring av narkotika eller pengar," sade han,

"Du vet det, jag har sagt det tidigare!"

Efter besöket på sjukhuset sammanstrålade Harry och Mike med Jenny och Suzy och de åt middag tillsammans. Harry drog upp grova riktlinjer för en plan att med fallskärms-hoppare levererade kokain till Sandy Neck och när köparna kom för att hämta knarket, knycka deras pengar. Mike protesterade, men var positiv till tanken att snuva Bolivars och Cavallos gubbar.

"Jag är helt övertygad om att dom kommer att gå efter Arnolds dotter och mej till dess dom har oss!" sade Mike.

"Jag ska tänka ut en plan. Du behöver bara flyga och garantera Jennys säkerhet!"

Mike skakade på huvudet. "Rör inte in Jenny i det här. Hon är en sittande fågel. Rena måltavlan!"

"Inte tillsammans med dej!" Harrys tankar gick till Mikes sista möte med Bolivar och gangsterna ute på "Snöfågeln".

Harry reste sig och gick ut i foyeen. Jenny följde honom, Det var tydligen något de ville tala om. Han hade ett förslag till henne. Han skulle se till att hon fick Mike...

Det uppstod en paus. Suzy böjde sig fram till Mike och viskade:

"Jag tänkte jag skulle hjälpa Jenny med en leverans, ett hopp, men sen tänker jag hoppa av. Jag skulle vilja att du, Mike, gör som jag...och sen ska vi två aldrig mer ha med sånt här att göra... Häng med!"

Harry och Jenny kom tillbaka och Mike vände sig till Harry:.

"Jag ska flyga in en leverans för dej på villkor att jag efter det här aldrig mer blir ombedd att vara med om sånt här, OK!"

Harry utbytte blickar med Jenny, som nickade jakande.

"Allright, min vän! Överenskommet då!" Harry skrattade. Han hade rott hem första ronden, vilket betydde minst två mill dollar netto till honom.

Mike promenerade hem till sin våning. Han skämdes över att bryta löftet med Arnold om att aldrig flyga kokain med Baronen, men detta var absolut sista gången. Och han gjorde det för Suzys skull. Hon var värd det...

Påföljande morgon flög han Harry, Jenny och Suzy till Cape Cod och gjorde en sväng över Sandy Neck. Det var en solig senvinterdag. I Hyannis hyrde de en bil och for dit ut. De promenerade över sanddynerna och planerade var det var lämpligast att landa, gömma leveransen och finna alternativa flyktvägar. På vägen tillbaka till flygfältet stannade de till vid Arnolds villa och lämnade av en del utrustning de skulle komma att behöva. De satt i Arnolds bibliotek och finslipade sina planer för en kupp inom ett par veckor. Från sitt bibliotek höll Michele ett vakande öga och bandade allt som sades.

Veckorna gick kvickt. Mike köpte en 20 fots snabb, öppen båt och en 4-hjulsdriven Jeep, som parkerades i Arnolds garage.

Harry var helt övertygad om att kustbevakningen inte väntade några narkotikatransporter till Cape så här års och att överraskningsmomentet skulle fungera. Enligt Harrys källor skulle flickorna och fallskärmarna inte synas på radarn.

Sandy Neck var den idealiska platsen, men Harrys plan hade två svaga punkter. Först och främst Otis kustradar och huvudkvarteret för kustbevakningen i Massachusetts var bara tio kilometer från Sandy Neck och radarn på Otis kan se allt som rör sig i luften. Inga mutor i världen kan stänga dess elektroniska ögon. Polis och militär skulle kunna vara på plats med kort varsel. För det andra: Det fanns många privata villor utmed södra stranden av Barnstable harbor, med underbar utsikt mot Sandy Neck. Fallskärmshoppare skulle ofelbart observeras såvida landsättningen inte gjordes nattetid. Mike och flickorna måste snabb lämna platsen utan att lämna några spår efter sig medan polisen förgäves letade efter dem. Mike förvånade sig själv med att gå med på denna mycket djärva och riskfyllda plan. Men detta skulle vara hans allra sista narkotikaflygning. En sista chansning. Sen fick det vara nog.

Två rejält tilltagna vattentäta resväskor av aluminium, sådana som resande europeiska tjänstemän brukar använda i tropikerna, hade skaffats och försetts med ett tjockt lager skumgummi, som absorberar radarvågor. Två sky-diving-selar för två personer hade modifierats att bära en person plus en av de nya resväskorna.

I solnedgången lyfte de från Bahama. Från planet kunde de se fraktbåtar och tankers kämpa där nere i den mörka blågrå sjön. Ibland var till och med de största fartygen helt dolda av översköljande grönvitt isblandat skum. Närmare New England- kusten såg de fisketrålare kämpa i stormen i bjär kontrast till deras eget trygga, bekväma sätt att resa. Bara något hundratals kilometer från Boston styrde Mike rakt mot fastlandet.

"OK, flickor! Är ni färdiga. Vi är snart framme. Han gav dem höjd, kurs, vindriktning och temperatur när de flög in över Cape Cod.

"OK sade Suzy och öppnade dörren. Vinden tjöt. Jenny hoppade först. Innan Suzy dök ut, vände hon sig till Mike och blåste en slängkyss till honom.

Han rusade akterut och stängde dörren, sedan rusade han tillbaka och anropade tornet i Hyannis. Han begärde att omedelbart få landningstilstånd. Han sade han hade motorproblem och inte vågade ta risken att flyga till Boston. Han beviljades landning och bara några minuter senare tog han mark och taxade bort till hangaren. Han kuperade motorerna och rusade bort till sin Rabbit. Han stannade vid närmaste telefonkiosk och slog ett nummer som Harry givit honom. Han var väntad. Han kom just i rätt tid. En man med New Yorkdialekt svarade. Ett par bekräftande ord växlades varpå han hängde upp.

Med skrikande däck stannade han utanför Arnolds hus, öppnade garagedörren, körde ut Jeepen och in Rabbiten och for sin väg i full fart.

Kapitel 45

MIKE KÖRDE JEEPEN förbi grindarna till det naturskyddade området på Sandy Neck. De stod öppna och så här års var där ingen vakt. Han kunde hålla god fart österut utmed norra stranden. Han fann stigen som ledde söderut till den avtalade mötesplatsen där han tidigare hade ankrat upp den snabba båten ett tjugotal meter från stranden.

Flickorna var där. Ombyltade med sina fallskärmar hoppade de upp och ner för att hålla värmen. Han halade in båten och hystade ombord de två tunga trunkarna.

"Här är minst femti kilo i varje. Det skulle bara vara 25..."

"Vi såg båten och styrde hitåt. Vi landade båda här, så vi skulle slippa bära dom!"

"Narkotikapolisen kollar troligen just nu Baronen på Hyannis flygplats. Jag är helt säker på att Otis observerade och följde oss! Kustbevakningen kommer att ha en helikopter här om några minuter. Vi måste avblåsa mötet med New Yorkgossarna!"

Jenny samtyckte. De packade ner fallskärmarna i en stor nätkasse band ihop den och de två väskorna med båtens ena ankare. Ungefär hundra meter från stranden sänkte de hela paketet.

"Där är vattendjupet ca 5 meter.," sade Mike. Bojen markerar platsen.

Han körde båten in mot stranden. Flickorna hoppade av och han körde ut och förtöjde båten vid bojen. Sedan sam han iland.

"Vi kommer tillbaka i morgon och halar upp lasten. Nu sticker vi!"

Han stelnade till.

"Jag hör en helikopter! Kvickt, hoppa in i Jeepen!"

Mike körde i full fart norrut utan att ha strålkastarna tända. Han stannade, stängde av motorn och lyssnade. Helikoptern kom närmare, men de kunde ännu inte se den.

"Om vi kört iväg med båten hade dom sett oss omedelbart. Nu måste vi gömma oss. I det här mörkret kan dom inte se oss. Helikoptern kommer närmare!"

Han startade Jeepen och körde utan ljus längs stranden österut mot en grupp tomma sommarhus. Där stannade han under ett tak till en carport. Luften var kall och rå. Månen var dold bakom molnen. Dimma rullade in från Cape Cod bukten. De hörde helikoptern landa. På andra sidan viken i söder kunde de se flera polisbilar med blixtrande blå varningsljus, men utan sirener, köra i hög fart på Väg 6A mot avtagsvägen som leder ut till Sandy Neck. Mike var genomvåt och frös så han skakade. Han hade klart för sig att de höll på att bli fångade och att de nu satt som i en säck, som snart skulle snörpas samman.

Väl gömda i den täta vegetationen av ständiggrönt bakom några små butiker och en liten restaurang vid korsningen på Väg 6A och vägen ut till Sandy Neck satt två män i en silverfärgad Lincoln. Det var bekvämt och varmt inne i den stora bilen. Männen hade ett generöst förråd av snacks, hamburgare, smörgåsar och öl. De varken såg eller hörde helikoptern, men blev lite skräckslagna när den ena polisbilen efter den andra med febrilt blinkande utryckningsljus for förbi. Ute på Sandy Neck vid en liten avtagsväg till vänster satt deras boss och väntade på fallskärmshopparna med kokainleveransen. Han hade pengarna med sej. Mannen i baksätet på Lincolnen ringde sin boss. Inget svar. Han slog numret igen. Fortfarande inget svar. De båda männen utbytte blickar.

"Dom sa vi skulle vänta, så vi väntar väl..." sade mannen vid ratten.

Mike lyssnade. Och talade till sig själv: "Polisbilarna måste stanna vid parkeringsplatsen och dom kan inte köra ut i naturskyddsområdet, för polisbilarna är inte terräng-gående. Om jag hade befälet över den här sök operationen skulle jag bilda en kedja av polismän med spårhundar från norra stranden tillden södra. Poliserna i kedjan skulle sedan gå österut och kolla varje tänkbart gömställe. Jag skulle väcka upp alla som sov och kräva legitimation och identifiering."

"Vi måste komma härifrån fort. Dom vet vem jag är. Dom vet att jag flyger Arnolds Baron. Dom vet att det var jag som flög Baronen från Bermuda och gjorde en sväng här över för en stund sedan..." Mike talade både för sej själv och till flickorna.

"Du måste försöka komma tillbaka till motorbåten och... antingen komma hit och hämta upp oss eller ta den och sticka över viken till Barnsatble Harbor och Arnolds villa, sade Suzy.

"Jenny och jag kunde gömma oss här och i morgon bitti köra bilen till Arnolds.

"Polisen kommer att vara här inom kort. Om dom finner två flickor från Bermuda, och dom vet att planet kom från Bermuda är dom inte dummare än dom anar vi kan vara medbrottsingar och fallskärmshoppare och dom ger inte upp sökandet efter narkotikan förrän dom hittar den," fyllde Jenny i.

"Mike du måste försöka komma härifrån!" sade Suzy.

"Jag ska springa tillbaka till båten! Vänta på mej här," sade han, hoppade ur Jeepen och började springa tillbaka utmed stranden. Språngmarchen gjorde honom lite varmare. När han såg båten på 300 meters håll sprang han snabbare.. Det var då han först hörde skallgångskedjan av polismän och hundar som gick fram genom snår och buskar. Han hörde poliserna svära och ramla. Han hörde grenar brytas under grova kängor på andra sidan av dynen, kanske tvåhundra meter bort.. Han höll andan och lyssnade noga. En liten båt, en flatbottnad eka låg för ankar helt nära. För honom fanns det bara en väg att välja. Det iskalla vattnet fyllde hans kängor när han sakta vadade ut på den mjuka sandbottnen.

Vattnet i Cape Cod Bay är kallt även på sommare. Det kommer med Humbolt strömmen direkt från nordpolen! Eller rättare sagt från Ishavet och Grönland. Även en varm sommardag är detta vatten så kallt att man glömmer att andas! Och fötterna blir blåfrusna på några minuter.

Mike knäböjde sakta och satt ner i vattnet i skydd bakom den halvmeterhöga ekan. Han hade bara huvudet över vattenytan, under långa stunder bara näsan... Han hörde polismännen tala och uppmuntra sina spårhundar att söka. Hade han lämnat några spår? Kunde de se hans fotspår ut i vattnet. Han frös så att tänderna klapprade. Han måste bita ihop för att inte låta som en hackspett! Det skulle troligen göra de välutbildade hundarna ännu mer misstänksamma, tänkte han och skrattade för sig själv. Det iskalla vattnet inne i kläderna värmdes emellertid långsamt upp av kroppsvärmen. Han behövde nysa! En rejäl förkylning var på väg!

Poliserna fortsatte sin skallgång. Massor av män med 10-20 meters mellanrum sträckte sig i en kedja över hela halvön. Varje misstänkt snår eller gömställe undersöktes. Stranden där Mike låg gömd i vattnet bakom ekan kunde inte dölja någon eller något. Poliserna gick aldrig ända ner till vattnet där. Dimman hade blivit tätare. Han hörde hur skallgångskedjan avlägsnade sig. Halvt simmande, halvt gående på bottnen tog han sig fram till motorbåten. Han hävde sig ombord och låg platt på magen på durken och lyssnade. Dimman blev tätare och tätare. Han kunde inte längre se stranden. Han lossade förtöjningen, lämnade bojen och ankaret med den olagliga lasten värd miljoner. Tidvattnet förde honom fullkomligt ljudöst längs med stranden ut till den avtalade mötesplatsen.

Udden med garaget där flickorna satt gömda dök upp i dimman. De ville han skulle ge sig av ensam i båten. Han tvekade. Harry hade sagt både till Suzy och honom att skydda Jenny. Han fick alltså inte ge sig av och lämna Jenny i sticket.

"Jenny, du kommer med mej här!" Han insisterade och efter en stunds ordväxling klättrade hon ombord.

"Jag klarar mej alltid," sade Suzy och vinkade medan båten sakta uppslukades av dimman. Mike lät båten ljudlöst föras ut med strömmen.

Dimman tätnade. Femton långa minuter passerade. Mike startade motorn. motorljudet dämpades av dimman.. Jenny var genomvåt upp till magen och Mike var plaskvåt alltigenom. Han ökade farten och styrde sydvart.. Han fann sjömärkena som ledde dem in i hamnen och fram till Arnolds brygga.

Han var helt genomfrusen och kunde knappast gå den korta vägen upp till Arnolds hus. Det var nu flera köldgrader. Hans kläder var frusna och liknade mest en plåtkostym. Han hittade nyckeln och de steg in. Jenny såg sig omkring. Hon hällde upp ett varmbad till Mike och lade hans kläder i tvättmaskinen och hennes i torktumlaren.

Han sjönk ner i det heta badvattnet. Efter en lång stund i den ångande duschen gick Jenny in till honom. Hans ögon var slutna och han halvsov, men han gav henne ett svagt leende. Hon satte sig på badkarskanten och tittade på hans solbrända, muskulösa kropp. Så lät hon badrocken falla av och satt där som Gud skapat henne. Han tittade upp och log. Hon tog hans hand och höll den till sitt ena bröst. En kraftig hand med långa fingrar som en fiolspelares... Hans fingrar kelade med hennes bröstvårta. Hennes vagina blev våt. Hennes hjärta slog inne i hans hand.. Hon betraktade hans växande stånd, som reste sig ut ur varmvattnet. Hon rodnade, log och böjde sig fram och kysste Mike på munnen.

Kapitel 46

NÄR MIKES RABBIT hade susat in på hamnplanen och med skrikande bromsar stannat tramför Sprengelerska villan, blev Michele klarvaken. Hon kikade ut genom sovrumsfönstret. Det var becksvart. Mannen i bilen öppnade Sprenglers garage, körde ut en Jeep, som hon inte väntade skulle finnas där.

Hon tyckte mannen liknade den unge piloten...

Michele förstod omedelbart att något var på gång. Hon hade blivit misstänksam redan när hon någon halv timme tidigare hade hört ett flygplan göra en sväng över Sandy Neck. En sådan manöver mitt i natten så här års och ett nattligt besök hos Sprenglers av piloten kunde bara betyda en sak. Denna natt var natten för den aktivitet de tidigare besökarna hade talat om den där soliga vinterdagen några veckor tidigare.

I all hast drog Michele på sig en svart träningsdräkt över pyjamasen, tog på ett par varma fårskinnsfodrade kängor, grabbade en pälsmössa och en stor fårskinnspäls. Hon kastade de varma kläderna i baksätet tillsammans med videoutrustningen och ljudband-apparaturen. För säkerhets skull tog hon med sin ryggsäck med jaktutrustning och ett gevär.

Hon gillade inte att ge sig ut på ett uppdrag som detta helt ensam. Men nu hade hon inte tid att ringa Ingrid. Det hade betytt flera minuters försening och hon kunde förlora Jeepen med Mike ur sikte. Hon beslöt att inte störa Ingrid och Ted.

I rasande fart följde hon Jeepens röda bakljus upp till Barnstable centrum. Och sedan bar det av västerut på Väg 6A. Det var nästan fullmåne. Utmed vägen såg hon snödrivor och bara fäckar där krokusarna började sticka upp. Våren var sen i år. När hon körde in i Sandwich öppnade landskapet sig. Hon for förbi snötäckta ängar och på högersidan myrar och saltvattenkärr. Långt framigenom såg hon Jeepen ta av till höger ut på Sandy Neck Road. Hon slog av helljusen först och halvljusen sen. Hon hade uppfattat situationen rätt. Hon förstod att Mike skulle plocka upp fallskärmshopparna med narkotikaleveransen och lite senare möta "Gotham gossarna". Dvs New York killarna. Hon hade hört "Shaw Road" nämnas när hon avlyssnat besökarna i Sprengleska villan. New Yorkarna kunde naturligtvis redan vara på plats och hon kunde i värsta fall stöta på dem. Men det troliga var att de ännu inte hunnit dit, och att Mike skulle be dem komma dit först när han plockat upp den luftlandsatta leveransen.

Michele var ensam på vägen när hon svände höger ut på Sandy Neck Road som ledde ut mot norra stranden. I svängen lade hon märke till strålkastarna från två bilar som kom västerifrån på Väg 6A, från Sandwich. Det kunde vara New Yorkarna. Vägen mot stranden ledde upp på en kulle och därfrån kunde hon se Jeepen köra med full fart österut på norra stranden. Hon svängde vänster in på Shaw road och parkerade något hundratal meder senare framför ett tomt sommarhus med ett garage. Hon försökte öppna garagedörren. Den var låst.

Hon fick fatt på sin videokamera med parabolmikrofonen och hängde för säkerhets skull bössan med sömnampullerna på andra axeln. Det trebenta stativet med kameran var tungt. Svettpärlor rann ner för hennes panna, in i ögonen.

"Jag ska bara vara åskådare och filma och banda vad jag ser. Jag tänker inte ingripa..." sade hon till sig själv.

Geväret med bedövningsammunitionen svängde fram och tillbaka mot videokameran och dess stativ med ett "doing", som hon trodde kunde höras miltals bortigenom. Vid korsningen till Sandy Neck Road gömde hon sig bakom några täta enebuskar i den mörka skuggan under de skyddande grenarna av en hög gran. Hon monterade upp det trebenta stativet med kameran och laddade för säkerhets skull bössan med sömnampullerna.

Hon höll andan och lyssnade. En bil närmade sig. Långsamt! Den stannade! Hon kunde inte se vad som hände, men hon hörde hur bilen backade in på en parkeringsplast utanför ett privat garage. Hon hörde fotsteg på vägens gruskant. Två män stannade i månskenet kanske 50 meter från henne. De bar på var sin stor tennisväska. Det var en kall kväll. Hennes näsa rann. Hon vågade inte snyta sig. Nu hörde hon det klapprande ljudet av en helikoper som närmade sig. Det var nu helt klart att fallskärmshopparna hade observerats på Otis radar och att kustbevakningen blivit varskodd.

Kustbevakningen hade inte sovit! Michele visste att kustradarn kunde se allt som hände i luften över Bermuda och dessutom en bra bit bortom... ...från Nova Scotia ner till Washington DC. De kände piloten och de visste att han styrde kurs mot Boston och CapeCod. De kunde med rätta vara misstänksamma och hade god anledning att följa honon och kolla in vad piloten hade för sig.

Michele tog på sig hörlurarna för att lyssna om de båda männen hade något av intresse att säga. De var nu bara femton - tjugo meter från henne. I infrakameran kunde hon se dem från sitt gömställe. I den lilla bildrutan såg de ut som små gröna monster. Hennes näsa killade och rann. Hon satt blick still i mörkret, tyst som en mus.

"Förbaskat kall kväll! Det känns så fel att göra sig av med fyra mill i kontanter på det här viset, men ändå blir det en fin affär. Den här leverantören har alltid ren, fin kokain. Ingen Inositol, inget bakbulver, inget, inget, så vi kan utan vidare dubbla mängden, troligen trippla kvantiteten utan större problem och ingen kan märka skillnaden."

Mannen som talat tände en cigarett. Han gick tyst fram och tillbaka. Ljudet från helikoptern kom närmare. Michele fick en ide. Med bedövningsbössans infrasikte riktade hon vapnet mot mannen som rökte...

"Pooof!" den diskreta smällen drunknade i oväsendet från helikomtern som ny var nästan över dem. Skottet hade tagi i baken på mannen. Han vände sig hastigt om och röt ilsket till sin komanjon:

"Va i helskotta tar du dej... till!? ...och sekunder senare satte han sig sakta ner och sjönk ihop. Michele siktade på gangster nummer två.

"Hoppas han inte bröt injektionsnålen," sade hon tyst till sig själv och började räkna.

"Tusan också! Vaffan är det med dej? Frågade mannen sin domnade kollega och böjde sig fram över honom. Fick du hjärtslag eller var det en hjärnblödning och det just nu när kustbevakningen eller snutarna tycks vara i luften över oss. Toppentajming!..."

"Poooff." Hans monolog avbröts av Micheles andra skott. Han stod och vaggade några sekunder och kunde inte fatta vad som hänt med sitt balanssinne, sedan föll han handlöst framstupa. Han rullade fortfarande över sin kompis när Michele hoppade ut ur sitt gömställe under granen och grabbade de två väskorna. De var så tunga att hon inte orkade bära båda på en gång, utan fick springa fram och tillbaka till sin bil två gågner. Sen sprang hon tillbaka och samlade ihop sin utrustning och kånkade tjostande och pustande allt till bilen. Halvvägs dit kom hon att tänka på injektionssprutorna. Hon satte ner allt och sprang tillbaka till busarna.

Helikoptern passerade just över henne. Den förde ett otroligt oväsen och dess starka sökarljus skar genom mörkret. Hon måste söka skydd under en gran. Ljusen sökte längs vägen ner mot havet. Hon hittade en av injektionssprutorna genast, men måste rulla undan männen för att komma åt den andra. Hon släpade in männen i skydd under en gran så att de inte kunde ses från vägen. De sov tungt och var tunga!

"Sov så gott då, stygga busar!" sade hon medveten om att om femton eller tjugo minuter skulle de vakna och undra var de befann sig. Hon var just på väg ut ur gömslet när en bil gled förbi ute på vägen. Ljudlöst utan ljus. En polisbil på väg ner mot parkeringsplatsen nedanför backen. Hon sprang längs den lilla tvärvägen som vindlade genom skogen bort mot sin bil. Svetten rann ner för hennes panna och utmed ryggraden. Detta var ju helt vansinnigt. Hon hade inte räknat med att polisen skulle vara så snabbt på plats. Med hundar och all specialutrustning. Hon försökte springa, men gevärsremmen och de klumpiga kamera grejorna skar in i hennes axlar och geväret dunsade mot kamerastativet med ett ljudligt klang! Så hon tvingades gå lungnt.

Ljudet från helikoptern hade ändrats från klapprandet av rotorpladen till ett svischande ljud vilket betydde att den landat.... bara ett par trehundra meter bort.

Hon stannade framför sin bil.

"Denna eländiga gamla skrothög är min! Och här står jag med fyra miljoner och vågar inte ens tänka på att ersätta denna fula ankunge!"

Hon lade märke till att nummerplåten baktill bara satt och dinglade på en skruv. Hon bände av den och kastade den i baksätet. Hon förstod att poliser med hundar inte skulle behöva lång tid att nosa rätt på henne. Hon måste gömma sig. Garagedörren var låst, men på baksidan fanns en dörr med ett enkelt lås. Med en kniv ur sin jaktväska kunde hon föra låskolven åt sidan och öppna dörren. Från insidan kunde hon öppna den elektiska garagedörren. Den förde ett fruktansvärt väsen. Hon körde in bilen i garaget, gömde väskorna med pengarna, bössan och kamerautrustningen på en hylla högst upp nära taket.

Männen som hon bedövat skulle snart bli funna av polishundarna. Sen skulle det inte dröja länge förrän polisen började leta efter de försvunna pengarna. Hon måste stoppa hundarna!

Hon hade en reservtank med bensin i bakluckan. Hon tog den och började springa mot stället där gangsterna sov. Plötsligt hörde hon hur polisen delade ut order till grupperna med spårhundar. Hon stannade till och ryste. Skulle hon hinna?

Hoppas de börjar söka tvärs över halvön med början här och inte väster om vägen ner till stranden. Nu smög hon sig raskt fram och fann de båda männen lungnt sovande! Hennes hjärta bultade och hela kroppen darrade av ansträngning och nervositet.

"Himla tur att de inte snarkar!" sade hon till sig själv medan hon iakttog hur polisen bildade en skallgångskedja över dynerna tvärs över hela halvön. Polishundarna var fullständigt tysta! Inte ett skällande!

Nu hade många fler polisbilar kommit. Hon hällde bensin runt de sovande mänen och i en vid cirkel i gruset tvärs över på vägen. Kvällskylan skulle göra att bensinångorna inte dunstade på ett bra tag.

Ångorna från bensin bedövar hundars luktsinne och gör dem oförmögna att leda dem rätt, oförmögna att nosa rätt på henne och följa hennes spår, det visste hon. Hon hällde slut på all bensinen på vägen tillbaka och sprang sista biten fram till garaget. Hon låste båda dörrarna från insidanoch kröp ihop i baksätet. Som tur var hade all snö på vägen blåst bort och inga synliga hjulspår kunde leda poliserna till garage. Hon drog ner sin tjocka stickade mössa över ansiktet och packade in sig i sin päls. Hon var fullständigt utpumpad. Hjärtat pulsade för högtryck och blodådrorna i tinningarna och nacken dunkade.

"Detta är för mycket för en kvinna i min ålder! Jag borde inte springa ikring på det här sättet. Utan mina dagliga joggingrundor hade jag aldrig klarat av det här!"

Tystnaden var fullständig och behovet av vila tog ut sin rätt. Hon somnade. Ungefär två timmar senare vaknade hon av röster utanför. Två polismän gick runt garaget. Hon förstod att de kikade in genom fönstren i garagedörren.

"Detta är ett sommarhus. Igenbommat för vintern. Vi fortsätter att söka längre bort utmed vägen...."

"Men titta där. Det står en bil i garaget!"

Micheles hjärta hoppade upp i halsgropen. Hon höll andan så att inte röken från hennes andedräkt skulle avslöja henne.

"Skojar Du eller! Tror du narkotikasmugglare kör omkring i en sån gammal skrothög! Nä nä! Den där är bra nära antik! Måste vara över 20-25 år gammal och förresten... Den har ingen regístreingsskylt! Ingen skulle vara tokig nog att ge sig ut på vintervägar med en kärra som den där...!"

Hon hörde ljudet av deras steg i gruset avlägsna sig och hon somnade på nytt.

Kapitel 47

DENNA FORM AV klappjakt var tydligen väl intränad, välorganiserad och iscensatt med kort varsel. Efter Baronens omotiverade sväng ut över Sandy Neck dröjde det inte länge förrän man organiserat en sök-kampanj och en helikopter vid Otis-basen var i luften. Ett antal polisbilar var omedelbart varskodda och på väg mot området där man befarade ett nersläpp av narkotika. Med sina starka sökarljus korsade helikoptern fram och tillbaka över halvön och spejade över alla dyner, stränder och tänkbara gömställen. Vegetationen består där så här års till mesta delen av avlövade låga träd och buskar, där möjligtvis harar, rävar och kajotes har vanan och kunskapen att gömma sig (Kajote är den smarta, listiga och aggressiva amerikanska vargen. Den finns här. Den ser ut som en meterhög schäfer med spetsigare nos, uppåtstående spetsiga öron och ett garnityr av långa vassa tänder.)

Med nattkikare granskades landet, men de enda levande varelser polisen fann var de nämnda djuren, som klart demonstrerade sin motvilja mot strålkastarljus och oväsendet! Efterhand hade dimman som drev in från öster gjort vidare flygspaning omöjlig och helikoptern landade vid den stora parkeringsplatsen, där ett temporärt högkvarter för spaningarna etablerats.

Militärradarn hade följt Baronen ända från Bermuda och noterat Mikes omotiverade sväng över Sandy Neck. En patrullerande polisman hade ringt in och rapporterat att han sett ett flygplan över

Sandy Neck och strax därefter oberverat något som såg ut som två leksaksdrakar över halvön.

Vid en omspelning av banden som inspelats av radarobservationen framgick det klart att två föremål kunde ha fallit från planet. Planet var identifierat och genomsökt på Hyannis flygplats. Ägaren var pilot och känd. I sökoperationen var man övertygade att i natt skulle ett kap kunna göras.

Varma och svettiga hade männen sprungit efter spårhundarna över dynerna, genom buskar och snår och vid flera tillfällen hade spårhundarna givit indikationer, som emellertid visade sig vara från rävar eller kajotes. Några småbåtar för ankar hade observerats, tomma, inga ombordvarande!

Suzy såg motorbåten med hennes båda vänner ljudlöst driva iväg och försvinna i dimman. Hon var en erfaren fallskärmshoppare och var förnuftigt klädd för att hålla sig varm. Hon bar thermo underkläder och ett tunnt set av lama ull kläder under sin skära vindtäta träningsdräkt. Hon tänkte inte låta sig tas av spaningspolisen. Hon såg spaningshelikoptern flyga kors och tvärs till dess dimman tvingade den att ge upp sökandet.

"Det mest uppenbara och mest naturliga sätt att gömma sig är i ett skjul eller i ett hus, så det skall jag inte göra." tänkte hon.

Med släckta strålkastare körde hon österut utmed södra stranden. Hon hade täckt över bromsljusen med Mikes handskar. I ett av husen hon passerade var ljusen tända. En stor fyrhjulsdriven stadsjeep var parkerad utanför. Dess hjulspår ledde norrut. Hon följde dem. Hon betraktade sig i backspegeln och tänkte:

"Jag är faktiskt inte direkt ful. Jenny är vackrare och Mike kanske faller för hennes charm och inviter och Harrys alla pengar. Mitt japanska utseende är troligen för främmande för honom. Titta bara på mina dumma, sneda, nästan mongoliska ögon. Jag önskar jag hade Jennys vackra, gröna ögon. Mitt ansikte är för platt och min näsa alldeles för liten! Och den här lilla munnen med höga bågar nästan ända upp och in i näsan! Jag önskar jag hade Jennys putande sexiga mun och hennes stora runda barm, inte de här små vettskrämda brösten. Jag önskar jag hade hennes mulliga höfter och runda bak och inte den här raka gossfiguren med vaga kurvor. Jenny har ett vackert långt, blont hår. Jag hatar mitt fula blanka blåsvarta hår...

"Men Mike kan inte undgå visa att han gillar mej. Och jag känner magnetismen. Jenny vill ha honom, men det är jag som ska få honom, för jag älskar honom!

"Och jag är inte precis ful. För tusan! En japanska ser ut så här! Jag är glad jag är en japanska! Varför skulle jag tycka synd om mej för att jag inte är en vit europee när jag är en Amerikan! Och jag vill, ja jag vill verkligen komma ut ur det här idiotiska jobbet som körs av penninggalna människor. Dom har alla mist all känsla för moral och uppfattning om rent spel och respekt för människoliv. Det enda goda med den här dårskapen är att jag mött Mike."

Hon talade till flickan i backspegeln. Hon kände sig miserabel.

"Hoppas polisen inte får honom. Det hela var en idiotisk plan. Jag fattar inte att Harry riskerar oss tre bara för att själv kamma hem några miljoner. Han har förändrats så sedan jag först såg honom. Nu är han till och med villig riskera sin egen enda dotters liv för en fläskig bunt pengar. Han är förblindad av pengar och pengars makt. Han vågar det för han vet att om något går på tok kan han alltid köpa Jenny fri. Så fungerar ju Amerikansk rättvisa. Undrar just om han skulle lägga ut pengar på att köpa Mike och mej fria. Jag tvivlar på det...

Hon körde i mörkret längs den breda underbart vackra norra badstranden. Hon hörde det rytmiska vågsvallet in över stranden. Sanden var våt, fast och slät. Då och då körde hon genom stora, grunda pölar av stillastående vatten så skummet yrde!

Hon måste snabbt komma till Arnolds hus och sätta på kaffe för dem alla och hälla upp ett varmt bad till Mike. Bara tanken på Mike gjorde henne lättare till mods. Hon satte på strålkastarna, stannade och tog bort handskarna från bromsljusen. Hon väntade sig att bli stoppad. Nu kunde hon framme i dimman se flera polismän. Hon kastade en sista blick i backspegeln och upptäckte plötsligt det lilla emblemet som visade hennes medlemskap i Brittiska fallskärmshoppar klubben!

"Gosh, det var nära!" sade hon och drog ur nålen med den lilla fallskärmen i guld. Hon körde ytterligare ungefär en kilometer innan hon lade märke till att stranden var avspärrad. En polisman gjorde tecken till henne att stanna.

"Vad står på?" sade hon glatt med ett leende som hon visste var både hjärtevärmande och oskyldigt.

"Vi letar efter ett par fallskärmshoppare, troligen narkotika-smugglare!

En eller troligen två män. Kan jag få se er legitimation tack!"

Hon tog fram sitt falska presskort från Time Magazine och sade:

"Jag är journalist vid Time Magazine. Var kan jag parkera min jeep? Jag skulle vilja ställa några frågor. Vem är chef för det här spaningspådraget?"

"Det är han därborta han med allt guldet i mössan. Men ett ögonblick! Vad gör Ni här klockan tre på morgonen?"

"Jag träffade någon."

"Träffade vem och varför?"

"Det är personligt. Jag var tillsammans med en man jag älskar."

"Vem, om jag får be? Jag behöver veta med vem!"

"Var snäll och begär inte att få hans namn, eller åtminstone var snäll och rapportera inte hans namn. Jag låg hos en gift man. Om jag säger vem, är hans äktenskap ruinerat. Ser jag ut som en fallskärmsjägare! Var nu snäll och var resonabel."

"OK, parkera där borta," sade polismannen.

Helt oväntat böjde hon sig blixtsnabbt fram och kysste honom. Hans kolleger skrattade men han fann sig snabbt:

"Hon kände lösen!" ropade han till dem med ett skratt.

Suzy parkerade och visade sitt presskort. En utmärkt förfalskning gjord av en artist i New Yorks China Town. Hon gjorde ett par snabbintervjuer med spaningsledaren, en kvinnlig polis och med ett par spårhundar. Hon önskade dem lycka till och körde sin väg.

Mike låg i badet och njöt av att livsandarna sakta började återvända. Med halvslutna ögon såg han Jenny, nu helt naken, stå grensle över honom i badkaret. Leende hukade hon sig ner och tittade hon honom rakt in i ögonen. Då hördes Suzys Jeep bromsa in utanför.

"Förbaskat! Du är min, jag vill ha dej!"

Hon reste sig, steg ur badkaret och svepte nervöst badrocken omkring sig. Mike lade märke till att det var Maggies badrock och han kände sig som en riktig knöl, som inte hade kunnat motstå hennes sexuella invit. Jenny var halvvägs ner för trappan när Suzy stormade in och hejade.

"Hejsan, det är jag. Jag klarade mig genom poliskontrollen!"

"Tack gode Gud för det! Och du är inte ens våt!"

"Nej, men lite frusen. Var är Mike?"

"Där uppe!. Han håller på att tina i ett varmt bad!"

"Du ser ju ut att vara avfrostad förstås. Hur är det med honom?"

"Fortfarande frusen, men han klarade sig troligen från en lunginflamation!"

"Bra! Hann du förföra honom?" frågade Suzy och gick in i köket.

Hon satte igång kaffekokaren och gick sedan upp för trappan. Badrumsdörren var olåst. Hon knackade på.

"Är det Du Suzy? Titta in! Jag vill se dig le! Jag ska bara vila lite till, sen kan du få ta över badkaret! Hur kom du förbi dom?"

"Jag ska berätta allt. Jag har satt på kaffe!"

"Suzy, var snäll och kom in!"

"Han slöt ögonen och satte upp munnen för att få en kyss. Deras läppar möttes och hon viskade till honom:

"Mike, det vi gjorde i kväll var mycket, mycket dumt. Jag är så glad att du klarade av att ta dig hit..."

Kapitel 48

DE BÅDA MÄNNEN under granen återfick långsamt medvetandet och fick snart klart för sig att de satt under en gran ute i ett vinterlandskap. När de försökte tala blev det bara en bubblande grymtande. Deras tungor kändes stora och tjocka och känslolösa, som om de varit hos tandläkaren och fått en bedöving. De såg polisbilar glida förbi. De tittade på varann och började få klart för sig var de befann sig.

"Dom fick oss!" fräste den ene. "Dom fördömda slemmisarna har rånat oss och här sitter vi som 'in the shade of an old apple tree' mitt inne i nån slags julföreställning på TV. Snutarna kommer att knipa tjuvarna och ta både kokainet och våra pengar. Varför är alla så fördömt oärliga. Varför kan man inte längre göra affärer på hederligt vis!?"

Han talade med tungan halvvägs ut ur munnen och vad han sade lät så bubbligt och suddigt att kollegan brast ut i ett gapskratt. De hjälpte varann att komma på benen. Vinglande och stapplande gick de över vägen bort till sin bil, inkörd bakom ett hus utom synhåll för passerande polisbilar.

"Vi har inga vapenlicenser i Massachussetts för våra UZIs, så jag tror vi gör klokt i att gömma undan dom någonstans ."

Han lade de båda kulsprutepistolerna i en stor plastpåse och gömde den under en plastdom vid ett källarfönster.

"Du vet väl att Boss Bolivar ville ta över den här marknaden och han blev mördar tillsammans med två av New Yorks mest slipade gangsters. Inte strypta på klassiskt vis, inte knivhuggna och inte skjutna. Bara dödade, med avbrutna nackkotor ombord på deras egen båt. Den här Cape Cod organisationen menar allvar."

"Jag måste få tillbaka antingen knarket eller pengarna. Vi ska ordna med ett möte med dom här jädrans fallskärmshopparna. Men nu tycker jag vi sticker hem till hotellet för att sova ut ordentligt," sade han och körde ut på vägen. Redan innan de nått fram till Väg 6A blev de stannade av polisen, och måste visa legitimation, bilregistrering noterades, bilen genomsöktes. De hade lite svårt att förklara vad de hade där att göra mitt i natten och vad de haft för sig hela kvällen. Men de fick slutligen passera.

De fick telefonkontakt med sina två kolleger, som suttit gömda i sin Lincoln ute nära Väg 6A. Tillsammans körde de till sitt motell i Sandwich. Stora kvantiteter Bourbon konsumerades. Ingen kunde förklara vad som hänt, bara att alla pengarna var borta och allt kokain likaså. Hur hade saker och ting kunnat spåra ut så fullständigt. Det var för hela sällskapet en gåta.

"Bara piloten, fallskärmshopparna. leverantören och vi två kände till affären. Och det är inte jag!"

"Varför inte? Det är inte jag!"

"Det är inte jag, för jag har varit tillsammans med dej hela tiden!"

"Vi tog ett par drinkar tillsammans innan vi stack dit ut. Min drink kunde vara fixad, så jag somnade där ute och jag minns ingenting. Där ute träffade vi ingen. Bara fallskärmsgubbarna visste att vi var där..."

"Nu måste vi vila, så vi får lösa problemen i morgon! OK Killar mötet avslutat!"

De försvann in på sina rum och snart sov alla utom Tom, New Yorkaren, som hade ansvaret för de saknade fyra millionerna i kontanter.

Den där Cape Coddaren Benny gjorde honom nervös. Varför hade han litat på Benny En del av pengarna var hans egna , en del var

Bennys, men största delen var lånade pengar. Han försöke lura ut olika sätt att betala tillbaka...

Om han skulle komma tillbaka till New York utan pengar och utan kokain blir han först förhörd under tortyr och senare hittad på en soptipp, en s.k. dump någonstans i Texas. Sådana är reglerna. Han fann till slut bara ett sätt; Han knäppte sina händer och bad:

"OK, Käre Gud, förlåt mej mina synder. Var snäll och ge tillbaks pengarna! Mina långivare i New York kommer att döda mej om jag inte kan ge pengarna tillbaka. Och snälle Gud ge mig också knarket tillbaka... Åtminstone något, så jag kan dryga ut det och betala tillbaka lånen. Hjälper du mig ur den här knipan lovar jag på hedersgud att jag ska ge 25% av vinsten till kyrkan. Nej, 30%... Nej 35% ! ... är ditt och makten och härligheten i evighet. Amen!"

Nu kände han sig bättre..

Michele vaknade av att hon skakade av köld. Det var morgon och klockan var lite över sju men solen hade ännu inte gått upp riktigt på allvar. Hon längtade hem efter en varm dusch och en kopp hett kaffe och att berätta för Ingrid och Ted om nattens äventyr.. Hon hoppade ut ur bilen, sträckte på sig och kikade ut genom garagefönstret. Det var kyligt och morgondimmorna lättade just. Några rosenfinkar försökte gaska upp varann med livligt kvitter. Det skulle bli en vacker senvinterdag. Hon beslöt att ta en jogging-runda och rekognosera. Hon följde den smala vägen ut till Sandy Neck Road.

Gangsterna under granen var borta och deras bil likaså. Polisuppbådet hade reducerats till en polisbil nere vid stranden och en bevakningskedja tvärs över hela halvön lite öster om vägen. Hon joggade tillbaka till garaget.

Beredd på att bli stoppad av polisen och genomsökt lämnade hon kvar väskorna med pengarna, gevär och amunition. Det kunde hämtas vid lämpligt tillfälle, lite senare. Kameran och lyssnarutrustningen tog hon med.

Vid korsningen till Väg 6A stod en polisbil. Hon kände igen den trötte, gäspande polismannen. Hon vinkade och han besvarade hennes hälsning med en nick och ett leende. Hon stannade vid bageriet och köpte några nybakade frallor. Väl hemma lade hon märke till Jeepen som var dold i snåren bakom Arnolds hus.

Hon klädde av sig för att ta sig en skön dusch, men beslöt att först höra efter om något av vikt sades inne hos Arnolds. Hon satte upp lyssnar apparaturen och riktade parabolantennen mot Arnolds kök. En kvinna sjöng. Men det var inte Cathys röst. En annan kvinna ropade:

"Håll dej borta från honom, Suzy!" Ett snabbt svar följde:

"Han är inte din förrän han själv säger så!" Rösten lät glad och självsäker. Michele hörde piloten komma ner för trapporna.

"Gomorron allihop! En sån natt!"

Först berättade han om sin upplevelse när polisens spårhundar nästan fick nos på honom, och hur han smög ut i det iskalla vattnet upp till halsen och gömde sig bakom den lilla roddbåten. Badet hade varat mellan 20 minuter och en halvtimme. Kvinnan som sjungit berättade hur hon lyckats smita genom polisspärren. Michele hade på avlyssningen och bandspelaren.

"Vi måste ringa New York-killarna och förklara vad som hände och varför vi inte kunde träffas som avtalat. Jag ska ringa dem, men inte från Arnolds telefon. Polisen avlyssnar helt säkert hans telefon..." sade Mike.

Michele hörde dem äta och prata. Lite senare såg hon Mike köra bort i Jeepen. Efter en halvtimme var han tillbaka. Hon hörde honom komma in i köket och säga:

"New Yorkarna vill ha leveransen idag, så jag tar båten och kör över och hämtar upp väskorna."

Ingen sade något på en lång stund. Sedan hördes åter Mikes röst:

"OK töser! Jag skall möta dom klockan elva på Gringos. För att förhindra ett bakhåll skall vi kasta tärning om vilket av sex ställen vi skall välja och därefter åka dit direkt.."

"Suzy och jag kör dit! Vi kan väl klara av ett par skummisar, om det blir bråk! Kan vi inte Suzy?"

"Lessen Jenny! Jag följer inte med dej. Jag är inte anställd för att leverera knark. Jag ska skydda dej för dom här busarna. Men jag föredrar att följa vad som händer på lite håll och hoppas att allt går väl. Jag ingriper bara om det blir komplikationer och om ni inte kan klara er ur gojan ni ställt till med."

"Det är allt jag behöver veta just nu," sade Michele och stängde av lyssnarutrustningen och bandspelaren, tog av sig hörlurarna och gick in i badrummet och tog sig en lång, varm, välförtjänt dusch.

Kapitel 49

MIKE VÄNTADE ATT polisen skulle leta efter honom hos Sprenglers. Han hade därför tagit över allt bagage till Sheraton. Han parkerade hyrbilen, en röd tvåsitsig sportbil utanför Gringos och beställde en Bourbon vid baren. Med ryggen mot barens mässingshandled lade han märke till två män som kom in. Han kände igen den ormögde Benny, en av Cavallos närmaste män, som sköt Arnold. Den andre måste vara Tom, en New Yorkare, som verkligen såg malplacerad ut i sin italienska kostym, fedora hatt och hellånga kappa, som nästan nådde till golvet... den perfekta Maffia utstyrseln. Benny blåste lite värme i sina kalla händer och sträckte fram en smal, feminin hand. Mike tog den och skakade den:

"Jasså du är Gotham!" sade Mike?"

"Då måste du vara Bermuda,"sade Benny.

"Javisst det är jag! Lessen att vi inte kunde komma till skott i går kväll," sade Mike. Kustradarn måste ha sett oss. Men medan jag plockade upp behållarna med leveransen kom en polishelikopter och vi måste ligga lågt till polisens spaningspådrag var över. Men nu har jag två tunga väskor färdiga för dig, så nu är det dags vi byter våra grejor mot era pengs.."

"OK, här har du tärningen. Du får kasta den och välja mötesplats!"

Benny kastade tärningen och den rullade oväntat ner på golvet.

Mike kröp ner på alla fyra och utan att röra den sade han:

”... och vinnaren är... nummer fyra. Dvs.utanför Citizens Bank vid rondellen intill Hyannis Airport. OK låt oss träffas där om 20 minuter, dvs vid midnatt!”

”OK, men inget skytteparty den här gången,” sade Mike och log. Mannen med ormögonen log inte tillbaka.

Jenny var lite skakis när Suzy hjälpte henne att bära ut de kokainfyllda väskorna till Jeepen. Detta var första gången hon skulle möta en gangster som en gangster, öga mot öga. Inte som pappa Harrys gäst...

”Du trodde väl inte att jag tänkte överge dej,” sade Suzy. ”Knäpp upp blusen så ska jag lägga in den här avlyssnaren i din behå. Vi virar antennen upp längs axelbandet. Du behöver inte kontakta mej, den här envägs-kommunikationen borde fungera fint.

Suzy höll en liten kommunikationsradio med ena handen och klappade på Jennys bröst med andra handen och lyssnade...

”Funkar fint. Jag kör Mikes Rabbit och kommer efter dej. Jag ingriper bara om något går på tok. Kom ihåg att du inte känner mej. Du har väl inget vapen? Ta inget med dej. Puffror betyder bara problem! Är du OK?”

”Jag mår prima!”

”Du måste byta kläder! Tag på golfskorna där och Mr. Sprengels golfhatt och trenchcoat... och sätt på Mikes solglasögon. Perfekt! Du ser ut som en karl. Tag på handskarna! Kom ihåg att vara iskall, säg inte knäpp, peka, ge order med händerna! Det är bra, just så! Kom så sticker vi!”

Jenny såg verkligen ut som en semestrande Bostonbo när hon parkerade och hoppade ut ur Jeepen och ställde sig att vänta. En stor Lincoln gled in på parkeringsplatsen och stannade ungefär tio meter från henne. Benny steg ut. Han såg ut som en inkarnation av en Al Capone gangster. Jenny började känna sig obehaglig till mods. Var var Mike? Och hon kunde inte se Suzy heller. Varför lämnade de henne ensam så här?

Benny gick sakta fram till henne och väste:

"Var har du varorna?"

Jenny pekade på Jeepen. Sedan pekade hon på Lincolnen och gjorde tecken åt honom att lasta av. Benny skakade på huvudet.

"Varorna först!"

Jenny svängde upp bakdörren och drog ut en av väskorna. Med möda ställde hon den ifrån sig. En man kom ut ur Lincolnen. Det var Bolivars man Tom. Han bar en stor tennis-väska.

Nu svängde en röd sportbil in och stannade bakom Lincolnen och låste dess väg ut. Mike hoppade ut och gick rakt fram till Tom.

"Hej där, låt mej få ta en titt på era pengar." Mike böjde sig ner för att öppna väskan. Batongslaget träffade honom i bakhuvudet och han föll medvetslös framstupa.

"Dom slog just ner Mike," sade Jenny med låg röst, så att Suzy kunde höra vad hon sade, "...och nu riktar den andre gossen en pistol mot mej!"

"Stå inte där och mumla! Upp med tassarna!" Benny väste fram orden. Just då körde en Volksvagen Rabbit med släckta ljus in och stannade framför dem. Ut steg Suzy. Hon hade små glasögon med tunna stålbågar och hennes hår var uppkammat till en knut uppe på huvudet. Hon spände ögonen i Benny och sade med en gnällig käringröst:

"Skulle någon av er ungdomar kunna hjälpa mej? .Jag kan ju knappast se för mina strålkastare dog. Skulle tro det är en säkring . Det brukar det vara! Du där med verktyget i handen!" Hon pekade på Toms pistol. "Kom här och hjälp mej e du snäll. Jag ska ge dej fem dollar för besväret!"

"Försvinn härifrån och det kvickt eller du kommer att ångra dej!"

"Vad menar du? Unge man, kom här, raska på!" Hon höll upp sitt paraply under näsan på gangstern.

"Var så god och visa lite artighet och goda maner och hjälp mej nu att göra det jag ber dej om. Jag sa ju att du får fem dollar! Jag känner inte igen dej. Du gick visst inte i skolan här i Hyannis, gjorde du?"

Suzys vassa knä slog upp mitt emellan hans ben med sådan kraft att hans båda fötter lyfte från marken. Oförsiktigt nog böjde han sig framåt. Huvudet möttes med en våldsam spark, som plattade till hans näsa. Näsblodet pulsade när han föll till marken. Suzy stod redan med hans pisol i handen när hans kollega fick klart för sig vad som hänt.

"Öppna väskan!" Suzys rytande lät som en exercis sergeants kommando! Tom försökte resa sig. Jenny gick fram till mannen med väskan, tog näsduken ur hans bröstficka och gav den till hans blödande vän.

"Du fick visst fel väska, min vän," sade Suzy och pekade på tidningarna i den. "Du där," befallde hon och pekade på Tom. "Sätt dej på trottoarkanten här och rör dej inte för då skjuter jag små hål i din fina italienska kostym. Nu tar vi tillbaka våra varor och så avtalar vi ett nytt möte. Har ni gjort bankrutt eller varför har ni inga pengar?"

Jenny böjde sig ner för att lyfta upp väskan med narkotikan. När hon tittade in under bilen fick hon syn på ett par fötter som smög på tå på andra sidan. Det var Benny, som omärkt smugit sig runt bilen och höll hårt sin favoritleksak, hans Uzi i ena handen, Blixtsnabbt svängde Jenny Jeepens hållare för reservdäck runt hörnet och träffade gangstern mitt i ansiktet. Han drullade baklänges. Hon var snabb och en rejäl straffspark med Arnolds golfskor sände honom platt på ryggen i asfalten. Jenny plockade upp Uzin och slängde in den i bilen. Suzy vände sig till den tredje mannen. Han som fortfarande var helt oskadad och frågade honom helt vänligt:

"Varför i hela friden inbjöd ni oss till den här cirkusen. Har ni inte förstått att om ni ska ha med oss att göra måste ni uppföra er ordentligt. Du förstår väl att om jag ger order om att ni skall bort, så finns ingen av er mer. Har du förstått?"

Mannen tittade på henne mer road än skräckslagen. Han skakade på huvudet osh svarade sakta: "...men varför stal ni alla våra pengar i går kväll?"

"Vadå?!" Suzy var helt upprörd. "Vi har inte stulit några pengar. Vi fick problem i går kväll! Vi var inte i närheten av mötesplatsen. Vi tvingades sticka österut och kunde med nöd och näppe slinka undan polisuppbådet! Dessutom, vi stjäl inte pengar från våra kunder! För Guds skull! Jag svär! Men låt oss nu hjälpa dina utslagna vänner." Hon gick bort till Tom, som fortfarande blödde rätt allvarligt.

"Jag är lessen att jag var lite hårdhänt. Men kom ihåg, det var du som drog först. Se nu till att hjälpa din kompis som tycks ha tuppat av fullständigt. Bär bort honom till Er bil och låt ert artilleri under sätena ligga där. Vi vill inte ha nåt skjutande här i kväll, Det var ju överenskommet OK?

"Jag kan inte begripa att ni lät er bli robbade! Amatörer! Fördömda amatörer! Ni måste faktiskt bli bättre om ni vill ha med oss att göra. Vi är stora och hur starka som helst! Ni är ju bara nybörjare, småpojkar! Jag kan inte begripa hur ni kunde komma på den idiotiska ideen att försöka lura oss! Jag skall tala med vårt huvudkontor för att få instruktioner. Vi kommer att kontakta er i morgon."

Suzy följde honom bort till Benny, som började komma till sans. Han bara skakade på huvudet. Tom och Benny började förstå att spelet var över

"Vad heter du?" frågade Suzy.

"Tom, vad heter du?"

"Kalla mej Miss. Vad heter han?"

"Han heter Benny, han är en Cape Codder, Miss..."

"Hör nu på Tom och Benny, skjut inte på mej. Det skulle bara komplisera Er situation. Ni måste förstå att det skulle bara dröja några timmar så fanns ingen av er längre. Vår ledare är en toppen kille. Han föredrar att inte använda våld och han kan mycket väl hjälpa Er att komma ur den här jobbiga penningsituationen. Men vi behöver en saklig rapport om stölden..."

"Vi ringer Er i morgon! Kör nu hem och vila er! Jag är lessen jag tvingades praktisera min straffspark special! Godnatt!"

"Godnatt, Miss!"

Jenny hade under tiden hjälpt Mike upp i sportbilen. Han hade nu hämtat sig tillräckligt för att kunna köra den kilometerlånga vägen upp till Sheraton. Från andra sidan rondellen hade hela händelsen bandats och videotejpats av en äldre, liten dam med en stark fågelskådar-mikrofon, en bandspelare och en infrafilmkamera.

Tom körde med en hand på ratten. Den andra höll han med en näsduk under sin blödande näsa. I sätet bredvid föraren satt Benny med armbågarna stödda på knäna. Händerna höll han om huvudet. Den tredje gangstern satt i baksätet och sade halvhögt:

"Är vi amatörer eller?..." Varpå Benny fortsatte:

"Det var en jädrans kick i den där tösen. Det ringer fortfarande i mitt huvud! Hur kunde någon bara knycka våra pengs? Och hur kunde du och jag bara bli totalt utslagna av två töser! Otroligt, otroligt!"

"Tror du verkligen den där som kom med pengarna var en kvinna?

"Visst, visst! Jag hörde henne snacka med piloten. Du begriper väl att dom här är toppenproffs. Killen i sportbilen var densamme som kysste Bolivar adjöss samtidigt med Bolivars två män. Och det var han som satte igång bråket hemma hos Cavallo i Chatham. Det bråket slutade med Cavallos död! Han är livsfarlig! Vi gör klokast att hålla oss borta från honom!"

Tredjemannen i baksätet lutade sig fram och sade:

"Om dom nu stulit våra pengar, tror ni verkligen att dom skulle kommit till det här mötet? Vad hade dom där att göra? Förresten, om dom redan hade pengarna, varför skulle dom stannat och agerat som sjukvårdare för oss, och varför skulle dom snackat om att hjälpa oss. Nä, jag tror ett tredje gäng är inrört! Ett Cape Cod gäng som är smartare än både vi och fallskärmsjägarna!

"Tror ni verkligen leverantören skulle kunna hjälpa oss och ge oss varorna med 30 dagars kredit. Ska man börja tro på jultomten?"

"Det finns ingen på Cape Cod som skulle våga..."

"...mer än du, Benny!"

"Är du fullkomligt från vettet!"

"Kan du bevisa att det inte är du?"

"Hur vore det om du bevisade att det inte var du! Hur vore det om du gömde pengarna efter det du bedövat mej. Jag anklagar inte dej. För jag tänker innan jag snackar. Din boss Bolivar var en smart gosse. Han tänkte innan han snackade. Det är så du måste bli om du ska kunna ta över hans bisniss och bygga upp ett imperium som han gjorde. Håll dina misstankar för dej själv! Jag har inget med stölden att göra och du gör klokt i att tro mej. Men var tog den där Arnold vägen?"

Det blev tyst. Men spänningen mellan dem växte. De kom till Toms motell och han gick in och lade sig medan Benny körde iväg i sin BMW utan att ens säja "hejdå!" Hemma hos honom pågick ett mindre party. De vanliga kumpanerna. Tre unga damer och två män satt i den stora jacuzin.

"Vi har väntat på dej! Varför tog en enkel hämtning så lång tid?"

"För att det inte blev en enkel hämtning... Det blev problem...!"

Kvinnorna, alla under 20 år hade minimala bikinitrosor men inga behån. De två männen bar obscena badbyxor. Den enes var utformade som ett elefanthuvud med en tjock snabel och den andres som en orm med ett ormhuvud. Flickorna lekte med snabeln och ormhuvudet. Den tredje flickan klädde av Benny, vek ihop hans kläder och bar in dem i hans sovrum. Han satte sig naken i det forsande jacuzzivattnet och flicken tog av sin bikini, eggade upp honom och satte sig grensle över honom och blev förförd.

Han gillade den här kvinnan, särksilt när hennes päronformade bröst trycktes mot hans håriga bringa. Detta var hans uppfattning om det underbaraste här på jorden. Vackra, villiga kvinnor utan hämningar som utan att bli ombedda gjorde det han ville de skulle...

Han fann scenen med vänner som hade samlag upphetsande. Med pengar och kokain kunde sånt här bli verklighet! Han ägde henne helt och hållet. Han älskade vackra leende kvinnor, välbetalda kvinnor! Tankar på dekadans, kärlek, samhörighet, kamratskap, charm eller finess var för längesedan bortviftade. Bennys ansikte var fullkomligt i avsaknad av uttryck precis som den vackra junkin i hans armar.

Hennes ögon med minimala pupiller fladdrade hit och dit och saliv rann ur hennes halvöppna mun... Dekadans...

Tom i sitt motellrum, kunde inte sova. Hans män hade erbjudit honom en vacker villig kvinna. Skulle det hjälpa? Han tackade nej. Bara ordet kvinna, just nu kom honom att tänka på de där två som lekande lätt mästrat honom och Benny några timmar tidigare. Han var fortfarande eldröd i ansiktet av ilska och försmädlighet. Det ruskigaste var att hans enkla plan inte hade fungerat. Han stod just nu på fyra mill minus. Han försökte finna olika lösningar på hur pusslet skulle läggas för att allt skulle sluta med en vacker totalbild. Han kallsvettades vid tanken på hur kollegerna i New York skulle reagera när dessa gossar fick veta sanningen. Om han hade tur skulle han beviljas en vecka eller två att komma upp med pengar eller varor. Om han inte var så lycklig betydde det ADIOS. Det är så rutinen fungerar i den här bisnissen!

I och med att man accepterar dödsstraff, accepterar man att oskyldiga kan dödas. Så enkelt är det. Det enda positiva var att hans bön tydligen blivit hörd, varför skulle annars lilla "Miss" dyka upp och tala om möjligheterna att hjälpa honom ur den här prekära penning situationen! Gud är god, han är den smartaste!

Den religiöse gangstern tog sig ännu ett par rejäla whiskys och fann tröst i vetskapen att i ett civilicerat samhälle den oskyldige inte skall straffas. Det gjorde slutligen att hans skräckkänsla lättade och han dåsade av i Morphei armar...

Kapitel 50

MICHELE KOM IN i Ingrids kök.

"Jag bakade en kaka. Kan vi smaka och kan vi prata."

"Såklart. Vad är på gång? Middagen är nästan färdig. Jag har tillräckligt med pyttipanna för oss tre, så låt os spara din kaka till kaffet. Skulle du vilja vara gullig och kalla på Ted och säga att middagen är serverad!"

"Det ska bli gott. Jag kan inte tacka nej. Tusen tack!"

Ted kom, välkomnade och kramade om Michele. Det var dukat på det låga bordet framför brasan och alla satt ner i de djupa, bekväma Bruno Mattson stolarna, med servetter och tallrikar i sina knän. Brasan sprakade. Vinet var enkelt och gott. Ingrid bröt tystnaden.

"Jag hoppas du inte kommer med problem,Michele?"

"Nej, men jag har ett och annat att berätta!"

Hon började med att säga att för några dar sen hade Arnold Sprenglers andrepilot besökt sprenglerska villan i sällskap med två unga kvinnor och en äldre man. Piloten hade nämnt något om att leverera kokain med fallskärmshoppare ute på Sandy Neck på natten. Michele berättade att hon fick uppfattningen att en leverans var på väg och att kokainet skulle byta ägare en speciell kväll. Så, för två kvällar sedan hade hon strax efter midnatt hört ett litet privatplan göra en sväng över Sandy Neck. Bara någon halvtimme senare samma kväll hade Arnolds pilot kommit till Sprenglerska villan och lämnat sin bil där. Han hade kört ut en Jeep ur Arnolds garage och kört iväg i full fräs. Hon trodde en leverans skulle ske samma kväll! I alla fall hade hon rusat ner och kört efter Mikes bil, men stannat ett par hundra meter före parkeringsplatsen vid grindarna till Sandy Neck och kört in på en liten väg till vänster. Hon berättade hur hon sett gangsterna komma med pengarna i två väskor, hur hon bedövat dem och knyckt deras väskor.

"Jag räknade pengarna i all hast och kom till ca 4 mill, som nu är tryggt lagrade i min syltkällare. Men, det är inte slutet av berättelsen...

"Vet du vad, Michele," avbröt Ingrid. Du ska inte göra sånt här på egen hand. Jag avskyr att se dej leka med professionella kriminella utan någon som helst backning! Du är vår närmaste och bästa vän... Jag är glad att Du klarade av det med livet i behåll..."

Ted tittade upp på sin hustru. Hennes underläpp darrade. Ingrid fortsatte med låg röst:

"Jag älskar dej Mich, Du är den bästa väninna jag nånsin haft. Men, du är en fara för dej själv. Du måste sluta riska ditt liv för de här idiotiska miljonerna och ditt inre krav på hämnd. Både Ted och jag sover lätt och vi skulle ögonblickligen kommit med och hjälpt dej och varit färdiga lika kvickt som du. Den här narkotika businessen är inte din business och inte vår heller. Du lever fortfarande helt enkelt för att du hade en himla tur!"

"Men Ingrid..."

"Michele, var snäll och ring oss nästa gång. Du är för vild att lämnas ensam!"

"Jag har hållit ett öga på dom..." Michele berättade att hon bevittnat ett bråk, som slutat med att de två unga kvinnorna slog ut gangsterna. Ted och Ingrid satt tysta.

"Jag har tänkt lite på Arnold Sprenger," sade Ted efter en stund.

"Han är en intelligent man, Cathy kommer att berätta för honom att ni två var vittne till mötet och skjutandet hemma hos Cavallo. Han vet vad sorts utrustning som behövs för att se och höra vad ni såg och hörde. Han kommer att förstå att ni inte var där av en tillfällighet, utan för att ni följde efter honom. Arnold kan berätta för Mike om oss."

Den mysiga atmosfären försvann plötsligt. Michele kände sig besvärad och kunde inte sitta still i stolen när hon tog till orda:

"Jag trodde inte Mike skulle vara involverad i narkotikasmuggling längre. Arnold ville ju inte att hans plan skulle användas till sånt. Vi hörde ju honom säga att han avsåg sluta med knarkflygningarna. Risken finns förståss att dom hämnas på oss."

"Vi måste hålla oss informerade om deras planer," sade Ted och drack av sitt kaffe, så vi kan slå till först, om dom tänker skada oss. Cavallo och Bolivar är ur spelet. Arnold har resignerat. Detta är en helt ny situation!

Ingrid hade lyssnat medan hon stickade. Hennes snabba fingrar arbetade oupphörligt medan hon talade:

"Jag gillar iden att jaga bort dom från vår omgivning. Men nu har det blivit ett jobb för proffs. Vi borde inte vara involverade mycket längre till."

Michele nickade och samtyckte. Ingrid fortsatte:

"Varför ska vi riskera våra liv för att slappa myndigheter låter knark-handeln florera så gott som fritt! I skolorna köps och säljs knark och i fängelserna förekommer knark i massor! Ingår det i straffet att bli knarkoman? Hur kan sådant få förekomma? Var finns det sociala ansvaret i Amerika och har Amerika inget samvete? Var finns den goda viljan att hjälpa dom olyckliga och dom som spårat ur? USA har återvänt till en helt okristen livsstil där egoism, egenintresse, rädsla, straff och hämnd råder, inte humanism, förlåtelse eller förståelse! Sträck inte ut en hjälpande hand! Älska inte din nästa såsom dig själv! Vänd inte andra kinden till! Och ge fan i tio Guds bud!..."

"Vi tre vill inte överse med orättvisa så som millioner valberättigade Amerikaner gör genom att inte delta i valen helt enkelt för att det inte finns någon valbar, som representerar deras åsikter. Inte en av dom vi har att välja mellan bryr sig om samhällets olycksbarn. Inte en enda så kallad folkvald congressman eller senator vågar medge att "kampanjbidrag" är mutor, som avser att påverka röstningen i kamrarna när det gäller att bygga krigsfartyg eller bombplan, som vi inte behöver. Vi bombar länder som själva vill råda över sina naturtillgångar och som vill begränsa inflytandet av Amerikanska oljeintressen i mellanöstern, eller företagsintressen eller regioner med avvikande religiösa värderingar och sympatier. Inte en enda Amerikansk folkvald vågar motsätta sig idiotiska politiker som påstår att vi inte har råd att införa allmänn sjukförsäkring och hjälpa hungriga, sjuka eller sådana som saknar basutbildning med motiveringen att "Var och en måste kunna klara sig själv och inte ligga samhället till last!"

"Vi kan inte skylla på staten Colombia att vi har drogmissbrukare!

Vi har inte med Columbias kokaintilverkning att göra! Eller Opiumet i Afganistan. Vi måste stoppa anledningen till missbruket och distributionen här hemma hos oss. Och förresten, visste ni att kanabisodlingen i Mexiko startades med hjälp av och på inrådan av USAs regering, med motiveringen att knarket skulle behövas för skadade soldater i Koreakriget eller var det Vietnham...? Varför startade vi inte vår egen försörjning av knarket inom våra egna gränser? Och varför i privat regi?"

Ingrid talade som om hon talade för sig själv, medan hon stickade...

"Vi måste inse att drogmissbruk kan stävjas om allmännheten får veta fakta om hur droger fungerar, varför folk knarkar och hur avvänjning går till. Sociologer, psykologer och läkare ska ha sista ordet, inte affärsmän, företag, politiker, polis, CIA eller FBI eller vita huset!

"Det är emot mina principer att ta lagen i egna händer. Det betyder ju att vi accepterar att USA är ett samhälle där humanism och rättvisa inte fungerar beroende på att lagstiftarna inte kan uttrycka sig och klart redogöra för folket vad lagen avser. Lagstiftarnas språkkunskaper är så dåliga att deras texter alltid kan misstolkas och förvrängas. En lagtext måste ha två lydelser: (A) Bästa möjliga korrekta formulering, och (B) En förklaring om vad som är meningen med lagen."

"...Om jag överlever den här konfrontationen med laglöshet skall jag skriva en bok om dom här problemen!"

Ingrid hade talat långsamt, angelägen om att få sagt allt det som upprörde henne. Hon kände medansvar för Teds beslut att flytta familjen från det bättre organiserade och socialt ansvariga välfärdssamhället Sverige, där gamla, fattiga och utslagna och till och med kriminella tas om hand och hjälps till rätta. Där hämnd inte tolereras. Där domstolarna är opolitiska... Efter det dom bosatt sig i USA hade kapitalismens avigsidor blivit allt klarare... Särskilt under perioder av okvalificerade och obildade presidenter, som Ted brukade säga. Ingrid kunde konstitutionen och de rättigheter "We the people..." avsågs ha rätt till enligt grundläggarna, "the founding fathers".

"Var i vår Amerikanska konstitution står det skrivet att företag, intressegrupper och andra grupper som inte har rätt att rösta...har rätt att påverka valutgången? Var står det skrivet att de har rätt att påverka valutgången vad gäller ekonomiska eller religiösa frågor? Svar: Ingenstans! Advokater påstår att företag och individer har samma rätt till yttrandefrihet, samma rätt att tala ut! FEL! Företag har inte samma rätt som medborgare! Folket har rätt att stoppa företag från att göra propaganda som skadar folkets intressen! Utan rösträtt har ingen rätt att påverka utgången av våra plitiska val! Detta är helt enkelt sunt förnuft."

"Dagens Amerikanska samhälle är inte vad det borde vara enligt den Amerikanska konstitutuion. Advokatyr om yttrandefrihet har lyckats döda vår demokrati och vår kristna uppfattning. Idag kan ingen bli vald av folket utan att först ha fått kampanjbidrag från "Big Money"! Inget företag eller institution eller intressegrupp lägger ut pengar utan att få något i gengäld! Big Money ställer krav på medhåll från politikerna. I praktiken är kampanjbidrag mutor! Busar och banditer det är vad dom är! Penninggalna, oärliga, okristna, själviska manipulerare det är vad dom är!"

"Vår konstitution säger inte att rika skall ha mer att säga till om än fattiga. Den säger inte att folkets naturtillgångar fritt får exploateras utan att folket skall ha del av vinsten. Oljan i ett land ägs av folket i det landet, inte av den som pumpar upp den! Etern ägs av folket, men det finns ingen radio eller TV station som representerar folkets intressen! Inte ens Public Radio är folkstyrd eller objektiv. De s.k. folkvalda ser inte till folkets intressen... De rika och företagen har inte råd att betala skatter, men de har råd att ge kampanjbidrag av vinster på varor som folket betalt för. Ser ingen hur fel det är!

"Vi har rätt att rösta, men vi har inte rätt att kräva att våra röster räknas eller räknas rätt! Dödssjuka lagar stiftas! Hedningarna har tagit över! En klartänkt humanist och journallist, Barbara Ehrenreich, ger en kristen analys av vad som hänt i USA. Hon skriver: "Penningmånglarna har lyckats driva Jesus ut ur templet!"

Varför skulle inte "We the People" kunna starta allmännyttiga bolag för såväl bostadsbyggande som sjukhusbyggande och sjukhusservice utan att dessa företag skulle vara regeringsstyrda. Kan inte "We the People" anställa skickliga företagsledare, som förstår att hålla sig till en given bolagsordning?

Michele och Ted log åt den blyga och vanligen lågmälda Ingrid och hennes upprörda och engagerade politiska programförklaring. De kände hennes sociala ansvar och krav på ett humant samhälle där folk hjälper varandra och där varje individ behandlas som en tillgång. Hon väntade sig att det Amerikanska samhället skulle investera i infrastruktur, bostäder, hälsovård, skolor, yrkesundervisning och jobb och mat åt alla. Att samhället kräver av privata företag att visa socialt ansvar, ärlighet och insyn av förtroendemän. Att ocker förbjuds och ekonomiskt svaga inte får utnyttjas, att alla har rätt att kunna kräva tillgång till kvalificerad läkarvård.

Det slog Michele att hon hade hört det mesta av detta för inte så länge sen. Det var Bill som sagt detsamma, att "Big Money" styr congressmän och senatorer, både republikaner och demokrater och att folkets intressen och demokratiska rättigheter inte tillvaratas.

Det var Fredag eftermiddag. Ingrid mötte Cathy vid busstationen i Hyannis. Under de fåtal tillfällen de varit tillssammans hade en ömsesidig känsla av förståelse och tillit utvecklats. Den tystlåtna svenska kvinnan gillade den unga Amerikanskan som i England läste juridik för sista året. Ingrid märkte att Cathy behandlade henne både som Mor och som väninna. Hon förstod att Cathy och mamma Sara hade ett mycket gott och förtoligt förhållande. Cathy hoppade ner från bussen och tittade sig omkring. När hon fick syn på Ingrid sprang de mot varandra och möttes i en kram.

"Det är verkligen jättegulligt av dej att komma och möta mej!"

"Roligt att se dej igen! Hur är London?"

"Dimmigt och grått, men våren har kommit. Vår är vår och London är London! Jag älskar båda! Du ser frisk och glad ut! Allt väl hoppas jag!

"Javisst! Hur är det med Mor och Far?"

"Pappa är fortfarande mycket svag och Mamma fortfarande allvarligt deprimerad. Det är svårt att tala med henne. Hon bor hos sin kusin i Maryland. Jag ska ringa henne i morgon. Jag skulle vilja träffa henne, men jag kan inte åka dit om jag skall vara tillbaka i London i tid."

"Varför ber du inte din pappa att den unge piloten flyger dej fram och tillbaka samma dag. Jag tror du måste tala med din mamma och det måste få ta den tid det tar. Ted och jag ska till en konstutställning i Boston på Söndag. Kom med oss vetja! Vi kan lämna av dej vid sjukhuset. Fråga honom då. Efteråt kunde vi hämta upp dej och äta middag tillsamman innan vi kör tillbaka till Cape Cod."

"Jättebra ide!" tyckte Cathy. "Mike kunde kanske flyga mej till Bethesta på Måndag och tillbaka på Tisdag."

Morgonen därpå när Ingrid och Ted skulle gå ut på sin dagliga morgonpromenad, lade de märke till att utanför Micheles hus stod en mörkblå Rolls Royce parkerad. Kanske hade Michele slutligen tröttnat på sin rostiga, gamla Toyota, och med en massa miljoner i källaren köpt sig en Rolls. De ville inte tro det! Men där stod den.

Den stod där fortfarande när de återvände efter den vanliga två kilometers promenaden. När de gick förbi Michele's tittade hon ut och kallade på dem.

"Kom, jag har en överraskning för er!"

"Tack du, vi har redan sett den!"

"Nej, det har ni visst inte! Kom in!"

De traskade in genom dörren som hon höll upp för dem.

"Detta är Sir Alec Kennedale. Alec, detta är Ingrid och Ted Hallgren."

Man skakade hand.

"Jag förstår att ni tyckte det var märkligt att min bil varit parkerad här utanför hela natten..." smålog han. Ingrid rusade fram och kramade om Michele.

"Oh, Mich, jag är så glad att det inte var din bil!"

"Det var faktiskt första gången nånsin jag hört någon kommentera min Rolls på det sättet," sade britten.

"Oh, jag menade bara att det måste vara en massa problem med parkering och service och reparationer och sånt med en sån prestigemättad bil. Naturligtvis önskar jag att Michele kunde ha råd att skaffa en Rolls Royce," nästan viskade Ingrid.

Ted var naturligtvis nyfiken på övernattningsfrågan, men han visste att förr eller senare skulle han få veta allt.

"Trevligt att träffas, Alec. Jag såg faktiskt inte att den stått här hela natten, men jag ser åtminstone en god anledning!"

"Alec tittade in i går kväll," avbröt Michele. "Jag var verkligen glad att han kom. Jag måste ju visa honom allt jobb ni hjälpt mej med, att redigera mina manus, göra layouter och att arrangera och beskära bilder och sånt och att få med alla noteringar Rich och jag skrivit ner och sammanställa allt mitt material på ett presentablet sätt så att det vi vill säga blir lätt att förstå.

"Detta är Alecs arbetsfält också. Jag har ju berättat för er att Alec var Richards bäste vän. Hur som helst började han titta igenom materialet och gjorde kommentarer här och där. Saker vi talat om, saker jag glömt ta med. Det var så roligt att vi satt och arbetade på boken hela natten. Alec kan massor, allt, allt! Jag borde vara trött, men är det inte! Jag måste se förskräcklig ut, men jösses vad jag mår fint och vad vi haft roligt!"

"Ni båda har gjort ett jättefint jobb," sade Alec. "Det sätt ni arbetat med text, bilder och layout är ren konst. Väldigt fint, väldigt roligt att se! Jag önskar Ni kunde hjälpa mej med en presentation jag arbetar på."

Alec vände sig leende till Michelles båda svenska vänner.

"Pannkakor för alla! Första frukosten serverad! Smaka min blåbärssylt eller dö!" ropade Michele från köket.

"Det måste varit minst tjugo år sen jag jobbade dygnet runt," sade Alec, "...men detta var så intressant och roligt att vi glömde bort tiden... Toppen pannkakor förresten! Sylten är smaskens! Men kära vänner, efter frukost kör jag över till mitt och sover. Du, Michele, behöver också sova ut. Vi kunde träffas här senare och fortsätta genomgången."

Michele var helt uppskruvad.

"Alec flyger till New York i morgon, men han är tillbaka nästa veckända. Jag tänkte att vi då kunde tala med honom om knarkpengar. Vad tycker du, Ted?"

Kapitel 51

CATHY BLEV GLATT överraskad av att se Pappa Arnold så mycket bättre sedan sist. Han hade väntat på henne, som bara ensamma människor i en sjukhussäng kan längta. Längtat, inbillat sig att hon stod där i dörröppningen. Han hade gjort upp en lista över ämnen han ville diskutera med henne och frågor han inte fick glömma att ställa.

Han hade aldrig tidigare känt en sådan samhörighet med sin äldsta dotter. Hon hade alltid varit Saras favorit. Han hade aldrig väntat att Cathy skulle ge honom ett så helhjärtat stöd. Men, från det ögonblick hon dök upp i sällskap med Mike på Cavallos kontor, hade Cathy blivit en helt annan person än den flickaktiga collegestudenten han känt tidigare. Han var inte bara stolt över henne. Han såg upp till henne. Hon hade visat sig vara modig, snabbtänkt, skarp och väl skickad att handskas med en så hårdför och hänsynslös individ som Cavallo. Hon hade fått Cavallo att framstå som en svarslös dumbom. Hon var verkligen sin Mors dotter.

Liksom Sara gav hon sken av att vara oerfaren och blyg. Men de båda var de personer han kände som hade de starkaste karaktärerna och som blixtsnabbt kunde ge de mest dräpande svar och samtidigt demonstrera en otrolig kunnighet och oväntad stridslystnad. Cathy var dessutom mycket charmig och vanligen tystlåten.

Arnold hade missbedömt Sara på en mycket viktig punkt. Han trodde hon var hans. Men hon tillhörde först och främst sina barn. Han hade trampat på ett av hennes heligaste ideal. Han trodde att pengar skulle göra att hon förlät honom för lagöverträdelser. Han hade levererat det kokain som dödat deras dotter. Det var det värsta tänkbara, oförlåtliga brottet mot henne och hennes familj. Han försökte glömma dessa ständigt återkommande deprimerande tankar när Cathy kom in i rummet.

"Vad glad jag är att se dej, Papsen. Vad glad jag är att du ser så mycket kryare ut! Jag tog med mej några blommor till dej..."

Hon kysste honom på båda kinderna, hans båda händer och hans ögon. En våg av starka känslor sköljde upp i hans inre. Hans ögon tårades och han måste svälja för att bli av med klumpen i halsen.

"Jag tog också med en liten radio och ett par disketter med Mozart och Beethowen och ett par disketter med intalade böcker av Hemmingway och Steinbeck och till sist senaste numret av Time Magazine. Hur är det med dina händer?"

"Tusen tack min älskade lilla vän. Du e för go! Jag vet att jag kommer att njuta av musiken. Jag har aldrig tidigare lyssnat på intalade böcker, men jag gillar verkligen de författare du valt."

Han fortsatte nu att tala långsammare och med låg röst. Han ansträngde sig att uttrycka sig klart och bestämt:

"Mina armar är trötta och långsamma, mina händer kommer så saktelig, men mina fingrar är rätt snabba, så utvecklingen går åt rätt håll. Jag har kunnat arbeta med min dator och jag börjar förstå den. Det är roligt.."

De talades vid i över en timme. När hon märkte att han blev trött, bad hon honom ta en liten tupplur medan hon läste i sina skolböcker. Han dåsade till en stund och sedan språkades de vid. Så sov han en stund och så språkades de vid igen. Arnold hade ringt Mike, som sade att han var mer än villig och glad att flyga Cathy till hennes mamma.

Besökstider går alltid alldeles för fort och solen sjönk som en apelsin ner i ett purpur moln när Cathy sade adjö. När hon började promenera i riktning mot museet hörde hon en bil tuta på andra sidan gatan. Det var Ingrid och Ted som väntat på henne där. Före återresan till Cape Cod åt de middag tillsamman hos Panhandler's i Fanuell Hall i de restaurerade kvarteren av det ursprungliga, gamla Boston.

Tidigt på Måndag morgon kom Mike och hämtade upp Cathy. Hon bjöd på frukost och de åt under tystnad.

"Jag gick upp klockan fem. Det var fortfarande mörkt när jag flög från Boston till Hyannis. Soluppgången var väldigt vacker."

Hennes frånvarande leende sade honom att hon hade problem med vad hon skulle säga till mamma Sara. Arnold hade berättat för honom om situationen. Mike fäste blickarna på Cathy så snart han märkte att hon inte såg det. Han gillade henne skarpt, hennes utseende, hennes sätt att klä sig, att gå, att tala. Nu var han mer medveten än tidigare om väggen mellan dem. På något vis var hon flera trappsteg över honom...

"Jag träffade Pappa i går," sade hon. "Om ett par månader kommer han att vara bra nog att komma hem. Då behöver han någon som ser till honom dygnet runt. Jag ska försöka få Mamma att göra det.."

"Du kommer att lyckas."

"Jag är inte så säker. Hon är bitter och deprimerad."

Mike gillade inte den här konversationen. Kunde dom inte tala om flygning istället!

"Har du packat allt du behöver?"

"Ja, jag är färdig."

Hon bar på en liten väska och en korg med smörgåsar och en termos med kaffe.

"Jag tycker om att flyga," sade hon. "Särskilt när man sitter i cockpitten. Jag förstår att Pappa är fascinerad."

Violetta slöjor av morgondimma blåstes bort när han taxade ut på startbanan. Radiorösten från tornet lät formell och lite rostig när den kun-gjorde: "Wheels up at 700." Så ändrades den plötsligt ton, blev mjuk och vänlig: "Fröken Sprengler, vi önskar er en angenäm resa och välkommen tillbaka."

Mike förstod att hans goodwill var borta. Alla hade förstått att han lurat skjortan av polisen i "Fallskärmshopparmysteriet över Sandy

Neck", som händelsen kallats i den lokala pressen. Hans samröre med narkotika- smugglingen gjorde att alla i tornet önskade honom i fängelse hellre är välkommen tillbaka till Cape Cod. Alla visste vad som hänt familjen Sprengler. En av tidningarna hade kört en lång artikelserie om narkotikasmuggling och om skjutandet ute hos Cavallo. Cathy och mamma Sara hade allas sympatier. Artiklarna hade låtit förstå att Arnold, på grund av dotterns död, besökt knarkkungen Cavallo i Chatham för att varna honom och övertyga honom att lämna Cape Cod.

När de flög över Connecticut serverade Cathy kaffe och smörgåsar. Hon pekade på de skira slöjorna av ny grönska över skogarna. Våren var på väg. När de landade i Bethesda var våren redan där.

Sara hade vänta på henne hela morgonen. Hon stod i dörröppnngen medan Cathy betalade taxin, öppnade den ornamenterade järngrinden och började gå upp för tegelstensgången. De möttes halvvägs i en stor kram. Saras kusin Louisa, kallad Loulou, var en tvåmeters decitonnare med de flesta kilona placerade över en förvånansvärt smal midja. Nu, som alltid, var hon klädd i en cocktailklänning. Denna gången i ett åtsmitande svart fodral med inslag i silver och blått silver. Kreationen framhävde hennes smala midja och överdimensinerade byst. Hennes blåfärgade hår var klippt i pagefrisyr med det mesta håret kammat över på ena sidan och shinglat på den andra. Hon dränkte Cathy i en generös kram, tog hennes bagage och bar in det i en stor, öppen hall. Sedan visade hon in dem i en salong där de bjöds att sitta ner och få ett glas sherry.

"Som ni säkert märker är detta en mycket fin sherry. Tyvärr, tyvärr blir min mage konstig av sherry så jag tvingas hålla mig till mitt gamla vanliga..." Hon hällde upp en generös dubbel Bourbon.

Hennes man, Uncle Maxi, en lång, spenslig, silverhårig gentleman med monokel, syntes vanligen inte till hemma, men vetskapen om att unga, vackra Cathy skulle komma, hade ändrat hans vanor. Han hälsade henne med ett långt, långt leende och en chevaleresk kyss på hennes hand. Han var en gammal, nu pensionerad general vid kavalleriet, som efter ett par lyckosamma drag på Wall Sreet, nu gjorde vad som föll honom in. Han konsulterades fortfarande av Pentagon i frågor inom hans specialområde; kemiska och bakteriologiska stridsmedel och den sortens krig.

En utsökt middag serverades; grillade lammkotletter, råstekta hasselbackpotatis, glaserade haricotverts, svampstuvning och en mintsås. Halvvägs genom måltiden ursäktade sig generalen och försvann.

"Idag är det hans bridgekväll. Han kommer vanligen hem sent från bridgen. Han vinner alltid. På morgonen är hans fickor fulla med pengar. Jag kan ta dom, säger han. Han vet aldrig hur mycket det är. Ibland många hundra dollar!"

Efter middagen försvann även Loulou och lämnade Cathy och Sara ensamma i den stora lyxvillan med Gabriella, en spansktalande tjänarinna, som regelbundet hörde efter om de båda gästerna behövde något; snacks, drinkar, kaffe eller frukt...

Cathy tittade på sin Mor. Saras ögon hade mist sin glans. De glittrade inte som förr. Hon hade förlorat vikt och hennes eleganta, skräddarsydda dräkt hängde ömkligt på hennes spinkiga kropp. Hennes vackra kolsvarta hår hade förlorat sin lyster och blivit grått. Bara ett fåtal slingor av svart fanns kvar. Hon såg trött ut, olycklig och deprimerad.

"Har du varit hos doktorn, Mams?

"Nej, ingen doktor kan ge mig min lilla Maggie tillbaka."

"Mams, en gång kunde du leva utan Maggie. Du måste acceptera det faktum att vi alla bara lever en liten tid och att livet måste gå vidare."

"Fraser, min kära Cathy, bara fraser. Om inte Arnold hade..." Hon avbröt sig då hon kände på sig att hennes dotter inte gillade att höra pappan kritiseras.

"Mamma, jag vill att du kommer tillbaka hem och tar hand om Paps!"

"Jag visste du skulle be mej om det. Jag har tänkt över detta noga, och mitt svar är: Absolut inte! Vi var mycket lyckliga en gång för länge sedan. Men, din pappas girighet och vilja att göra affärer med narkotika har ruinerat vårt förhållande. Han har millioner som han kan spendera på läkare och sköterskor som kan se om honom dag och natt. Han behöver inte mej och jag behöver inte hans Judas silver."

"Men Mamma... Det vore som att begrava honom levande! Vi får inte göra så mot varann i vår familj..."

"Än sen. Hans längtan efter lyx och pengar hade inga gränser. Jag bad honom om och om igen att sluta jobba med dom där otäcka kunderna. Jag sade om och omigen att jag inte ville finna mig i hans sätt att skaffa inkomster. Han negligerade mej. Han fann alltid nya anledningar till att göra bara en flygning till och några millioner till. För länge sen hade han accepterat att hans syssla ledde till tusentals unga människors död. Begrovs inte dom levande?"

"Pappa Arnold är en intelligent man. Han kände mycket väl till all sorg och elände han ställde till med. Han tog en risk, en ful och olaglig risk och nu får han betala för det. Han ska vara glad att polisen inte burar in honom på 30-40 år, vilket dom gjort om han varit neger eller fattig. Och han ska vara glad att jag inte talar om allt för narkotikapolisen, vilket är min samhälleliga plikt!" sade Sara...

"Han har fått ett straff han förtjänar!"

"Men Mamma, han är din man. Han är min Pappa. Jag tillåter inte att vår familj bryts sönder och att en man som jag älskat hela mitt liv lämnas ensam. Det är vår plikt att hjälpa varann. Det är vår kristna plikt att förlåta!"   Hennes röst brast och ögonen fylldes med tårar som pärlade ner för kinderna.

"Jag är ingen god kristen, men jag tror det du lärt mig sedan jag var barn: Vi måste vara beredda att förlåta och acceptera en bön om förlåtelse. Om dina principer om brott och straff hindrad dej från att komma tillbaka till din familj är du inte längre den Mamma som uppfostrade Maggie och mej. Din sorg och bitterhet hindrar dej från att tänka konstruktivt, kärleksfullt och förnuftigt..."

Cathy hittade en liten näsduk i sin väska, torkade sina ögon och snöt sig.

"Mams, du genomlider just nu en allvarlig depression. Dina tankar leder troligen inte någon vart. Dom bara kommer tillbaka till samma punkt och upprepas, och bryter ner dej. Men du har en framtid där kärlek vinner över nerbrytande krafter, bitterhet och självömkan."

Cathy sökte förgäves ögonkontakt med mamman.

"Om dina principer hindrar dej från att förlåta Papps beklagar jag dej. Nej, du behöver inte Pappa. Du är en duktik lärare. Du kan lätt finna ett bra jobb, men jag tror inte du kan kapa banden med Pappa och mej utan att det känns. Du kommer hela ditt liv att känna bitterheten och misslyckandet..."

Sara satt tyst, för trött att fortsätta att argumentera.

"Låt mej vara ifred. Jag önskar jag var död," sade hon.

"En frisk person önskar inte sin död. Du är sjuk. Du behöver hjälp."

Cathy öppnade sin väska och tog ut ett visitkort.

"Detta är en mycket rar och kunnig läkare. Hon och du är i samma ålder . Jag har redan talat med henne. Inte om dej utan för att hjälpa mej. Hon kan hjälpa dej också. Snälla, snälla Mams om du tar livet av dej löses inga problem. Jag vill du ska leva!"

"Jag är gammal och trött..."

"Jag kom för att berätta för dej att jag träffat en ung man och att jag älskar honom. Han har friat och jag vill gifta mej med honom."

Hennes ord kom mycket snabbare än hon avsett.

"Han är en fin man och jag vill du skall vara med på bröllopet."

Cathy pausade och drog andan och brast sedan i hejdlös gråt.

"Jag vill ju du ska se och krama om mina barn. Förstår du inte det?"

Hon snöt sig igen. "Jag behöver din vänskap. Jag behöver dej att tala med. Jag behöver dej att vända mej till. Jag skulle vara väldigt ensam utan dej. Du är ju en del av min framtid, precis som Papsen."

Sara log. "Naturligtvis skall ni gifta er om ni älskar varann. Du har alltid varit en klartänkt och klok kvinna som kunnat fatta riktiga beslut. Det var verkligen goda nyheter som gör mej riktigt glad! Min käraste flicka, när blir bröllopet?"

"Det blir kanske inget bröllop. Jag kommer att säga nej och ta hand om Paps om inte du gör det!"

"Men Cathy! Detta är ju rena vansinnet! Varför skulle du offra din framtid och lycka för en gammal girigbuk!" Sara kände igen allvaret, övertygelsen och stridslustan i dotterns blick när svaret kom.

"För Pappa är ingen gammal girigbuk! Jag kommer ihåg när hårda tider tvingade honom köra taxi i Boston. Jag kommer ihåg när han jobbade dygnet runt. Jag kommer ihåg varför han föll för frestelsen när Cavallo lockade honom med välbetalda jobb. Jag var med honom när han ville lämna Cavallo, men Cavallo inte ville tillåta det. Jag var med honom när han blev skadad för livet. Jag har alltid älskat honom. Han har alltid brytt sej om mej. Det är min plikt att bry mej om honom. Jag tänker inte tillåta att min pappa tillbringar resten av sitt liv på en institution. Ånej! Han kan räkna med mej. Tack vare ditt sätt att uppfostra mej! Jag sade till Henry att jag inte tänkte överge Pappa."

"Cathy, detta är utpressning! Hur kan du göra så här!"

"Pappa är inte kriminell! Han kanske var det. Han har berättat allt för mej. Han är en god man. Han ber om förlåtelse för vad han gjort. Han lovar gottgöra för det onda han gjort. Om du återvänder till honom kommer du att leva ett innehållsrikt liv tillsammans med en försynt och ångerfulld man, som du en gång älskade. Jag kommer och hjälper dej närhelst du ber mej. Du kommer att få all tänkbar utrustning och hjälp du ber om och kommer att behöva."

"Snälla Mamma. Det var inte Pappas fel att Maggie dog. Det var mitt fel mer än hans. Jag var med henne. Jag visste ju hennes svaghet, men jag såg inte efter henne så som jag borde ha gjort. Min skuldkänsla blir mindre om jag på något vis kan gottgöra för brist på ansvar. Jag tror faktiskt att du kan bli lycklig igen tillsammans med oss. Snälla, snälla Mams, försök!"

Sara satt alldeles tyst. Hon såg långt, långt bort. Hon kände sin dotter väl. Hon visste att Cathy menade allvar. Dottern hade ärvt sin Mors rättskänsla och pathos för solidaritet. Sara försökte se sig själv utifrån.

"Jag kan inte svika Cathy. Jag kan inte tillåta att denna underbara, unga kvinna tillbringar resten av sitt liv med att se om Arnold. Smart tös, smart plan." tänkte hon. "...men varför kunde inte Arnold själv frågat henne? Eller hade han frågat?"

Hon kunde inte komma ihåg. Hon var för trött att komma ihåg. Cathy hade rätt i att en frisk person inte längtar efter att få dö."

"Cathy, du är min enda glädje. Jag vill du ska bli lycklig och jag vill naturligtvis hjälpa dej. Jag tror aldrig jag kommer att älska Arnold igen. Jag tvivlar på att han vill ha mej hos sej. Faktum är att jag just nu inte ens kan tänka mej att träffa honom varje dag. Jag är för trött att fatta beslut just nu, men jag ska följa ditt råd och kontakta din läkare. Hon kanske kan skriva ut något som gör att jag inte blir så fördömt trött".

"Mams, jag kommer att finnas där när du behöver hjälp. Henrys pappa har ett hus i Osterville. Vi skall bo där till att börja med. Du kommer att gilla Henry och hans pappa. Du och jag kan träffas varje dag. Oh Mams vi kan ha det jättefint tillsamman, promenera på stranden, pratas vid, göra saker tillsamman. Vi ska åka till New York, gå på Met och Carnegie Hall och Moma. Vi ska åka in till Boston och shoppa i Fanuel Hall.. Du är min bästa och käraste vän och jag har så mycket jag behöver tala med dej om!"

Saras ögon var fyllda av tårar. Hon log och nickade om och om igen.

Den spanska hemhjälpen kom in och förelog en liten kvällsdrink.

"Seniora och Seniorita, jag kan göra er den underbaraste lilla egg royale med en läcker svampstuvning och stekta princesskorvar.

Seniora, ni ser ut som en ny människa! Vad det gör mej glad! Får det vara ett glas till?"

"Äntligen något positivt i denna fördömt deppiga tillvaro," tänkte Sara. Hon tog sin dotters händer, lyfte upp och kysste dem. Gamla minnen kom över henne. Hon mindes dessa händer när de bara var små, små babytassar, stora nog att krama om en av hennes fingrar. Nu var det dessa händer som som kom till hennes hjälp. För första gången på på mycket, mycket länge erfor hon en intensiv känsla av glädje jubla upp inom henne. Hon hade alltid haft glädje av att vara med Cathy och hon visste att de skulle träffas ofta.

Cathy reste sig, gick ner på knä och kramade om sin Mor.

"Mams, äntligen ler du. Du lärde mig att älska livet. Allt du behöver för att återfå dina krafter är vila, sömn och lugn och ro."

Hon klappade sin Mors kinder med båda händerna och tittade in i hennes ögon, lyckliga, trötta ögon med hundratals små rynkor, som inte fanns där för ett år sen. Hon rörde och smekte dem sakta och försiktigt.

"Vi hade tänkt att bröllopet skulle stå i Osterville eller i Barnstable. Du kommer inte att vara helt återställd då, men du kommer att vara bra nog att dansa med Henry!"

"Ja, jag kommer, men jag kan inte ens tänka på att dansa!"

"Inte nu nej, men då!"

Hemjälpen hade följt konversationen.

"Senora Sara, får jag tillägga att små babies behöver en mormor."

Alla log. Cathy bad Gabriella att servera dem hennes lilla "supe special" och att låta dem få smaka ett glas svalt vitt vin. Inget märkvärdigt.

"Senorita, vi måste fira Seniora Saras glada uppsyn!"

Kapitel 52

MICHELE HADE BJUDIT in Ingrid och Ted på Middag. Alecs Rolls Royce stod parkerad i hennes garageinfart, men ingen kom och öppnade när Ingrid ringde på dörren. De gick in. Värdinnan var inte där. Inga kastruller på spisen och ingenting i ugnen.

"Dom måste ha glömt bort middagen, hoppas vi inte gör dom förlägna."

"Hej på er! Ni där nere, kom upp!"

"Hejsan! Du sa något om middag, så vi tog med oss lite nybakt bröd´, lite god ost och ett par flaskor vin," sade Ingrid när de gick in i Micheles arbetsrum.

"Hejsan! Vi har varit så upptagna att vi glömt bort tiden," sade Alec och pekade på högar med manuskript och bildmaterial, spridda överallt i rummet, på golvet, på stolarna, i soffan och på bordet. Micheles bok håller på att ta form."

"Om ni glömt bort middagen, så kan jag fixa en supe i ett nafs!" sade Ingrid. "Ted, ta och öppna en av vinflaskorna..."

"Vänta, vänta!" avbröt Alec och gjorde tecken åt dem att lugna sig.

"Middagen serveras om en liten stund hemma hos mej i Osterville. Och jag är övertygad om att ni kommer att gilla den."

Alec och Ted gick ner för trapporna tillsamman.

"Tag med vinet som ni hade med er och brödet som din fru bakat. Det var åratal sedan jag smakade riktigt hembakt bröd. Jag skulle sätta stort värde på det! Ni har verkligen valt en mysig livsstil och ett underbart hörn av världen att leva i. Jag måste komplimentera dej för ditt val av livspartner. Din hustru och Michele är utsökta, underbara kvinnor. Dessutom vackra," tillade han.

"Michele berättade att du är en gammal vän till Richard, Micheles man. Arbetade ni med samma slags forskning?"

"I början, ja. Efter det vi avlagt våra examina i Oxford arrangerade vi och ledde fotosafaris tillsamman. Både Rich och jag var intresserade av dom stora kattdjuren. Min hustru Elly och jag studerade kattdjurens patologiska problem medan Rich och Mich arbetade med deras vanor och uppträdande."

Ted nickade förstående och sade:

"Mich och Rich har samlat ett imponerande material. Det kommer att ta henne lång tid att gå igenom allt. Vi har försökt hjälpa med redigering av text och bildmaterial, men vad hon behöver är någon som kunnigt kan utvärdera och kriticera hennes synpunkter..."

"Du har alldeles rätt. Rich och jag talade om deras upptäckter och vad dom arbetade med, så jag har faktiskt en hel del kompletterande fakta att komma med.."

Minuter senare satt Michele i framsätet hos Alec. Ingrid och Ted satt i baksätet på Rolls Roycen som ljudlöst svischade genom Barnstable centrum och söderut mot Osterville. De körde upp framför en herrgårdsliknande, generöst tilltagen, vit villa.

Alec ledsagade sina gäster genom en stor hall in i ett mysigt bibliotek. En öppen brasa knastrade och flammade och en man i en medeltida kostym såg ner på dem från en tavla över spiseln. Genom hallen kunde man se in i en matsal med ett imponerande middagsbord dukat med blänkande silverbestick och gnistrande kristallglas. En dam, som Ingrid kände igen som en fransktalande Ostervillebo nickade och önskade dem välkomna.

Måltiden skulle serveras om bara några minuter. Alec öppnade en panel i väggen och avslöjade ett välförsett barskåp. Och han frågade:

"Whiskey eller champagne?" De valde champagne.

"Jag hör att Henry, min son är på väg. Detta är faktiskt hans party. Vi är här för att fira hans förlovning med en underbar flicka från Cape Cod."

En ung man kom in i rummet hand i hand med... De trodde inte sina ögon... Hand i hand med Cathy!

"Får jag presentera, detta är min fästmö Catherine Sprengler. Vi möttes i London för två år sen. Vi har just förlovat oss,"

"Gratulerar, Gratulerar! Du har valt den finaste bland töser. Alla känner vi Cathy! Hon är vår granne!" sade Ted. Ingrid instämde och kramade om Cathy.

Alec smålog, klappade den unge mannen på axeln och introducerade honom. Det var tydligt att Michele var nevös. Detta var inte vad hon tänkt eller hoppats. Unge Henrik kunde kanske förstå vad utrustning hon behövde för sitt vetenskapliga jobb..

"Michele, mår du inte riktigt bra? På något vis tycks du inte vara dej själv eller ditt vanligen glada och positiva jag! Vad är det som gör dej så deppad?" frågade Alec och såg bekymrad ut.

"Har vi jobbat för intensivt på ditt projekt på sista tiden. Det är klart, vi är inte förtio år längre och vi måste sluta att jobba dygnet runt!"

"Äsch, jag mår prima," svarade Michele," champagen var toppen, Jag bara kom att tänka på en sak."

"Koppla av, Mich," viskade Ingrid. "Nu behöve ju inte tala om bedövningsammunition. Vi behöver bara tala med Cathy..."

Ted och Alec diskuterade valet av viner till middagen.

"Jag tycker att till fasan kan man ha bourgognen, som jag hade med oss. Kom så korkar vi upp en flaska och smakar... Det är en Geissweiler av en pålitlig årgång. Jag gillar den. I min familj har vi alltid haft just den här till vår traditionella gåsmiddag den 11 November. Jag vet inte om det var Mårten gås eller Martin Luther eller Martin Luther King vi firade, men Alec, du kommer at gilla den!"

Alec vände sig till Ingrid och frågade viskande vad det var för fel med Michele...

"Hon är prima. Men hon vill inte tala affärer eller forskning ikväll," sade Ingrid och fortsatte:

"Jag tror hon varit väldigt ensam de senaste åren. Hon var allvarligt deprimerad och tog aldrig några initiativ att umgås. Vår vänskap började med att vi inbjöd henne och jag tror inte hon har många andra vänner här. Men resan till London för att träffa "kattfolket", som hon sade, den har förändrat henne totalt. Hon har blivit en ny människa. Kanske tänker hon på Cathys lycka och sin egen ensamhet."

"En vacker, intelligent kvinna som Michele, vad kommer det sig att det inte står en lång kö med män som väntar på att få uppvakta henne?"

"Hon känner en plikt att slutföra jobbet som hon och Rich höll på med. Hon arbetar hårt på att sammanställa och förklara deras vetenskapliga upptäckter på ett sätt som gör materialet lätt tillgängligt. Vad hon verkligen saknat var synpunkter och kritik från forskarkolleger."

Den förgyllda pendylen på väggen slog åtta spröda slag. Ingrid fortsatte att tala till Alec medan han hällde upp champagnen:

"Det var en man som var allvarligt förtjust i henne och ville dom skulle gifta sig. Han var en snygg och trevlig, humoristisk och charmig. Vi träffade honom. Han var rik som ett troll och ville ge henne allt... Men, sa hon, han är ingen "Kattman". Hon kan synas tuff, kalkylerande och tokig, men hon är den klokaste och raraste, skyggaste och ensammaste vän jag har. Den finaste vän jag nånsin haft! Vi måste få henne att le och skratta!"

Ingrid var lite rädd att hennes ansträngningar att para ihop dem kunde vara alltför uppenbara, men Alec var ju också en tillbakadragen och skygg person och en liten knuff kunde inte skada, tyckte hon.

Cathy berättade för Ingrid att hon träffat Mamma Sara och övertalat henne att komma tillbaka. Pappa Arnold var på bättringsvägen och ville starta en nytt taxiflyg företag och hon hade märkt att någon varit i deras hus.

"Ja, Mike och två kvinnor var där och stannade över en natt. Jag har en otäck känsla av att dom är involverade i narkotikasmuggling."

"Det var dåliga nyheter. Papps skulle bli väldigt upprörd om han fick veta att hans flygplan använts för att flyga in knark," sade Cathy och såg mycket upprörd och betänksam ut.

"Jag skulle vilja att du träffade min mamma. Hon är toppen! Vi tre skulle kunna ha väldigt trevligt tillsamman."

Ted och Alec talade om pengar och narkotikapengars väg till Wall Street. Ted tog tillfället i akt att fråga vad han skulle gära om han hade femton millioner i kontanter.

"Det finns hundratals möjligheter! Rätt roligt förresten, Michele ställde precis samma fråga. Ni Amerikaner betalar varje vecka hundratals miljoner dollar för att få drömma om att vinna högsta vinsten på Megabucks, Megamillions, PowerBall och andra lotterier! Och visste du att den här staten, Massachussetts, betalar ut millioner och millioner i lotterivinster varje vecka. Men utbetalningarna är bara 2% av vad dom tar in på lotterierna. Drömmar är "Big business i USA" och ger enorma vinster."

Damen i matsalen klappade händerna och meddelade att middagen var serverad.

"Skulle fru Renard vilja sitta här, bredvid värden, tack! Herr och fru Hallberg här och Fröken Sprengler och Herr Henry här, tack."

Serveringspersonal kom in med maten på silverbrickor.. Denna Osterville kvinna var känd för sin utsökta kokkonst. Hon hade varit värdinna för måltider hos presidenter och senatorer. Menyn visade hennes profesionalism:

Först hummersoppa med ostkroketter, sedan grillad fasan med späda morötter, majs och glaserade sockerärtor, en minimal skål med blomkål och broccoli i en ostgratäng. Därtill serverades vildris och en kantarellsås. Två sorters gele av svarta vinbär och lingon. Efter fasanen, serverades på europeiskt vis Camembert ost till en endivesallad med mandarinklyftor.

Desserten var en fräsch, lätt och luftig Charlotte Rysse, dvs. skivor av hemmabakad rulltårta i en citronfromage serverad i en kristallskål.

"Michele," sade plötsligt Henry, "Min far berättade för mej om videofilmerna ni gjorde i Kenya. Jag skulle sätta stort värde på att en gång få se dom. Jag skulle också gärna vilja veta mer om den sofistikerade lyssnar- och nattfilm-utrustningen ni använde."

Han satt bredvid Michele, men alla runt bordet hade hört vad som sades. Michele rörde sig besvärat och önskade att någon skulle vilja byta samtals-ämne. Men Henry fortsatte gladeligen att tala om ett ämne han fann fascinerande och som han visste Michele var väl förtrogen med.

"Dom där skotten ni använde att bedöva en lejonhona med utan att skada henne måste vara precis rätt doserade. Hur visste du att ni använde precis rätt dos?"

"Jag har förklarat det i min bok. Vi hade ampuller av olika storlek och bedövningsmedel av olika styrka för olika effekt."

"Just vad jag tänkte! Men hur kunde du sikta rätt i mörklret när dom vilda djuren kunde se dej, men inget mänskligt öga kan se dem?"

"Med hjälp av ett Infra sikte. Det är inget märkvädrigt, men det var nytt då." Hon viskade svaret för att undvika allas intresse.

"Också, dom där ljudsekvenserna när lejonhonan leker med sina ungar. Pappa sa att dom är jättecharmiga. Du måste ha använt dej av en parabol-mikrofon, eller hur?"

Att undvika frågan skulle bara synts märkligt, eftersom alla visste att, hon var experten. Den unge mannen förstod inte hennes dilemma utan fortsatte medan alla runt bordet intresserade och tysta följde konversationen.

"Med den sortens utrustning skulle en brottsling lätt göra ett par miljoner i veckan, eller hur?"

Michele önskade Cathy inte varit där. Skulle hon berätta för Arnold? Naturligtvis! Micheles nervösa blickar mött Ingrids lugna kommentar:

"Jag är säker på att oärliga mäniskor inte behöver elektronisk utrustning för att lukta sig till dollarsedlar. Men utrustningen kan naturligtvis också användas mot brottslighet. Allt beror alltså på vem som är den smartaste, dom stygga pojkarna eller dom snälla pojkarna!"

"... eller flickorna!" inflikade Cathy, som hade följt konversationen med stort intresse.

Kapitel 53

NÄR CATHY KOM in i Arnolds rum fann hon honom halvsittande, sovande med munnen halvöppen. I hans knä låg en lap-top dator och hummade. Hans hud var ljus och rosa. Hon lade märke till flera stora bruna fläckar i hans tinningar. Bara äldre får sådana hudförändringar. Det var lite tråkigt att konstatera att denne trötte gamle man verkligen var hennes egen Paps. Hon satte sig ner vid sidan av sängen, tyst och tittade på honom en lång stund innan hon tog hans hand. Då tittade han upp och kramade hennes hand. I ett ögonblick var han plötsligt tio år yngre!

"Vad jag är glad att se dej, käraste Cathy! Jag försöker arbeta mej ur det här. Jag tänker inte acceptera att bli en grönsak. Jag måst lära mej Windows och ordbehandling och att arbeta med en databas. Det är kul! Mina händer lyder roder mycket bättre nu. Men mina ben är så dumma, de vägrar att ta order och göra vad jag säger till dem. Sjutton också! Om jag bara kunde manipulera nerver som fortfarande fungerar... Jag måste vara tålmodig och jobba på lång sikt! Du ser så glad ut! Vad nytt?"

"Jag träffade Mams. Hon är allvarligt deprimerad och mycket bitter, men hon ska gå till en doktor jag känner och jag tror hon kan vara mycket bättre om ett halvår och fungera någorlunda normalt om ett år eller så. En så djup depression tar minst ett år att häva. Hon är rätt kass, men hon har ju en stark vilja. Jag gjorde henne glad genom att berätta en liten hemlighet."

"Vad i hela friden har du sagt till henne?"

"Jag bjöd in henne och dej till mitt bröllop!"

"Du gjorde vadå!?"

"Jag ämnar gifta mej och jag vill att du och Mams kommer till mitt bröllop. Det kommer att bli här på Cape Cod till midsommar och jag ska köra dej dit."

"Det får allt vara en bra man, som begriper att han gifter sig med en förbaskat bra tös och att det förpliktar. Vad sa Sara?"

"Det gjorde susen!"

"Jag förstår det. Hon gillar dej jättemycket. Dag och natt funderar jag över hur jag ska kunna gottgöra vad jag ställt till med. Vi hade ju aldrig några problem före den här idiotiska narkotikahandeln... Jag är så lessen att jag inte förstod bättre. Jag känner mej så fördömt rutten. Jag saknar henne så och jag saknar lilla Maggie så obeskrivligt. Allt är mitt fel. Jag kan aldrig förlåta mej..."

"När hennes depression lättar tror jag det finns goda möjligheter hon kommer och talar med dej."

"Jag tvivlar på det. Hon sa att hon aldrig ville se mig igen. Förresten den där unge mannen, kan han försörja dej?"

"Ja, vi kan försörja oss. Hans pappa är forskare. Vi åt middag tillsamma i går kväll. Där var andra gäster där också. Gissa vilka? Våra grannar i Barstable Harbor! Både svenskarna och änkan i huset mittemot, fru Renard. Hon och Henriks Pappa är forskarkolleger. Hon är dessutom fotograf specialicerad på utrotningshotade djur. Hon skriver en bok."

"Såå, hon är forskare. Hon ser verkigen inte ut som nån forskare. Kör hon fortfarande ikring i den där gamla rostiga bilen? Sa du hon hette Renard?

"Javisst, Michele Renard, hon är väldigt trevlig."

"Du vet vad Renard betyder på franska va?"

"Du menar 'Räv'? Jo hon heter faktiskt Mickel Räv!!!"

"Ja, Där fanns en doktor Richard Renard, professor och zoolog som jag beundrade. Han var väldigt bildad, väldigt kunnig och väldigt smart. Han skulle bara gifta sej med en väldigt bra och väldigt smart kvinna. Han skrev artiklar om vilda djur, om natur och storviltjakt med kamera, men han dog för ett par år sen. Hon kan vara Fru Richard Renard."

"Paps, det har varit någon som bott över i vårt hus. Jag lade märke till det förra gången också. Våra grannar sa att det var Mike. Flyger han fortfarande in kokain. Om han gör det blir jag verkligen ilsk och du måste omedelbart sätta stopp för det!"

"Han lovade mej att inte använda Baronen till att smuggla. Jag ska genast tala med honom och ta rätt på vad som pågår. Sedan ska jag berätta allt för dej så vi kan diskutera hur vi kan komma tillbaka i normala gängor."

Han talade långsamt och med låg röst. Och han berättade för sin dotter hela sannigen om hur han började enrollera sig i narkotikahandlen. Hur han först flög med den gamla Cessnan, hur Mike kom in i bilden och flygningarna med Baronen. Att han uppfunnit coka-bomben och hur den utvecklats. Hur Kapten Jack fiskade upp den och hela rutinen. Han berättade att mystiska äverfall ägt rum, att en köpare i New York blivit bestulen på massor av miljoner. Jag blev beskylld, men jag har inte tagit något. Mannen som förlorade pengarna är död nu så ingen bryr sig om att följa upp förlusten. Han dödades ombord på Snöfågeln i Newport tillsamman med dom som dödade Maggie.."

Cathy ville inte avbryta hans långa detaljerade bekänelse.

"Hur involverad är Mike?" frågade hon.

"Han var med mej och träffade leverantören. Tillsamman flög vi in kokainet och släppte ner det. Han har inget med avtal eller affärer att göra och han kan inte heller ha något med rånöverfallen och stölderna att göra, Men, han frågade mej om han kunde flyga ett par vändor för leverantören, som heter Harry Greycoat och har två vackra döttrar. Harry ville att han och jag skulle starta ett företag tillsamman, där jag kunde medverka med datorarbete. Han är en man med ett Janusansikte och hans uppfattning om vad som är lagligt eller olagligt är mycket personlig och mycket suddig. Hans hustru dödades av ett narkotikagäng och han hämnades genom att råna dessa gossar på miljoner och åter miljoner i kontanter och lika mycket i varor, som han naturligtvis sålde!"

"Att tjäna stora pengar är vanebildande, precis som knark! Harry är mycket charmig och han kan ha övertalat Mike att göra honom en tjänst."

"Paps, vad skulle du göra om du fick rätt på vem som knyckte pengarna från New York gangsterna?"

"Ingenting. Dom stal inte mina pengar. Tom stal en del kokain, som jag inte längre vill ha något att göra med. Jag är inte skyldig dom något, men jag är lite ängslig att dom skall öva utpressning mot mej eller gå till polisen. Dom har troligen goda bevis. Men jag kommer inte att sätta igång något."

"Vad tänker du göra med coka-bomberna?"

"En är ombord på vår fiskebåt hos Kapten Jack och den andra är i Bermuda hos Harry, som troligen kommer att stjäla den. Sedan kommer han antagligen att kompensera mej med en fläskig check för 'bortkommet gods'. Mike sa att den som Kapten Jack har hand om tycks vara borta. Vad föreslår du att jag gör?"

"Just nu, ingenting. Bara krya på dej!"

Hon kysste honom adjö.

"Du skulle sagt till Sara att jag älskar henne och att jag vill hon ska försöka förlåta mej."

"Det gjorde jag!"

"Hej då, käraste. Jag är glad du hittat en man bra nog att gifta dej med. Jag hoppas ni blir lyckliga tillsamman!"

På väg ut kolliderade hon med Mike i entrehallen. De bara växlade ett Hej innan hon rusade ut och fångade en taxi.

"Hej!" Mike satte sig på stolen nära Arnolds huvudgärd. Han skämdes och ville så snart som möjligt lätta sitt dåliga samvete. Arnold förstod vad som skulle komma och nickade vänligt tillbaka.

"Jo... Harry planerade att råna några knarkköpare. Han ville jag skulle flyga in varorna. Jag sa nej. Då erbjöd han mej en halv miljon om jag flög in hans dotter och Suzy, hennes sekreterare, och lät dom hoppa ut i fallskärm över Sandy Neck."

"Är du fullständigt vettlös,Mike!"

"Jag förmodade att allt skulle vara rätt säkert, eftersom hans egen dotter var med. Jag är väldigt lessen Arnold ! Jag sa 'ja'. Jag är lessen Arnold, att jag bröt mitt löfte till dej. Jag ångrar mej verkligen."

"Du menar att du lät dom hoppa ut över Sandy Neck? Bara ett par kilometer från den starkaste kustradarn i norra hemisfären. Dom har sett dej starta från Bermuda! Narkotikapolisen måste varit där innan du lät dom hoppa ut."

"Ja, Harrys plan funkade inte."

"Han hade aldrig någon plan. Han är fullständigt förblindad av pengar."

Mike såg verkligen olycklig och nerstämd ut.

"Arnold, snälla Arnold förlåt mej. Om du vill att jag ska flyga Baronen för dej igen, lovar jag att aldrig mer göra nåt liknande."

"Det var verkligen uridiotiskt av dej. Men låt os inte tala om det längre. Detta var sista gången? Du lovar på hedersord?"

"Ja, Arnold . Men det var inte slutet på historen. Någon rånade köparen medan dom väntade på oss. Dom tog hela köpesumman och nu beskylls vi för att ha stulit pengarna!"

Kapitel 54

TRE DAGAR I veckan brukade Cathy jogga längs norra stranden, genom skogen och tillbaka över maderna och ängarna, genom snårskogen bland enar och vildrosor och sista biten längs den gamla landsvägen fram till hamnplanen och familjens villa. Sen brukade hon duscha före frukosten.

Hon sprang snabbt för att hålla värmen den här kyliga morgonen. När hon nådde den vanliga gläntan för att pusta ut och låta hjärtverksamheten återgå till det normala, lade hon sig ner på den solvarma, mjuka, barrtäckta marken. Hon tittade upp i himlen och såg lata molntussar sakta segla förbi. En sådan ljuvlig morgon. En sådan underbar känsla av välbefinnande. Hon slöt ögonen och fyllde i djupa andetag lungorna med den syremättade tallbarrdoftande morgonluften.

Mannen kom från ingenstans! Plötsligt satt han grensle över henne och sekunden senare höll han med ena handen ett fast grepp om hennes strupe och med den andra handen slet han ner hennes joggarbyxor så hon inte kunde sparka sig fri. I nästa ögonblck slet han itu hennes trosor och tvingade in handen mellan hennes ben.

Attacken kom så plötsligt. Hon hade varit fullständigt omedveten om någon fara i denna fridfulla, tysta och soldränkta glänta. Inte en stjäl kunde väntas passera. Inte vid någon tid på dygnet. Det var helt uteslutet att hon kunde vänta sig någon form av hjälp. Många gånger hade hon tänkt på kvinnor, som blivit utsatta för våldtäkt och vad dom borde gjort för att värna sig och slå tillbaka. Och nu fann hon sig plötsligt i den hysteriska situationen att bli våldtagen. Hon fann sig lamslagen av hat och rädsla, oförmögen att mobilisera någon form av försvar eller rationella motåtgärder.

Hans strupgrepp gjorde att pulsen dunkade i hennes tinningar och det dånade i huvudet. Hon korsade benen och vek sig lite. Han försökte dra hennes jacka upp över hennes huvud, men hon hindrade det genom att med kraft hålla armarna tryckta längs kroppen. Hon tittade honom in i ögonen. Det var en syn hon aldrig skulle glömma. Hans stirrande ögon var blodsprängda, ansiktet var högrött, pannan med spretande stripiga svettdränkta röda hårtussar rann av svett. Hans mun var vidöppen och saliv rann ner över hennes ansikte. Han hade en stor höknäsa och han böjde sig ner för att kyssa henne. Hon kände hans penis mot sin mage. Den var mjuk och varm. Konstigt nog tycktes den inte vara helt styv. Han var uppenbarligen så nervös att manligheten slokade. Hon kände hur han drog i den upp och ner samtidigt som han försökte tvinga isär hennes ben.

Nu böjde han sig ner för att med munnen nå hennes bara bröst. Först nu kunde hon få fram ett litet skrik på h-j-ä-l-p. Men hans strupgrepp dämpade hennes rop till något som mest liknade ett skräckslaget ylande från ett skadat djur. Skriet drunknade mellan tallar, buskar och snår. Det fanns ju inte en själ i närheten, som skulle kunna höra eller hjälpa henne.

Han flyttade handen från hennes strupe och höll den nu istället för hennes mun. Med andra handen tvingade sig hans fingrar in mellan hennes ben och in i henne. Känslan av intrång och brist på respekt för hennes person och privatliv gjorde henne plötsligt helförbannad. Skräcken var bortblåst! Båda hennes händer var nu fria och från något gömställe långt bak i hjärnan kom hon på en passus ur en liten bok skriven av hennes granne, svensken Ted Hallgren: "Slåss aldrig med en man på mäns vis. Spara Dina krafter. Gör plötsliga utfall. Inte för att göra dej fri. Inte för att hindra honom att göra det han avser. Men för att skada honom rejält."

"O du underbara lilla hora," sluddrade våldsmannens salivdrypande läppar. "Jag har sett dej springa här förbi många gånger. Och jag har alltid önskat att du skulle bli min. Och nu har jag dej äntligen. Koppla bara av och jag skall ge dej den underbaraste ritt du någonsin varit med om..."

"OK," nickade hon. Men med båda händerna formade hon det klassiska V-tecknet med långfingret och pekfingret, segertecknet från andra världskriget och Winston Churchill. En millisekund senare flög båda hennes händer upp mot hans ansikte. Han grabbade blixtsnabbt hennes vänsterhand. Men hennes högra hands fingrar var redan på väg...

Med all kraft hon förmådde mobilisera borrade hon in fingrarna i hans ögon. Hon fick en otäck smak i munnen när fingrarna fann vägen in under hans ögonlober. Det kändes som om hennes hand stacks långt in i hans huvud. Hon fullföljde attacken. Hon krökte fingrarna och hennes långa, välvårdade, kraftiga och spetsiga naglar blev djurklor som med all kraft rev sönder hans ögonhålor, hans nedre ögonlock och slet upp djupa rivsår ner längs hans kinder. Han skrek okontrollerat. Blod sprutade pulserande ut ur hans ögonhålor och rivsår ner över hans kinder. För sent lyfte han båda händerna för att skydda ögonen. Blixtsnabbt rullade hon bort från honom och i ett huj var hon på fötter och hade dragit på sig joggarbyxorna. Hon böjde sig ner, grabbade en rejäl handfull med sand och barr och kastade det i hans ansikte.

"Willy, Willy! Hjälp, hjälp, hjälp," skrek han.

"Jag är blind!, Jag är blind! Jag kan inte se! Hon rev ut ögonen på mej! Oooo! Willy hjälp mej!"

Cathy hörde någon närma sej genom enbuskarna. Innan hon satte av i full fart hem, hann hon uppfatta en stor figur med svart hår och enorma ljusblå gymnastikbyxor tränga sig fram genom buskarna till den jämrande våldtäcksmannen och med en min av vämjelse böja sig ner över kompisen.

"Ditt jävla nöt! Varför kan du inte välja din sorts män, horor och andra, som accepterar ditt sjuka sexliv. Hon har ju märkt dej så ingen polis eller doktor och ingen jury eller domare i världen skulle kunna tro på din oskuldsfullhet! Hon gjorde väl ifrån sig och jag såg henne försvinna snabbt och graciöst som ett rådjur bort genom skogen. Jag är helt förvissad om att det bara är frågan om minuter innan polisen är här."

Det intensiva blodflödet ur ögonhålorna och ur kindernas djupa rivsår såg verkligen otäckt ut. Hans ögon såg ut som rullande röda pingpong-bollar när han öppnade dem och försökte se.

"Jösses grabben! Du måste omedelbart till en doktor. Det här ser illa ut. Riktigt illa..."

Den store mannen hjälpte kompisen att resa sig. Med bloddränkna händer sökte våldtäcksmannen stoppa in sin slokande manlighet där den hörde hemma och dra upp gylfens dragkedja.

"Jag är blind. Den förbannade horan rev ut mina ögon! Fan också! Hur kan en människa göra något sådant! Jösses vad det gör ont! Allt jag ser är bara rött... Å-å-å-å-å och jag är blind. Förbannade kattmänniska! Varför gav Gud mej denna omättliga aptit på sex och vackra kvinnor?!"

"Skyll inte på Gud för det här. Du är en idiot! Och din önskan att tvinga andra att göra det du vill är helt enkelt sjuklig. Ditt våld och din styrka kan inte tvinga en smart och beslutsam kvinna. Kom nu! Låt oss komma härifrån! Tag min hand och jag leder dej bort till bilen så vi kan köra dej till sjukhuset i Hyannis."

"Nej för Guds skull! Du måste ta mej till hotellet först, så vi kan skölja bort allt blodet, stoppa blodflödet och få såren rena. På sjukhuset kommer dom omedelbart att ringa snuten. Nej Willy, från hotellet måste du köra mej till ett sjukhus långt härifrån. Jag behöver kanske inte komma till nåt sjukhus. Jag tror jag börjar se igen! Allt är suddigt och allt är rött, men jag tror jag kan se, men det gör inte så ont längre Jag är inte blind..."

"Kärase Cathy! Vad har hänt?"

Michele försökte stoppa sin springande vän.

"Vännen min, Du har gråtit"

Cathy stannade upp. Hon höll båda händerna för ansiktet. Drog djupt efter andan och gick sakta över planen fram till det Sprenglerska huset och satte sig ner på trappan. Hon satt tyst medan andningen återgick till det normala

Michele satte sig ner bredvid henne.

"Ja, varför gråter jag? Minns du männen, som planterade knark i vårt hus den där kvällen i vintras. Dom försökte våldta mej. Den där långe, smale, med näsan, han nästan lyckades. Jösses det var nära! Jag låg där på den solvärmda, barrtäckta marken i gläntan du vet där jag brukar stanna och vila och gymnastisera lite innan jag joggar hem. Jag hade sprungit rätt fort...

"Plötsligt satt där en karl grensle över mej. Han tog ett ruskigt struptag på mej och rev ner mina joggarbyxor och slet av mina trosor. Han försökte tvinga sig in i mej. Jag kände mej fullständigt hjälplös. Han var dö-äcklig! Då kom jag plötsligt att tänka på en passus i Teds bok,..."Slåss aldrig med män på mäns vis," och en försvarsåtgärd han recommenderade och som franska polisen föreslog att prostituerade skulle tillgripa om män försökte tvinga dom, så jag gjorde V-tecknet med mina fingrar och stötte dom med all kraft in i hans ögon. Mina naglar blev djurklor och jag rev ner det hårdaste jag orkade! Jösses! Det var blod överallt! Han skrek som ett djur:! Han släppte mej och höll för sina ögonen! Jag slank kvickt ur hans grepp... och himmel vad jag sprang! Jösses det var nära!"

"Kom, vi kör genast köra till polisstationen och göra en anmälan. Sen kör vi dit..."

De tog Cathy's bil. Vid polisstationen på Väg 132 möttes de av en ytterligt förstående och hänsynsfull poliskvinna. Hon undrade om Cathy ville träffa en gynekolog eller kanske tala med en psykolog. Hon skakade på hududet när hon noterade de fula blåmärkena på Cathys hals och såren i midjan och på låren, där resåren skurit sönder huden när byxor och trosor rivits av. Poliskvinnan kunde inte låta bli att le när Cathy beskrev hur hon försvarat sig och skadat våldsmannen.

"Vet Du vad, Mich, det var så nära att han lyckades våldta mej att jag inte kan fatta att jag klarade mej undan. Först såg jag inte en möjlighet att stoppa honom. Han var så stor och tung och stark... Är det inte underligt att det var Teds råd som räddade mej. Denne stillsamme gentleman, som sällan höjer rösten och man aldrig väntar sig skulle tillgripa våld. Det var han som rekommenderade ohämmad grymhet, snabbhet och överraskning som rätta medlen att stoppa en rå och hänsynslös angripare och ge mej en chans att springa min väg. Han är den siste jag väntade mej att skriva en bok om hur en kvinna skall försvara sig och bemöta en våldsman.

"Och varför grät jag? Var det av glädje, Nej! Hela upplevelsen var rena skräcken! Varför?"

"Jag tror jag vet," sade Michele. "Det kan ha varit av lättnad, men det kan också vara för att du är en genomgod människa. Du var rädd, du var ledsen för du hade kanske skadat honom riktigt allvarligt kanske mer än nöden krävde gjort honom blind för resten av livet... Du tyckte innerst inne synd om det kräket..."

Både Cathy och Michele skakade på huvudet...

"Men det du gjorde var alldeles rätt!"

Kapitel 55

JENNY RINGDE PAPPA Harry för instruktioner. Han kunde inte förstå hur planen med denna absolut pålitliga New York förbindelsen kunde slå så fel. En tjallare måste varskott polisen. För sin dotters säkerhet beslöt Harry att hjälpa Benny genom att medge 30 dagars kredit.

Suzy lovade att leverera de båda behållarna med kokain, som de haft med sig vid fallskärmshoppen. Hon parkerade den hyrda sportbilen utanför Bennys villa, den fulaste i omgivningen, men med en underbar havsutsikt. En ung kvinna iklädd bikini öppnade och bad Suzy komma in.

"Ska du börja jobba här?" frågade hon.

"Jobba? Med vadå?"

" Det förstår du väl, när som helst när någon av dom vill. Tretusen i månaden och allt fritt inkusive allt knark du vill ha."

"Jag vill tala med Benny."

Flickan ropade: "Benny, du har en besökare!"

Uppifrån andra våningen hördes en röst svara tillbaka:

"Bed honom komma upp!"

De gick upp för trappan tillsamman. Solen sken in genom de stora fönstren ut mot havet och reflexerna från den glittrande oceanen lekte i taket. Benny gick henne till mötes. Han var endast iförd en badhanduk svept runt midjan. Suzy tittade på den välväxta, muskulösa, jämnt solbrynta kroppen. En kopia av Micelangelos staty av David i Florence förutom de där iskalla ormögonen...

"Oh! Är det du, Miss. Stig på, häng med på vårt lilla party!"

Hon tittade in. Där var en stor jacuzzi i mitten av rummet. Två skönheter i övre tonåren endast iförda nederdelen av sina bikinis masserade en man, med speciellt intresse ägnat åt hans fortplantningsorgan. Två män satt i den bubblande och strömmande jacuzzin. De höll i glas med drinkar och isbitar. Hon kände igen dem. Det var männen som Jenny och hon hade givit en snabbuppvisning i kickboxing. De nickade till henne. En av flickorna erbjöd sig ta hand om Suzys jacka.

"Kom igen, du e ju dösnygg! Du kan begära femtusen. Gå inte under fem! viskade hon.

"Stick av Patty!" röt Benny och frågade i vänlig ton Suzy om han fick servera henne ett glas champagne, bloody Mary eller...?"

"Nej tack, jag är här med varorna vi lovade. Kom, följ mej!"

Hon vände och gick ner för trapporna och ut genom dörren bort till bilen. Det blåste en snål, isande vind från nordost. Benny hade instinktivt lytt henne. Han bar fortfarande endast frottehandduken svept runt livet. Hon öppnade bakluckan och pekade på väskorna med kokain.

"Du måste betala inom 30 dagar. Och, jag gillar inte sån här sloppighet. Nästa gång vi ses vill jag att du är klädd som en gentleman! Uppfattat? OK?"

"Javiss, Miss!"

Han tog den ena av väskorna och måste springa fram och tillbaka två gåger för att lämna av båda inomhus. Suzy var förvånad över att Harry hade kontakter med sådana här typer. Hon stängde luckan och körde sin väg och lämnade en gapande, tigande Benny att återvända till sitt party.

"En sån granning, varför stannade hon inte?" frågade en av männen.

"Därför att," svarade Benny, hon gillade inte att jag bara var klädd i en badhandduk."

"Du menar hon ville du skulle ta den av!"

Alla skrattade.

"Ni begriper ju inget av en ledares problem," replikerade Benny. Hon är en av cheferna i toppen. Hennes besök räddade oss till livet. Hon gav mej varorna, att betalas inom 30 dagar. Hon har klass. Hon såg att hon kunde lita på mej. Hon räddade våra liv

Suzy körde Jenny ut till flygplatsen och parkerade intill hangaren. Mikes mekaniker kunde inte låta bli att nicka gillande när han såg Jennys och Suzys välformade ben försvinna in i Baronen. Mannen på startplattan tog bort hjulklossarna och vinkade en klarsignal.

Trots det ljuvliga vädret och de positiva väderrapporterna kände Mike sig melankolisk till mods. Trippen hade inte blivit det man hoppats. Han kunde inte begripa att han själv varit med på den här operationen utan att i detalj utvärdera riskerna. Han hade själv medverkat till planen, stödd av Jenny, men de hade ju faktiskt kommit fram till att den var för osäker. Harry hade emellertid blivit eld och lågor och räknat stenhårt med 'överraskningsmomentet', och han hade övertalat dem att "friska på!" dvs att ta en risk och chansa.

Mike hade ingen att skylla på. Varför hade han gått med på en plan som var så full av riskmoment och svagheter. Hade hans förlust av Maggie gjort honom likgiltig. Eller, hade en undermedveten önskan att imponera på Jenny och Suzy gjort honom beredd att ta dumma risker. Det var ju väl att allt äntligen var över. Eller var det inte över? Både polisen och gangsterna misstänkte honom.

Han hörde Jenny och Suzy tala om presenter de köpt med sig hem. CDs med musik till Harry, några böcker, en söt blus till Nanny, butlerns hustru och en Schweizisk armekniv till butlern.

Suzy visade en bok med Japanska målningar, en annan med Japansk poesi och en tredje om Japansk kokkonst. Hon kände till många av rätterna, men hade aldrig lärt sig laga Japansk mat. Nu kände hon ett behov att uppliva minnen och smaksensationer från sin barndom. Mike hade stärkt hennes självkänsla när han sade att hon skulle vara stolt över sin härkomst. Ingen Anglo Amerikan hade någonsin sagt det till henne Hon hade klart för sig att hennes rötter kunde ge henne styrka och profil. Hennes arbete med Jenny hade skapat avsky för en livsstil, som stimulerade egoism och penningbegär. Hon längtade plötsligt efter sina föräldrar. Hon ville veta mer om deras kultur och deras bakgrund som givit dem moralisk styrka och gjort dem till rakryggade individer.

Hennes far var en ansvarskännande, hårt arbetande, genomärlig man. Han gick dagligen till sitt arbete iklädd randiga frackbyxor, redingo och svart kubb. När han kom hem bytte han till en svart hemmarock av broderat siden. Han älskade poesi, särskilt Japanska diktare. När Suzy var liten flicka älskade hon hans japanska utstyrsel, men som tonåring hade hon tyckt den var redikyl och o-amerikansk. Nu förstod hon att den var ett led i det som skapat hans trygghet, starka karaktär och att våga vara sig själv.

Suzys spröda, tystlåtna Mor hade lärt henne att vara ödmjuk, men stolt. Det var en atmosfär av ordning och reda, lugn och harmoni ikring henne. Nu ville Suzy åka och träffa dem. Hon ville att de skulle träffa den man hon valt att bli sin. Det var fortfarande lite tidigt, men hon kände på sig att Mike var hennes.

Detta äventyr hade helt ändrat hennes uppfattning om hennes arbetsgivare. Hon hade alltid sett upp till Harry, men han hade ignorerat Mikes varningar. Han hade bett dem att hoppa ut bara några kilometer från en kustradarstation och en bas för kustbevakningen. Han hade ingen reservplan om något skulle gå fel. Hon själv, Jenny och Mike var helt utlämnade åt köparna eller polisen och han måste ha varit medveten om att polisen och kustbevakningen kunde knipa dem och att de kunde vänta fängelsestraff på 10,15 eller 20 år! Mike var pålitlig och skicklig i sin tokiga syssla. Han skulle bli en bra chef och arbetsgivare i vilken branch som helst. Den här trippen hade tydligen äntligen fått honom att klart ta avstånd från knarkhandel. Detta var sista resan! Hon hade själv redan bestämt sig.

Jenny sov. Suzy flyttade fram och satte sig i andrepilotens plats. Hon tittade på honom och önskade deras blickar skulle mötas. Men han såg bekymmersam ut och koncentrerade sig på instrumenten. Då kände hon hur hans hand sökte och tog hennes. Hon lät det ske och väntade. Så lyfte hon upp hans hand och kysste den. Hans grepp hårdnade och han böjde sig ner och kysste hennes.

"Där fick jag dej!" Jublade det inom henne och hon log.

"Suzy, jag älskar dej..."

"Jag är din," viskade hon tillbaka.

Hon blev sittande i förarsätet intill honom. De sade inte mycket. Då och då strök han över hennes mjuka, blåsvarta hår. När de flög in mot landningsbanan på Bermuda reste hon sig och gick och satte sig bredvid Jenny.

Harry mötte dem vid flygplatsen. Hans lättnad över att se Jenny var helt uppenbar.

"Jag är lessen Pappa, att det inte gick vägen."

"Jag är lycklig över att du kom tillbaka."

Pappa, lova mej att du aldrig mer ber att jag ska göra något liknande!"

Han hade klart för sig att hans egen penninglystnad och svaghet att ta risker hade utsatt Jenny för stor fara. Hon var nu identifierad och känd av flera mycket farliga individer. Det minsta han kunde göra var att låta köparen få materialet. Men vem hade knyckt pengarna?

Harry hade också fått klart för sig, precis som Bolivar och Cavallo, att Cape Cod inte var en säker marknad för knarkhandlare.

Harry och Mike satt på verandan med var sin drink och tittade ut över havet. En fyrmastad fullriggare, nu ett kryssningsfartyg, med en imponerande segelyta, gled ljudlöst förbi i den fina brisen.

"Oh är hon inte vacker!" Sade Harry. "Jag minns när jag var liten pojke i Margate, England, att jag ofta såg skonare och barkskepp och trålare segla förbi. De flesta hade motor ombord för att lättare kunna komma in i hamn och lägga till. När vinden dog ut kunde man höra

deras sakta donk,donk,donk,donk på många sjömils avstånd. Då och
då såg vi fullriggare och clipperskepp. Visste du att en clipper på
rutten Hong Kong - London ofta seglade med en medelhastighet av 20
knop. Fantastiskt, inte sant!"

Mike ville inte avbryta.

"Mike, jag är väldigt ledsen över den misslyckade leveransen..."

"Vi skulle låtit Arnold planera hela operationen."

"Arnold rådde mej att avstå. Han sa att han hade gjort sin sista
knarkflygning. Han hade fått nog."

"Har inte du det också nu?"

"Jo jag tror nästan det... Jag har en fråga till dej."

"Jasså, vadå?"

"Jag tycker väldigt bra om dej. Jag har en underbar dotter, som är
förtjust i dej. Hon till och med säger att hon vill gifta sej med dej. Det
skulle göra mej mycket glad om Du var med på det. Jag skulle i så fall
göra dej till en mycket välbärgad man, med en personlig förmögenhet
på minst fem miljoner Brittiska pund. Får jag föreslå att du friar till
henne och gör henne till en lycklig hustru?"

Innan Harry hunnit avsluta meningen förstod han att svaret inte
skulle bli det han önskade.

"Mike, tala med Jenny ikväll och fatta sedan ditt beslut."

Mike hade redan sitt svar klart, men han ville inte förstöra
atmosfären av vänskap och tillförlit.

"OK, låt oss tala om det i morgon,"

Efter middagen satt de och drack kaffe och såg solen gå ner. Och
den blå timmen bli svart natt. Harry spelade som vanligt något skönt
på flygeln innan han sade godnatt och drog sig tillbaka. Jenny följde
honom en stund senare och de hade, som vanligt, sitt lilla godnatt
prat, hon bäddade om honom och kysste godnatt, som varje kväll
sedan många år tillbaka.

Mike ville vara ensam och tog en liten promenad. Han hittade en
grind och gick ner på en liten promenadväg, som vindade under höga
palmer utmed stranden. Jenny var utan tvekan en sjusärdeles flicka

och Harry skulle utan tvekan bli en önske-svärfar. Alla pengarna och livsstilen de erbjöd var lockande, men han kunde inte ignorera sina egna känslor. Han ville inte såra Jenny eller göra Harry besviken och upprörd genom att säga nej, så både det enklaste och smartaste vore naturligtvis att säga ja!

Suzy satt ensam kvar i sällskapsrummet och läste i sin nya diktsamling.

"Jasså, här sitter du i din ensamhet?" sade Jenny medan hon gick ner för trapporna. "Vart tog Mike vägen?"

"Han tog sig en promenad längs stranden. Jag fick känslan att han ville vara för sig själv, så jag ville inte tränga mej på."

"Jag beundrar din kallblodighet. Jag trodde du ville ha honom och var beredd att kämpa för att få honom."

"Jenny, du och jag är dom bästa vänner. Jag håller verkligen av dej. Jag vet hur man slåss, men jag vill inte slåss med dej. Det vet du. Jag har inte din skönhet. Jag har inte en far rik som Harry och jag vill att Mike skall känna frihet att välja utan påtryckningar. Jag tror att en dag den man som älskar mej kommer att välja mej för han vet att hos mig finner han harmoni och support, styrka, kärlek och inre frid utan behov av en massa pengar."

"Jag är lessen Suzy, du är en god vän, men du är en drömmare och idealist. Jag kommer att få honom, för jag älskar honom."

"Godnatt Jenny."

Suzy gick upp och in på sitt rum. Ljudlöst stängde hon dörren efter sig. Aldrig tidigare hade hon känt olikheten mellan Jenny och sig själv så starkt som nu. Olikheten mellan de kulturer de representerade. Hon älskade Amerika och den Amerikanska andan och respekten för pengar så länge pengar var resultat av uppoffringar, hårt arbete, arbetsamhet och goda ideer. Men hon tyckte illa om svagheten för pengar, krypandet och serviliteten inför financiell styrka och den falska föreställningen om kultur som pengar ofta ville skapa. Alltför ofta odlar pengar bara girighet och själviskhet. Hon hatade det ständiga köpslåendet mellan makthavare över huvudena på dem de representerade.

Hon klädde sig i sitt vackraste nattlinne, det med små fjärilar i guldbrodyr. Hon löste upp sitt hår som nu nådde ner över axlarna och hon kammade det och fäste ihop det längst ut med en röd rosett. Så tände hon ett ljus framför fotot på Mor och Far och satte sig med korslagda ben och tittade in i den lilla lågan. Hon andades sakta. Hennes händer vilade på knäna. Hon var i total harmoni med sig själv.

Det hördes ett knackande på dörren. Hon lät sig inte störas. Dörren öppnades sakta och Mike tittade in. Han gick inte in. Respektfullt och fascinerad av friden i rummet och den underbart vackra kvinnan som satt där fullständigt avkopplad och stilla med ögonen fixerade långt långt borta. Han kunde inte störa henne. Han stängde sakta och ljudlöst dörren och gick tillbaka ner för trapporna.

Jenny serverade honom en snifter god conjak och satte sig i hans knä. Hon ville bli kysst. Hennes fingrar gled genom hans vågiga hår.

"Mike jag älskar dej. Jag vill ha dej. Talade du med Pappa?

"Ja, han är verkligen mycket generös. Han erbjöd mej alla pengar vi nånsin kunde behöva och mer därtill."

"Du sa väl ja, gjorde du inte?"

"Han föreslog att vi skulle talas vid i morgon."

"Mike jag kommer att bli väldigt lycklig tillsammans med dej!"

Hon ställde sig på knä bevid hans stol och kysste honom om och om igen på mun, på hans kinder och ögon. Han hade inte styrkan att säga nej!

"Snälla, snälla du kom till mej i natt," sade hon. "Jag vill ett du kysser hela mej. Jag ska göra det riktigt skönt för dej."

Halvvägs uppför trappan stannade hon.

"Jag kommer att ligga och vänta på dej. Kom, snälla du," viskade hon.

"Nej, käraste Jenny, där blir inget kelande i kväll. Godnatt, min vän!"

"Dumma pojke!" Han hörde henne gå in i sitt rum och stänga dörren.

Den tjocka mattan gjorde hans steg ljudlösa. Han tryckte ner handtaget till Suzys rum, öppnade åter sakta dörren och stängde den bakom sig. Hon satt kvar på samma sätt som när han sist tittade in. Han blev stående. Den stilla, tysta, vackra kvinnan med ljuset framför det lilla fotografiet. Stillhet. Vördnad. En unik personlighet. Hon vände sig inte om.

"Jag visste du skulle komma..."

"Jag kom för att fråga dej om du skulle vilja komma med mej till Boston i morgon?"

"Kom, sitt här hos mej."

Han satte sig bredvid henne. Han såg paret på det lilla fotografiet.

De var klädda i främmande gammalmodiga kläder. De såg så snälla och oskuldsfulla ut...

"Jag var ensam. Jag längtade efter dem. De är goda, underbara människor. De bor i San Fransisco. Jag vill att du kommer med mig dit och träffar dem. Du kommer att tycka om dem."

"Ja, jag är helt säker på att jag kommer att tycka om dom. Jag ska tala med Harry i morgon."

"Han erbjöd dej en förmögenhet och Jenny, inte sant?"

"Jo, han ville göra mej till multimillionär."

"Varför säger du inte ja. Jenny är en smart tös!"

"Därför att det känns så fel!"

"Dumheter, pengar kan vara värt en liten uppoffring!"

"En liten uppoffring, ja, men inte hela mitt liv! Jag vill ha en kvinna jag kan se upp till. En som är bättre än jag. Jag vill ha dej."

"Jag kommer med dej i morgon. Jag ska bli din och du kommer att bli mycket lycklig med mej. När vill du vi reser?"

Vid frukostbordet, följande morgon berättade Mike sitt beslut för Harry. Jenny satt tyst hela måltiden, med ögonen fästa rakt ner.

Varken hon eller pappan kunde förstå hur Mike kunde säga nej till ett så generöst erbjudande. Deras respekt för Suzy och deras långa vänskap med henne gjorde att både Jenny och Harry kom till flygplatsen och vinkade farväl.

Mike erfor en känsla av lättnad och frihet. Glädjen att flyga var tillbaka. Suzy satt på andrepilotens plats. Det syntes att hon hade någonting hon ville ha sagt men inte riktigt visste hur hon skulle ställa frågan.

Plötsligt sade hon:

"Mike, jag har naturligtvis för längesedan förstått att det var du som dödade de tre männen ombord på Snöfågeln."

"Måste vi tala om det nu? Det är ett avslutat kapitel. Det är glömt. Det är polisens sak att finna rätt på vad som hände..."

"Nej Mike. Det kommer aldrig att glömmas. Jag vill att du talar om det. Jag vill att du säger mig hela sanningen!"

"Jag har inget att säga!"

Han kollade instrumenten, kopplade över till autopilot, lutade sig bak i sätet och drog ett djupt andetag..."

"Jo, det har du," sade hon. "Berätta nu allt för mej!"

"Jag kan inte! Du kommer att bli rädd för mej och hata mej om jag säger att jag gjorde det. Du vill att jag ska vara oskyldig och att någon annan gjorde det. Du vill att jag säger att jag är oskyldig! Men du kommer aldrig att tro att jag är oskyldig!"

"Jag vill att du talar med mej om det. Jag vill att du bekänner för mej. Du älskade Maggie över allt på jorden, gjorde du inte det?

"Jo..."

"Du blev förbannad och du krävde hämnd?"

Han tvekade länge, men det var något inom honom som sade att det var klokt att tala sanning. Och han sade sakta "...ja..."

"Så du tog dej ombord och du dödade dom alla tre..."

Hans ögon fylldes av tårar. Detta var vad han mest av allt hade fruktat. Harry och Jenny skulle aldrig ha satt igång med ett förhör som detta. För dem var det OK att ha ihjäl ett kräk. Icke så med Suzy.

Ingen han kände skulle någonsin respektera och vilja leva med en mördare, som han.

"Ja," viskade han. "Jag dödade dem alla. Då tyckte jag det var rätt. Jag tycker inte längre så. Jag önskar jag inte gjort det. Varje natt har jag mardrömmar. Jag mördar oskyldiga människort. Människor jag älskar. I drömmarna står mamma och pappa och ser på och dom gråter över mej..."

Nu kunde han inte längre hålla tillbaka sina känslor. Tårarna rann nerför hans kinder och han snyftade okontrollerat med huvudet nerböjt och båda händerna för ansiktet.

"Nej, du skulle inte ha dödat dem. Din skuld kommer att förfölja dej till du får förlåtelse."

Hans snyftningar gjorde det omöjligt att höra vad han viskade. Hans röst var tjock. Till slut lyckades han ta ett par djupa andetag och kunde upprepa vad han nyss försökt säga:

"Ingen kan förlåta mej. Ingen kan älska och lita på en man som med berått mod mördat tre personer..."

"Du har fel! Jag älskar dej. Och där det finns kärlek finns det förlåtelse. Det onda du begick kommer att förlåtas om du uppriktigt ångrar dej och uppriktigt önskar förlåtelse. Under resten av våra liv skall vi göra det som är gott och rätt och riktigt och kompensera för det onda vi gjort."

Med baksidan av sin hand torkade han bort sina tårar. Deras blickar möttes och han skakade sakta på huvudet. Hon log mot honom och med sina båda händer smekte hon honom över hans hår och hans kinder. Hon tryckte sin kind mot hans och hon viskade i hans öra:

"Jo Mike. Du och jag skall aldrig mer ha med narkotika eller olagligheter att göra. Jag vill leva med dej. Du kommer att finna frid och harmoni hos mej. Och jag vill att du skall leva vidare genom mej med små lyckliga Mikes och Suzys."

Kapitel 56

INGRID LÅG GÖMD bakom stenmuren uppe på den högsta punkten vid Dowses Strand, helt nära strandvaktens bod. Hon granskade noga kustlinjen, det mörka vattnet och en båt, som gungade våldsamt där ute i den grova sjön och närmade sig infarten till East Bay. Med sin känsliga nattkikare kunde hon se männen ombord kämpa med något som de lämpade överbord och som försvann med ett enormt plask. Därefter vände båten och styrde ut till havs. Nu först såg hon att det var Arnold Sprenglers båt!

Var det inte någon som simmade där? Jovisst, hon såg ett par scuba dykare i svarta våtdräkter.

Hon, Ingrid, var hjärnan bakom den här operationen. Hon hade planerat allt mycket noga och med goda säkerhetsmarginaler. Ted, Michele och hon själv hade turats om att följa vad som hände och sades ombord på Arnolds fiskebåt. Under flera dagar, så gott som dygnet runt, hade de noga följt vad skepparen Jack haft för sig. Detta var första leveransen som "Jack the skipper" skulle hämta ute till havs från en Panama-registrerad fraktbåt och leverera till en samarbetsgrupp bestående av narkotika distributörer från New York och Cape Cod. För bara ett par dagar sedan hade Michele och Ingrid snappat upp ett samtal mellan två av Jacks besättningsmän, som avslöjade att en leverans var på väg. En förbipasserande Panamabåt hade på morgonen sänkt coka-bomben strax öster om Cape Cod och Jack hade plockat upp den samma eftermiddag.

Ted hade lånat en gammal Jeep för att följa efter smugglarna. Han hade lämnat den på strandens parkeringsplats, lassad med gamla rep, fiskenät och diverse fiskarutrustning, så den såg ut att tillhöra en fiskare

Dowses strand är Ostervillebonas favorittillhåll på sommaren. En vinternatt som denna är stranden totalt öde. Ungefär 50 meter från Jeepen, gömd i ett tätt enebärssnår ligger Michele platt på magen på en isolerande campingmadrass. Hon har också följt aktiviteten ombord på fiskebåten, men hon har inte vågat använda infrakameran eftersom den kunde ge utslag på radarskärmen ombord. Det var för mörkt att med blotta ögat uppfatta allt som hände. Hon mumsade på skivor av råa morötter.

"Morötter gör att ditt mörkerseende förbättras," hade Ted sagt. Han hade alltid sådana där lustiga ideer, men hon hade accepterat hans lilla påse med hemmagjorda snacks, och det var faktiskt gott..."

Plötsligt hörde hon mansröster helt nära. Suset från vinden och dånet från vågorna som bröt mot klipporna gjorde det omöjligt att uppfatta vad som sades. Plötsligt, kanske inte ens 25 meter från henne reser sig en man i svart grodmansdäkt upp bland de svarta klipporna. Micheles hjärta nästan stannade! Hon låg absolut stilla och kisade med ögonen. Då reste sig en andra grodman intill den förste.

Plötsligt syntes en bil komma körande över den stora öppna platsen. Den kom närmare och närmare. Dess starka strålkastarna svepte över parkeringsplatsen och den stannade intill Teds Jeep. De båda männen som nyss dykt upp ur havet var försvunna, men Michele kunde uppfatta deras upphetsade röster:

"Jösses! Det är en polisbil!"

"Vem sjutton har tjallat!?"

Dörren till polisbilen öppnades och en kvinnlig polis steg ut. Hon gick runt Teds Jeep, lyfte på presenningen och såg fiskeutrustningen. Hon sträckte på sig, tittade ut mot det vilda havet och gäspade.

"Det är ju för väl att det inte är en av polisens hundpatruller!" tänkte Michele. "En polishund hade omedelbart avslöjat mej!"

Poliskvinnan talade med en collega inne i bilen, gäspade igen och steg in och några ögonblick senare körde polisbilen sakta sin väg.

Ted låg gömd vid infarten till stranden. I det täta beskaget bakom planket där sommartid en strandvakt brukade sitta och ta upp entreavgifter från besökare som inte bodde året runt på Cape Cod. Bakom sig hade Ted ställt motorcykeln. Också den väl gömd för förbipasserande. Det var kallt. Han blåste i händerna och stampade med fötterna för att få upp cirkulationen. Han väntade att narkotikahandlarna skulle komma, passera honom och köra ut till parkeringsplatsen där och hämta upp den väntade leveransen. Istället kom en polisbil!. Han trodde inte sina ögon! Var polisen involverad?! Men bara några sekunder senare gled en stor silverfärgad Lincoln upp alldeles intill honom. Ljudlöst, med släckta strålkastare. Den stannade vid infarten, men svängde inte in efter polisbilen utan försvann ljudlöst upp mot Wianno Avenue i skuggorna av de höga tallarna och den täta granvegetationen utmed vägen.

Ted kunde knappt ha blivit observerad, men det skrämde honom att han inte lagt märke till den stora bilen förrän den var alldeles inpå honom. Han förblev absolut orörlig. Efter en stund kom polisbilen tillbaka efter sitt besök ute på stranden. Minuter senare dök åter den silverfärgade Lincolnen upp. Denna gången svängde den förbi grindarna ner mot stranden.

Ted hörde varningssignalen i sin radiotelefon. Två gånger två trumslag på mikrofonen. Det var Ingrid. Hon viskade: "Mich, ligg dödsstilla. Dom kommer bakom dej. Deras bil är alldeles ljudlös. Dom stiger ut ur bilen och går rakt mot dej. Jösses! Kör inte bandspelaren. Dom kan höra den. Åh Gode Gud!"

I sina öronmusslor kunde de höra Micheles hjärta slå. De hörde också tunga steg närma sig i den torra strandrågen bara några meter från Michele. Minuterna sniglade sig fram. Så hördes åter Micheles viskande röst:

"Jag ser två grodmän, som bär två stora behållare bort till bilen. Just nu är ingen närmare mej än 50 meter. Här kommer två behållare till ... och nu igen två...! Det var tydligen hela leveransen, för grodmännen försvann ner i vattnet och jag ser dem simma över till andra sidan...till Long Beach där Bennys hus ligger. Ted, se upp nu, för nu kommer bilen att passera dej. Följ den och tappa inte bort den! Ingrid och jag tar upp jakten lite senare! Så fort vi hinner!"

"Mich håll kontakt!" Nu var det Ingrids röst som hördes i telefonen. "Om några ögoblick försvinner grodgubbarna in bland tallarna på Long Beach. Vänta lite! Nu! Rusa till Jeepen! Jag springer ner på parkeringsplatsen!"

Michele sprang bort till den gamla Jeepen. Startade, körde utan ljus bort och hämtade upp Ingrid och körde ut till vägen förbi Teds gömställe, som han några minuter tidigare lämnat för att följa Lincolnen.

"Vi är på väg till "Mot 5" på motorvägen!" Teds röst hördes i radiotelefonen. "Är Ni på väg?"

Jeepen susade genom det sovande Osterville. Ted hade fortfarande comradion påkopplad och Ingrid kunde höra honom säga:

"Jag är nu uppe på motorvägen och kör västerut."

Bara några minuter senare svängde Jeepen upp på Midcape Highway eller Expressway 6 som motorvägen också kallas. Michele var helt uppskruvad när hon berättade för Ingrid hur hon sett smugglarna ta iland narkotikan.

"Den ene grodmannen var Benny," sade hon.

"Dom var bara några meter från mej och jag lade märke till något rätt lustigt. Jag var övertygad att dom skulle upptäcka mej. Jag var dö-rädd. Men jag blev alldeles lugn vid tanken på hur hel-lyckat det vore att skjuta en bedövnings spruta i deras ändor. Jag hade bössan färdig bredvid mej! Jag skulle så himla gärna vilja ge dom en läxa för livet. Det skulle visserligen kunna haverera våra planer... men nästa gång!"

"Michele, sluta! Det ska inte bli nån nästa gång! Det får vara nog nu! Inga fler galna rånöverfall. Du har ju lovat det!"

"OK, du har rätt! Nu får det vara nog! Basta! Jag har faktiskt inte längre något behov av att hämnas. Min bitterhet och min ensamhet är borta. Jag känner mig lycklig igen. Jag har ett roligt jobb. Jag har en underbar manlig partner med samma intressen som jag. Jag har dej, den bästa väninna jag nånsin kunnat drömma om. Mitt nyktra och förnuftiga jag är med din hjälp starkt och klokt nog att bemästra den indianska tokstollan i mig!"

Vid bron i Sagamore stannade Michele och gick in i en telefonkiosk och ringde DEA, dvs. narkotikapolisen. En vaken röst svarade. Michele visste att så snart samtalet gått fram startade sökningen efter henne. Var kom samtalet ifrån? Vem var det egentligen som ringde? Det var troligen redan en polisbil på väg till just den här telefonkiosken! Så, hon talade mycket snabbt:

"En stor skeppning narkotika är just nu på väg från Cape Cod. En silverfärgad Lincoln passerade för några minuter sen bron i Sagamore på väg mot Providence eller New York. Det är minst två beväpnade män med sex behållare med narkotika. Knip dom! Nu! Raska på!"

"Ett ögonblick, damen, jag ska koppla dej till jourhavande..."

Väl medveten om att detta bara var ett sätt att förhala samtalet i avsikt att fånga henne själv, lade hon på luren, sprang till Jeepen, hoppade in och återupptog jakten. Nära Bourne på vägen utmed kanalen passerades de av tre polisbilar som körde om i rasande fart. Inga sirener, inga blixtrande varningsljus.

"Hej, Ted, är du där?"

"Visst, visst. Passerade för en stund sen den välkända bogserbåten uppe på land i Bourne. Dom kör lite fortare nu. Jag ser deras röda bakljus. Det är förbaskat kallt. Jag glömde ta handskar på mej!"

Teds röst var nära och klar: "Hoppsan! här händer något framöver! En massa blinkande och blixtrande röda ljus! En långtradare har blockerat vägen. Det är poliser och blixtrande röda och blå ljus överallt! Lincolnen har kört över grönningen från sydgående till nordgående leden! Flera polisbilar har kört över till andra sidan också. Oj då! Gode Gud! Dom skjuter som galningar. Jag ser spårljuskulorna! Skulle tro att det är slutet för dom där gangstergossarna!"

Ingrid hade kört upp bredvid Ted, som stannat, satt på motorcykeln och beskådade sammandrabningen mellan polis och gangsters. Han var rödögd, som om han gråtit. På motorvägen, som leder åt andra hållet var det nu polisen som tagit kommandot. Tre män steg ut ur Lincolnen och försågs med handklovar.

"Vet ni vad! Jag har en ide! Kom, så kör vi hem!" sade Michele.

De stannade bakom Ingrids butik i Osterville och bar ut all narkotikan de hade lagrad där och lastade den i Jeepen. Sedan körde de bort till Bennys villa på Long Beach Road och stannade en bit från hans BMW. De sprang fram och tillbaka och bar i flera omgångar, flåsande, hela lasten in i Bennys BMW. Det är dåligt med sittutrymme för tre pers i framsätena på en Jeep, men de trängde in sig alla tre och körde sin väg. Nära Four Seas glassbutik finns en telefonhytt och för andra gången ringde Michele till DEA. Åter utspelades samma snabba telefonmeddelande till telefonisten, som svarade.

"Snabba på! Snabba på! Sänd flera polisbilar omedelbart till Long Beach Road nummer 750 och knip leverantören till narkotikan som ni just tog fast på motorvägen bortom Wareham! Ni kommer att finna deras våta grodmansutrustning och massor av kokain i Bennys BMW! Raska på! Knip dom!"

"Snälla damen, vänta ett ögonblick, vi behöver tala med er!"

"Har finns ingen tid till att prata. Detta är den enda chansen ni har att få fast hela den här gangsterligan! Raska på! Raska på!"

Michele lade på luren och körde sedan hem till Barnstable Harbor. Klockan var nu fyra på morgonen och det var fortfarande mörkt. Skyarna i öster började så smått skifta i rosa. Vinden hade mojnat. Deras hektiska natt skulle följas av en underbar, solig vårdag.

Kapitel 57

DE HADE TRÄFFATS dagligen den sista tiden. Inte bara för att arbeta på Micheles projekt, utan för att både han och hon varit ensamma och nu funnit någon de fann nöje att vara tillsamman med. De hade just avslutat några timmar i konstgallerierna i Wellfleet. Alec höll upp bildörren för Michele och hon steg in. Han startade Rollsen och körde i tystnad hemåt.

"Wellfleet är som ingen annan plats på Cape Cod," sade han. "Det är en stad som vill bli lämnad i fred, behållas sin karakteristiska atmosfär, i ödmjukhet och tystnad. Hur kan det komma sig att det finns så många verkligt fina konstsalonger där och hur kan dom överleva utan att profaneras?"

"Dom ägs och drivs av konsälskare, som skapat den här atmosfären, som stimulerar både artister, konstälskare och kontköpare. Jag älskar Wellfleet. Jag gillar akvarellerna vi just såg. Jag gillar akvarelltraditionen vi ärvt från Gamla Goda och Glada England. Var någonstans i hela världen finner du denna tradition av artistisk känsla och denna överlägna skicklighet i att bemästra den krävande kunskap och teknik som avancerad aquarellmålning kräver? Bara på Britiska öarna och här i New England."

"Nästa gång vi är här köper vi en..."

"Vi?"

"Javiss, vi! Du och jag. Vi kunde hänga den i vår studio!"

"Den skulle passa fint i min studio, förståss!"

"Naturligtvis kommer den att göra det. Jag kommer att gilla att se den där, när vi jobbar tillsamman. Mich, jag har nåt jag skulle vilja tala med dej om." Han körde in till vägkanten och stängde av motorn. Hon log mot honom.

"Käraste," började han, "kanske det är vansinnigt av en gammal man som jag att säga detta. Jag har svårt att hitta dom rätta orden..."

"Alec, käraste. Har jag smittat ner dej? Är du också förälskad?"

Han nickade.

"Alec, jag har också något allvarligt att tala med dig om. Kan vi tala om kärlek lite senare?"

Hon berättade allt från början. Berättade om de vansinniga äventyren tillsamman med Ingrid och Ted. Hon berättade om deras bakhåll och deras rånöverfall, om alla pengar de stulit och den oreda de skapat i narkotikahandlarnas relationer och affärer. När hon berättade om Arnold fick hon klart för sig att hon troligen sagt för mycket, Alecs son skulle ju gifta sig med Arnolds dotter... Hon blev plötsligt alldeles tyst.

"Jag är ledsen, jag tänkte inte på Cathy och Henry..."

"Ingen skada skedd! Cathy är en toppentös! Precis den rätta för min son. Jag tror inte hennes far är den ende som fallit för frestelsen att göra några snabba klipp och kvickt ta hem en förmögenhet. Cathy har redan förklarat för mig några av deras problem. Jag förstår också att Du med ditt snabba intellekt fallit för frestelen att ingripa mot Arnold och gängen med kallhamrade gangsters för att stoppa deras destruktiva hantering och kanske omedvetet hämnas oförrätter du utsatts för. Men för dig, att med fara för ditt liv bekämpa fullständigt hämningslösa gangsters, och privat göra polismäns arbete, det är inte bara dumt, det är helt enkelt rena vansinnet!"

Istället för att köra hem den tråkiga motorvägen valde Alec att köra 6A, och njuta av skönheten och atmosfären längs Old Kings Highway med nyklippta häckar, buskar och gräsmattor, nymålade vita staket och hus. Kastanjerna och dogwooden blommade. Det gamla,

"Olde Cape Cod" visade just nu upp sina vackraste och charmigaste sidor.

"Ingrid och jag," sade Michele, "har beslutat att Ostervillekuppen var vårt sista ingrepp. Härom dagen såg jag Cathy på promenad med Arnold. Han satt i rullstol och hon körde den. Hon är en remarkabel kvinna. Jag är rädd att busarna kommer efter Arnold. Då är även hon i livsfara... Och allt är mitt fel..."

De körde genom en tunnel av nyutslagen grönska och knoppande träd.

"Mich?"

"Ja, käraste."

"Skulle du kunna tänka dej att gifta dej igen?"

Hon hade väntat att hans skulle ställa den frågan.

"Jag tror aldrig någonsin jag kan växa ihop med en man igen, så som Rich och jag växte samman. När han dog. Dog halva jag. All min lust att leva all livsglädje bara försvann."

"Jag tycker du har hämtat dej ganska bra. Du ser ut att pysa över av livslust."

"Tack vare Ingrid och Ted är jag inte längre ensam och tack var dej börjar livet åter le lite mot mej..."

"Att träffa dej har förändrat mitt liv också." sade Alec. "Tror du att du skulle kunna... tror du att du skulle kunna leva tillsammans med mej?"

"Jag tror det är värt att försöka," sade hon och log.

"Låt oss arbeta tillsamman och vara mycket tillsamman och ha roligt tillsamman och tala om allt, allt med varann så kan vi finna ut om vi klarar av varann. Om vi klarar det så beslutar vi oss då."

Vid trafikljusen i Barnstable Village borde Alec svänga höger ner till Barnstables hamn, men istället körde han rakt fram genom byn.

"Du glömde svänga höger! Du vet kanske att jag bor där nere vid hamnen..."

"Hur vore det med middag på "Regatta" i Cotuit?"

"Ja! Låt oss fira vår hemliga förlovning!"

Denna utsökta restaurang har en rik tradition för finsmakare och är rätt ställe att fira en glad tilldragelse. De anvisades ett bord helt nära den öppna brasan. Alec beställde in champagne.

"Får jag lov att kyssa dej?"

"Du har min tillåtelse," sade hon, blundade och putade med munnen. Han höll hennes huvud mellan sina båda händer, varsamt möttes deras läppar i en lång kyss, som förmedlade omtanke, ömhet och på ett märkligt vis även livsglädje.

"Du kommer inte att ångra dej." sade han.

"Jag skall göra dig stolt över mej," sade hon. Jag skall göra livet skönt för dej och vi ska ha det bra tillsamman, du och jag."

Hon såg in i hans ögon. Hennes hand smekte sakta hans kind. Det kändes så rätt att vara med honom.

"Nu! Låt oss tala om pengar! För mycket pengar är tydligen ett av era problem!"

"Ingrid och Ted borde egentligen vara med i den diskussionen..."

"Vi skulle kunna presentera dem följande förslag:

"Alla pengar skall bli kvar i er ägo. Rätt investerade borde de generera mellan femton och tjugofem procent. Avkastningen delar vi i tre delar: En tredjedel går till att expandera fonden, en tredjedel till skatter och kostnader och den sista tredjedelen går till ett enda årligt välgörenhets projekt. Ni ska undvika att dela upp pengarna på flera små donnationer. Vi måste ta rätt på var pengar behövs och var de kan komma till nytta med ett minimum av byråkrati och administrativa kostnader. En gång om året beslutar vi vart pengarna skall gå."

"Detta är ju knarkpengar, så jag föreslår att vi söker efter objekt bland offer för narkotika, vård av barn som förlorat föräldrar, barn som inte fått någon utblidning, barn som inte kan skriva och läsa, ensamma, hemlösa... Aktiviteter som håller ungdomar borta från knark. Vi ska hjälpa dem att finna jobb och flytta ut ur ghetton. Det finns flera organisationer där lite mer pengar betyder stora framsteg."

"Tycker du inte vi ska överlämna pengarna till myndigheterna?"

Hon gav honom ett provokativt leede.

"Skojar du med mej?" sade Alec och skrattade.

"Washington måste först lära sig att landets största tillgång är dess folk! Den dag våra sittande och kommande presidenter och deras hjälpredor förstår att uppträda som råmodeller och visar att dom bryr sig mer om folket än sina egna intressen och den ekonomiska elitens pengar, först då kan man börja lita på Washington. Vi måste låta oss styras av sunt förnuft och mänsklighet. Vi ska ge dessa pengar till offer för narkotikan på vårt eget lilla vis."

"Jag tillhör en privilegierad överklass, ja. Jag kan inse att arbete skapar pengar innan pengar skapar arbete. Idag skapar inte pengar arbete här hemma, däremot skapar den amerikanska eliten jobb ute i världen till löner så ynkliga att hela USA skulle skämmas att anlita arbetare till sådana slavlöner runt om i världen! Därför skall inkomster från välstånd beskattas liksom arbetsinkomster skall beskattas och lågprisprodukter producerade utomlands med låglönad arbetskraft skall beskattas för att samhället skall kunna erbjuda gratis skolor för alla, sjukvård för alla, bostäder för alla och mat för alla, och bistånd till underutvecklade länder vars arbetskraft och naturtillgångar vi utnyttjar. Vi, eliten har ett ansvar inte bara för vårt arv och våra barns framtid utan för vårt samhälle, för alla barn, för alla barns hälsa och utbildning, för alla hungriga, hemlösa och utslagna. Vi får inte lov att skapa hat bland de fattiga här hemma eller runt om i världen...

Vi måste visa att vi är positiva till en kristen livsstil och beredda att dela med oss..."

"Du är en Britisk Lord, inte sant?"

"Jo, kära du. Jag är adlig, en överklassare, som är stolt över min amerikanska hustrus inflytande på mej. Jag tillhör överhuset, House of Lords, men Nobless oblige!"

De åt hälleflundra, fångad samma dag av en fiskare, som bodde lite längre ner på gatan. Vinet till blev Chateau Neuf du Pape... Till dessert bjöds uppfriskande key-lime-paj. Vinet till pajen var en sval Eiswein Riessling. Michele överraskade sig själv med att finna nöje i att bara möta hans blick och le tillbaka. Om hon någonsin skulle kunna bli lycklig med en man igen, var detta den atmosfär av samhörighet hon önskade, denna humanism där ideer ständigt föddes ur erfarenhet och kunskap, där ansvar för andra var självklar, denna trygghet och samhörighet...

"Här sitter jag och bara njuter varje ögonblick utan att säga ett ord," sade hon. "Vad jag verkligen ville och känner för är att hoppa upp och skrika ut min glädje och lycka. Snälle Alec tag mej hem och ge mej en stor kram. Jag lovar att bli din käraste och bästa vän. Jag älskar, älskar, älskar dej!"

Hennes ögeon var fyllda av tårar. Med armbågarna på bordet och med händerna för ansiktet grät hon tyst och stilla.

"Jag älskar dej," sade han. "Du är verkligen en liten kämpe kämpe! Du är verkligen en toppentös! Vi kör hem till ditt. Du har berättat om sköna kvällar framför brasan hemma hos Ted och Ingrid. Nu är det vår tur att bjuda in dom till en sån kväll hemma hos oss. Kom så går vi!"

Han hade redan betalt notan, och sträckte sig fram och erbjöd henne sin näsduk. Hon torkade tårarna och satt och höll näsduken hårt knuten i ena handen, när hovmästarinnan kom fram till henne, lade försiktigt handen på hennes arm och frågade viskande: " Madame, får jag erbjuda er ett glas riktigt god Sherry. Det brukar hjälpa! Vi bjuder!"

"Oh, tusen tack, det var verkligen väldigt rart, men nej tack! Jag är allright. Det är bara det att jag är så himla lycklig!"

De båda kvinnornas blickar möttes. Båda nickade till varann.

Alec tände en brasa medan Micheles gick över till sina svenska vänner och bjöd in dem på en liten kvällsvickning. De kom genast med. När Michele tände ljusen sade hon:

"Alec har kommit upp med en plan på vad vi ska göra med knarkpengarna. Jag tycker hans ide är bra och vi skulle vilja höra vad ni tycker."

Ingrid stirrade på Michele: "Vad har hänt med dej. Du har gråtit, men du ser ju ut att var den lyckligaste på jorden! Vet ni vad,jag kände det med en gång. Du strålar av lycka. Ska ni två...?"

"Ingrid!" avbröt Ted , "...egentligen borde du inte vara så..."

"Dumheter! Hade Michele och jag varit ensamma hade jag genast frågat henne om hon och Alec tänker..."

Nu var det Alec som avbröt henne: "Jo vi har bestämt att gifta oss. Michele har samtyckt till att bli min hustru. Det har du väl? Mich!"

"Jovisst, käraste!"

"Gratulerar, gratulerar Alec! Du har fattat ett beslut du aldrig kommer att ångra! Jag rusar över och hämtar en flaska Mum!" sade Ted. Han försvann och var tillbaka efter några minuter. Alla hurrade alla när korken flög upp i taket och lämnade ett märke där. Ett litet märke som skulle komma dem att minnas ett mycket lyckligt ögonblick.

Michele satt i Alecs knä när han berättade om deras plan. Hon körde sina fingrar genom hans burriga vita hår. Gamla minnen kom över henne och hon tyckte sig sitta i Richards knä. Hon hörde inte längre vad de andra sade. Hon funderade för sig själv:

"Richard skulle nog inte tycka det var fel att jag bryr mej om hans närmaste vän och att hans närmaste vän bryr sej om mej när vi båda är ensamma och ledsna och kan hjälpa varann."

Hennes tankar hade gjort henne fullkomligt frånvarande. Men så fångade hon Ingrids blick och viskade till henne: "Tack ska du ha för att du drog upp frågan."

Kapitel 58

Michele och Alec mötte oss vid Los Angeles International Airport och dom körde Väg 405 ner mot Alecs sommarvilla i Newport Beach. RollsRoycen stannade dödstyst och omärkbart utanför villan. En butler hälsade oss välkomna och bar upp vårt bagage till gästrummen på andra våningen. Ingrid och jag hade knappt hunnit titta ut över hamnen och beundra utsikten förrän vi ombads att komma ner på en välkomstdrink. Utanför, längs matsalen och sällskapsrummet löpte en brygga där Alecs 48 foots motorkryssare och 46 foots yawl låg förtöjda.

Detta är vår vän Teds berättelse som jag vill relatera...

Alec mötte oss med en drink i varje hand... Det var något han ville säga...

"jo, jag har under en längre tid misstänkt att husägaren där på andra sidan hamninfarten är en knarkimportör," sade han och pekade.

"Det vore väldigt intressant att med hjälp av Micheles jaktutrustning försöka finna ut vad som pågår där och sen spela dom ett rejält spratt!"

"Ja", sade Michele, "jag tog naturligtvis med mej mina prylar. Man vet ju aldrig om man plötsligt hittar några ovanliga eller intressanta fåglar..."

"Tyvärr är den där sorten inte längre sällsynta...! sade Ingrid och fortsatte: "Men, har vi inte fått nog av den här sortens underhållning.

Jag gillar inte längre att leka med fullständigt hänsynslösa råskinn, samvetslösa mördare och penning-galna storfräsare i gangster-världen!"

Ted visste mycket väl att hans hustru inte gillade någon slags privat form av polis-aktivitet, trots att den inbragt många, många miljoner under det gågna året och straffat flera riktigt fula busar.

"Att råna gangsters är visserligen lukrativt och stimulerande, och inte riskfritt. men Ingrid, du måste medge att det var faschinerande och ibland rätt kul. Mycket roligare och mer lönsamt än att driva några modebutiker..." Michele tittade på sin svenska väninna.

"Ursprungligen gav vi oss in i den här häxdansen eller skall vi kalla det ormdansen för vi ville stoppa en parasiterande samhällssvulst som mördar massor av ungdomar. Vi ville snuva ett par supergiriga, samvetslösa knarkhandlare, som samhälle och polis inte kunde rå på..." Ingrid talade som till sej själv.

"Det är en förpillat god anledning att handla, min vän, sade Alec och fortsatte:

"Där bor en man i Louisiana, som från ingenting jobbat sig upp till multimillionär. Han betalar college och universitets- studier för alla undromar i det närliggande skoldistriktet, alla, som fullföljer fyra krav: 1. Som lovar att inte använda vare sig knark eller sprit, 2, som avstår from varje form av olaglighet och 3, som har minst B i alla ämnen... och för flickorna: 4, att inte bli gravida."

"Om vi anväder våra stulna pengar till något liknande, är jag med på att slå ut knarkgangsters," sade Ted. "förutsatt förståss att Ingrid är med på planerna."

"Utmärkt, sade Alec, "om vi bara kunde komma överens om det, så hänger jag också med. Låt oss skapa en fond, som lovar att vi stöder barn och ensamma mödrar i verkligt hopplöst förslummade bostadsområden, där knark är orsaken till eländet."

Michele monterade upp sin parabol mikrofon och riktade den mot det misstänkta huset. Alecs misstankar visade sig väl grundade. Det dröjde inte länge förrän man kunde avlyssna ett samtal, som avslöjade en kommande storaffär. En kokainleverans värd elva miljoner dollar var omedelbart förestående. En lastbil från ett av landets största, välkända åkerier var hyrd för transporten från Mexikanska gränsen...

De tre männen där uppe på takterrassen såg verkligen inte ut som gangsters. Den ene var en blond muskulös gosse i tjugoårsåldern med ett sympatiskt utseende. Den andre var en snygg, lite feminin herre, också han bara lite över tjugo år med en feminin frisyr, tjockt kortklippt shinglat hår. Han var bara klädd i badbyxor och en T-shirt. Han talade med Mexikansk brytning. Värden tycktes vara vit, starkt solbränd och helt klädd i vitt. Hans mörka hår hade stänk av silver vid tinningarna och hans blå ögon var strålande och livliga. Ingen av de tre såg ut att kunna vara involverad i någon form av olaglig aktivitet.

Parabolmikrofonen registrerade varje ord och allt spelades in. De tre mänen bekräftade sin överenskommelse med handskakningar. Den unge mannen med badbyxor, de kallade honom Roy, promenerade ner till bryggan där han hystade i ett sailboard. Med ett stort blå-vitt-rött segel i händerna steg han försiktigt ombord på segelsurfbrädan och erfaret balanserande seglade han ut i strömmen av passerande segelbåtar och motorkryssare. Den andre gästen, som värden kallat Leo, gick genom villan och ut på gatan på baksidan. Ett ögonblick senare hördes en bil starta och mellan husen kunde man se att han for iväg i en vit, tvåsitsig Jaguar.

Värden, som satt kvar på takterrassen grabbade sin celltelefon och hade ett kort samtal med en man som uppenbarligen var kokainleverantören. De kom överens om att två män i en öppen sportbil skulle på Torsdag klockan 12 på dagen komma med pengarna i en aluminiumväska till korsningen av Passific Coastal Highway and Wilshire Boulevard. Leverantören skulle då vara där med leveransen. Pengarna i aluminiumväskan och lastbilen skulle då byta ägare. Senare på kvällen skulle den tömda lastbilen återlämnas på parkeringsplatsen där San Diego Highway når Huntington Beach.

"Nå Ingrid," sade Alec efter att ha spelat upp samtalet och alla uppmärksamt lyssnat på det. "Om du tycker vi ska skippa där här projectet, så skippar vi det. Men om Du tycker att elva miljoner betyder en fin stjärnsmäll i busens solar plexus, så låt oss sätta igång och planera och göra upp en strategi."

Ingrid satt med blicken fästad vid golver framför sig, koncentrerad, tänkande... Efter en lång stunds tystnad tittade hon upp och sade nästan viskande:

"Låt oss disutera scenariot i minska detalj, varje minut i planen. Vi behöver flera alternativa flyktmöjligheter och först när vi har pengarna tycker jag vi diskuterar hur dom skall spenderas."

Alec log och nickade. Han gillade svaret från den smärta, smarta, skärpta och välorganiserade och otroligt snabbtänkta svenska affärskvinnan.

Middagen var serverad, grillad tonfisk med annanasris och kokta baby grönsaker. Till dessert serverades katrinplommonsuffle och vaniljglass med holländska chokladflingor och till kaffet efter maten kunde man välja mellan ett glas Strega eller en kupa Remy Martin. En superb meny för gourmander.

När nörkret föll, fortsatte man planeringen av kuppen medan månskenet glittrade som silver i vattnet. Trots den sena timmen var båttrafiken intensiv och överallt kunde man se folk som satt och samtalade vid fladdrande stearinljus ute på bryggor, ombord på båtar, på balkonger och uppe på takterrasser. Alla njöt av den vackra, ljumma sommarnatten.

Ingrid och Michele tillbringade hela nästa förmiddag med att i detalj planera för varje minut och varje tänkbar situation som kuppen skulle kunna innebära. Sedan gick de och köpte kompletterande utrustnng som kunde behövas för en snabb, sofistikerad och säker rånkupp och en ännu snabbare, listigare och för busarna oförutsebar flykt från brottsplatsen.

Alec och Ted skulle bara agera supporters och kolla att allt gick efter planerna och dom skulle endast ingripa i händelse av komplikationer. Nu satt de i Rolls Roycen såg framför sig den tvåsitsiga Jaguaren, med de båda männen de kände igen från mötet uppe på takterrassen. De hade sett mannen bredvid föraren bära aluminiumväskan, som om några minuter skulle överlämnas till leverantören i utbyte mot lastbilen med kokainet.

De såg också Michele och Ingrid på motorcykeln två bilar bakom Jaguaren. Trafiken på Väg 405 stod stilla sedan ett par minuter. Bilarna stod "bumper to bumper". Dvs. Kofångare mot kofångare ungeför en kilometer bakigenom. Ted såg också den vita Mercedes han sett parkerad nedanför huset med takterrassen. I den satt mannen i den vita kostymen. Han satt fast i bilkön ungefär 5 bilar bakom den vita Jaguaren. Med täta mellanrum talade mannen vid ratten i Jaguaren... troligen med mannen i Mercedesen. Ingrid hade oavbruten telefonkontakt med Ted.

"Här är bästa ställen," sade plötsligt Michele och körde upp jämsides med Jaguaren. Hon och Ingrid hade var sin elektrisk stun-gun. Inom ett par sekunder satt de båda männen med stelfrusna blickar, medan Ingrid hoppade av, grabbade aluminiumväskan med pengarna och snabbt hoppade tillbaka upp på motorcykeln bakom Michele, som gav full gas. På bara några få sekunder var de flera hundra meter framför Jaguaren. Hela operationen hade tagit ca. trettio sekunder. Jaguaren med de två medvetslösa mänen stoppade all trafik. Det gick en bra stund innan männen i Mercedesen fick klart för sig vad som hänt. Mannen i den vita kostymen steg ur Mercedesen och sprang fram till Jaguaren. Han talade med flera, som satt i bilarna strax intill och som bevittnat rånet.

Han talade upphetsat i telefonen. Inom ett par minuter stannade två män på två motorcyklar vid Jaguaren och samtalade sedan med mannen i den vita kostymen. Sen for dom i vansinnig fart efter Michele och Ingrid.

"Mich!" Ted ropade i sin telefon.

"Vi knep den! Vi knep den!" skrek Michele tillbaka.

"Michele! Lyssna! Två män på snabba motorcyklar jagar er! Ni har ungefär tre minuters försprång! Kör av motorvägen! För där, på raksträckorna hinner dom lätt ikapp er! Vi kör med plan C! Vi ses!"

Trafiken flöt åter och Alec lät Rolls Roycen visa sina fartresurser och det dröjde inte länge förrän han stannade framför sin villa.

Michele körde så fort Hondan förmådde. Tidvis 150 km i timmen. Nu var hon jagad inte bara av två gangsters utan också av flera poliser i bilar och på motorcyklar. Den vilda jakten först ner till det lilla samhället Newport Beach och sen kors och tvärs genom gatorna där. De mer motorcykelvana gangsterna var alldeles bakom Mich när hon fann sig i en återvändsgränd, som slutade med en pir ut i hamnen. Flera lustjakter och fiskebåtar var förtöjda där.

Alec och Ted hade medan jakten pågått rusat ner till Alecs stora motorkryssare och var snabbt ute i hamen just lagom för att bevittna hur Michele och Ingrid i full fräs körde ut på piren och sittande på Hondan gjorde ett säkert 25 meter långt skutt ut i hamnbassängen och försvann i en enorm kaskad av skum.

Med stora leenden bevittnade de båda motorcykelgangsterna plasket.

Polisbilarna parkerade vid pirens början. Polismän på motorcyklar steg av och skakade på huvudena. Alla väntade bara på att två drypande figurer skulle uppenbara sig och ropa på hjälp. Alla väntade och väntade. Vågorna lade sig och vattenytan blev åter som en spegel. Inga drunknade flöt upp! Ingen motorcykel! Ingen väska full med sedlar!

Folk runt omkring skrattade och tog för givet att det hela var ett arangemang med ett Holywood team och en filminspelning. En av polisens grodmän kom till platsen och försvann i vattnet. Efter en lång stund dök hans säl-liknade huvud upp. Grodmannen vinkade och ruskade på huvudet. Inte ett spår varken efter någon motorcykel eller några drunknade motorcykelmän!

Mitt i vattenvägen utanför pipren hade Alec legat och väntat med sin motorkryssare. Ingrid och Michele hade hela tiden varit iförda grodmansdräkter, med syrgasbehållare. Så snart de kom under vattnet hade de dragit på sig syrgasmaskerna och cyklopögonen och sedan simmat under vattnet, dragande motorcykeln och väskan efter sig fram till ankarlinan som Alec hade hängt ut. Motorcykeln och väskan bands fast vid ankaret och med ett ryck i en signallina fick Alec och Ted klart för sig att det var tid att köra ut ur hamnen med penningväskan och motorcykeln fastbundna vid ankartrossen.

Michele och Ingrid simmade under vattnet bort till Alecs brygga och in under den. Där klädde de om sig och gick upp i huset. Alec styrde båten med dess undervattensfångst ut ut hamnen och satte kurs mot Corona Del Sol där han lämnade motorcykeln hos en vän. Där väntade också butlern med Rolls Roycen och alla tre åkte raka vägen hem.

När Alec och Ted bärande på väskan öppnade dörren möttes de med kyssar och stora kramar. Champagne i trumpetglas stod på bordet och under glada skratt drack man varandra till!

Kapitel 59

HON STOD I dörren. Hon såg ledsen och vilsen ut. Arnold kände först inte igen henne, den spinkiga, trötta lilla kvinnan. Hennes ansikte saknade varje uttryck av igenkännande eller känsla. Hon studerade hans bleka ansikte, det grå håret, den osäkra blicken. Hans hals var skrynklig, han var slarvigt rakad. Peppar-och-salt färgad skäggstubb täckte hans kinder. Där fanns bruna leverfräckar hon tidigare aldrig sett på hans händer och tinningar. På handen satt den ring hon givit honom för mer än 30 år sen

"Idag är dagen," sade hon. "Jag har kommit för att ta med dej hem."

Hennes röst väckte honom upp till verkligheten. Detta var Sara. Hans Sara, den enda han någonsin varit förälskad i. Kvinnan vars barn han hjälp till att mörda, vars drömmar om ett harmoniskt liv och en lycklig familj han brutalt grusat. Som varit en trogen och hjälpsam hustru. Som givit honom råd, som om han följt dem medfört att båda barnen levat och han själv varit en ärlig och laglydig man.

"Jag vill be dig om förlåtelse." Han talade lågmält och långsamt.

"Jag har varit en dålig äkta man för dej och en dålig pappa till våra barn. Jag är uppriktigt ledsen över den sorg och de lidande jag åsamkat dej och Cathy. Jag är väldigt ledsen över mina handlingar och jag ber dej försöka förlåta mej."

"Gud har givit dej det straff du förtjänat." svarade Sara. "Vårt barn dog som en följd av din hjärtlöshet och ditt sjuka penningbegär. Om jag fick bestämma skulle alla som är involverade i narkotikahandeln brännas i helvetet. Men Herren är mer förlåtande än jag. Och det är min kristna plikt att säga dig att jag förlåter, men uppriktigt sagt kommer det att ta mitt hjärta lång, lång tid att verkligen mena det."

Hon satte sig ner på sängkanten och tog hans hand och rörde vid vigselringen:

"Jag kan tänka mig att förlåta dej om du tar din invaliditet utan självömkan och om du anstränger dig att gottgöra för det onda du ställt till med."

"Jag är så glad att du kom, Sara. Jag lovar att aldig mer svika dej. Jag har längtat efter dej och att få tala med dej. Jag älskar dej!"

"Du är en duktig advokat, Arnold. Du vet precis dom rätta orden. Men du rör ihop begreppen. Du älskade mej en gång för länge sen. Du älskar dej själv mest av alla, och du älskar Cathy för att hon räddade ditt liv. Nej, Arnold du älskar inte mej längre. Det du känner är inte kärlek. Det är skam.

"Min Arnold, som jag älskade, dog med Maggie. Men jag är också skyldig för vår olycka. Jag skulle tagit dej bort från dina onda affärsbekanta. Jag skulle sagt ifrån på skarpen att knarkpengar är onda pengar, varken mina flickor eller jag vill ha dom eller behöver dom. Försvinn med ditt Judas-silver!"

Detta var den kvinna han älskade av hela sitt hjärta. Han älskade hennes beslutsamhet, hennes klara uppfattning om vad som är rätt och vad som är fel, och för hennes klart uttryckta uppfattning om vad hon står för. Aldrig tidigare hade han hört henne tala om Gud som nu. Men ha förstod att det måste vara hennes samhörighet med Gud som gjort att hon kommit hit nu för att hjälpa honom och att anstränga sig att förlåta.

En sköterska kom in och förklarade Arnolds skador för Sara. Hon talade om vilka nerver som var skadade och omöjliga att reparera och vilka nerver läkarna hoppades skulle kunna fungera med rätt behandling. Hon gick igenom utrustning som fordrades för hans vård, hur han kunde badas och hjälpas på toa och om vården av hans ömtåliga hud. Varje detalj. Hon hade ett shema för den dagliga rutinen och vården, och telefonnummer hon kunde ringa för hjälp och råd. Med rätt vård skulle han senare själv kunna hjälpa till med mycket han just nu var oförmögen till. Tillsamman klädde de båda kvinnorna honom och satte honom i en rullstol.

"Det är en väldigt krävande arbetsuppgift ni åtar er, fru Sprengler. Ni kommer att uppleva ögonbllick då ni ångrar att ni accepterat den. Vi vet hur besvärliga patienter är! Men, advokaten Sprengler klagade aldrig, bad aldrig om förmåner, var aldrig irriterad eller sa stygga saker om någon. Han orsakade aldrig några problem. Han var en önskepatient!"

Sköterskan talade medan hon rullade ut Arnold till den väntande ambulansen. Hon överlämnade en väska med informationsmateral, medikament och tillbehör som skulle underlätta vårdarbetet.

"Lycka till, Fru Sprengler! Jag kommer att ringa och höra hur det går och ni kan ringa mej om ni inte orkar med allt och om ni behöver fråga om något. Och Herr Sprengler, Tusen tack för att ni varit en sådan rar och tålig patient. Lycka till!"

Sara satt bredvid sin man i ambulansen.

"Om du visste vad lycklig jag är att vara på väg hem tillsammans med dej," sade Arnold. Det var allt som sades under den en-och-en halv timme långa bilresan. Sara visste inte vad hon skulle säga. Hon tog hans hand och höll den i sina händer hela vägen hem.

Cathy var där och välkomnade dem. När Arnold i rullstolen passerade förbi sin BMW lade han märke till två kulhål just bakom förarsätet. Det rådde ingen tvekan om att bilen blivit beskjuten. Han förstod det genast. Bara Cathy och Sara hade kört bilen och ingen av dem tycktes ha märkt något. Han nämnde inget om upptäckten.

Brölloppet mellan Cathy och Henry ägde rum på midsommardagen i Saint Marys Episcopala Kyrka i Barnstable. Den vackra lilla kyrkan var dekorerad med tusentals sommarblommor. Cathys släkt var representerad av Sara och Arnold, farmorn ifrån

Florida och moster Loulou med morbror Maxi. Arnold i sin rullstol var placerad intill Sara. Ingrid och Ted satt bland Cathys vänner. Mike och Suzy var också där.

Henrys släkt och vänner var representerade av hans mammas familj i Osterville, en stor grupp vänner till Henry som stojade och pratade både utanför och inne i kyrkan. Alec och Michele satt på först raden. Cathy var en underbart vacker brud. Hon gick ned för kyrkgången fram mot altaret arm i arm med Morbror Maxi. Han bar sina år väl. Siverhårig och med stram militärisk hållning. Efter vigseln for alla gästerna till Alecs villa i Osterville. Ett stort jazzband spelade i trädgården. En bar serverade drinkar och god mat bars ut av ett tiotal tonåriga töser, som tycktes känna alla Henrys vänner. Stämningen var hög. Ingrid dansade med Alec och Ted dansade med bruden. Och när Ted dansat med Michele och Ingrid dansat med Henry, och både Alec och Henry dansat med Sara, hjälpte alla Sara att få ombord Arnold i deras nya stadsjeep, som hade en rullstolshiss baktill. Farmor Sprengler satte sig tyst intill Arnold och lade en hand på hans arm. Sara körde och var glad och upphetsad. Hon talade i ett:

”Var inte vår Cathy den sötaste brud ni nånsin sett! Och när hon kom ut ur kyrkan och såg hopen, var det inte tokigt att hon vände sig om och kastade sin brudbukett över axeln högt upp i luften och var det inte tokigt att den hamnade i armarna på vår granne Michele, som rodnade som en tonåring!”

Ingrid och Ted erbjöds skjuts tillsamman med Michele i Alecs Rolls, och Moster Loulou och Morbror Maxi följde efter i deras Cadillac.

När Sara parkerat vinkade Arnold till Ingrid och Ted att tillsammans med Michele och Alec komma över på en drink. Alla samlades på Sprenglers veranda. Det var en härlig sommarnatt, stjärnklar och ljummen. Det doftade av kaprifol och tallbar. En salt, fräsch vind fläktade in från bukten.

”Ingrid,” sade Sara. ”Vi vill tacka dej för att du varit så snäll och hjälpsam mot vår dotter. Cathy har berättat att hon bott över hos er och att du hämtat upp henne vid flygbussen från Logan och att ni kört henne till Boston så hon kunde besöka Arnold på sjukhuset."

"Cathy och jag har blivit goda vänner," sade Ingríd. "Jag hoppas att hon och du och jag kan träffas ofta".

Alec, Ted och Arnold drack Scotch Whiskey och damerna smuttade på gin och tonic.

Plötsligt säger Arnold med hög röst: "Jag har beslutat att under resten av mitt liv bekämpa narkotikahandeln, narkotikasäljare och knarkköpare. Och jag ska hjälpa dess offer. Var börjar jag?

Gästerna utbytte blickar. Michele ville inte tala om narkotika handel...

Lekte han katt och råtta med henne?

"Börja med fängelserna," sade Ingrid utan att tveka. Alla som vårt samhälle har hand om måste vara skyddade i en knarkfri miljö. Alla som lämnar fängelserna måste vara garanterade en knarkfri start. Börja där!"

"Det har jag bara aldrig tänkt på," sade Arnold och såg fundersam ut.

Det var mörkt när gästerna sade godnatt. Arnold satt i sin rullstol och tittade på stjärnorna. Han var lycklig över Cathys val av man. Han gillade Henrys far också, och han gillade definitivt Cathys nya hem. Men kulhålen i hans egen BMW visade att någon var ute efter honom. Skulle nu igen hans involvment med kriminella element bringa död och sorg över hans familj. Han måste finna en väg ut ur skräcken.

Kapitel 60

MICHELE SKULLE JUST gå till sängs när telefonen ringde. Det var Ted.

"Michele! Såg du kulhålen i Arnolds bil? Någon har försökt göra sig av med honom. Någon har skjutit på bilen utan att se efter vem som körde!

Jag såg just en av busarnas Lincoln köra ner i gatan, när jag var på väg in. De har kommit för att knipa Arnold! Tag din bössa och spring till fönstret. Rusa! För Guds skull skynda dej."

Michele, bara klädd i sitt långa svarta nattlinne rusade ner och fick fatt i sitt FN gevär. Halvvägs upp för trappan tappade hon ammunitionsasken och patronerna flög runt ikring. Hon samlade ihop en handfull skott och kom fram till fönstret just lagom för att se en man hålla upp en pistol riktad mot Arnolds huvud. Mannen skrek åt Sara att stå still. Annars skulle hon skjutas också.

Arnold gjorde det enda förnuftiga. Han började tala:

"OK. Ni tror det är nödvändigt att göra er av med mej. Varför? Jag vet inte ens vilka ni är eller vad ni heter. Ni borde åtminstone tala om för min fru och mej vad jag har gjort er. Jag skall tala om för er om ni har rätt eller fel. Jag är inte rädd för att dö, men jag vill att ni och min fru skall veta sanningen och sanningen är att jag har inte rånat någon eller lurat någon. Någon har ingripit mot Bolivar och Cavallo. Båda har förlorat rejäla summor med pengar.. Men jag har inget med stölderna att göra."

Mannen vid ratten rullade ner rutan och ropade: "För sjutton gubbar slösa inte bort vår tid. Vi har brådis! Skjut honom och låt oss komma iväg! Skjut tanten också. Vad ska vi med henne till. Vi behöver inga vittnen! Sätt igång för tusan! Nu! Varför får du inget gjort? Sno på!"

Sara avbröt honom med hög röst:

"Var snälla skjut inte min man! Han är oskyldig. Ni kan väl se att han inte kan göra er något längre. Det är jag som ligger bakom alla rånen!"

Hon försökte låta bestämd och övertygande. Mannen med pistolen hade låtit vapnet sjunka, men nu höjde han det och riktade det åter mot Arnolds huvud. Ett skott brann av. Ekot dunsade fram och tillbaka mellan husen. Sara kastade sej över Arnold och täckte honom med sin kropp. Hon höll hårt om hans huvud, lyfte upp det. Snyftande kysste hon hans panna, ögon och kinder. Hon rörde kärleksfullt vid honom och såg in i hans ögon.

"Oh, snälla du dö inte, snälle Arnold dö inte. Älskade Arnold bli kvar här hos mej. Oh, käre gode Gud ta honom inte från mej! Jag ber dig!"

Hon lutade sitt huvud mot hans bröst. Gråtparoxysmerna gav vika och hon lugnade sig och gav upp allt hopp

Då kände hon hur hans händer tog om hennes huvud, strök över hennes hår och lyfte upp henne så att deras bickar möttes. Han log ett trött leende och viskade till henne:" Det är ofattbart! Våra skyddsänglar är ute här ikväll!

Ytterligare två dundrande skott hördes. Sara skakade i terror och hennes grepp om Arnold hårdnade. Lincolnen med två punkterade däck lutade starkt åt ena sidan. Från Micheles fönster hördes en högtalare kommendera: "Du som sitter vid ratten! Kom genast ut. Om du inte lyder omedelbart skjuter jag dej också! Jag har dej i hårkorset på kikarsiktet. Gör som jag säger! Raska på! Lyd omedelbart! Du som är sårad rör dej inte för då är du så gott som död."

Arnold var den som först uppfattade vad som hänt.

"Sara, var snäll och ge mej pistolen som mannen tappade där!"

Men där fanns ingen pistol att plocka upp! Farmor Sprengler hade hört de främmande männens hot. Hon visste att Arnold hade en pistol i sin skrivbordslåda. Hon hade rusat ner för att ta den. Men, så såg hon en pistol med en lång ljuddämpare ligga i dörröppningen, där gangstern hade tappat den ett ögonblick tidigare. Hon grabbade den snabbt. Hon höll den med båda händerna och riktade den mot mannen som stod framför hennes son.

"Mamma, var snäll och ge mej vapnet."

Farmor Sprengler tvekade en stund, men överlämnade pistolen till honom.

"Arnold, jag vill inte att du hämnas eller skjuter honom. Snälla du skjut inte!" bad Sara.

"Nej käraste. Den här gossen kommer inte att göra något som kan skada oss! Eller hur? frågade Arnold.

"Nej då, Sir, jag lovar!"

Mannen stirrade på sin blödande hand. Det hade just gått upp för honom att det var han som blivit skjuten, inte Arnold.

Mannen bakom ratten hade tvekat för länge. Två nya skott dundrade av. Framrutan träffades och förvandlades till en myriad av kristaller och blev ogenomsiktlig. En andra kula gick genom motorhuven och gjorde hål i kylaren. Kylarvatten pös ut och ånga steg upp från grillen. Föraren blev vättskrämd och hoppade raskt ut ur bilen med händerna över huvudet.

"Ner med er! Ligg platt på magen! Omedelbart," röt Arnold och viftade med pistolen. Gangsterna tvekade ett ögonblick, men insåg att spelet var förlorat. De lade sig platt på marken. Ted och Ingrid kom rusande. Ted förstod att det måste finnas mer vapen i gangsterbilen. Under sätet bredvid föraren fanns mycket riktigt en Uzi. Han grep den och ropade till Michele:

"OK, Mich, Arnold och jag har dom under kontroll!"

Michele, fortfarande bara iklädd sitt nattlinne gick över hamnplanen och upp för tegelstensgången till Sprenglers veranda.

Ljudet av polisbilars sirener kom närmare. Bara någon minut senare stannade en polisbil bredvid Lincolnen. Snart var hela hamnplan full av polisbilar med blixtrande blåa varningsljus. Männen på marken blev försedda med handbojor och bortförda. Lincolnen hämtades av en bärgningsbil och bara en polisbil blev kvar efter det alla andra kört sin väg. En mycket artig polisman förhörde alla om vad de sett och hur de uppfattat situationen. Alla förhören spelades in på en liten bandspelare. När polisofficeren talat med alla närvarande sade han, att han skulle återvända påföljande morgon.

"Tusen tack för att ni kom så snabbt!" sade Sara med ett trött leende.

Polismannen gjorde honnör, log tillbaka, sade godnatt och körde sin väg. Arnold vände sig till Michele: "Tack! Tack för att Ni räddade mitt liv, Fru Renard!"

"Ja, det var allt nära ögat!" sade Michele nästan viskande.

"Ted såg dem komma. Han ringde mej. Jag är glad att jag hann fram i tid. I mitt kikarsikte såg jag faktiskt att hans pekfinger började trycka av. Först då sköt jag. Jag är rädd hans hand skadades rätt illa!"

"Fru Renard, får jag kalla er Michele?! Ni är en otroligt skicklig prickskytt och jag förstår att ni har all utrustning för en situation som denna. Er man var förre Richard Renard, inte sant? För många år sedan hörde jag en serie föreläsningar av honom, om hur vi borde skydda utrotningshotade djur och att gå på storviltjakt med kamera istället för med gevär. Jag beundrade honom!"

Arnold sträckte på ryggen och fortsatte:

"Cathy har berättat för mig om er och ert forskingsarbete..."

Michele var nu medveten om att Arnold förstått att hon låg bakom förlusten av narkotikaleveranserna och alla miljonerna avsedda som betalning för cokainet.

"Jag förstår att du har ett nedärvt eller ett personligt intresse av att hålla grannskapet fritt från narkotika och knarkhajar," sade Arnold. Michele svarade inte och brydde sig inte om att ens titta på honom.

"Micheles dotter mördades av en narkotikahandlare," avbröt Ingrid.

"Det gjorde min dotter Maggie också," sade Arnold. "Michele, du behöver inte vara rädd att jag ska föra vidare vad jag nu förstår. Jag begriper den sorg och saknad och ilska och lättnaden av att ingripa och ge igen. Förresten, jag är ju mycket mer sårbar än ni och har ingen anledning att skvallra. Allt är förhoppningsvis över nu tack vare dej. Jag är dej för evigt tacksam för vad du gjort..."

Nu såg Michele Arnold rakt i ögonen och sade med en intensitet som gjorde att han kände sig skamligt berörd och illa till mods:

"Narkotikahandeln är det moraliskt lägsta någon kan syssla med. Bland narkotika handlarna finner man de sämsta, de mest hjärtlösa och mest cyniska bland samhällets värsta avskum. Begrep du inte att din familj var lovligt, lättfångat och lättskjutet villebråd. Cathys liv var i fara. Vi var på det klara med hennes sårbarhet och därför höll vi ögonen på henne. Jag ville inte hon skulle mötas samma öde som min Marianne."

Michele fortsatte. "Cathy älskar dej trots att hon är medveten om dina allvarliga brott mot samhälle och familj. Du är en del av hennes lycka och hennes framtid. Därför kom vår omsorg att även omfatta dej..."

"En gång svor jag att stoppa varje narkotikahandlare! Jag har haft tillfälle att döda utan vittnen, utan risk att bli tagen av polisen, men jag avstod. Det hade bara komplicerat mitt eget liv och min inre frid...'Du skall inte döda...

Han tittade ner i marken. Hans skamkänsla var uppenbar. Han viskade:

"Hur skall jag någonsin kunna tacka dej..."

"Cathy kommer att bli min svärdotter."

Sara och Arnolds Mor hade inte följt Micheles och Arnolds konversation. Sara stod bakom Arnolds stol. Hon var fortfarande i shock. Med ett frånvarande leende förde hon sakta fingrarna genom

Arnolds hår och nickade jakande svar på frågor som ingen ställt. Men Farmor Emely var på allerten!

"När jag stod där med pistolen," utbrast hon, "sa jag till mej själv: Emely! Om dom skjuter Arnold, då skjuter du omedelbart mördaren till dess han är stendöd OK! Inte bara mördaren utan dom i bilen också, hela gangstergänget! Så här: Hon knäppte med fingrarna flera gånger. "

"Men Farmor inte kunde du göra nåt sånt!" inflikade Sara.

"Det kan du ge dej katten på! Narkotikahajar har inte rätt att leva!"

"Jag tror jag behöver ett glas Scotch!" sade Arnold. "Sara är du snäll... bara en liten sängfösare för att fira Cathys nya familj och säga tusen tack till våra goda grannar!"

Sara försvann, fortfarande frånvarande och leende in genom dörren. Hon kom tillbaka, inte med en drink utan med en lätt, mjuk filt, som hon omsorgsfullt lade över Arolds förlamade ben.

"Du får inte bli kall, min vän," sade hon och stoppade kärleksfullt om honom och kysste honom.

Michele iakttog dem och tänkte på sitt nedärvda krav på ingripande mot ondska. Hon hade faktiskt medverkat till att krossa två narkotikasyndikat. Det kändes fint. Men det störde henne att se den kloka, godhjärtade och fullkomligt oskyldiga Sara bli offer för ondskan.

"Jag är glad jag mött henne och Cathy. Denna Mor och denna dotter är verkligen två kvinnor värda att se upp till i deras ansträngningar att hålla ihop en familj. Rakryggade och med moralisk styrka."

Michele sade Godnatt till alla på Arnolds veranda och började gå mot sitt hus. Ted hade stått tyst och hört ordväxlingen mellan Michelle och Arnold. Nu gick han ikapp Michele och tog henne under armen.

"Du Mich, såg du rivmärkena i ansiktet på mannnen som tänkte skjuta Arnold. Det måste varit den mannen, som försökte våldta Cathy!"

"Ja, jag lade märke till rivsåren. Det var bra att Cathy inte berättat för Pappa Arnold om våldtäcktsförsöket. Där stod han med revolvern i handen mitt framför gangstern, som förgått sig mot Cathy... Jag gjorde samma reflection som du. Det var bra att Arnold inte visste vilket kräk han hade framför sig. Han kunde mycket väl ha skjutit gangstern med rivsåren av ren ilska! För att hämnas!"

Hämnd är nånting sjukt! Efter mordet på dottern Marianne hade Michele själv haft den där känslan att hon tyckte sig ha rätt att se till att rättvisa skipades. Hennes förfäder, Wampanoag indianerna celebrerade denna önskan i sin rituella ormdans då den orädde dansaren symboliserar samhällsmedborgaren, som med mod och list vågar sig på varje oönskad inkräktare, varje fiende, hur fullklappad, slug och farlig han än är, för att värna om samhället. Ursprungligen hade ett krav på hämnd fått in henne på tanken att ge igen! Men kravet på tillrättavisning hade utvecklats till något positivt och humant som har med samhällsansvar att göra, en önskan att verka för det vi vill att vårt samhälle skall stå för.